rowohlt
HUNDERT AUGEN

Kit de Waal

DIE ZEIT UND WAS SIE HEILT

ROMAN

Aus dem Englischen
von Katharina Naumann

ROWOHLT
HUNDERT AUGEN

1. Auflage Februar 2019

Satz aus der DTL Documenta
Gesamtherstellung
CPI books GmbH, Leck, Germany
ISBN 978 3 498 07405 0

Für Bethany und Luke, wie stets

1

Weit draußen auf dem Meer liegt ein violettes Licht. Als sie die alte Fabrikruine neben Monas Wohnhaus abrissen, hatte sie plötzlich in dieser Richtung freie Sicht, und weil sie im dritten Stock wohnt, kann sie jetzt, wenn sie sich im richtigen Winkel gegen den Fensterrahmen lehnt, über den Hütten und Strandhäuschen die vom Sonnenaufgang geröteten Wolken und den rosigen Schimmer der Morgensonne sehen. Es ist Montagmorgen, kurz nach fünf. Sie macht sich einen Toast und eine Tasse Tee und wartet auf das Tageslicht. Die dritte schlaflose Nacht.

Mona bemerkt, dass in einer ebensolchen Wohnung wie der ihren in einem ebensolchen Wohnhaus gegenüber jemand anders auch nicht schlafen kann und das Licht zu unchristlich früher Stunde anhat. Er wohnt ein Stockwerk unter ihr und steht jetzt am Fenster, um zum verschwommenen Horizont hinüberzusehen. Er ist in ihrem Alter, vielleicht ein wenig älter, hat sein graues Haar zurückgekämmt und trägt einen Morgenmantel, der wohl einen dicken Schalkragen hat, und obwohl Mona den Gürtel nicht sehen kann, stellt sie ihn sich golden und mit Quasten daran vor. Bevor sie wegschauen kann, wendet er sich um und erwischt sie dabei, wie sie ihn anstarrt.

Sie sind einander zugewandt wie zwei von oben angeleuchtete Sänger in der Oper, die darauf warten, dass die Musik einsetzt. Dann macht er eine elegante Kopfbewegung, etwas zwischen einer Verbeugung und einem Nicken, das Mona an die Filme erinnert, die sie als kleines Mädchen geschaut hat, prächtig ausgestattete Technicolor-Filme, Damen in Krinolinen und Generäle in Uniformen mit Messingknöpfen, stattlich und gutaussehend und ritterlich. Sie lächelt und prostet ihm mit ihrem Teebecher zu. Hofft, dass er den Scherz versteht. Sie hört, dass ihr Toaster in der Küche den Toast auswirft. Als sie sich wieder dem Fenster zuwendet, ist der Mann fort.

Sie putzt sich die Zähne, tupft sich Creme ins Gesicht und massiert sie ein, bemerkt erneut, dass das Blau ihrer Augen mit der Zeit blasser, die Haut an ihren Wangen schlaffer geworden ist. «Du bist so schön wie Weihnachten», sagte er immer, und sie glaubte ihm, aber das ist lange, lange her.

Sie zieht ein blassrosa Baumwollkleid an, aber der Sommer geht schon zu Ende, es ist nicht mehr das Wetter für Sandalen. Sie schnürt ihren Regenmantel zu und hängt sich ihre Tasche quer über die Brust. Die ganze Strecke geht es bergab.

Mona ist die Erste in der Straße, die öffnet. Es ist noch nicht acht. Sie schließt die Ladentür auf und dreht das Schild von «Geschlossen» auf «Offen». Sie geht direkt in die kleine Teeküche im hinteren Teil des Ladens und setzt den Kessel auf. Es ist ein bisschen kühl für Ende September. Sie schaltet den Heizlüfter ein, der warme Luft auf ihre Füße pustet.

«So ist es gut», sagt sie.

Unter dem Ausguss holt sie Staubwedel und Putzmittel hervor. Damit geht sie wieder zum vorderen Teil des Ladens. Im Schaufenster hat sie sieben Standard-Puppen ausgestellt, jede vierzig Zentimeter groß, fünf davon sitzen, zwei stehen dank einer genialen kleinen Konstruktion, die ihr der Tischler gebaut hat, eines schlichten Holzständers mit zwei Armen, die die Taille und den Hals der Puppe stützen. Das Schaufenster ist herbstlich mit Zierkürbissen dekoriert, die Mona im Supermarkt gekauft hat, mit Zweigen und Blättern von den öffentlichen Grünflächen, und alle Puppen tragen grünen Samt, hellbraunes Leder, weinrote Wolle und Tweed in der Farbe von Heidekraut.

Mona staubt alle ab und putzt kurz das Fenster. Sie arrangiert hier ein Bein anders und da einen Arm. Dann staubt sie den mittleren Teil des Schaufensters ab, wo einige Puppen umgefallen sind. Das muss in der Nacht passiert sein, denn bevor sie abends abschließt, räumt sie immer eine halbe Stunde lang auf. Und trotzdem scheinen sich die Puppen in der Nacht irgendwie zu bewegen und zu verrücken.

Also richtet sie sie wieder ordentlich auf, lässt ihre Beine über die Kante hängen, setzt sie so hin, dass sie hinausschauen und die Kunden begrüßen. Dieser Montag wird sicher besonders ruhig, weil der Wind so beißend kalt ist und die Leute längst noch nicht an Weihnachten denken. Der ganze Oktober liegt noch vor ihnen. Spätestens im

November wird das anders sein, aber sie will nicht an den November denken, bevor sie es unbedingt muss.

Endlich öffnet auch das Café, und Mona geht hinaus.

«Morgen, Mona», sagt Danny und lässt ein Mandelhörnchen in eine braune Papiertüte gleiten. Er legt noch einen Haferkeks dazu und zwinkert ihr zu. «Ein kleines Extra für meine Lieblingsblondine», sagt er, und als Mona lächelt, beugt er sich über den Tresen und flüstert: «Davon gibt es noch viel mehr. Zucker und Zimt im Überfluss. Stell dir bloß mal vor.» Dann zwinkert er erneut.

Mona legt Kleingeld auf den Tresen. «Ich bin fünf Jahre älter als du, Danny», sagt sie. «Hundejahre.» Sie wendet sich zur Tür.

«Damit komme ich schon klar», ruft er ihr hinterher. «Wer zählt denn überhaupt mit?»

Zum Mandelhörnchen trinkt sie Kaffee und leckt sich den Zucker von den Fingern. Sie muss noch die Spielsachen, die Bauklötze und die Spielzeugeisenbahnen auf den unteren Regalen abstauben, außerdem die Modelllaster, die Holzalphabete und -kindernamen, die Mobiles, die von der Decke hängen, die Nachziehhunde und -autos, -flugzeuge und -elefanten, die alle aus wunderschönem Holz geschnitzt sind, ganz unbehandelt oder mit mattem, farblosem Lack bestrichen, sodass die Maserung zu sehen ist. Aber das kann warten.

Zuerst poliert sie die Glaskästen der besonderen Ausstellungsstücke, der großen Puppen, die jede eine ganze Garderobe besitzen und ein Zertifikat darüber, wie und aus welchem Holz sie gemacht wurden. Jede Puppe hat einen Namen und eine Art Geburtsurkunde. Mona vermutet, dass sie im Laufe der Jahre vielleicht nicht mehr ganz mitgekommen ist. Eigentlich hätte sie ein Verzeichnis führen sollen, aber sie hätte nie gedacht, dass sie nach mehr als dreiundzwanzig Jahren immer noch Puppen macht. Zu spät, um über alle genau Buch zu führen. Das lässt sich nicht nachholen.

Jede Puppe liegt auf einem Seidenbett und trägt ein Kleid, das Mona selbst genäht hat. Ihre glatten, eleganten Körper sind mit zwei Schichten Alabasterweiß bemalt. Ihre Kästen haben hinten ein Fach, in dem an einem Holzbügel zwei Kleidergarnituren zum Wechseln hängen. Mona hat Kleider aus allen Epochen genäht, aus der Elisabethanischen, der Georgianischen, der Edwardianischen und aus der Renaissance. Sie hat die Puppen für Besuche auf prächtigen Landsitzen und für den Luftschutzbunker, für Webereien, Jazz-Clubs und Feldlazarette ausgestattet. Sie hat stundenlang in Büchern und Magazinen recherchiert, um sicherzugehen, dass ihre Designs historisch absolut richtig, aber trotzdem einzigartig und maßgeschneidert sind.

Ah, jetzt ist es warm im Laden. Mona sitzt am Verkaufstresen, reibt sich die Hände, um sie beweglich zu machen, und nimmt dann den Deckel von der Plastiktrommel, die sie zu ihren Füßen aufbewahrt. Die meisten ihrer Kunden, besonders diejenigen aus Japan und Amerika, stellen sich vor, dass jedes der Puppenkleider von einer alten Dame mit Fingerhut und Halbbrille in einem strohgedeckten Landhaus handgenäht wird. Die Wahrheit ist, dass es nur noch wenig gibt, was man nicht mit einer guten Singer-

Nähmaschine machen kann, und den Hauptteil der Arbeit erledigt sie zu Hause. Dennoch bleiben noch die Stickereien und letzten Verzierungen, für die sie nur eine Nadel und einen Faden und ein paar Stunden unter einem guten Licht braucht. Deshalb hebt sich Mona das Sticken für Tage auf, an denen es im Laden ruhig ist.

Heute muss sie einen Puppenmann fertig machen. Er trägt ein orangefarbenes Wildlederwams und ausgeblichene derbe Pluderhosen. Dazu einen grünen Pullover, ein Seil als Gürtel, Lederstiefel und einen dunkelblauen Filzhut. Sein rotes Paisley-Halstuch wird sie nachher per Hand mit hellgrünem Seidenfaden einfassen. Sie hält den Faden ins Licht und sieht, wie er sich bewegt, wenn sie ihn anhaucht. Sie befeuchtet ihn mit den Lippen und zieht ihn durch das Öhr.

Sie macht Doppelstiche und näht vorsichtig. Nach jedem zarten Stich zieht sie den Faden fest. Jede Handbewegung und leichte Streckung des Armes wiederholt sie immer und immer wieder, bis die Puppe, die sie Francis taufen will, ein neues Halstuch hat. Dann will sie seine zweite Ausstattung nähen, die für den Abend. Francis ist tagsüber Uhrmacher, aber abends spielt er in einem Tanzlokal in der Stadt Klavier. Er spielt Honky Tonk. Mona muss lächeln, weil sie keine Ahnung hat, was Honky Tonk eigentlich ist. Aber sie mag das Wort, und Francis mag es auch. Sie hebt seine Arme und lässt ihn ein kleines Tänzchen vollführen. Sein schwerer Kopf wackelt auf seinem Hals.

«*Di-didilly-didilly-di.* So, Francis, dann brauchst du wohl einen schwarzen Abendanzug.»

Sie hat genau das Richtige dafür zu Hause, einen alten

Smoking. Den Ärmel hat sie bereits für die Weste eines kleinen Gassenjungen benutzt, aber für Francis wird sie den Rücken aufschneiden und ihm obendrein ein Satinrevers und eine Fliege aus Samt schneidern. Vielleicht macht sie ihm sogar noch einen Kummerbund, weil Francis' Augen so blitzen und er eine Schwäche für Frauen hat. Aber er ist kein junger Mann, ihr Francis. Er ist in seinen besten Jahren. Fünfundvierzig vielleicht, fünfzig eher noch nicht. Mona hält ihn sich vors Gesicht. «Was scheren uns die Jahre?», fragt sie ihn. «Ich werd sechzig am Samstag. Kannst du dir das vorstellen, Francis? Ich? Sechzig?»

Es ist schon beinahe Mittag, als eine Kundin die Tür öffnet. Mona weiß sofort, wer sie ist, schon an der Art, wie sie sich hält, kann sie es sehen, aber sie wartet, bis die Frau sich umgesehen hat, eine Puppe nimmt und sich seitwärts an den Tresen schleicht, hinter dem Mona sitzt und ein weißes Rüschenhemd näht.

«Gayle schickt mich», sagt die Frau. Sie hat Augen wie Teiche und eine wunderschöne Haarmähne in der Farbe von Laub im Oktober. Sie ist gertenschlank, weiß wie Milch; sie ist um die fünfunddreißig, vielleicht aber auch viel jünger. Das macht eben die Trauer mit einem. Mona steht auf und umrundet den Tresen, um ihre Hand zu nehmen.

«Ja, ich habe Sie schon erwartet. Hallo, meine Liebe.»

Die Frau hat ihren Mantel fest um sich gegürtet und den Schal mehrfach um den Hals gewickelt. Sie hält Monas Finger ganz fest.

Mona lächelt. «Also, haben Sie etwas für mich?»

Die Frau nickt und öffnet ihre Handtasche. Sie holt ein kleines Paket hervor, das in weißes Seidenpapier gewickelt und mit einem weißen Samtband verschnürt ist.

«Großartig», sagt Mona. «Das hat Ihnen jemand gekauft, nicht wahr? Wir sehen uns das gemeinsam an, wenn Sie wiederkommen. Haben Sie denn auch eine Zahl für mich?»

Die Frau schürzt die Lippen und schluckt. Mona wartet, weil manche Dinge eben schwierig auszusprechen sind.

«Ich sage Ihnen was, ich gebe Ihnen das hier.» Mona nimmt eine Visitenkarte vom Tresen und schreibt ihre Adresse auf die Rückseite. «Da finden Sie mich. Sagen wir nächsten Mittwoch um vier Uhr? Passt Ihnen das?»

Die Frau nickt, und Mona lächelt. «Ich brauche dann aber doch noch das Gewicht.»

Die Frau flüstert jetzt. «Fünf Pfund, sieben Unzen. Zweitausendfünfhundert Gramm», fügt sie noch hinzu und schaut sich hastig um, als hätte sie ein Geheimnis verraten.

«Wunderbar. Fünf Pfund, sieben Unzen. Gut. Alles klar, ich heiße Mona, und wer sind Sie?»

«Christine Burrows.»

«Also, Christine, vier Uhr am achten Oktober. Ich brauche ein bisschen, mindestens eine Stunde, manchmal mehr. Haben Sie noch andere Kinder? Müssen Sie sie von der Schule abholen, oder ist die Zeit in Ordnung?»

«Keine anderen Kinder», sagt sie, «vier Uhr ist gut», aber sie schaut zu dem weißen Paket mit dem weißen Geschenkband, das auf dem Verkaufstresen liegt. Sie berührt es mit den Fingerspitzen, und das Papier knistert leise.

«Machen Sie sich keine Sorgen», sagt Mona. «Sie bekommen es wieder. Ich werde sehr gut darauf aufpassen. Ganz besonders gut. Sie haben das Schlimmste hinter sich, nicht wahr? Sie sind zu mir gekommen und haben mit mir gesprochen. Nächsten Mittwoch um vier. Die Adresse steht auf der Karte. Und kommen Sie allein.»

Mona tätschelt nur ihre Schulter, weil alles andere die Frau zusammenbrechen lassen würde. Das merkt man sofort.

2

Joley kommt nach dem Mittagessen. Sie riecht nach Haarspray und heißen Lockenwicklern. Sie tanzt mit ausgestreckten Armen und gespreizten Fingern um die Vitrine in der Mitte des Ladens herum.

«Rate mal!»

«Du hast ihn bekommen!»

«Ja!» Joley dreht sich um sich selbst, hüpft um den Verkaufstresen herum und in das kleine Büro gegenüber der Küche. Mona geht ihr nach.

«Oh, das ist ja toll, Joley. Das freut mich so für dich, meine Liebe. Wann fängst du an?»

Joley zieht ihre Jeansjacke aus und legt sie über die Lehne des Bürostuhls. Dann setzt sie sich und schaltet den Computer ein.

«In sechs Wochen.»

«In sechs Wochen schon?»

«Ich hätte dir längst alles zeigen sollen. Das sage ich ja schon die ganze Zeit.»

«Ich muss mir jemanden suchen, wenn du nicht mehr kommst», sagt Mona. «Alleine schaffe ich es nicht.»

«Doch, das schaffst du, Mona. Du kannst das!» Joley legt einen Schokoriegel auf den Schreibtisch und holt weiße Kopfhörer aus ihrer Tasche.

«Was hattest du denn an?», fragt Mona und mustert sie von Kopf bis Fuß. Ihr Oberteil verbirgt nichts, weder das violette Tattoo auf ihrem Arm, noch die üppige Oberweite oder die weiche Haut ihres Bauches.

Joley lacht. «Wenn du mich hättest sehen können! Ich hab dieses schwarze Kleid angezogen, das mir meine Mum in den Neunzigern mal gekauft hat. Und diese hier.» Sie hebt die Füße und zeigt Mona ihre schweren schwarzen Stiefel. «Und dann habe ich mir die Haare so wie du gemacht, ganz ordentlich und straff und alles in einer Art Dutt. Mum hat gesagt, dass sie mich gar nicht wiedererkannt hat.»

«Chignon, Joley.»

«Genau, ich habe so einen Plastik-Donut benutzt, der dem Ganzen Fülle gibt.»

«Na, es hat ja offenbar geklappt. Joley Carter, Lehrassistentin. Sie werden dich ‹Miss› nennen und so», sagt Mona, zieht die Jeansjacke ein wenig zurecht und umarmt Joley. «Ich freue mich sehr für dich, meine Liebe.»

Joley schaut zu ihr hoch und lächelt. Mona sieht noch das Kind in ihr, aber den Computer hat Joley im Griff. Ihre Finger fliegen nur so über die Tastatur, ihr Blick flitzt über den Bildschirm. Ihr schwarzes Haar ist zu unmöglichen Spitzen und Knoten hochgesprayt, als wäre sie selbst eine Puppe oder eine Außerirdische. Gott, der Laden wird tot sein ohne sie.

Mona geht auf die Toilette und schaut in den Spiegel. Ordentlich und straff, das ist sie? Vielleicht lässt sie mal ihr Haar herunter oder steckt es nur an den Seiten hoch. Zu alt für ein Haarband, zu alt für Ponysträhnen. Aber er ist doch noch modern, oder nicht, der Chignon? Monas Lippenstift ist verschwunden, sie hat ihn mit dem Sandwich aufgegessen. Und sie könnte mal wieder eine Maniküre gebrauchen. Die lässt sie sich am Samstag im Spa machen. Und eine Gesichtsbehandlung. Und eine Rückenmassage. Sie wird ein gesundes Mittagessen bestellen und es mit Wein ruinieren. Es wird Blubberblasen im Glas geben und Blubberblasen im Whirlpool. Sie wird am Nachmittag Tee mit Sahne trinken. Richtigen Tee in einer richtigen Kanne, so wie ihn ihre Mutter früher gekocht hat. Eine Emaillekanne war das, die den ganzen Tag immer wieder aufgefüllt wurde, mit frischen Teeblättern und frischem Wasser, warm gehalten mit einem dicken Filzwärmer mit roter Stickerei, den ihre Mutter selbst genäht hatte. Sie nähte alles selbst, Hosen und Vorhänge, Mäntel, Monas Kleider und eine merkwürdige braune Schürze aus derbem Stoff, die sie «Sackleinen» nannte und nur zum jährlichen Frühjahrsputz hervorholte.

Monas Mutter tat immer so, als sei der Tag voller Mühen. Sie bat regelmäßig Big Maureen O'Shea um Hilfe, die auch Schmutzwäsche mit nach Hause nahm, um sie zu waschen und zu bügeln. Sie kam immer mit einem Eimer, ein paar Scheuerbürsten und einem Haufen Staubtüchern, aber die meiste Zeit saßen die beiden Frauen zusammen und tranken Tee. Es wurde sehr wenig geputzt, erst in den letzten paar Stunden eines Aprilnachmittags wurde in einem verzweifelten Anfall abgestaubt, was das Zeug hielt, bis Big Maureen schließlich mit zehn Schilling, einem Kuchen, einem Auflauf und ein paar alten Kleidern von Mona für die kleinen O'Shea-Zwillinge nach Hause watschelte.

Mona muss vier oder fünf Jahre alt gewesen sein. Ihre kurzen Beinchen baumeln vom Küchenstuhl, sie sitzt am Tisch und malt ein Malbuch aus. Die beiden Frauen stehen am Ausguss und plaudern.

«Du warst nicht auf der Hochzeit, Kathleen», stellt Maureen O'Shea fest.

Monas Mutter wringt den Mopp über dem Eimer aus und ringt nach Atem. «Nein, mir ging es nicht so gut. Ich habe es auf der Brust. War es denn gut? Was hatte sie an?»

«Molly Kavanagh?»

«Wie sie früher geheißen hat.»

«Wie sie früher geheißen hat, genau. Und wie sie bald wieder heißen wird, wenn es stimmt, was ich gehört habe.»

Monas Mutter schaut begierig auf. «Erzähl!»

«Du wirst es nicht glauben, aber ...»

Solange die beiden Frauen Schränke leeren und schrubben und Wasser über die Fliesen verteilen, achtet Mona nicht auf sie. Aber die Unterhaltung über Molly Kavanagh lässt Mona von ihrem Malbuch aufschauen, und die beiden Frauen starren sie an. Ohne ein Wort wenden sie sich ab und schauen aus dem Fenster in den Regen, der gegen das Küchenfenster prasselt.

«Sie kann nicht raus», sagt Monas Mutter.

«Nein», stimmt Maureen zu.

Monas Mutter wischt sich die Hände ab und geht zur Anrichte. «Wir müssen vorsichtig sein.» Sie zieht eine Schublade auf. Mona hört das Rascheln von Papier. «Also, meine Süße», sagt Monas Mutter und legt drei eingewickelte Bonbons vor Mona auf den Tisch. «Du malst schön weiter. Du darfst diese Bonbons haben, eins nach dem anderen. Lutsch sie aber langsam. Gut. Und mal mir was Schönes, während wir unsere Arbeit machen.»

Mona steckt sich eines der Bonbons in den Mund. Es schmeckt sauer und zitronig und lässt ihren Speichel fließen. Sie will ihrer Mutter eine Blume und ihrem Vater einen Fischer malen, den sie ihm schenken will, wenn er von der Arbeit nach Hause kommt. Sie will ihre Mutter fragen, welches ihre Lieblingsfarbe ist, aber als sie aufschaut, sind die beiden Frauen zum Herd gegangen und kochen noch mehr Tee.

«Und?», sagt Monas Mutter und stupst Maureen an. «Hat sie nicht erst Samstag vor einer Woche geheiratet?»

«Es hat nicht einmal vierundzwanzig Stunden gehalten.»

«Was hat nicht gehalten? Sag jetzt nicht, dass Stephen Hooley Schande über das arme Mädchen gebracht hat. War er betrunken? Was hat er getan? Der war schon immer ein Schuft, der Junge.»

Maureen O'Shea dreht den Kopf ganz langsam, sodass Mona noch rechtzeitig den Kopf senken und die Blütenblätter ihrer kleinen Blume ausmalen kann.

«Na ja, sie sind nach der Hochzeit hoch ins Haus gegangen. Wie es ja auch zu erwarten ist nach Ende der Feier. Die Blumen waren so wunderschön, Kathleen. Molly hat sie selbst gebunden. Sie selbst ist ja unscheinbar wie ein alter Mantel, Gott schütze sie, aber die Blumen waren großartig, und dabei bekommt man so früh im Jahr nur so wenige.»

«Erzähl weiter.»

«Also, es ist Nacht, und sie haben sich zurückgezogen,

wenn du weißt, was ich meine …» – Maureen O'Shea nickt in Richtung Mona –, «und Stephen Hooley hat *einen Freund.*»

«Einen *Freund*?»

«Genau, einen Freund, den er während der Verlobungszeit mit Molly Kavanagh gut versteckt gehalten hat. Und der Freund will sie jetzt unbedingt genau kennenlernen. Unbedingt.»

Monas Mutter schnauft. «Verstehe.»

«Aber als sie den Freund erblickt, ist Molly völlig außer sich. ‹Was soll das?›, schreit sie. Sagt, sie mag den Freund nicht und dass er wegsoll.»

Monas Mutter steht mit offenem Mund da. «Aber das Mädchen ist doch auf einer Farm groß geworden. Was hat sie denn gedacht, was da passiert? Sie hat zwei Brüder, um Himmels willen. Hat ihr denn keiner was gesagt?»

«Na ja, soweit ich gehört habe, wusste sie alles über die Freundschaft an sich, hatte aber keine Ahnung, dass der … äh … der Freund dann … dass er beabsichtigte, also, weißt du, reingesteckt zu werden …»

«In sie?»

«Genau. Aber Stephen Hooley verlässt sich nach Monaten der Abstinenz auf die Macht der Überzeugung. ‹Mach dir keine Sorgen, Molly›, sagt er und hält ihr seinen Freund vor die Nase, ‹der beißt nicht›.»

Monas Mutter fängt an zu lachen, eine Hand auf die Brust gelegt, mit lauten und keuchenden Schnaufern, die sie ins Wanken bringen. Sie muss sich am Griff des Kessels festhalten. Maureen O'Sheas Gesicht ist ganz knittrig und rot.

«Dann schlägt sie ihn! Molly Kavanagh springt aus dem Bett, greift sich einen Schuh und zieht ihm damit eins über!»

«Ihm oder seinem *Freund*?», bringt Monas Mutter unter Gelächter hervor.

«Der *Freund* ist natürlich sofort weggeschrumpft», prustet Maureen O'Shea, und die Frauen johlen und schreien und brauchen zehn Minuten, bis sie sich davon erholen. Mona schaut ihnen mit einem Lächeln auf dem Gesicht zu, ihr Buntstift schwebt über dem Malbuch. Sie genießt den Lärm und den Anblick und die Liebe in der warmen Küche im grauen Aprillicht. Sie würde das alles am liebsten für immer behalten.

Als Monas Vater an diesem Abend heimkommt und sie zusammen zu Abend essen, erzählt die Mutter von ihrem Tag, und Mona hört wieder dieselbe Fröhlichkeit in der Stimme ihrer Mutter.

«Erzähl das doch mal Dadda, Mammy», sagt Mona.

«Was soll ich ihm erzählen, mein Schätzchen?»

«Du weißt schon, von Stephen Hooleys Freund?»

«Von welchem Freund?»

«Dem, der weggeschrumpft ist.»

Das Gelächter scheint gar nicht mehr aufzuhören. Ihre Mutter schluchzt erneut vor Lachen und wischt sich die Augenwinkel mit einer Ecke des Tischtuchs, ihr Vater schüttelt den Kopf und bittet um eine Erklärung, und Mona zwischen ihnen weiß, dass sie da gerade einen wunderbaren Witz gemacht hat.

Joley stellt den Ordner mit den Auftragseingängen auf den Verkaufstresen. «Du brauchst dir niemanden zu suchen, Mona. Ich kann es dir zeigen. Das Ausdrucken ist ganz leicht. Dann musst du dich nur noch auf die Aufträge konzentrieren. Du füllst die Rechnung aus, legst sie in das Paket mit der Puppe, schreibst eine E-Mail aus der Proforma-Datei, drückst auf Senden. Wenn der …»

Mona schiebt den Ordner weg. «Ich will nicht einmal darüber nachdenken, Joley. Ich habe schon genug zu tun, selbst wenn ich nicht versuche, diese Tabellen oder was das da ist, zu verstehen.»

«Die Tabellen sind sogar noch einfacher.»

«Nächste Woche. Nächste Woche versuche ich es.»

Joley tippt mit dem Finger auf den Ordner. «Die Zeit läuft», sagt sie.

3

Es gibt einen ganzen Haufen neuer Bestellungen. Eine aus Korea, eine aus Amerika, eine aus Neuseeland, und ein Puppenpaar soll nach Südafrika geschickt werden. Das sind eine Menge Aufträge für einen Monat, und dazu kommen ja noch die ganzen Sonderaufträge für Weihnachten.

Mona macht sich eine neue Tasse Tee, stellt sich ans Schaufenster und schaut auf die kleine Straße hinaus. Dort ist inzwischen mehr los. Junge Frauen in Jeansjacken und andere in T-Shirts, trotz der Kälte, Mütter mit Kleinkindern, Kleinkinder mit Eistüten, die kleinen Händchen klebrig und schokoladenverschmiert – sie alle versuchen, das letzte bisschen Sommer zu genießen.

Samstag kommen die Tagesausflügler mit ihren aufklappbaren Strandmuscheln und Handtüchern zum Strand, spazieren die George Street entlang, riechen an Duftkerzen und handgemachten Seifen, probieren geflochtene Lederarmbänder an und begutachten handgenähte Geldbörsen. Sie fragen sich, wer sich wohl die Kaschmirdecken bei Grey's gegenüber leisten kann. Sie gehen in die Antiquitätengeschäfte und Secondhandläden und schlendern die Straße hinauf und hinab, hinauf und hinab, bis sie schließlich im White Horse einkehren, um ein spätes Mittagessen zu genießen. Auf dem Weg zum Parkplatz lassen sie einen Fünfer im Ein-Pfund-Discounter, und wenn sie schließlich bei Monas Laden ankommen, starren sie ins Schaufenster, zeigen auf die Ausstellungsstücke und halten ihre Kinder hoch, damit sie die Holzkegel und Noahs Arche besser sehen können.

Monas Tagesablauf ist genauso vorhersehbar. Von Montag bis Samstag ist sie im Laden, und sonntags und an den meisten Abenden macht sie die Puppen fertig. Mittwochs schließt der Laden einen halben Tag. Dann bringt Mona die internationalen Bestellungen zur Post. Manchmal empfängt sie eine der Frauen, die Gayle zu ihr schickt. Sie ändert ihren Tagesplan nur an Weihnachten und Silvester oder wenn sie einmal im Jahr zu Val reist oder Val zu ihr kommt, um ein bisschen Seeluft zu schnuppern.

In einem Jahr, im Februar, fiel so grauenhaft viel Schnee, dass Mona den Laden fünf Tage lang nicht öffnen konnte. Sie zog ihre Schneestiefel an und besuchte ein paarmal den Tischler, holte ein paar Puppen ab und hastete wieder nach Hause, wobei sie sich auf dem Weg den Hügel hinauf an Geländern und Hecken festhalten musste. Und in einem anderen Jahr war die George Street überflutet, sodass niemand kam. Wenn etwas ihre Pläne vereiteln kann, dann nur ein seltenes Naturereignis.

Mona schließt um vier und geht dann in die Clearwater Lane, in der die besten Secondhandläden sind. Sie ist immer auf der Suche nach Stoffen. Sie stellt sich neue Kleider für ihre Puppen vor, erträumt sie sich und entwirft sie. Das ist es, was sie von anderen unterscheidet, was ihr Geschäft am Laufen hält. Sie weiß ganz genau, was womit gut aussieht. Sie sieht eine Seidenbluse mit Satinaufschlägen und weiß sofort, was sie daraus machen, wie sie die Bluse auseinandernehmen und welche Puppe das neue Kleidungsstück tragen kann. Mona schaut sich immer nach Leder- und Wollresten um. Hin und wieder findet sie eine Abendtasche mit winzigen Perlen und Knöpfchen darauf, die sie penibel abtrennt. Sie braucht immer Spitze, um die Kleider und Unterkleider damit zu säumen, und auch für die Rüschen an den Hemden. Sie benutzt Bänder oder festen Faden für die Schnürsenkel in den Stiefeln, Pailletten und kleine Metallteile für den Schmuck, Anhänger und Ketten. Und Echthaar in allen Farben – Locken sind noch besser. Sie durchsucht die Kleiderständer und Regale bei Save the Children, Oxfam, dem Blauen Kreuz und Toby's Hospice, aber die Ausbeute ist mager: eine dunkelblaue Wildlederjacke, eine rostige Brosche mit lockeren Steinen, die sie herausnehmen kann, um damit ein Kleid zu schmücken, ein Norwegerpullover, den sie filzen will, um daraus eine winzige Reisetasche zu nähen, und zwei fleckige Tischdecken mit Kreuzstickerei an den Kanten.

Dann hat sie gerade noch Zeit, um beim Tischler vorbeizuschauen, bevor sie wieder nach Hause muss. Sie nimmt den Umweg am Meer entlang, biegt nach links ab, fort vom Landungssteg und den Arkaden, den Eisdielen und jungen Männern, die an die Geländer gelehnt stehen und ihre Zigarettenkippen hinunter auf die Steine werfen. Sie geht langsam, im Rhythmus der Atemzüge des Meeres. Ein früher Nebel kriecht über das Wasser. Sie geht jetzt östlich auf die Klippen zu. An diesem Ende ist der Strand nicht mehr so touristisch; die Gebäude, alle bis auf eines, sind anonyme Werkstätten und Industriehallen, die sich an die zinngrauen Klippen schmiegen. Riesige Felsklumpen liegen am Strand verstreut. Aber selbst in dieser Ecke der Stadt gibt es schon schicke Austernimbisse und den Ropemaker's Grill, lokale Eisspezialitäten und eine Ahnung der denkmalgeschützten Altstadt.

Die Tischlerwerkstatt liegt im ersten Stock. Sie sieht sie schon von weitem auf Kragen gestützt über dem alten Lagerhaus ruhen. Die hölzernen Fensterläden sind wie immer geöffnet, großen Armen gleich, die dem großen Meer zuwinken, das immer strömt, bis hin zum Ende der Welt. Einmal, an einem Winterabend, hat Mona gesehen, wie die blutrote Sonne halb ins Wasser getaucht war, und ein anderes Mal stand sie, aus dem Fenster gebeugt, und schaute zu, wie die Wolken über den Himmel fegten, wie das Sonnenlicht plötzlich durch sie hindurchdrang und auf den Wellen tanzte.

Es ist ein wunderschöner Raum. Man kann eigentlich nur schöne Dinge darin machen. Es riecht nach Bäumen und Wald, nach Harz und Öl und Sägespänen und Metall und all den Salzen, aus denen das Meer besteht. Es riecht nach Essen, wenn er auf seinem Zweiplattenherd in der Ecke gekocht hat, manchmal nach Speck und gebratenen Eiern, nach Fish and Chips, wenn er keine Lust dazu hatte. An manchen Stellen, in manchen Winkeln des offenen Raumes duftet es nach Kaffee oder Whiskey, und obwohl er penibel auf Sauberkeit achtet, riecht es in seiner Toilette leicht nach Urin, wie hinter einer Kneipe – aber so sind die Männer eben. Direkt neben dem Eingang befindet sich ein Alkoven hinter einem verschossenen Samtvorhang, saphirblau mit rotbraunen Fransen, der eigentlich in ein altes Theater oder Kino zu gehören scheint, an einen Ort, an dem man diese Farben miteinander kombinieren und glauben kann, dass sie zueinanderpassen.

Einmal vor vielen Jahren, eher zufällig, zog Mona die Vorhänge beiseite. Dahinter entdeckte sie ein Einzelbett an der Wand, ordentlich gemacht, mit einem gestreiften Flanelllaken und einer grauen Decke, so alt wie die Krim und fest in die Matratze gestopft, außer an einer Ecke, die er übersehen hatte. Sie konnte sich gerade noch zurückhalten, sie festzustecken und das Bett so perfekt zu machen. Sie tat es nicht. Es ging sie nichts an.

Sie öffnet die dicke Holztür am Fuß der Metallstufen. Sie ist niemals verschlossen. Hier gab es immer einen Tischler – einen Tischler und einen Lehrling, der eine übernahm die Werkstatt vom anderen, ihre Namen sind in den schweren Türsturz geschnitzt, sechs insgesamt, aber heutzutage gibt es keinen Lehrling mehr. Die Metallstufen werden rutschig, wenn es feucht ist. Sie hat schon mehrmals vorgeschlagen, dass er eine Gummiauflage auf die Stufen legt, um der Sicherheit und des Seelenfriedens willen. Er sagt immer, dass er das tun will, aber es ändert sich nichts.

Sie klopft an die Tür, die in den großen Raum führt und tritt ein. «Ich bin's nur, Mona», ruft sie.

Sie kann ihn nicht sehen. Sie zieht den Kopf ein, um einem Holzbalken auszuweichen, geht um die Werkbank und den schwarzen, bauchigen Ofen in der Mitte des Raums herum. Die Fenster stehen offen, und die Meeresbrise lässt die Sägespäne im Licht tanzen. Auf einem Regal am Fenster sortiert er die Puppen nach ihrem Fertigungsgrad, von jenen, die schon bereit für den Feinschliff sind, bis hin zu jenen, die noch roh sind, halb fertig oder noch in Einzelteilen. Diejenigen, die sie mitnehmen kann, legt er auf einen Tisch darunter, zusammen mit den fertigen Spielsachen. Sie kommt so oft, dass dort immer höchstens drei oder vier liegen.

Mona liebt das Gefühl, eine neue Puppe anzufassen, so nackt mit ihren lockeren Gliedern. Ihr Klackern und ihre Biegsamkeit erinnern sie an die Krabben, die am Kilmore Quay verkauft werden. Jeder Holzkörper hat einen eiförmigen Rumpf und weiche, konische Glieder mit gegliederten Gelenken. Der Kopf hat ein spitzes Kinn, eine kleine Spitze, die die Nase darstellt, und sieht irgendwie mittelalterlich aus. Der Tischler schleift sie sehr gründlich, aber hin und wieder entdeckt sie eine winzige raue Stelle, die er übersehen hat, weshalb sie sich einen Vorrat an feinem Sandpapier angelegt hat. Sie schleift mit leichten, schnellen, zarten Strichen, pustet den Staub fort, wischt die Puppe mit einem feuchten Tuch ab, besonders zwischen den Gelenken, und lässt sie dann eine Weile liegen. Das würde sie dem Tischler niemals verraten, aber mit den Jahren ist sie ein bisschen penibel geworden, was die Puppenoberfläche angeht.

Der Tischler arbeitet immer mit dem Rücken zur Tür, gebeugt steht er da, sägt oder schleift, schnitzt oder meißelt, immer mit beiden Händen beschäftigt. Sein langes Haar fällt ihm strähnig in den Nacken. Von hinten könnte man ihn für einen Hippie halten, aber das stimmt nicht. Wenn man sich den Bart wegdenkt oder in seine Augen schaut, dann weiß man es sofort. Er schert sich einfach nicht um Frisuren oder Mode. Schon einige Male hat Mona ihn mit kahlgeschorenem Kopf angetroffen, während sein abgeschnittener Pferdeschwanz langsam im Holzofen verkohlte. Breitschultrig ist er und stark, sein Gesicht männlich und verwittert, aber mit einem Lächeln, wenn man es denn zu sehen bekommt, das einen erröten lässt.

Und da steht er, ganz hinten bei der Drechselbank, und glättet etwas, langsam und überlegt, den Kopf im schwachen Licht zur Seite geneigt.

«Guten Abend», sagt sie. «Wobei es ja noch nicht so spät ist.»

Er hebt kaum den Kopf, bewegt aber die Hand. Seine Begrüßung. Sie hat gelernt zu warten, eine Unterhaltung aus ihm herauszukitzeln. Sie fährt mit den Fingerspitzen über einen kleinen antiken Holzkleiderschrank. «Für wen ist der denn? Er hat einen wunderschönen, tiefen Schimmer. Eibe, oder?»

«Eibe, ja.»

«Ich brauche ein Fünf-Pfund-Sieben-Unzen-Baby», sagt sie. «Und ich setze Wasser auf, wenn du fünf Minuten hast.»

Er steht auf und reckt sich. Sein Jeansbund hängt vorn und hinten durch. Wenn er keinen Gürtel hätte, könnte Mona alles sehen. «Fünf Pfund sieben», sagt er. «Das ist aber klein.»

«Balsa?»

«Zu leicht.»

Er geht rüber zu den Regalen an den Wänden der Werkstatt, wo er Holz, Bretter und Holzreste aufbewahrt.

Mona folgt ihm. Er kratzt sich den Bart und hockt sich hin. Er holt Holzstücke heraus, wiegt sie in den Händen, murmelt vor sich hin. Seine Rippen zeichnen sich unter seinem T-Shirt ab. Sie fragt sich, ob er wohl Hunger hat, ob sie ihnen Fish and Chips besorgen soll. Ein Essen im Restaurant würde sie nicht anbieten, so weit würde sie nicht zu gehen wagen. Er hält plötzlich ein langweiliges Stück Kiefernholz hoch und richtet sich wieder auf.

«Das hier ist genau richtig», sagt er.

«Gut.»

Mona füllt den Kessel über dem kleinen Ausguss in der Ecke. Alles ist sauber geputzt und glänzt; in dem schmalen Regal daneben liegen ein neues Stück Seife, ein rauer Schwamm, ein gefaltetes Handtuch.

«Eiskalter Wind heute», ruft sie über die Schulter. Es gibt hier nur zwei Becher, die umgekehrt auf einem hölzernen Stullenbrett trocknen. In dem wunderschönen kleinen Walnussschränkchen mit der gewölbten Tür und der Marmoroberfläche hat er sein Leben verstaut: Geld, Teebeutel, Geburtsurkunde, Tabletten, Pflaster, Stifte, ein altes Foto. Mona kennt jede Kleinigkeit darin. Sie holt die Teebeutel heraus und wischt kurz die Marmorplatte ab.

«Man glaubt kaum, dass es erst September ist.»

Plötzlich steht er neben ihr. «Nein?»

«Meine Hände sind richtige Eisklumpen», sagt sie und streckt sie ihm hin. «Fühl mal.»

«Das Versprechen auf Winter liegt in der Luft», antwortet er und beugt sich an ihr vorbei, um die Becher zu füllen. Sie riecht ihn, würzig und scharf, wie Blätter im Wald. Sie steckt die Hände in die Taschen und tritt beiseite, geht zum Fenster. Dort unten hockt ein junger Mann mit seiner Freundin auf den Kieseln.

Die beiden türmen einen großen Stein auf den anderen und bauen eine Art Totempfahl. Noch aus dieser Entfernung hört Mona das Lachen des Mädchens und den scherzenden Bariton des jungen Mannes. Ihre Kleidung ist so dürftig, die Bluse des Mädchens bauscht sich im Wind, sein T-Shirt ist aus der Hose gerutscht. Sie spüren das Versprechen auf Winter nicht, die beiden.

Mona wendet sich vom Fenster ab und nimmt ihren Teebecher. «Ich habe Kekse gekauft», sagt sie und greift in ihre Tasche. «Schokolade.» Sie kämpft mit der Verpackung, nimmt sich einen Keks heraus und legt die Schachtel in das Walnussschränkchen. Sie zieht achtzig Pfund aus ihrem Portemonnaie und schiebt sie unter die Kaffeedose, wo er sie garantiert findet.

«Hat sie ihn bekommen?», fragt er.

«Wer?»

«Du hast mir doch erzählt, dass sich das Mädchen, das für dich arbeitet, um einen Job beworben hat.»

Mona macht einen Schritt auf ihn zu. «Ja, in sechs Wochen ist sie weg. Aber bis dahin habe ich sie noch.»

«Na dann», sagt er.

«Sie will es mir beibringen. Sie glaubt, ich könne es auch selbst machen, aber mit Zahlen war ich noch nie gut.»

«Du?»

«Ja, ich, am Computer.»

Er sagt nichts. Sie nimmt die Puppen und das Spielzeug, das er gemacht hat, und legt alles in ihre Baumwolltasche. Als sie aufschaut, ist er schon wieder bei der Arbeit.

«Oh, und ich muss die beiden Gelbbirken-Puppen von letzter Woche zurückbringen. Sie haben Flecken an den Beinen, beide.»

«Flecken?» Er geht auf sie zu und bleibt am Fenster stehen.

«Oder so etwas», sagt sie. «Irgendeine braune Stelle an den Beinen. Die will ich nicht übermalen.»

«Bring sie zurück. Ich schau mir das an.»

«Dachte ich mir.»

«Gestocktes Holz. Verfärbung.»

«Ja?»

«Eine Pilzinfektion des Holzes wahrscheinlich. Die Leute bezahlen eine Menge Geld für gestocktes Holz. Aber bei einer Puppe will man es nicht haben. Verstehe gar nicht, warum ich das nicht gemerkt habe. Nicht übermalen. Es scheint sonst durch. Würde aussehen wie ein Fehler. Obwohl es keiner ist. Sonst denken sie noch, du seist nachlässig.»

Sie glaubt die Bewegung seines Adamsapfels beim Schlucken des Tees zu hören. Sie stehen jetzt dicht beieinander und schauen zu dem jungen Liebespaar hinaus, das immer noch kichert. Ihre wackelige Steinkonstruktion hat stark Schlagseite. Wenn sie sich einen Zentimeter bewegte, könnte sie ihn berühren, Ellenbogen an Ellenbogen. Er wendet sich ab.

«Bring mir die Puppen zurück», sagt er. «Alle beide.»

4

Bald scheint Monas Mutter die ganze Zeit nur noch zu weinen. Mona steigt die Holzstufen in ihren staubigen Sandalen hoch, sie kommt direkt aus dem Garten, und als sie vor der Schlafzimmertür steht, hört sie das Schniefen und Wimmern und geht auf Zehenspitzen wieder nach unten, aus der Hintertür nach draußen, durch die Gasse hindurch, über die weichen Dünen und hinab zum Kilmore-Ufer. Pudrig weicher Sand überall in der weit geschwungenen Bucht. Sie planscht und spielt und macht ihre Sandalen nass und bleibt stundenlang fort. Fort von ihr, fort von ihr. Heute schämt Mona sich dafür, aber mit sieben oder acht können Kinder ziemlich herzlos sein.

Eines Tages kommt Monas Vater hinter ihr hergelaufen, das Hemd ist ihm aus der Hose gerutscht, die Hausschuhe sinken mit jedem Schritt in den weichen Untergrund ein. Als er sie erreicht, steht er einen Augenblick ganz still da. Er sieht aus, als hätte er geschlafen oder selbst geweint.

«Mona», sagt er, «was glaubst du eigentlich, was du da tust?»

«Ich spiele, Dadda», antwortet sie.

«Und wo sollst du in Wirklichkeit sein? Was habe ich dir gesagt?»

«Bei meiner Mutter.»

«Und was sollst du da tun?»

«Aber, Dadda ...»

Er hockt sich vor sie hin, bis sein großer Schädel auf der Höhe von ihrem Kopf ist. Dann nimmt er ihre Hände in seine. Er zieht daran.

«Ist dir langweilig bei deiner Mutter, Mona? Weil sie nicht aufstehen und mit dir in die Wellen rennen kann wie früher? Weil sie dich nicht auf ihren Schoß setzen und dir die Haare bürsten kann, weil sie nicht aus dem Bett kommt? Liegt es daran, Mona?» Er schiebt Mona Strähnen ihres weißblonden Haares aus dem Gesicht.

«Ja, Dadda.»

«Eines Tages», sagt er, und seine Stimme klingt freundlich, daher weiß Mona, dass sie nicht ausgeschimpft wird, «eines Tages wirst du dir diese Stunden zurückwünschen, mein Mädchen. Du wirst dich fragen, wie du sie verlieren konntest, und du wirst sie dir zurückwünschen. Es gibt da einen Trick mit der Zeit.»

Er steht auf, klopft sich den Sand von der Hose, und Mona springt auf seinen Rücken, um darauf nach Hause zu reiten. Er trottet über die Dünen, und sie hat ihre Hände um seinen Hals geschlungen und ihre Brust gegen seine Rippen geschmiegt.

«Was ist das für ein Trick, Dadda?»

Er erklärt gern, daher erwartet Mona eine schöne lange Antwort, die hoffentlich die Rückkehr nach Hause hinausschiebt.

«Man kann sie ausdehnen und zusammenziehen. Man kann sie länger oder kürzer machen», antwortet er.

«Wie denn?»

Mona hängt an ihm. Sie erhascht einen letzten Blick aufs Meer, bevor es hinter dem Hügel verschwindet. Ihr Vater dreht sich ebenfalls um.

«Das Meer spült alle Sorgen fort», sagt er.

Das ist typisch für ihn, dass er etwas aus einem Gedicht oder Buch zitiert und eine direkte Frage nicht direkt beantwortet. Jedenfalls hat das Meer seine besondere Kraft offenbar verloren, weil Monas Vater sich neuerdings die ganze Zeit Sorgen macht und jetzt sogar hier ist, in der falschen Hose und den falschen Schuhen. Und das hat nichts mit dem Dehnen von Zeit zu tun.

«Alle Sorgen spült es fort?», fragt sie. Er nickt und sagt nichts mehr.

Als sie wieder zu Hause sind, geht Mona direkt nach oben zu ihrer Mutter, die in ihrem Bett sitzt und diese schreckliche Strickmütze trägt, unter der die Haare an ihrem Kopf kleben, dieselben schwarzen Haare, die früher in Wellen oder als geflochtener Zopf auf ihrem Rücken lagen. Jetzt bedeckt Flaum den Schädel ihrer Mutter; ganze Strähnen ihrer Schönheit haben sich in der Strickmütze verfangen oder liegen dunkel auf dem Kissenbezug, wie trockener Tang auf den Felsen. Und dann sind da die entzündeten Stellen in ihren Mundwinkeln. Stellen, die Mona, Gott möge ihr vergeben, dazu bringen, sich abzuwenden, wenn ihre Mutter ihr einen Kuss geben will.

Monas Mutter nimmt ein Stückchen Leinen aus ihrem Nähkorb und hält ihn gegen das Fenster.

«Guck mal, sieh dir das Licht an, wie es durch das Gewebe fällt», sagt sie. «Siehst du? Es hat die Farbe deiner Haut im Sommer, Mona.»

«Ja, Mami.»

«Wenn du groß bist, wenn du ein großes Mädchen bist, reist du in andere Länder, Mona. Nach Italien und Frankreich und Spanien. Weit, weit weg, wo es jeden Tag warm ist und du noch viel brauner wirst.»

Mona spürt, wie der Blick ihrer Mutter sie abtastet.

«Ich glaube, du wirst groß werden. Ja, groß wirst du werden, und sehr, sehr hübsch, eine stóirín.» Sie streichelt Monas Arm. «Ich sehe dich vor mir. Wie du eine Straße mit französischem Namen entlanggehst, eine Rue Sowieso, und es ist nicht Sommer, sondern Winter, ja, sagen wir, es ist ein kalter Dezemberabend, und vielleicht gehst du Hand in Hand mit einem Ehemann oder deinem Liebsten. Du trägst einen Mantel mit Pelzkragen und ein Paar Lederstiefel mit Knöpfen an der Seite.»

«Was noch?»

«Du wohnst an einem breiten Boulevard oder vielleicht an der Küste in Rosslare in einem großen Haus mit zwei Katzen und einem Hasen. Zwei Kinder – nein, vier Kinder und ein Dienstmädchen. Ja, wollen wir dir ein Dienstmädchen geben, mein kleiner Schatz? Sollen wir dir ein Dienstmädchen und eine Köchin und jemanden geben, der die Haustür öffnet und knickst?» Monas Mutter streckt die Nase in die Luft und spricht mit englischem Akzent. «Ich bitte um Verzeihung, Madam. Miss Desdemona darf nicht gestört werden.»

Aber als Mona lacht, fällt das Lächeln ihrer Mutter in sich zusammen.

«Weißt du, ich bin dann vielleicht nicht mehr da, Mona. Vielleicht bin ich dann nicht mehr bei dir.»

«Warum?»

«Weil du dann dein eigenes Leben hast und gar nicht willst, dass deine Mutter ständig bei dir ist, nicht?» Sie beginnt, den Leinenstoff mit langen, gleichmäßigen Stichen zusammenzuheften. «Und vielleicht bin ich auch nicht gesund genug, um dich aufwachsen zu sehen.»

«Ich wachse aber schnell, hat Dadda gesagt.»

«Ja, das stimmt. Doch ich werde ebenso schnell kränker. Und wenn das ein Wettlauf ist, Mona, dann gewinnst du ihn wohl.»

«Mami», sagt Mona, «du darfst bei mir wohnen, wenn ich mein großes Haus habe.»

Mona sieht, wie das Nachthemd ihrer Mutter am Kragen absteht, wie eingesunken ihr Gesicht wirkt und dass es die Farbe der grauen Felsen am Strand hat. «Und die Köchin macht dir ein schönes Abendessen mit ganz viel Brot und Butter. Und Marmelade», fügt Mona hinzu.

Ihre Mutter antwortet mit einem Druck ihrer Hand und einem kleinen Husten.

Es geht stundenlang so. Sie nähen und stellen sich die Zukunft vor und bringen sich gegenseitig zum Lachen. Mona bleibt bei ihr oben, bis es fast dunkel ist, bis ihre Mutter sich gegen das eiserne Kopfteil des Bettes lehnt, bis sie immer langsamer und langsamer blinzelt und ihre Näharbeit auf die Bettdecke sinkt. Dann erst klettert Mona vom Bett und geht auf Zehenspitzen hinunter zu ihrem Vater, der immer noch in den falschen Kleidern vor einem toten Feuer sitzt.

«Gutes Mädchen», sagt er.

5

Mona versucht zu schlafen, weiß aber, dass das nicht klappen wird. Sie ist den ganzen langen Weg vom Strand nach Hause gegangen in der Hoffnung, dass die körperliche Betätigung sie anstrengen und sofort in den Schlaf gleiten lassen würde, sobald sie die Augen schließt. Aber sie ist immer noch wach, kneift die Augen zu und denkt an ihre Mutter. Wie alt war sie, als sie starb? Achtunddreißig? Das ist kein Alter. Sie war immer noch eine junge Frau.

Mona macht sich eine Tasse Tee und geht zum Fenster. Mitten in der Nacht, und da ist er wieder, der General, und blickt hinaus aufs Meer. Sie beobachtet ihn, bis er sich umdreht und winkt. Sie prostet ihm wieder mit ihrem Becher zu, und dann sehen sie sich an, mehr als ein paar Sekunden lang. Er deutet eine kleine Verbeugung an und zieht sich in sein Zimmer zurück.

Mona schaut zu, wie der Morgen mit peitschendem Regen kommt, der gegen das Fenster schlägt. Wenn das nicht ein Tag für eine Abwechslung in ihrem Tagesablauf ist! Sie wird zu Hause bleiben. Einfach mal zu Hause bleiben, den ganzen Morgen lang. Warum nicht? Soll Joley für ein paar Stunden allein auf den Laden aufpassen. Sie wird sich nicht anziehen, sie wird einfach den Tag genießen und nähen.

Mona hat eine Idee für eine Puppe, eine neue mit einem ruhigen und nachdenklichen Gesicht und langen, zarten Gliedern. Sie könnte ihr eine Schürze aus dem Ärmel einer Drillichjacke und eine Baumwollbluse aus einem Kissenbezug nähen. Oder wie wäre es mit einem Kilt aus einem Stück Decke mit Schottenmuster und einer Norwegerstrickjacke aus einer Norwegerstrickjacke? Ein knapper Meter rubinroter Jacquardstoff wartet auf ihrem Arbeitstisch – na ja, eigentlich ist es nur ein Tisch, und ihre Werkstatt ist einfach nur das größte Zimmer mit dem besten Licht, mit Platz für die Puppen und die Stoffe, für die Nähmaschine und eine Arbeitsbank, auf der sie acht Leute zum Abendessen unterbringen kann. Sie schaut die Regale mit den Stoffen durch, auf der Suche nach einem Stück Cord in einer Kontrastfarbe. Sie hat Stoffe aller Art, gefaltet und in Ballen, streng nach Farbschattierungen geordnet, und eine Teekiste voller gerüschter Spitzenabschnitte. Secondhandvorhänge hängen an Haken an der Rückseite der Tür. In den Secondhandläden und auf Flohmärkten kauft sie die – nicht, dass es noch Flohmärkte gäbe. Früher haben die Methodisten und Christadelphians riesige Flohmärkte organisiert, mit massenweise Qualitätsware, Büchern und Krimskrams für ein paar Pennys, mit einer Tombola, selbstgemachtem Chutney, einem Kuchenstand und einem riesigen Teekessel. Alles vorbei. Mona zahlt an die zehn Pfund für einen guten Wildledermantel oder einen Läufer mit Wollstickerei. Aber das ist es wert. Sie zieht ein Stück pelziges Wildleder heraus, das zu dem rubinfarbenen Jacquardstoff passt, und gerade als sie hineinschneiden will, klingelt das Telefon.

Das ist sicher Valerie wegen des Wochenendes. Mona stößt sich den Ellenbogen am Türrahmen, weil sie so hastig hindurchgeht, und reibt ihn.

«Hallo?»

Ja, es ist Val. Mona hört zu, lässt die Schultern hängen und senkt die Stimme.

«Oh nein. Tut mir so leid, Val. Nicht schon wieder. Es geht ihr also schlechter. Was ist denn passiert?»

Es geht nicht um Samstag. Na ja, eigentlich schon. Sie hört sich Vals Geschichte an und stellt ihre Fragen an den richtigen Stellen. «Deine arme Mutter. Wo ist das passiert? Corporation Street? Was hat sie denn in der Stadt gemacht? Verirrt hat sie sich? War sie allein? Oh nein, Val.»

Mona hört die Angespanntheit in Vals Stimme, weiß, dass Val es hasst, jemanden im Stich zu lassen. Also macht Mona es ihr leicht.

«Nein, du kannst sie nicht allein lassen. Bleib, wo du bist. Mach dir keine Gedanken», sagt Mona. «Ich bin doch im November da. Wir können es im November machen. Wir können essen gehen. Ja, natürlich. Nein. Sei nicht albern. Nein.»

Beim Zuhören lässt sich Mona auf die Armlehne ihres Lieblingssessels sinken, den sie auf den Fernseher und die hohen Fenster mit dem Blick über die Gärten ausgerichtet hat.

«Ich komm schon zurecht. Du musst dort bleiben, Val, meine Liebe. Ich will nichts davon hören. Nein.»

Aber Mona hat schon aufgehört, ihrer Freundin zuzuhören, die 284 Kilometer und damit drei Stunden weit weg wohnt. Sie nickt, als könne Val sie sehen, und lässt ihre Stimme leichthin klingen.

«Wir wussten doch, dass das irgendwann passieren würde, oder, Val? Als sie in diesen Leoparden-Leggins nach Hause kam, erinnerst du dich? Da haben wir schon gesagt, dass sie nicht mehr ganz richtig im Kopf ist. Mit ihren achtzig Jahren.»

Sie kichert gemeinsam mit Val, die sagt, dass sie morgen wieder anrufen will. «Mach dir um mich keine Gedanken. Tu einfach, was du tun musst. Wo ist sie denn jetzt? Das Queen Elizabeth Hospital ist ein gutes Krankenhaus. Bring ihr das Bettjäckchen mit, das, in dem sie aussieht wie Liberace. Das heitert sie bestimmt auf. Und dazu die Leggins. Das ist mal ein tolles Outfit. Oh, wir dürfen darüber nicht lachen, Val. Also los mit dir. Los. Ja. Auf Wiederhören, meine Liebe. Tschüs.»

Sie legt den Hörer auf die Gabel und geht zurück zu dem Drehstuhl in ihrem Arbeitszimmer. Sie nimmt Belinda in die Hand und besieht sie sich von allen Seiten. Bisher trägt die Puppe nur eine Schicht Grundierung und Vorlack und zwei Schichten kreideweiße Farbe; ihre Augen sind grün, mit einer Pupille. Das Puppengesicht ist so glatt und fein wie Porzellan, obwohl ein geübtes Auge noch die Maserung im Holz unter der Alabasterfarbe erkennen kann. Mona reibt sich mit dem Daumen die Augen.

«Was möchtest du denn gern, Belinda?», fragt sie. «Ich meine, wenn du dir etwas wünschen könntest? Bestimmt keine Arbeitskleider, oder? Ein Partykleid, das vielleicht?»

Dann legt Mona die Puppe wieder hin und geht aus dem Zimmer. «Jetzt redest du schon mit dir selbst, Mona. Du redest mit dir selbst.»

Sie setzt den Kessel auf, und während das Wasser heiß wird, räumt sie die Küche auf, faltet den Putzlappen zusammen und legt ihn über den Wasserhahn. Sie nimmt einen Becher aus dem Schrank und löffelt Kaffee hinein.

«Und wenn du nicht mit dir selbst redest», fährt sie fort, «sprichst du mit einem Stück Holz. Bin mir nicht sicher, was schlimmer ist.» Sie gießt kochendes Wasser auf und fügt Milch hinzu. «Das Holz, Mona. Eindeutig das Holz.»

Sie geht langsam zurück ins Wohnzimmer und setzt sich in ihren Sessel. Die Mittagssonne malt die Rahmen der Fenster gelb und wird die Vorhänge ausbleichen. Das Rot im Teppich wird bald verschossen sein und die Farbe der Auslegeware verändert, aber Mona ist das egal. Sie sitzt mit dem Becher im Schoß da und denkt an Samstag und daran, wie sie sich wohl fühlen wird, wenn sie tatsächlich nicht mehr neunundfünfzig, sondern sechzig ist. Sie stellt sich vor, wie es wäre, Freitag ins Bett zu gehen und einzuschlafen oder es zumindest zu versuchen. Sie hatte nicht immer Angst vorm Alter, früher einmal hätte sie sich sogar darauf gefreut, als sie jemanden hatte, mit dem sie alt werden konnte. Sie hatten so viele Pläne damals, und sie dachten, sie hätten noch Zeit, sie alle zu verwirklichen, aber damals waren sie so verdammt jung, dass sie glaubten, das Leben dauere ewig.

Sie blinzelt und schaut sich in ihrem Wohnzimmer um. Es ist nicht zu spät. Sie könnte ein paar Leute zu sich einladen. Canapés machen. Canapés kaufen. Ein paar Flaschen Weißwein. Bier. Oder sogar ein gesetztes Essen. Sie dreht sich zu dem Tisch um. Er ist zusammengeklappt.

«Ha», sagt sie. «Wann habe ich dich eigentlich zum letzten Mal gebraucht?»

Vielleicht sollte sie eine Spontanparty im Laden feiern, offenes Haus, kommen Sie rein, kommt alle rein, Kostüme, venezianische Masken. Sie könnten hinaus aufs Kopfsteinpflaster gehen und die George Street hinuntertanzen, betrunken und sorglos. Sie springt aus dem Sessel auf und tänzelt in die Küche, bleibt aber stehen, als sie sich im Spiegel sieht. Sie ist noch nicht einmal angezogen, der Kragen ihres Morgenmantels steht im Nacken hoch, ihr Haar ist zerzaust. Der General hat sie dann wohl so gesehen. Sie richtet sich auf und glättet und ordnet ihre Kleidung, aber es ist zu spät, der Zug ist abgefahren.

Sie gießt ihren Kaffee in den Ausguss und seufzt. «Tricia hat vielleicht Lust auszugehen», sagt sie laut. «Ich gehe einfach bei ihr vorbei.»

Den Hügel hinunter, um den Park herum, links abbiegen. In der ganzen Stadt wird gebaut, die alteingesessenen Geschäfte werden jetzt Bioläden oder Bäckereien, in denen selbstgemachtes Brot verkauft wird. Tricias leicht heruntergekommene Straße ist sicher als nächste dran. Das alte Eisenwarengeschäft an der Ecke hat schon jemand aufgekauft. Der uralte hölzerne Verkaufstresen liegt umgekippt auf der Straße. Man sieht sein Innenleben, verzogen vom Regen. Der Lack blättert ab, es sieht aus wie kranke Haut. Der große gelbe Container vor dem Laden ist voll bis zum Rand, und das rote Schild, auf dem steht «Robinsons Eisenwaren», liegt ganz oben, verrostet und zerbeult.

Mona steigt über den Müll auf dem Bürgersteig und geht ein paar Meter weiter zu Tricias Haus. Die Fenster sind beschlagen, Kondenswasser rinnt an ihnen herab.

Trish sitzt in einem Sessel vorn im Salon, das Gesicht einem Spiegel zugewandt, ein braunes Handtuch auf den Schultern. Dunkelviolette Farbe ist aus ihrem Haar auf die Stirn und in den Nacken getropft.

«Du versuchst es also jetzt mit dunkel und sexy, Trish?», sagt Mona und setzt sich auf einen freien Stuhl.

Tricia zieht die Brauen hoch. «Mitternachtsrabe angeblich.» Sie blinzelt in den Spiegel und kratzt sich mit dem Griff ihres Kamms die Kopfhaut. «Oder Krähen nach Feierabend, wie ich es nenne.»

Mona lacht. «Hast du am Samstagabend Zeit, Trish?»

Tricias Blick huscht hin und her. «Samstagabend? Da klingelt doch was.»

«Oh, macht gar nichts, wenn du schon was vorhast, ich wollte nur ...»

«Nein, nein.» Tricia tippt sich mit dem Finger an die Stirn. «Lass mich nachdenken. Oh warte, ich hab da was für dich.» – «Adele! Adele, komm mal her.» Tricia verdreht die Augen zur Decke. «Ernsthaft, Mona, das ist noch so eine, direkt vom College. Neu. Dumm. Taub.»

Ein blondes Mädchen eilt herbei, sie sieht ein bisschen aus wie ein Windhund, dünn und schmal.

«Adele, erinnerst du dich an den Pferdeschwanz von letztem Samstag? Hol ihn mal her. Zweite Schublade rechts vom Kühlschrank. Und dann mach mir die Schmiere aus dem Haar. Schnell. Beeil dich. Los. Pferdeschwanz erst, dann spül mich aus.»

Mona holt eine Plastiktüte aus der Tasche und schüttelt sie auf. «Ein Pferdeschwanz? Das ist ja toll, Trish.»

Trish wirbelt auf ihrem Stuhl herum. «Ja, Mona, meine Liebe, die Geschichte dazu wird dir auch gefallen. Kleines Mädchen, ungefähr elf, würde ich sagen, kommt mit ihrem Dad hierher. Setzt sich genau hierhin. Will die Seiten rasiert haben und eine riesige Tolle oben, wie so ein Popstar, kann mich an den Namen nicht erinnern. Also denke ich so bei mir: Papawochenende. Mutter und Vater getrennt. Er hat das Goldkind übers Wochenende, und das Goldkind hat ihn bei den Eiern. Also schlage ich vor: ‹Wie wär's denn mit einem Bob? Oder mit ein paar unregelmäßigen Stufen?›, aber er sagt: ‹Bitte genau das, was sie möchte, Lady›, und ich so: ‹Das wirst du aber bereuen, Freundchen.› Das war eine richtige kleine Madam, stimmt doch, Adele? Adele?» Trish steht aus dem Sessel auf und stürmt in den hinteren Teil des Salons. «Adele? Nun mach schon! Ich fühle mich wie eine Aussätzige, so juckt das. Der Pferdeschwanz, Adele. Hast du ihn? Gib her.» Trish hält einen langen weißblonden Strang Haar in die Höhe. «Sieh dir nur mal an, wie lang der ist. Ernsthaft, ich habe zu dem Dad gesagt: ‹Hör mal›, sage ich, ‹ich kapier das schon. Es ist dein wertvolles Wochenende. Du willst sie ein bisschen verwöhnen. Und sie ist wirklich ein hübsches Mädchen. Ich weiß genau, wie sie in diesem Alter sind. Aber schick sie nicht so nach Hause. Sie sieht dann ja aus wie eine Lesbe. Das wird ihrer Mum sicher gar nicht gefallen.› Jedenfalls, du kennst mich ja, ich hatte ihn schon beinahe überzeugt, dass sie mit einem guten Kurzhaarschnitt besser fährt, da fängt die kleine Madam doch an zu schauspielern, schmollt wie ein Kleinkind, verschränkt die Arme vor der Brust, quetscht zwei dicke kleine Tränchen hervor, und er so: ‹Ist ja gut, Liebling. Schon gut. Nicht weinen.›» Trish schwingt den Pferdeschwanz wie ein Lasso. «Unsereiner soll ja nicht mit den Kunden diskutieren, Mona, meine Liebe. Also hier ist er. Ein Pferdeschwanz. Eine lange Zeit, bis der wieder nachgewachsen ist. Und ein Dad, der tief in Ungnade fällt.»

Mona nimmt das Haar, seidig, schwer liegt es in ihrer Hand. Sie fragt sich, wie es sich wohl angefühlt hat, als es auf dem Rücken des Mädchens lag, auf ihrem Kissen. Sie steckt den Zopf in ihre Einkaufstasche. Trishs neues Mädchen spült die violette Farbe aus, und sobald Trish wieder aufrecht sitzt, geht sie direkt zum Spiegel und runzelt die Stirn.

«Das wird schon gut aussehen, wenn es geföhnt ist.» Sie fängt Monas Blick auf. «Mona, Schätzchen. Ich habe es dir schon so oft gesagt. Ehrlich, lass dich honigblond färben, das würde dir wirklich stehen mit deinem Gesicht und deinem Teint. Ein paar goldene Strähnchen und ein paar Zentimeter hinten abschneiden. Du würdest um Jahre jünger aussehen. Jahrzehnte sogar.»

«Jahrzehnte? Das ist aber ein gewaltiges Versprechen.»

«Na los. Gönn dir mal was.»

Mona zuckt die Achseln. «Ist schon in Ordnung so, Trish.»

«Sagt wer?»

«Ich und der Spiegel.»

«Ja, also, du kommst schon seit fünfzehn Jahren hierher, Schätzchen, und die Mode ändert sich. Man muss mit der Zeit gehen. Glaub mir, Mona, fünf Zentimeter müssen hinten runter, helle Strähnchen, dunkle Strähnchen und föhnen. Du wirst dich nicht wiedererkennen. Zweieinhalb Zentimeter pro Jahrzehnt, das du jünger aussiehst. Das ist doch ein prima Deal für unsere Verhältnisse.»

Trish versucht, ihren Föhn zu übertönen, und zerrt mit einer großen Bürste an ihren schwarzen Locken. «Geht aufs Haus, Mona, und das sage ich nicht oft, oder?»

Mona schüttelt den Kopf und tätschelt Trish den Rücken. «Danke, meine Liebe, vielleicht mach ich das. Eines Tages komme ich her, mit einer Baskenmütze auf dem Kopf und Netzstrümpfen an den Beinen, und dann lasse ich mir knallrote Extensions machen. Wie findest du das?»

«Peroxid-Löckchen passen besser zu einer Baskenmütze. Frag mich nicht, woher ich das weiß.»

Mona lacht. «Löckchen also. Soll ich was in den Spendentopf tun? Wofür ist es diesmal?»

«Welpen, glaube ich. Oder blinde Esel. Weiß ich gerade nicht mehr.»

«Na gut», sagt Mona, kramt ihre Geldbörse hervor und lässt eine Zwei-Pfund-Münze in ein blaues Plastikeimerchen neben der Kasse fallen. Dann ruft sie: «Was ist eigentlich nebenan los?»

«Kebabs und Burger offenbar. Stell dir mal vor, wie das riecht! Gebratenes Fleisch und ausgelassener Speck. Die stänkern uns hier noch raus. Ich kann wirklich nicht behaupten, dass ich mich darüber freue, aber immerhin machen sie die Gegend schicker.»

«Danke, meine Liebe!», ruft Mona auf dem Weg nach draußen. Sie ist schon am Kebab-Imbiss vorbei und auf dem Weg nach Hause, als sie wieder lachen muss. «Krähen nach Feierabend», sagt sie. Sie hat ganz vergessen, noch einmal wegen Samstag zu fragen.

6

Monas Mutter schläft jetzt fast den ganzen Tag, und ihr Vater hat einen Sessel nach oben getragen und ihn neben das Fenster ins Krankenzimmer gestellt. Den ganzen Sommer ist Mona unten am Strand. Ihr Vater hört Monas Fragen kaum noch, schimpft sie nie aus und liest ihr keine Gutenachtgeschichten mehr vor. Wenn er nicht oben ist, sitzt er zusammengesunken am erkalteten Feuer, als wolle er es zurück ins Leben zwingen. Aus dem Dorf kommen Frauen und bringen Aufläufe und Kuchen. Mona kann kommen und gehen, wie sie will.

Manchmal drückt sie Muscheln in den feuchten Sand, sodass sie die Form einer Puppe bilden, eine große Muschel für den Rumpf und ganz viele kleine Muscheln für die Arme und Beine. Seetang ergibt gutes Haar, wild und dunkel. Dann rennt sie wieder los und sucht in den Höhlen und Einbuchtungen nach etwas Besonderem, etwas Schönem für den Kopf und das Gesicht, vielleicht nach einem glatten flachen Stein, dem schimmernden Panzer einer Krabbe, einem Stück bernsteinfarbenem, glattgeschliffenem Glas, aber meistens hat das Meer den Körper schon wieder mit sich genommen, wenn sie mit ihren Schätzen zurückkommt, und genau das passiert auch mit Monas Mutter.

Eines Tages, als Mona aus der Schule nach Hause kommt, ist das Haus voller Leute. Ihren Vater kann sie nirgends finden. Eine Frau sagt die ganze Zeit: «Das arme Kind, das arme kleine Mäuschen», und Mona braucht viele Wochen, bis sie begreift, dass das arme Kind sie selbst ist. Mona rennt durchs Haus, rempelt die Nachbarn an, die im Flur und in der Küche herumstehen, und sucht nach ihrem Vater. Hände greifen nach ihr, die Leute seufzen und sagen: «Er kommt ja gleich wieder», oder: «Du liebe Güte, sie soll bloß drinnen bleiben», aber Mona entzieht sich ihrem Griff, sie schubst sie von sich weg und rennt aus der Hintertür hinunter zum Meer.

Sie findet dort ihren Vater, der den Kopf in die Hände gestützt hat und wie am Spieß schreit, den Mund weit aufgerissen, die Kehle ganz heiser von dem Versuch, einen Schrei hervorzubringen, der laut und tief genug ist, um gegen die Wellen und die Ungerechtigkeit des Lebens anzukommen. Mona stellt sich neben ihn und nimmt seine Hand. Sie schreien zusammen, bis jemand sie reinbringt, bis sie im Wohnzimmer sitzen, wie Besucher im eigenen Haus, und man ihnen Tee aus dem guten Porzellan und Früchtebrot mit Butter hinstellt. Mona und ihr Vater sitzen Hand in Hand da, bis alle gehen, dann legt er den Arm um sie und zieht sie an seine Brust.

«Wir hatten sie eine lange Zeit», sagt er, «länger, als sie vorausgesagt haben. Und wir haben sie bis zum Ende geliebt.»

«Ja, Dadda, das stimmt.»

«Es war eine kostbare Zeit, Mona.»

«Ist das der Trick, Dadda?»

Eine lange, lange Weile sagt er gar nichts, dann wischt er sich mit dem Ärmel über das Gesicht.

«Ja, Mona, das ist der Trick.»

In den darauffolgenden Tagen spazieren sie oft hinunter zum Strand und weiter zum Forlorn Point, um mit dem Meer zusammen zu heulen, und hinterher zeigt sie ihm, wie man spielt, wie man Puppen aus Muscheln und Steinen legt, immer sieben oder acht auf einmal, bis ihr Vater sagt: «Na komm, mein kleines Mädchen. Es ist Zeit heimzugehen.»

Und er bereitet ihr wirklich ein Heim. Als Mona zwölf ist, hat sie beinahe vergessen, wie es ist, eine Mutter zu haben. Ihr Vater führt den Haushalt, er räumt auf und kocht, fegt die Fliesen von vorn bis hinten, verschiebt den Nippes, um dazwischen Staub zu wischen, und Mona muss überhaupt nicht mithelfen, wenn sie nicht möchte. Aber sie möchte, und sie wechseln die Laken zusammen, jeder auf seiner Seite des Bettes, klopfen den Staub aus den Teppichen, putzen die Fenster und kochen den Schinken als Team, ihr Vater über eins neunzig, und Mona klein und flink.

Kein Monat vergeht, ohne dass sie Bridie O'Connor im Dorf besuchen. Es gibt da eine Verbindung auf der mütterlichen Seite der Familie, und ihr Vater sagt ihr jedes Mal, sie solle ein hübsches Kleid anziehen und sich ein Band in die Haare binden, die Schuhe polieren und vorzeigbar aussehen. Egal was Mona auch einwendet, der Besuch wird nie verschoben oder vergessen, und irgendwann hört sie auf, sich zu beschweren.

Sie hat sich bei ihrem Vater eingehakt, und sie gehen an den hohen Hecken vorbei, die Hauptstraße entlang und biegen dann in eine kleine Gasse, die auf Mrs. O'Connors großes weißes Haus zuführt.

«Warum besucht sie uns denn nie?», fragt Mona, die inzwischen vierzehn ist.

«Gute Frage», antwortet ihr Vater, als hätte er noch nie darüber nachgedacht.

«Immerhin könnte ich dann die Sachen flicken oder Erbsen palen, während sie wieder dafür sorgt, dass die Zeit stillsteht.»

Ihr Vater lacht und zieht sie an sich. «Sie ist wirklich eine Zauberin, das ist sie, unsere Bridie O'Connor. Länger kann eine Stunde nicht sein. Aber ...»

Und dieses «Aber» sagt alles. Mona kennt die Worte, die danach kommen. Aber irgendwie gehört sie zur Familie, und sie hat dich lieb. Aber sie ist einsam. Aber sie lebt allein. Aber es ist richtig, sie zu besuchen. Aber wir müssen auch an andere Menschen denken, nicht nur an uns selbst. Aber sei kein Unmensch, Mona.

Also lächeln sie beide, wenn sich die Haustür öffnet, und sie geben der Frau beide ein Küsschen auf die gepuderte Wange. Mona geht durch zur Küche und hilft, das Tablett ins Wohnzimmer zu bringen. Sie schenkt den Tee ein und schneidet den Kuchen an, den sie gebacken und in einem mit einem Tuch abgedeckten Korb mitgebracht hat. Bridie und ihr Vater beobachten sie genau dabei, wie sie drei Scheiben auf zarte Porzellantellerchen hebt und sie weitergibt, aber sobald diese Aufgaben erledigt sind, hat sie keine Wahl; sie muss dasitzen und warten.

Ihr Vater bestreitet das Gespräch fast allein. Bridie O'Connor sitzt nur da und zwitschert etwas oder macht ein zustimmendes Geräusch und stellt Fragen, auf die sie garantiert schon die Antwort weiß. Oder zumindest Fragen, die Mona zu Tode langweilen.

«Dein Vater sagt, dass du gut in der Schule bist, Mona. Ist das so?»

«Benutzt du auch immer schön Handcreme, Mona? Ein Mädchen muss gepflegte Hände haben.»

«Mit wem bist du denn in der Schule befreundet?»

Bridie O'Connor ist eine schlanke Frau mit dickem kastanienbraunem Haar, das sie wahrscheinlich jeden Abend auf große Plastikwickler aufdreht, damit es sich zu üppigen Locken bauscht. Sie ist makellos. Sie besitzt unzählige knitterfreie Trevira-Kostüme und maßgeschneiderte Kleider, trägt blickdichte beigefarbene Strümpfe, schwarze, spitze Lacklederschuhe und puderrosa Lippenstift. Manchmal steckt sie sich eine Perlmuttbrosche an oder legt eine Perlenkette um, und zu Weihnachten trägt sie einen Stechpalmenzweig aus Emaille an einer silbernen Nadel. Sie hat immer einen Seidenschal bei sich, entweder auf den Schultern oder auf dem Schoß oder auf der Stuhllehne, und sie hält die geschlossenen, an den Fußgelenken gekreuzten Beine elegant zur Seite geneigt. Während Monas Vater erzählt, schaut sie zu Mona herüber und lächelt, um Mona in das schleppende Gespräch einzubeziehen.

Die Unterhaltungsmöglichkeiten in Kilmore sind äußerst beschränkt. Es gibt Bridies Wohnzimmer oder die immer gleichen vier Wände, gegen die Mona jeden Abend starrt. Ihr Vater sitzt mit einem Buch oder einer Zeitung da, und der alte Fernsehapparat zeigt immer dieselben alten Programme bis zum frühen Sendeschluss, und die sind es ohnehin nicht wert, geschaut zu werden. Allen unter zwanzig geht es so. Sie verlassen das Dorf, einer nach dem anderen, bis gerade noch drei Teenager da sind. Mona sieht zu, wie sie ihre Sachen packen und bei der ersten Gelegenheit fortgehen. Fiona und Maeve gehen nach London, Paulie Byrne fliegt nach Detroit, wo er einen Cousin hat, der ein Restaurant besitzt, und Bernadette Hooley heiratet einen schottischen Maurer, den sie im Urlaub kennengelernt hat, und zieht zu ihm nach Glasgow. Mona ist noch nie weiter von zu Hause weggekommen als bis in Bridie O'Connors stickiges Wohnzimmer. Die Besuche bei ihr kommen immer viel zu schnell.

An einem Sommerabend auf dem Weg nach Hause bleibt Monas Vater auf der Straße stehen.

«Du warst unhöflich», sagt er.

Mona geht weiter. «Sie ist verliebt in dich», sagt sie über die Schulter hinweg. «Und sie ist schon fast hundert.»

Als er sie einholt, legt er ihr den Arm um die Schulter. «Ich habe hier alles, was ich brauche», sagt er. «Du wirst irgendwann heiraten.»

«Wen denn? Wir gehen ja nie irgendwohin. Ich hasse es hier. Ich hasse Wexford, und ich hasse Irland. Alle gehen weg und haben ein tolles Leben woanders, und ich kann das gut verstehen. Man kann es hier nur aushalten, wenn man alt ist.»

«So wie ich?»

«Genau!» Mona schüttelt ihn ab und marschiert nach

Hause. Wenn sie noch einmal dasitzen und zusehen muss, wie Bridie ihre Beine kreuzt und wieder öffnet, mit dem winzigen Goldkreuz an ihrem Hals herumspielt und den Stiel ihres Sherryglases zwischen den Fingern dreht, wird sie noch wahnsinnig. An manchen Besuchssonntagen spricht sie kein einziges Wort, während ihr Vater und Bridie Themen aus den Zeitungen, Tragödien aus dem Fernsehen und Phrasen austauschen, die so abgedroschen sind, dass Mona jedes Mal zusammenzuckt. Wenn ein Fischerboot einen Mann vor dem Ertrinken rettet, heißt es: «Helden sehen Gelegenheiten, wo andere nur Gefahr sehen», wenn der alte Dachdecker von seiner Leiter fällt und jemand anders seinen Job übernimmt, schüttelt Bridie den Kopf und sagt: «Es ist keine Schande, wenn ein Handwerker sein Werkzeug weitergibt», aber was Mona schließlich aufstehen und verkünden lässt, dass sie jetzt sofort nach Hause müssten, ist Bridies Kommentar zu einem Artikel auf der Titelseite des *Echo*, in dem steht, dass ein berühmter Filmstar in der Gegend nach einem Haus sucht. «Ach ja», sagt sie, «man darf diesen Journalisten nicht alles glauben. Immerhin ist Papier geduldig.»

Genau diese Einstellung würde jeden Millionär mit Selbstachtung und einem Hauch Geschmack und gesundem Menschenverstand für immer aus dieser Gegend vertreiben. Genau diese Kleingeistigkeit lässt Mona Abend für Abend zu Hause sitzen, nur unterbrochen von einem gelegentlichen Kinobesuch in Enniscorthy oder, gepriesen sei der Herr, einem Ausflug in die jämmerliche Metropole Wexford selbst, alle Jubeljahre einmal.

Mona geht an ihrem kleinen Häuschen vorbei und lässt

ihren Vater an der Haustür stehen. Stattdessen stampft sie hinunter zum Strand. Sie wirft Steine in die Wellen, bis ihre Arme weh tun, und dann sitzt sie tränenüberströmt im nassen Sand, während sich das Türkis des weiten Himmels in Rosa verwandelt und sich silberne Wolken über den Horizont legen.

Sie hört ihn kommen und wischt sich das Gesicht ab. Er legt eine Decke über ihre Schultern und setzt sich neben sie.

«Ich klopfe dir nicht den Sand aus dem Anzug. Das kannst du selbst machen.»

«Mach ich.»

«Und ich gehe nie wieder zu Bridie O'Connor. Du kannst allein gehen.»

«Verstehe.» Er gibt ihr ein Stück Schokolade. «Du gibst also auf.»

Sie kaut hastig und schluckt. «Was gebe ich auf?»

Ihr Vater bricht die Hälfte der Tafel ab und gibt sie ihr. «Wisch dir die Tränen weg. Hier», sagt er und holt sein Taschentuch heraus.

«Was gebe ich auf?», wiederholt sie.

«Deine Verpflichtungen zu erfüllen.»

Sie stößt die gesamte Luft aus ihrer Lunge und verdreht die Augen. «Herrje, sie ist doch nicht meine verdammte Mutter.»

Die Stille ist unangenehm, und sie weiß genau, dass sie das nicht hätte sagen sollen, also versucht sie, es mit tausend Worten zu verschleiern.

«Ich meine, Herrgott noch mal, Dad. Sie ist so ungefähr meine Tante zwanzigsten Grades oder so, und wir gehen da ständig hin, und wenn wir dort sind, redet ihr immer nur miteinander, und ich könnte genauso gut auf dem Mond sein. Sie spricht doch nur aus Höflichkeit mit mir, und das macht sie nicht mal besonders gut. Du hast gesagt, ich sei unhöflich gewesen, aber sie ist dermaßen damit beschäftigt, dir schöne Augen zu machen, dass sie mich nicht einmal bemerkt. Immer nur Robbie hier und Robbie da, und dann muss ich Tee machen, und ihr beide redet die ganze Zeit über die Zeitung. Weißt du eigentlich, dass ihr jede Woche ganz genau dasselbe sagt? Weißt du das? Ehrlich, ich könnte meine Uhr danach stellen. Die Fischerei, das Wetter, die Regierung, der neue Yachthafen, Kriege und Kriege und Kriege und dann noch ein bisschen Komödie dank dieser schrecklichen Serie, die sie immer schaut und die überhaupt nicht lustig ist.» Mona redet immer weiter. Und sie weiß, dass sie endlich den Mund halten sollte, also tut sie es schließlich auch.

Die ganze Schokolade ist aufgegessen, sie weint schon wieder. Er zieht sie auf die Füße und hält sie den ganzen Weg nach Hause eng an sich gepresst. An diesem Abend ruft er sie aus ihrem Zimmer herunter. Er hat eine Kiste mit Fotos auf dem Schoß und klopft auf den Platz neben sich.

«Sieh mal», sagt er. «Das ist deine Mutter mit mir. Sie war siebzehn. Nicht viel älter als du jetzt.»

Mona hat das Foto schon einmal gesehen. Ihre Mutter in einem taillierten Kostüm, mit einem Pillbox-Hut und weißen Handschuhen auf einer Hochzeit.

«Sieh dir mal die Braut an», sagt er.

Mona hält sich das Foto dicht vor die Augen. Es ist

schwarzweiß und verschwommen, aber sie erkennt trotzdem ein hübsches Mädchen mit dunkelbraunem Haar, in einem engen Spitzenkleid und mit hohen Absätzen, das mit beiden Händen einen Strauß hält.

«Bridie», sagt er.

«Bridie?»

«Bridie.»

«Bridie ist die Braut?»

«Bridie Templeton ist die Braut. Sie muss da ungefähr so … fünfundzwanzig gewesen sein, glaube ich. Das macht sie acht Jahre älter als mich. Knapp hundert also.»

«Herrje.»

«Bridie ist das Kind der Schwester deiner Großmutter mütterlicherseits. Verstanden? Die Mutter deiner Mutter ist Granny Flaherty, ihre Schwester hat einen Mann geheiratet, der schon ein Kind hatte. Dieses Kind ist Bridie. Sie sind angeheiratet. Sie waren angeheiratet.»

Mona starrt das Bild an und kneift die Augen zusammen, um wenigstens den Hauch einer Ähnlichkeit zwischen diesem Bild und der älteren Frau im Gobelinsessel auszumachen.

«Sie hat nur noch uns. Dich und mich, Mona.»

«Und Mr. Michaels und …»

«Ja, sie hat einige Freunde und ein paar Verwandte, aber nur uns, die sie liebhat. Und nur uns, die sie liebhaben.»

Mona sagt nichts.

«Man muss Versprechen nicht geben, um sie zu halten, Mona.»

Sie gibt das Foto ihrem Vater zurück und geht in die Küche. Sie setzt den Kessel auf und öffnet eine Packung

Kekse. Sie arrangiert sie, wie sie es bei Bridie tut, und stellt Tassen und Untertassen auf ein Tablett, was sie zu Hause nie macht. Sie findet ein Spitzendeckchen und legt es über die Teekanne.

Sie stellt das Tablett auf den Couchtisch und schenkt ihrem Vater eine Tasse ein, der dasitzt und die Fotos auf seinem Schoß betrachtet. Als er aufschaut und sieht, was sie getan hat, lächelt er, und das Licht fängt sich in seinen feuchten Augen.

«Ach, Mona.»

7

Der Oktober ist angebrochen, Saisonwechsel. Mona steht am Mittwochmorgen kurz vor Sonnenaufgang auf. Sie öffnet die Vorhänge, und er tut dasselbe, der General schon wieder. Er schläft auch nicht. Aus dieser Entfernung sieht er die Druckstellen nicht, die ihr Kissen in ihrem Gesicht hinterlassen hat. Diesmal winkt er ihr richtig zu, mit einem Drehen aus dem Handgelenk wie ein König, und er sieht sie so lange an, dass Mona ganz rot wird und zurückwinkt. Sie glaubt, ein Lächeln zu sehen, und wendet sich als Erste ab.

Ein ruhiger Tag. Sie will den Laden früh schließen. Um ein Uhr, als Mona gerade ihren Mantel anzieht und den Schlüssel nimmt, öffnet sich die Tür. Die Frau, die eintritt, ist vielleicht vierzig Jahre alt, trägt eine Wachsjacke über der Jeans und einen Rollkragenpullover, derb und abgetragen. Sie hat ein gerötetes Gesicht und trägt kein Make-up. Sie sieht aus, als hätte sie in ihrem Leben viel Zeit draußen verbracht. Vor Wochen hatte man Mona gesagt, dass eine Reiterin kommen würde, und jetzt ist sie da. Die Frau betrachtet die Auslage und nimmt eine Puppe heraus.

«Kann ich Ihnen helfen?», fragt Mona.

Die Frau dreht die Puppe auf den Kopf, sodass das kleine Spitzenröckchen über ihr Gesicht fällt. Mona zeigt auf das Schaufenster.

«Dazu gibt es noch eine männliche Puppe, direkt hinter Ihnen», sagt sie, aber die Reiterin legt die Puppe wieder hin und schüttelt den Kopf. «Ich weiß gar nicht genau, warum ich eigentlich hier bin», sagt sie. «Gayle hat mir gesagt, dass ich herkommen soll. Es war gar nicht meine Idee.»

«Na ja, es ist jedenfalls nett, Sie kennenzulernen», sagt Mona und streckt ihr die Hand hin. Die Frau berührt sie so leicht und schnell, dass Mona ein paar Sekunden lang mit ihrer ausgestreckten Hand dasteht. Sie dreht die Handfläche nach oben.

«Hat Gayle Sie gebeten, mir etwas mitzubringen?»

«Ja, aber ich habe gar nichts mehr. Ich habe alles weggeworfen.» Die Frau richtet sich gerade auf, es wirkt trotzig.

«Das ist in Ordnung», sagt Mona. «Und gar nicht so ungewöhnlich. Und das Gewicht?»

«Gewicht?»

Mona legt die Schlüssel wieder hin und geht um den Verkaufstresen herum, sodass sie jetzt direkt vor der Frau steht. Sie nimmt die Puppe mit dem Spitzenröckchen auf.

«Diese hier zum Beispiel wiegen nur um die 1400 Gramm, weniger noch, wenn man die Kleider abzieht. Es kommt immer auf das Holz an, das der Tischler benutzt. Er stellt sie aus Abfällen her, die bei seinen anderen Arbeiten anfallen, hin und wieder auch aus Treibholz oder Gegenständen, die jemand zurückgebracht hat. Diese spezielle hier wiegt ungefähr ein knappes Kilo. Nach einer Weile bekommt man ein Gefühl dafür. Früher waren es immer Pfund und Unzen, damit komme ich eigentlich besser zurecht. Verstehen Sie den ganzen Unsinn mit den Millilitern, oder sind Sie auch noch bei den Gallonen und Pints?»

«Gallonen, glaube ich. Eigentlich denke ich gar nicht darüber nach.»

Mona richtet die Puppe auf und setzt sie vorsichtig auf ihren Platz. «Meine Generation kämpft mit Kilos und Gramm, wirklich. Ich denke immer noch an eine Zwei-Pfund-Tüte Zucker oder ein halbes Pfund Butter, und ich glaube, das ändert sich auch nicht mehr.»

Die Frau wendet sich ab, während Mona spricht, und schaut zu den Regalen hoch, in denen die großen Puppen in ihren Glaskästen sitzen. «Ich habe Puppen nie besonders gemocht. Selbst als Kind hatte ich keine. Ich fand sie immer sinnlos.»

Mona folgt ihrem Blick. «Oh, es ist ein Mythos, dass alle Mädchen Puppen lieben, oder? Wir wollen einfach nur etwas zum Liebhaben. Das muss gar keine Puppe sein. Es kann auch eine Katze sein. Oder ein Teddy. Oder ein Pferd.»

Die Frau hat ihre Hände in den Taschen verborgen. Mona sieht durch die Taschen hindurch, sieht die geballten Fäuste, hört, wie die Frau nachts mit den Zähnen knirscht, spürt, wie sich ihr Kiefer anspannt. «Ich hatte mal ein Pony», sagt sie.

«Ah. Und ich hatte meinen Vater», versetzt Mona.

Sie sehen sich an, und Mona lächelt und nickt. Die Frau bewegt kaum die Lippen, als sie sagt: «Acht Pfund zwei Unzen. Drei Komma sieben Kilo.»

Mona streckt die Hand aus. Sie berührt die Frau sanft am Arm und nickt. «Wie heißen Sie denn, meine Liebe?»

«Sarah», antwortet sie.

Mona geht zum Tresen und schreibt ihre Adresse auf eine Visitenkarte. «Also, Sarah, Sie können in ein paar Wochen vorbeikommen. Sagen wir, Mittwoch, den fünfzehnten Oktober, um vier Uhr? Es braucht seine Zeit, wenn Sie also noch andere Kinder zu Hause haben ...»

Die Frau runzelt die Stirn. «Was ist das hier eigentlich? Ich meine, was tun Sie hier? Niemand hat mir das richtig erklärt. Gayle hat mir gesagt, ich soll hierherkommen, aber das ist eigentlich nicht genug Information. Was passiert bei diesen Sitzungen? Wie viel kostet es? Ich soll einfach so zu einer Fremden nach Hause gehen und dort *was* tun? Ich will nicht kommen und herausfinden müssen, dass das alles nur Zeitverschwendung war.»

Die Hände in ihren Taschen zucken, aber ihr Körper ist ganz steif. Ihre Stimme und ihr Blick zeigen, wie aufgewühlt sie ist. Mona könnte heulen.

«Es kostet nichts. Es gibt keinen Preis. Es ist ein Geschenk. Und wir unterhalten uns nur, Sarah. Ehrlich, wir reden nur miteinander.»

Die Frau rührt sich nicht. Mona berührt erneut ihren Arm. «Überlassen Sie einfach alles mir. Sie haben den schwierigen Teil schon hinter sich gebracht, nicht wahr? Hierherzukommen? Das ist nicht leicht. Also kommen Sie einfach zu dieser Adresse am Mittwoch, den Fünfzehnten, um vier Uhr. Bringen Sie einen Schal oder eine Decke oder etwas, was Sie gern mögen, oder auch gar nichts, das ist Ihnen überlassen, aber manche Leute wollen gern etwas mitbringen, das ihnen teuer ist. Sie kommen einfach und überlassen mir den Rest. Und kommen Sie allein.»

Die Frau starrt Mona an und öffnet den Mund, aber es kommt nichts heraus. Sie verlässt den Laden und lässt die Tür offen stehen.

Mona geht den weiten Weg nach St. Barnabas, um zum Ende der Gruppensitzung dort zu sein. Sie kommt nicht gern zu früh, weil sie die Gruppe nicht stören möchte, aber manchmal öffnet sie leise die Tür, um zuzuhören.

Wenn das große Kreuz vorn nicht wäre, könnte man die St. Barnabas Church mit ihren Klinkermauern und dem Drahtglas auch für ein Einkaufszentrum halten. Sie bemühen sich wirklich, Gott schütze sie, und es gibt für jeden etwas: Kunst am Nachmittag, Schreib dich gesund, Yoga zur Erholung, Meditation für Mütter. Mona hat fast jeden Kurs schon einmal ausprobiert, sie hat sogar im Demenzclub ausgeholfen, als sie sonst niemanden fanden, aber mit der Selbsthilfegruppe hat sie damals angefangen und sie nie wirklich verlassen.

Die Sitzung neigt sich gerade ihrem Ende zu, als Mona kommt. Sie schaut hinein und hört zu. Gayle sitzt mit einem kleinen Lächeln der Tür gegenüber, die Hände in den Schoß gelegt. Sie trägt ein Kleid mit Flattersaum. Sie atmet tief durch.

«Also, möchte jemand noch etwas sagen, bevor wir die Sitzung beenden?»

Nur ganz selten meldet sich an dieser Stelle noch jemand. Die Frauen wollen nach Hause, und die wenigen Männer sagen ohnehin kaum je etwas.

«Also gut», sagt Gayle, «dann lasst uns in diesen letzten Minuten schweigen. Ihr könnt die Augen schließen, wenn ihr möchtet. Denkt daran zu atmen. Ihr werdet in euren Tag zurückkehren. Ihr werdet diesen Ort hier verlassen und zurück in die Gegenwart kommen. Es geht nicht darum zu vergessen, sondern darum, mit den Erinnerungen zu leben. Seid achtsam. Bleibt im Hier und Jetzt. Und denkt daran zu atmen.»

Einige von ihnen haben Taschentücher in den Händen. Sie tupfen sich die Tränen ab. Sie wollen nicht zurück in die Gegenwart. Aber Gayle ist wirklich gut, sie überredet sie.

«Einige von euch werden einkaufen gehen. Vielleicht besucht ihr auch noch eine Freundin. Ihr nehmt den Bus. Fahrt nach Hause, um den Haushalt zu machen. Stellt euch vor, was ihr mit dem Rest des Tages, mit dem Rest eures Abends, dem Rest eurer Woche anfangen werdet. Wir haben heute Nachmittag über schmerzhafte Dinge gesprochen, und wir konnten unsere Gefühle ausloten. Und jetzt versuchen wir, diese Gefühle dort zu lassen, wo sie sind. Sie loszulassen. Und denkt daran zu atmen. Wir kommen jetzt zurück. Wir lassen los, damit wir sicher und ruhig in unseren Tag zurückkehren können.»

Stille, nur ein Husten und ein Schniefen, Füßescharren.

«Alles in Ordnung?», fragt Gayle. «Okay. Möchte noch jemand eine abschließende Bemerkung machen? Vielleicht worüber wir das nächste Mal sprechen könnten? Oder was ihr für den Rest des Tages vorhabt?»

Das Mädchen, das jetzt spricht, ist schwanger. «Ich möchte mich nur bedanken, weil ich mir überhaupt nicht sicher war, ob ich kommen sollte, ihr wisst schon, damit.» Sie trommelt mit den Fingern auf der prallen Kugel ihres Bauches. «Ich habe schon noch irgendwie Angst und so, aber ich glaube, wenn ich es nur schaffe, mir immer wieder zu sagen, dass es nie zweimal hintereinander passiert ...»

Ein zustimmendes Geräusch von einer Frau, die mit dem Rücken zur Tür sitzt.

«Danke, Laura», sagt Gayle. «Sonst noch jemand? Nein? Gut, danke schön. Das nächste Treffen findet am neunundzwanzigsten Oktober statt. Einzelheiten stehen im Newsletter.»

Stühle kratzen über den Kunststoffboden, sie ziehen ihre Mäntel an, die Frauen nehmen ihre Handtaschen, die Männer stapeln die Stühle aufeinander. Mona steht an der Seite. Sie gehen zu zweit oder zu dritt durch die Tür und an ihr vorbei. Als der Raum leer ist, tritt sie ein. «Hallo, Gayle, meine Liebe.»

Gayles schwere Arme pressen den Atem aus Mona heraus, es macht ein kleines Geräusch. «Zeit für einen Kaffee, Mona?», fragt sie. «Zurück ins Leben hat gerade so eine Aktion: ein Getränk und ein Gebäckstück für ein Pfund fünfundsechzig.» Sie malt mit den Fingern Anführungszeichen in die Luft und beißt sich auf die Unterlippe. «Ist das zu fassen?»

Bevor sich Mona eine Ausrede ausdenken kann, schüttelt Gayle den Kopf. «Nein, ich auch nicht. Na komm, wir probieren dieses neue Café am Park aus. Warst du da schon mal drin? Ich habe noch eine halbe Stunde, bis mein Zug fährt. Na komm.»

Sie hakt sich bei Mona ein, und eng aneinandergeschmiegt gehen sie um die Anlage herum und zurück in Richtung Altstadt.

Nach ein paar Minuten stupst Gayle sie zart an. «Alles okay mit dir, Mona?»

«Am Samstag werde ich sechzig», antwortet sie.

«Na ja», sagt Gayle und zieht sie noch ein wenig näher an sich heran, «wenn ich mit sechzig so aussehe wie du, bin ich mehr als glücklich. Was willst du denn machen an dem Tag?»

«Weiß ich noch nicht.»

Gayle bleibt wie angewurzelt stehen. «Das geht aber nicht. Das ist doch ein runder Geburtstag. Den muss man feiern.»

«Ich hatte etwas geplant, aber das hat sich zerschlagen, und ...»

«Also abgemacht», sagt Gayle. «Wir gehen zum Fetten Mops. Ein nettes, ruhiges Abendessen.»

Mona atmet tief durch. «Danke, Gayle, meine Liebe. Ich hätte es schlimm gefunden, zu Hause mit einer Tüte Chips zu sitzen. In dieser Zeit des Jahres geht es mir nie besonders gut.»

Gayle senkt die Stimme, als sie in die Altstadt einbiegen. «Du solltest wieder zur Gruppe kommen, Mona.»

Mona zuckt die Achseln und sagt «Vielleicht», aber eigentlich will sie nur die letzten fünf Minuten von der Gruppe, wenn alle still sind, wenn Gayle ihnen sagt, dass sie zurück in die Gegenwart kommen sollen, fast als ob sie aus dem Wasser auftauchten. Wenn Mona ans Loslassen denkt.

Dann sieht sie ihn. Den General. Obwohl sie nur seinen Rücken sehen kann, ist sie sich ganz sicher. Und während Gayle über die Vorteile und die Kraft geteilter Erfahrungen und die netten Mütter und die wenigen armen Männer spricht, geht Mona weiter, nickend und zustimmend, und merkt, dass sie dem General durch die Seitenstraßen folgt, immer hinter seinem beigefarbenen Regenmantel her, der um Ecken biegt, bis er am Park ankommt, dann über die Straße direkt zur Wiener Konditorei geht und darin verschwindet. Mona zögert.

«Willst du nicht reingehen? Na los», sagt Gayle und stößt die Tür auf. Drinnen ist es warm und hell, aber heiße Luft auf kalten Wangen bedeutet, dass sich Monas Wangen röten, und dann sieht sie aus, als ob sie sich schämt oder ihr etwas peinlich ist. Ihr Haar ist bestimmt entweder schlaff oder zerzaust, sie hat keine Ahnung, was von beidem. Kein Lippenstift.

Der General steht direkt vor ihnen in der Schlange, breitschultrig und groß, größer als Monas Vater, und sein Haar ist zurückgekämmt und stößt beinahe auf den Kragen. Er bewegt sich vorwärts, und sie rücken nach.

Sie haben sich eine solche Mühe gegeben für dieses Café. Kleine Marmortischchen, gedeckt für zwei, mit winzigen Porzellanvasen und flackernden Teelichten darauf. Schokoladenfarbene Bugholzstühle, ein schwarz-weiß gefliester Boden. Auf einem geschwungenen Mahagoni-Tresen stehen unter Glasglocken mächtige Kuchen, sahnige Torten in Rosa und Braun, zarte Biskuitböden mit Obst darauf. Darunter häufen sich auf Holzregalen Macarons und Kekse, dicke Eclairs mit klebriger Glasur, und im hinteren Teil des Cafés zischt und brodelt eine Kaffeemaschine, daneben steht eine altmodische Kasse, die ein wohlklingendes «Ping» erzeugt. Es ist alles wunderhübsch.

«Ooh», macht Gayle, die sich über ein Tablett mit Strudelgebäck beugt. «Worauf hast du denn Lust, Mona?»

Sobald Gayle das gesagt hat, wendet der General so schnell den Kopf nach ihnen, dass er Mona wieder dabei erwischt, wie sie ihn ansieht. Er lächelt und dreht sich ganz um.

«Ach, ich habe Sie gar nicht erkannt, jetzt, da Sie angezogen sind.»

Gayle sieht Mona seltsam an, konzentriert sich dann aber wieder auf den Kuchen. Sie studiert die Auslage, als hinge ihr Leben davon ab, bückt sich immer tiefer und späht noch in die hintersten Ecken.

Der General streckt seine Hand aus, und Mona ergreift sie. «Darf ich mich vorstellen, da wir uns jetzt in Fleisch und Blut begegnen. Karl», sagt er. Seine Hand ist riesig und warm. Mona hat das Gefühl, dass ihre darin verschwindet. Er lässt sie nicht los, sondern schüttelt sie, und dann schüttelt er sie noch einmal. «Ich warte», sagt er. «Ich glaube, das ist die Stelle, an der Sie antworten müssen.»

«Mona, Mona.»

Er neigt den Kopf. «Mona Mona?» Weil er lächelt und die Augenbrauen hebt und weil Gayle sich so angestrengt windet, um ihnen nicht im Weg zu sein, muss Mona lachen.

«Desdemona. Nur einmal. Ich heiße Mona.»

«Ah», sagt er, «*Enchanté*, Desdemona.» Erneut neigt er den Kopf. «Und das ist?»

«Gayle», antwortet Mona. «Gayle, das ist Karl. Er ist mein Nachbar.»

Gayle richtet sich auf, sie lächelt bereits. Sie streckt die Hand aus. Karls Händedruck ist schnell.

«Also», sagt er, «wir sind wohl alle gekommen, um jemandes Traum wahr werden zu lassen, nicht?»

«Wie bitte?», sagt Mona.

Karl beugt sich vor und flüstert. Er riecht nach einem Rasierwasser, nach etwas, das man in einem großen Kaufhaus bekommt, männlich und teuer.

«Das hier ist doch jemandes Traum, dieses Café, nicht? Sehen Sie nur. Wie schön, dass die Leute es noch immer wagen zu träumen. Finden Sie nicht?»

«Ja, ja», sagt Gayle, aber Karl spricht nur mit Mona.

«Vielleicht haben sie ein Darlehen bei der Bank aufgenommen und diese bezaubernden Tische und Stühle gekauft. Und vielleicht haben sie den Schmuck ihrer Großmutter verkauft, um die Kaffeemaschine anzuschaffen. Es ist ein Wagnis, nicht wahr? Aber sie glauben, dass es ein Erfolg wird. Nein, sie sind sich sogar sicher. Was glauben Sie, Mona? Gibt es ein Happy End?»

Er beugt sich ganz dicht zu ihr herunter, und Mona sieht die regenbogenfarbenen Glaslaternen an der Decke und die steifen Spitzenvorhänge, die leeren Tische und die einzelne Frau, die in der Ecke sitzt.

«Ja, ich glaube, das wird funktionieren. Ich hoffe es jedenfalls. Die Leute müssen immer essen und trinken, nicht wahr?»

Karl klatscht in die Hände und wendet sich an Gayle.

«Finde ich auch», sagt sie.

«Gut! Wenn Sie mich also entschuldigen wollen, ich muss mir schnell einen Kaffee kaufen und verschwinden. Ich bin schon ein wenig spät.» Aber er rührt sich nicht. «Vielleicht», sagt er, «sehe ich Sie ja heute Nacht am Fenster. Oder sollte ich sagen: am Morgen. Wir schlafen ja nicht, Sie und ich.»

«Na ja, ich versuche es, aber ...»

Gayle widmet sich wieder der Kuchenauslage.

«Wir sehen einfach, was passiert», sagt er schnell. «Oder vielleicht treffen wir uns nächste Woche hier. Mittwoch zur selben Zeit, sagen wir zwei Uhr? Ich würde mich freuen.»

«Ja», sagt Mona. Dann dreht er sich um und spricht mit dem Mädchen hinter dem Tresen. Er kauft einen sehr kleinen Kaffeebecher und trinkt ihn aus, ohne sich zu setzen. Er lächelt Mona noch einmal an und ist dann verschwunden.

Gayle wählt einen Tisch am Fenster, und sie sitzen vor ihren kleinen Kaffeetassen, zarten Kuchentellerchen mit Goldrand und haben jede eine Gabel in der Hand.

«Das hier ist offenbar Topfenknödel», sagt Gayle und vergleicht ihren Kuchen mit dem Bild auf der Speisekarte.

«Was bedeutet das auf Englisch?», fragt Mona. «Knödel, die in Marmelade schwimmen? Oder süße frittierte Miniküchlein, die auf einem Bett aus Kirschkompott ruhen? Die hätte ich auch nehmen sollen.»

«Ja, allerdings. Du kannst es dir leisten, dicker zu werden, ich nicht. Wie heißt dein Kuchen denn?»

Mona betrachtet die kleinen Bilder. «Mont Blanc», antwortet sie und schiebt sich ein Stück Torte in den Mund. «Ich dachte, das sei ein Berg. Kein besonders guter Name für ein Zweitausend-Kalorien-Dessert, wenn du mich fragst.»

Das Fenster ist derart beschlagen, dass Mona Karl sowieso nicht mehr sehen kann, aber sie guckt trotzdem.

«Netter Mann», stellt Gayle fest.

«Ja, das ist er», sagt Mona. «Ich kenne ihn eigentlich nicht, aber wir winken uns immer zu.»

«Der mag dich.»

«Keine Ahnung, aber er wirkt nett.»

«Also», fährt Gayle fort. «Ist denn eine von ihnen aufgetaucht?»

«Beide», antwortet Mona. «Christine und Sarah. Bei Christine bin ich mir sicher, aber Sarah wird sicher noch einige Zeit brauchen, wenn sie überhaupt kommt.»

«Das ist wirklich schade», sagt Gayle und nimmt ein paar übriggebliebene Krümel mit der Gabel auf. «Ihr Mann macht sich Sorgen um sie. Befürchtet, dass sie vielleicht verzögert reagiert. Zwölf Jahre verzögert.»

Mona schließt die Augen. Zwölf Jahre sind gar nicht so lang. «Ich bereite jedenfalls schon mal alles vor.»

Mona schläft in dieser Nacht durch. Sie schläft und hat einen wunderbaren Traum. Er kommt so selten, dieser wunderbare Traum, es ist so selten, dass ihre Erinnerungen sich nicht in einen Albtraum verwandeln. Strahlendes Sonnenlicht. Beinahe blendend. Sie sitzt aufrecht in einem weißen Nachthemd in ihrem Krankenbett, mit einem blauen Mohair-Bettjäckchen darüber, das sie mit einer Satinschleife am Hals geschlossen hat. Sie hat einen Prospekt. Sie hat eine Krankenschwester. Die Krankenschwester ist Val. Nach kurzem Überlegen wählt Mona einen wunderschönen honigfarbenen Holzsarg mit matten goldfarbenen Griffen und einem Elfenbeinkreuz, das schützend darauf liegt, ebenso lang und blass wie das Kind darin. Und die ganze Zeit weiß sie im Traum, dass sie träumt. Sie kann den Traum beschleunigen, sie kann ihn verlangsamen. Diesmal schwebt Mona über sanfte grüne Hügel, wie die Hügel in Wexford, zu einer Privatkapelle aus verwittertem Stein, in der ein freundlicher Priester kniet und mit ihr am Holzsarg betet. Er spricht lange Gebete, die sie zum Weinen bringen. Am Ende ist es immer das Weinen, das sie aufweckt, die juckenden Tränen, die ihr den Hals hinunterlaufen oder sich in ihren Ohren sammeln. Und dann wieder Schlaf, langer, langer Schlaf.

8

Herzlichen Glückwunsch, mein wunderschönes Mädchen. Herzlichen Glückwunsch, Mona.»

Als sie aufwacht, erinnert sie sich an das Desmond's auf dem Market Square in Wexford. Dorthin hat ihr Vater sie zum sechzehnten Geburtstag ausgeführt. Sie bestellte einen Knickerbocker-Glory-Eisbecher, den sich jedes Kind der Stadt seit Wochen wünschte. Ganz unten im Glas waren Kekskrümel, dann drei verschiedenfarbige Eissorten und Schokoladen- und Himbeersoße und obendrauf eine glänzende Maraschinokirsche. Weiße Sahne quoll über den Rand des Glases, als Mona ihren Löffel hineinsteckte. Nichts sonst ist von dem Tag geblieben, nur die Farben, Rosa und Braun und Weiß und Rot und klebrige Tropfen am klebrigen Glas. Klebrige Finger, die sich Mona einen nach dem anderen ableckte. So lange her ist das jetzt.

Es ist ein sonniger Samstag auf der George Street, und in Monas kleinem Laden ist viel los. Wenn sie mit Val ins Spa gefahren wäre, müsste Joley heute ganz allein hier sein, also ist es doch ganz gut so, wie es ist. Der Kundenstrom reißt nicht ab, und selbst Mr. Morgan, der örtliche Penner, schlurft herein, gehüllt in mehrere Schmutzschichten, und entblößt seine wenigen langen braunen Zähne. Mona gibt ihm fünf Pfund, und er versucht sie zu umarmen. «Gott segne Sie, Lady», sagt er, woraufhin ihr ganz unerwartet die Tränen in die Augen steigen.

Als sie dann um die Mittagszeit in Dannys Café geht, kommt er um den Tresen herum und drückt ihr einen keuschen Kuss auf die Wange, als wäre sie seine unverheiratete Tante.

«Ein runder, oder?», fragt er. «Vierzig?» Er schenkt ihr eine dicke Scheibe Shortbread zu ihrem Sandwich, und sie knabbert den Rest des Nachmittags immer mal wieder daran.

Ein paar Grußkarten liegen auf der Matte, als Mona nach Hause kommt. Eine ist natürlich von Val; eine von Mike, der ihren Geburtstag nie vergisst; eine von Sarah nebenan; eine von Joleys Mum. Sechs wären genau eine für jedes Jahrzehnt gewesen. Mona versetzt es einen Stich für jede Karte, die nicht gekommen ist. Sie isst nichts, weil Gayle einen Tisch reserviert hat, und außerdem war Dannys Shortbread zu üppig. Gegen sieben ist sie fertig. Sie hat die schwarze Hose und eine weiße Bluse mit Pailletten am Kragen angezogen, dazu High Heels. Das Haar hat sie hochgesteckt, Ohrringe und eine goldene Kette angelegt. Sie trägt den taillierten schwarzen Blazer, der sich am Bauch noch immer schließen lässt, und eine Wildleder-Clutch. Vor dem Flurspiegel atmet Mona tief durch und lächelt ihrem Spiegelbild zu.

«Na komm, Mädchen! Du bist gar keine hässliche alte Schachtel!»

Der Fette Mops liegt in der Moreton Street in der Altstadt. Das Gebäude wölbt sich im Erdgeschoss vor, lehnt sich oben an die Nachbarhäuser, dreht und windet sich innen – im ganzen Haus gibt es keine einzige gerade Linie. Mona muss sich bücken, als sie durch die Tür tritt, und auf Zehenspitzen über die unebenen Fliesen gehen. Gayle wartet schon auf sie.

«Da bist du ja! Herzlichen Glückwunsch. Ich dachte, wir trinken hinten einen und gehen zum Essen hoch.»

«Wunderbar», sagt Mona. Ein Feuer brennt im Holzofen, Kerzen stehen auf den Tischen des Pubs; Gayle glitzert und leuchtet in einem ihrer wallenden Kleider und hat sich eine Leinenstola über die Schulter geworfen. «Mir gefällt dein Outfit, Gayle. Du siehst toll aus.»

Gayle bestellt zwei Gläser Weißwein und trägt sie nach hinten in das kleine Hinterzimmer. «Halt mir mal die Tür auf.»

Aber sobald sich die Tür öffnet, regnen Luftschlangen auf sie herab, die Leute klatschen und jubeln, und das Zimmer ist proppenvoll. So viele Leute, alle sind gekommen, viele Freunde und Nachbarn, Joley und Turk und Trish und Sarah und sogar Danny, der vorher gar nichts davon gesagt hat, und dann auch noch Mike und Angie mit den Zwillingen. Und Joley hat ihre Mum mitgebracht und Trish ihren Mann und das Windhundmädchen, ausgerechnet, Gott segne sie.

Sie singen aus vollem Halse «Happy Birthday» und skandieren dann «Rede! Rede!»

So unerwartet. So schön. Mona hat einen Kloß im Hals. Gayle schwenkt ihr Weinglas. «Na los, Mona», sagt sie.

«Dreiundzwanzig Jahre wohne ich nun schon hier», sagt Mona und räuspert sich. «Es sollte eigentlich nur für ein paar Wochen sein. Ich hätte nie gedacht, dass ich bleiben würde. Dann traf ich Gayle im Gemeindezentrum, und na ja, seitdem lebe ich hier und sehe das hier als meine Heimat an, denn, wie man so sagt, da, wo mein Herz ist, bin ich zu Hause. Prost euch allen, meine lieben Freunde, und vielen Dank, dass ihr gekommen seid.»

Und dann gibt es Karten und Geschenke und Weinflaschen mit Geschenkbändchen daran und ein wunderbares Buffet mit zahllosen Köstlichkeiten und viel zu viel zu trinken und Gelächter über Trishs schmutzige Witze, und jemand legt laute Musik auf, und das Windhundmädchen und Joley tanzen, und Danny ist betrunken und versucht, Mona einen richtigen Kuss auf die Lippen zu geben und spielt Luftgitarre, weil sie nein sagt, und ein paar junge Leute kommen von der Bar herein, und sie scheinen sich alle zu kennen, und Mike tanzt einen Jive mit Gayle, und der Abend geht so schnell vorbei – Mona wundert sich beim Heimkommen, dass es schon halb zwölf ist. Sie kämpft mit einem Blumenstrauß und einem großen Müllsack voller Geschenke und zieht ihre Schuhe im Flur aus.

«Also wirklich», sagt sie und setzt Wasser auf. «Das war großartig.»

Sie wickelt eine Halskette und einen Kompaktpuder, einen wunderschönen silbernen Stift und einen Schal von Trish aus, ausgefallene Pralinen von Joleys Mum, die einen Süßwarenladen besitzt, ein ledernes Notizbuch von Mike, der lederne Notizbücher näht, und eine winzig kleine Geburtstagstorte von Danny, mit einem Marzipankussmund darauf. Die Karten sind wunderbar und lustig.

ICH BIN NICHT 60!
ICH BIN 50 ZUZÜGLICH MEHRWERTSTEUER.
Alles Liebe von Trish

MACHT PLATZ!
WIR BRAUCHEN GANZ VIELE KERZEN
FÜR DIESEN GEBURTSTAG!
Alles Liebe
von Angie und Mike

KOPF HOCH!
IM SCRABBLE IST 60 NUR 14.
Alles Liebe Barbara

Sie zieht sich aus und hängt ihre Bluse auf. Die kann sie noch mal tragen – man sollte Seide nur waschen, wenn es unbedingt nötig ist, und sie hat sich nicht bekleckert. Ihre Füße tun weh von den hohen Absätzen. Sie legt sich hin, aber sie ist zu satt, um einzuschlafen, und sie hat doch eine ganze Menge getrunken. Sie holt sich ein Glas Wasser und wälzt sich dann lange hin und her, folgt einem Gedankengang, den sie lieber nicht einschlagen sollte. Er führt sie immer wieder zurück zu ihm.

1972. Ein frisches irisches Mädchen kommt für sieben Monate in ein fremdes Land, in die riesige Stadt Birmingham, mit einem neuen Job und einem Platz in einem vierstöckigen Wohnheim. Geld in der Tasche. Ihr Outfit: ein Jäckchen mit pinkfarbenem Fellbesatz, eine Schlaghose mit roter Stickerei an der Seite, Plateauschuhe und eine pinkfarbene Handtasche mit Goldkette. Alles brandneu.

Und überdies hat sich Mona in einem Augenblick grimmiger Entschlossenheit die Haare abschneiden lassen, so kurz wie Twiggy. Ihre blonden Locken sind fort, und ihre Augen wirken deshalb riesig.

Vor dem Locarno in der Hurst Street müssen die Mädchen sich anstellen und hübsch aussehen. Sich einer Gruppe anschließen oder nicht, das ist die Frage. Einerseits sind Grüppchen gut für die Nerven, aber andererseits schrecken zu viele Mädchen auf einem Haufen die Jungs ab. Die brauchen schon einiges an Mumm, um sich einer Herde zu nähern, und was noch schlimmer ist, man kann sich in der Menge verlieren. Andererseits darf es auf keinen Fall so wirken, als sei man allein gekommen, aber zwei Mädchen sind genau richtig. Also ist Mona mit Nuala gekommen, einem anderen irischen Mädchen, die das größte Zimmer im Wohnheim in der Bradford Street, nahe dem Irish Centre, bewohnt. Nuala ist verheiratet und hat ein Baby, ist zwanzig, sieht aber aus wie fünfzehn. Ihr Mann, der auf einer Baustelle in Daventry arbeitet, gibt ihr alle paar Wochen einen Abend frei. An langen Abenden sitzt Mona manchmal bei Nuala und lässt das Baby auf ihrem Knie reiten.

Nuala redet gern. Sie liebt es zu erzählen, zu plaudern, tratschen, schwatzen, jammern und lamentieren. Wenn sie nicht ihre Mutter in Mayo vermisst, dann ihre beiden älteren Schwestern, die beide mit Bauern verheiratet sind, je drei Kinder haben und Hühner, die zu ihren Füßen scharren. Nuala schluchzt und redet ständig davon, nach Hause zurückzukehren, obwohl sie erst sechs Monate im Land ist, und manchmal sagt sie, wie sehr sie ihr Leben und die schmutzige Stadt und das ganze Elend und die Schwarzen überall hasst, die so komisch riechen, und wie schwierig es ist, etwas zu sparen, und wäre nicht sogar Daventry besser als Birmingham, und sie hält es nicht mehr länger aus, so allein und weit weg von den grünen Hügeln. Also nimmt Nualas Mann Mona beiseite und überredet sie, mit Nuala auszugehen und dafür zu sorgen, dass sie ein wenig Spaß hat. Er steckt ihr das Geld für die Drinks zu und seufzt, zweifellos erleichtert, als die Tür hinter ihnen ins Schloss fällt.

Die Jungs hocken auf der niedrigen Mauer vor dem Locarno, rauchen und geben an und schauen zu den Mädchen herüber, die in der Schlange kichern. Aber eigentlich sind die meisten Jungs bereits Männer, mit harten Gesichtszügen und zu viel billigem Aftershave. Mona erkennt sofort diejenigen, die Ärger bedeuten. Da ist der, der das Hemd bis zum Bauchnabel offen trägt, die Hüften schmal, der kurze Rumpf voller Muskeln. Er steht ein wenig abseits von den anderen, mit seinen klobigen Schuhen und der Schlaghose, und raucht eine Zigarette, als wäre er ein Filmstar. Er gehört zu der Sorte, die ein Mädchen schwängert, sobald er sie nur ansieht. Mona ist gegen ihren Willen fasziniert und stellt sich vor, wie es wäre, ihn zu küssen. Dann ist da einer mit einem Veilchen, der ein gelbes Hemd trägt, das auch schon bessere Zeiten gesehen hat. An den Ärmelumschlägen klebt vermutlich Blut. Mehr muss man dazu nicht sagen. Und dann sind da vier oder fünf, die in einer lockeren Gruppe zusammenstehen, die falschen Klamotten tragen und schon nach Whisky stinken, obwohl der Abend noch nicht richtig begonnen hat.

Eigentlich ist das Locarno gar nicht nach Monas Geschmack. Wenn Nuala nicht unbedingt tanzen wollte, würden sie in ein ruhigeres Lokal gehen. Der Mann hat gesagt, dass Nuala vor allem das Tanzen vermisst. Sie ist bekannt dafür, dass sie so großartig tanzen kann, sagt er, und Mona muss sich auf die Zunge beißen. Der Tanzstil, den Nuala in einem kleinen dunklen Pub in einem Kaff in Mayo gelernt hat, wird sicher nichts, aber auch gar nichts, damit zu tun haben, wie man im Locarno tanzt. Nuala wird wohl Konkurrenz bekommen.

Nein, Monas Lieblingskneipe ist ein kleiner Pub in Moseley, der Prince of Wales heißt. Dorthin gehen die Studenten von der Kunstakademie, dort sprechen sie mit ihrem zähen Akzent über Bilder und Musik und Politik und große Ideen und darüber, warum die Regierung alles falsch macht, und was ist eigentlich mit den Frauenrechten und mit den Homosexuellen, sind die nicht auch in Ordnung. Dort küssen sich ein schwarzer Mann und eine weiße Frau und halten Händchen, und dort hat sie neulich mindestens zwei Männer mit Pferdeschwänzen und eine Frau mit einer grünen Strähne im Haar gesehen. Grün! Dort gibt es keine Jukebox, aber jemand hat immer eine Gitarre dabei und jemand anderes eine Flöte, und es ist zwar eng, aber nie laut, da sind nur leises Gemurmel und Gelächter.

Und doch lernt sie William im Locarno kennen. Sie steht Arm in Arm mit Nuala, die natürlich auf sie einredet, ob sie sich jetzt schon einen Drink besorgen sollen und wie furchtbar teuer die Garderobe ist und was, wenn sie später nach Hause kommt und das Baby immer noch weint. Mona hört so wenig hin wie möglich, beobachtet die Jungs und denkt gerade, dass noch ein langer Abend vor ihnen liegt, als sich aus einer Gruppe einer der Jungen löst und einfach das Niemandsland durchquert, während ihm alle dabei zuschauen. Er sieht aus wie ein Mann, der ein Ziel hat, er geht mit großen Schritten, als wollte er einen Streit anfangen oder als hätte er jemanden gesehen, den er kennt. Er ist hochgewachsen, wie ein junger Baum, ein Junge mit zu langem Haar und einem Gesicht, das auf der Titelseite eines Magazins sein könnte, und er zieht sich im eiskalten Wind die Jacke aus. Er lächelt nicht. Alle schauen zu. Dann, frech wie Oskar, stellt er sich vor Mona und legt ihr einfach seine Jacke über die Schultern. Sie sagt nichts, rührt sich auch nicht, die Überraschung macht sie sprachlos. Er tätschelt ihr den Arm und geht davon.

«Was war das denn?», fragt Nuala. Mona schüttelt den Kopf, und die Schlange bewegt sich. Sie schaut sich um, aber er ist in der Menge verschwunden. Sie legt die Hände an die Wangen, um sie zu kühlen, aber sobald sie durch die Tür ist, taucht er wieder auf, doch diesmal lächelt er. Er nimmt Mona die Jacke von den Schultern und zwinkert ihr zu.

«Hast du gar nicht gemerkt, dass du gezittert hast? Ich habe das schon von weitem gesehen», sagt er.

«Wie bitte?»

«Gezittert», wiederholt er und schüttelt sich, um ihr zu zeigen, was er meint. «Ich heiße William. Ich komme aus Irland. Daher der Akzent.»

Er schiebt sich die Strähnen aus der Stirn und hinter die Ohren. Er steckt die Hände in die Hosentaschen und wirkt, als wolle er noch etwas sagen, aber dann mischt sich Nuala ein.

«Wir kommen auch aus Irland! Wir auch! Mayo», fügt sie hinzu und zeigt auf ihre Brust, «und Wexford», damit zeigt sie auf Mona.

William nickt, wendet den Blick aber nicht von Mona. «Galway», sagt er. «Clarinbridge. Kennt ihr das?»

«Warum sollten wir?», fragt Nuala zurück.

«Einfach so», sagt William. «Ich unterhalte mich nur.»

Er wartet, während sie bezahlen und Nummern für ihre Mäntel bekommen, dann geht er mit ihnen in den Tanzsaal und stellt sich vor sie an die Bar.

«Ich würde euch gern einen Drink spendieren», sagt er, «und ich würde auch für euch beide bezahlen, aber ich habe kein Geld.»

Mona und Nuala sehen sich an. Er ist so ehrlich und bäuerlich, dass er sich noch nicht einmal eine Ausrede ausgedacht hat. Und es ist ihm überhaupt nicht peinlich. Er spricht einfach weiter und übertönt dabei die Musik. «Am Montag fange ich meinen neuen Job an, und bis dahin habe ich genug für ein Pint und den Nachtbus nach Hause. Aber ich könnte natürlich auch zu Fuß nach Hause gehen.»

Die Mädchen sagen nichts. Sie rücken voran und halten sich am Tresen fest. William hat immer noch die Hände in den Taschen und schaut Mona an, als ob er eine Antwort erwarte.

«Ich könnte zu Fuß gehen, oder?»

«Ich weiß nicht», antwortet sie. «Wo wohnst du denn?»

«Gravelly Hill.»

«Ich weiß nicht, wo das ist.»

Es vergehen einige Sekunden. Mona starrt ihn an, und er starrt zurück. Sein Lächeln beginnt in seinen Augen.

«Also gehe ich zu Fuß. Was wollt ihr trinken?»

Er bleibt den ganzen Abend in ihrer Nähe. Er tanzt mit Nuala. Er tanzt mit Mona, und sie muss zugeben, Junge vom Lande oder nicht, der Kerl kann sich bewegen. Er wirft den Kopf zurück und schließt die Augen – man könnte meinen, er befinde sich in seinem Schlafzimmer. Die Leute machen ihm Platz. Nuala macht Stielaugen, und Mona tritt zurück und beobachtet seine Hüften und das Hemd, das ihm an der Brust klebt. Er hat absolut keine Ahnung, dass er hier die Hauptattraktion geworden ist, und am Ende bricht Mona in Lachen aus. Als die Musik endet und er seine Augen öffnet, lacht er mit der Unschuld eines Kindes mit.

Er geht nicht nur selbst zu Fuß nach Hause, sondern begleitet die Mädchen noch durch die kleinen Sträßchen der Stadt bis zum Hügel der Bradford Street. Er hakt sich bei ihnen ein, und sie lachen und plaudern, bis sie vor der Haustür ankommen. Nuala schlüpft hinein, und Mona bleibt mit ihm allein.

«Soll ich morgen herkommen, um dich zu sehen?»

«Weiß ich nicht.»

«Morgen ist Sonntag, da arbeite ich nicht. Wir könnten spazieren gehen.»

«Ich weiß nicht genau.»

«Ich fände es gut, wenn du mir sagen würdest, ob du kannst. Es würde mir viel bedeuten.»

Mona schaut in sein Gesicht, ansprechend und so klar wie die Sonne. Sie nickt. Er beugt sich vor und küsst sie auf die Wange und nimmt dann ihre Hand.

«Zwei Uhr», sagt er und schüttelt ihre Hand bekräftigend. Dann geht er rückwärts von ihr weg, die Hände in den Hosentaschen, und sein Lächeln ist das Letzte, was sie sieht, bevor sie hineingeht.

Es ist schon Mittag, als sie am Sonntag aufwacht. Sie wollte eigentlich früh aufstehen und ihren Vater anrufen, aber sie hat verschlafen. William ist das Erste, woran sie denkt, als sie aufwacht, und dann überlegt sie, was sie anziehen soll, wenn er kommt, und wohin sie wohl gehen und was sie tun werden. Und wird sie tatsächlich und allen Ernstes einen Freund haben?

Die Vermieterin steht vor der Tür. «Telefon für dich, meine Liebe.»

Mona rennt in ihren Hausschuhen nach unten. Ihr Vater hat wieder angerufen. Sie hat seine Anrufe am Freitag und gestern verpasst. Sie will ihm nichts von William erzählen, weil er dann nur Fragen stellt und sich Sorgen macht, und außerdem gibt es ja vielleicht gar nichts zu erzählen. Sie wird ihn daran erinnern, dass bald Weihnachten ist, und ihm sagen, dass sie die drei Tage, die ihr die Fabrik freigibt, auf jeden Fall zu Hause verbringen wird und dass sie natürlich schon das Fahrgeld hat und sich bald eine Fahrkarte kaufen wird. Sie ist außer Atem, als sie den Telefonhörer aufnimmt.

Aber es ist nicht ihr Vater. Es ist Bridie O'Connor.

9

Manchmal ist der Regen wunderschön. Die Steine am Strand werden kupfer- und bronzefarben, violett und silbern, Muschelfragmente glänzen perlweiß, mit grün geädertem Schimmer, und alles nur durch einen Wassertropfen. Mona bedeckt niemals ihr Haar. Aber es ist kalt am Meer und nass. Sie wickelt sich den Schal um den Hals, zu eng, und muss ihn wieder ein wenig lockern. Riesige Wellen schlagen ans Ufer, immer wieder, schwarzweiße Meeresklatscher, laut wie ein Zug, wie tausend Züge. Sie liebt die winzigen Stiche nassen Sandes auf ihrer Haut und das leicht brennende Salz auf ihrer Zunge.

Der Tischler steht vor dem Spiegel über dem Ausguss, nackt bis zur Taille, und als er sich umdreht, sieht sie die Nässe auf seiner breiten Brust. Er hat sich das Haar geschnitten; es steht buschig und ungleichmäßig hoch wie bei einem Sträfling.

«Ich bin's nur», sagt sie, die Worte kommen ihr schwer von den Lippen. Er sagt nichts, bespritzt weiter seinen Oberkörper und das Gesicht mit Wasser, bis es ihm vom Kinn tropft und die Mulde über seinem Brustbein hinunterrinnt. Mona sieht zu, wie er ein sauberes Hemd anzieht, Denim, weich und hellblau ausgeblichen.

«Ich habe noch eine Bestellung für nächste Woche», sagt sie, als sie ihre Stimme wiedergefunden hat.

«Ja?»

«Acht Pfund, zwei Unzen.»

«Ganz schön schwer.» Er nimmt eine kleine Flasche zur Hand. Er trinkt kaum, aber hin und wieder hat sie etwas in seinem Atem gerochen, und ein- oder zweimal war er nicht da, als sie vorbeikam, und dann fand sie ihn im Pub um die Ecke, allein, mit einem kleinen Whisky und einem Pint Bier vor sich.

Er nimmt einen Schluck und zeigt mit der Flasche auf sie. «Habe ich dich gerade am Strand gesehen?», fragt er.

«Bin nur spazieren gegangen.»

«Der Fünfpfünder ist fertig. Hat nicht lange gebraucht. Ist schon seit gestern fertig», sagt er, leert die Flasche und tritt wieder zu seiner Werkbank. Er nimmt das Stück Holz und legt es ihr in die Arme. Sie wiegt es ein wenig und legt es in eine Einkaufstüte, die sie aus ihrer Tasche zieht.

«Acht Pfund, zwei Unzen?», sagt er. «Wann brauchst du das? Das wird Kiefer sein müssen.»

«Am Fünfzehnten. Mittwoch in einer Woche.»

Er nickt. «Bis dahin ist es fertig.»

Manchmal, wenn es dringend war, hat Mona schon gewartet, während er die Babys machte. Sie sitzt dann neben dem bauchigen Ofen oder macht eine Tasse Tee, oder wenn er nichts dagegen hat, steht sie am Fenster, während er arbeitet. Sie liebt es, ihm zuzusehen.

Es ist nicht die Form, sondern das Gewicht, das den Ausschlag gibt. Wenn das Holzstück also einigermaßen die richtige Größe hat, beginnt er, es mit der Hobelmaschine zurechtzuformen. Was sie bekommt, hängt von der Maserung und dem Holz ab und davon, was er für das Beste hält. Er arbeitet nach eigenen Regeln, weil er Künstler ist, daher muss Mona nehmen, was er ihr gibt. Sie hatte schon alle möglichen Formen. Wenn sie ihm genug Zeit gibt, besteht das Baby aus zwei mit Scharnieren verbundenen Teilen. Manchmal ist es eiförmig oder rautenförmig oder oval, aber stets glatt und schön. Etwas, das man für immer behalten könnte.

Das Formen dauert seine Zeit. Sie könnte es inzwischen vermutlich sogar selbst tun, wenn sie die Kraft und die Zeit dafür hätte, aber andererseits ist es vielleicht schwieriger, als es aussieht. Er schmirgelt das Holz mit der Hand, mit gewöhnlichem Sandpapier, streichelt mit sanften Strichen glättend über die Maserung. Dann benutzt er noch feineres Sandpapier, und manchmal, wenn es nicht eilig ist, schnitzt er Einbuchtungen für die Augen. Aber das kommt eher selten vor. Mona bittet niemals um genaue Gesichtszüge.

Bei der Arbeit legt er das Baby immer wieder auf eine Waage, heutzutage ist sie digital. Er misst und wiegt und arbeitet und wiegt und misst und arbeitet, und so geht es immer weiter, bis sie genau das bekommt, was sie will.

Aber er macht nicht nur Babys und Puppen. Sie hat ihm schon dabei zugesehen, wie er einen Schrank oder einen Tisch oder eine Standuhr baut. Das Licht ist schwach, und in der Werkstatt zieht es, aber er merkt das gar nicht. Er beugt sich über seine Arbeit und bewegt sich so überlegt und anmutig wie ein Tänzer. Er ist drahtig und stark für einen Mann, der die Lebensmitte bereits hinter sich gelassen hat. Mona war schon einmal dabei, als er, mit seinen bloßen Händen wohlgemerkt, eine Kommode oder ein Sideboard zum Möbellift trug. Er hob das Möbelstück auf die Plattform und zog an dem Flaschenzug, der ihn ins Lager im Erdgeschoss beförderte.

Er hat seine eigene Welt, in die weder Radio noch Fernsehen Einzug halten, keine Frau, kein Kind, und sie hat noch nie Freunde von ihm hier getroffen, wenn er überhaupt welche hat.

«Soll ich uns eine Tasse Tee machen?»

«Mach ruhig.»

Er hält nicht inne. Er legt einen Holzklotz auf die Werkbank und wendet ihn nach links und rechts, von oben nach unten. Im Laufe der Jahre hat er ein paar Dinge auch für sie gemacht, den Spiegel mit der Seilkante im Flur und den langen Rosenholztisch in ihrem Arbeitszimmer, ein kleines Eckschränkchen aus dem Haus ihres Vaters in Kilmore hat er restauriert. Hübsche, hübsche Dinge, zahllose Erinnerungen sind mit dem Wachs in ihre Maserung eingedrungen.

Mona fährt zur Beerdigung ihres Vaters nach Hause. Sie steigt aus dem Bus, der sie aus Dublin hergebracht hat. Die Fahrt hat Stunden gedauert, ständig hat der Bus angehalten, damit Leute einsteigen konnten, und dann musste sie in Wexford umsteigen, und als sie endlich da ist, hat sie sich die Fingernägel ganz abgekaut.

Mit ihrem kleinen Köfferchen geht sie durch das Dorf, dass sie seit fast neun Monaten nicht mehr gesehen hat. Die Ladenbesitzer winken, Leute lüpfen den Hut für sie.

Mütter ihrer alten Schulfreunde überqueren die Straße, um ihr zu sagen, wie sehr es ihnen leidtut. Sie drücken sie fest, aber sie merkt trotzdem, wie sie ihren kurzen Rock, ihre enge Bluse und den Schnitt ihres Mantels beäugen. Aber was hätte sie sonst anziehen sollen, wenn nicht ihre besten Kleider? Selbst ihn den Trostworten hört sie die Missbilligung. Nichts hat sich in diesem Nest geändert, aber es gibt auch Dinge, die sie vermisst hat: das Grüngrau des Himmels am frühen Abend, den Duft der frisch gepflügten Felder und den würzigen Torfgeruch, den Sand, der vom Strand hinaufgeweht wird und sich in den Straßenecken sammelt, die Form der großen Bäume, die aus der Ebene emporragen, den langsamen Spaziergang mit ihrem Vater am Strand entlang, seine letzten Worte.

Sie öffnet die Tür zum Haus ihres Vaters. Bridie O'Connor ist da, einen eingegipsten Arm in der Schlinge, das Gesicht zerkratzt und weiß wie eine Kerze. Sie umarmt Mona ungeschickt.

«Geh zu ihm hinein», sagt sie.

Alle Möbel sind aus dem Wohnzimmer geräumt. Nur ein langer Tisch steht noch darin, und auf dem Tisch steht ein Sarg. Die Kerzen erleuchten den Raum mit ihrem flackernden Licht, die weißen Blumen erfüllen ihn mit süßem Duft. Die Vorhänge tanzen vor dem offenen Fenster. Es ist ganz still hier, wie in einer leeren Kirche. In der Ecke sitzt Old Banjo Flaherty, der schon immer Totenwache gehalten hat. Er nimmt hin und wieder einen Schluck aus einer Whiskyflasche, schläft aber niemals ein oder bekommt Angst. Er hebt den Blick und nickt Mona zu.

«Ein guter Mann», sagt er. «Gott segne ihn.»

Bridie steht neben Mona, schiebt sie weiter. «Er hat jetzt seinen Frieden, Liebes.»

Mona beugt sich über den Sarg. Der Rosenkranz ist um die Hände ihres Vaters gewickelt, sein Haar ist gekämmt und gescheitelt, er sieht gut aus, so als könnte er jederzeit aufstehen und sagen, dass das alles nur ein Missverständnis war. Er trägt noch seinen Ehering. Bleibt er im Himmel verheiratet? Wartet ihre Mutter dort auf ihn? Mona hört den kehligen Laut, der sich ihr entringt, und versucht, ihn wieder herunterzuschlucken.

«Es tut mir so leid, Dadda», sagt sie.

Bridie und Old Banjo halten bis zum Morgen Totenwache. Monas Vater hat Gesellschaft in seiner letzten Nacht. Sie sagen Mona, dass sie sich ausruhen soll, dass sie ihre Kraft am Morgen brauchen wird, dass das hier eine Aufgabe für die Alten und nicht für die Jungen ist. Mona tut, was sie sagen, eine Fremde in ihrem eigenen Haus, und schlurft die Treppen hinauf, zieht sich wie in Trance aus und liegt ganz still auf dem Rücken unter der kalten Bettdecke. Sie hat kaum die Augen zugemacht, seit sie die Nachricht bekommen hat, und der Schlaf will auch jetzt nicht kommen. Das schmale Bett, in dem sie siebzehn Jahre lang geträumt hat, fühlt sich hart und fremd an, das Morgenlicht ist hinter den dünnen Vorhängen viel zu hell, und die Stille ist so laut wie eine Blaskapelle. Sie steht zu früh auf und wandert barfuß durch die Zimmer, sammelt Erinnerungen und Kleinigkeiten: die Armbanduhr ihres Vaters, ein Cloisonné-Sträußchen, dass ihre Mutter als Brosche trug, den emaillierten Wecker, der ihren Vater jeden Morgen weckte, zwei Rosenkränze und das gerahmte Hochzeitsfoto ihrer Eltern.

Sie öffnet den Schrank im Schlafzimmer ihres Vaters und berührt seinen Tweedmantel. Seinen guten Anzug und seine besten Schuhe trägt er im Sarg, aber da hängt noch der Anzug, den er jeden Tag bei der Arbeit im Postamt trug, wo er Pakete abwog und Sparbücher abstempelte, Tag für Tag. Und wofür? Nur um dann noch vor seinem sechzigsten Geburtstag allein zu sterben.

Er hat noch eine Ersatzhose, drei Hemden und eine Weste. Unten an der Haustür sind sicher seine Arbeitsschuhe und sein wasserdichter Hut, aber sonst gibt es von ihm nichts mehr. Mona kommt sich plötzlich arm und bedürftig vor, als wäre auf der Welt kaum noch etwas von ihr übrig, als könnte eine ordentliche Brise sie fortblasen, so ganz ohne Mutter und nun auch ohne Vater. Sie ist eine Waise. Sie setzt sich auf die Bettkante, ihre Schultern beben, und sie betet, dass sie die Tränen um ihren Vater vergießt und nicht um sich selbst.

Dann sieht sie auf dem Boden des Schranks, neben einer alten Hutschachtel, die Leinenpuppe, die sie vor deren Tod mit ihrer Mutter genäht hatte. Krumm und unfertig sitzt sie da, ganz eingestaubt, ohne Gesicht und Haar, und sie begreift, dass ihr Kindheits-Ich die Puppe nach ihrer Mutter geformt hat – kränklich, dünn und glatzköpfig. Sie nimmt sie und drückt ihr Gesicht hinein.

Der Sarg muss aus dem Haus. Die Nachbarn werden im Flur aufgereiht stehen, im Vorgarten, draußen auf der Straße. Ein Auto wird kommen, und Mona muss einsteigen. Sobald es hell ist, hört Mona unten Bridie O'Connor.

«Ich habe Tee für dich gemacht, Desdemona», ruft sie, und als Mona nach unten kommt, stellt Bridie die große braune Kanne mit zwei Teetassen auf den Tisch. Nicht die Becher, die ihr Vater immer benutzte.

«Danke.» Mona setzt sich. Sie beobachtet, wie Bridie in der Küche herumhumpelt. «Tut mir leid», sagt sie, «wegen des Unfalls.»

Bridie macht einen großen Teller Toast und stellt ihn mit der Butterdose vor Mona hin. «Daran hatte niemand Schuld, Mona, schon gar nicht dein Vater. Er ist auf dem Eis ausgerutscht, und das Auto hat sich überschlagen. Ich habe ja immer gesagt, dass diese Ecke tückisch ist, und da hast du's. Ich habe es herausgeschafft und er nicht. Das ist mein großer Kummer und deiner natürlich auch. Er hat nicht gelitten, immerhin können wir das mit Sicherheit sagen.» Sie schiebt den Toastteller noch näher an Mona heran.

«Ich kann nicht», sagt Mona und lehnt sich zurück.

«Nein, jetzt noch nicht, Liebes. Aber in ein paar Minuten, wenn du einen Schluck Tee getrunken hast. Es wird ein langer Tag, deshalb brauchst du eine Grundlage, und dein Vater würde sicher nicht wollen, dass du zusammenbrichst, nicht wahr?»

Mona stöhnt, und Bridie legt ihre gesunde Hand auf Monas Arm und drückt ihn ein wenig.

«Denk einfach daran, dass du alles, was du heute tust, für deinen Vater tust. Deine Würde, deine Haltung, dass du die Gäste begrüßt, Mona, deine Gastfreundschaft und Freundlichkeit – all das tust du für deinen Vater, Gott segne seine Seele.»

Mona versucht, das Zittern ihres Gesichtes und ihrer Lippen zu kontrollieren. Bridie kämpft ebenfalls mit den Tränen.

«Na, na. Er hat sich niemals von dir verlassen gefühlt, mein Liebes. Er hat verstanden, dass du dein eigenes Leben leben wolltest.»

Mona starrt sie an. «Ich habe ihn nie verlassen.»

«Nein, das habe ich ja gesagt. Er wusste das. Er hat nie ein Wort gesagt, selbst wenn er sich einsam fühlte, weißt du. Er war so froh, dass du glücklich warst. Er hat sich für dich gefreut, ja, das hat er.»

«Ich hätte ihn nie verlassen. Niemals.»

Bridie O'Connor öffnet Monas Fäuste, eine nach der anderen, und legt ihre Hände aneinander, wie damals, als Mona ein kleines Mädchen war und ihr Gebet sprach.

«Er hat dich geliebt, Desdemona, und er war sehr, sehr stolz auf dich.»

Dann schenkt Bridie Mona und sich Tee ein und bestreicht den Toast mit Butter, und Mona beobachtet, wie sie mit ihrem gesunden Arm kämpft, aber sie will ihr nicht helfen. Warum kann Bridie nicht in dem Sarg liegen, auf ihrem polierten Mahagoni-Tisch in ihrem großen weißen Haus, das sowieso schon wie eine Gruft ist? Warum ist nicht sie gestorben, warum konnte nicht Monas Vater den Unfall mit einer Armschlinge und einem Humpeln überleben? Wer würde Bridie O'Connor schon vermissen? Während Mona jetzt hier sitzt, elend und mit gebrochenem Herzen, und sich die ganze Zeit Bridies Gerede darüber anhören muss, wie der Tag verlaufen wird und dass Monas Kleid und Verhalten ebenso wichtig sind wie die

Choräle und Gebete, dass aller Augen auf sie gerichtet sein werden und ihr gutes Benehmen ihr letztes Geschenk an ihren Vater ist, den sie vor seinem Tod eine Woche lang nicht angerufen und fast ein Jahr lang nicht mehr besucht hat.

Er hat nie ein Wort dazu gesagt, dass Mona nach England gehen wollte, aber sie weiß genau, dass er am Boden zerstört war. Mona war ganz begeistert gewesen und hatte bei ihrem letzten gemeinsamen Besuch bei Bridie O'Connor von kaum etwas anderem geredet, als dass man in Birmingham problemlos einen Job finden konnte, dass es so viele Anzeigen in der irischen Presse gebe, dass ganze Bezirke der Stadt inzwischen von der irischen Gemeinde besiedelt seien, dass es in Irland keine Zukunft gebe und dass Kilmore ihr absolut nichts zu bieten habe.

«Dein Vater ist aber nicht nichts, oder, Desdemona?», hatte Bridie mit ihrer süßen Stimme gefragt. Bevor sie antworten konnte, hatte sich Monas Vater eingemischt.

«Junge Menschen müssen ihre Chancen nutzen», hatte er gesagt. «Ja, nutze deine Chancen, Mona. Dein alter Dadda wartet hier auf dich, bis du zurückkommst.»

Aber er war nicht mehr er selbst, er schwieg wochenlang und schlich benommen durch das Haus. Dann wieder wurde er übermäßig gesprächig und bat sie immer und immer wieder, doch mehr Geld von ihm anzunehmen, fragte sie, wo genau sie wohnen würde und ob sie sicher sei, dass es dort ein Telefon gab. Er gab zu, dass er sich zu viele Sorgen machte, aber das sei eben seine Rolle als Vater. Und dann, eines Abends, kurz bevor sie abreiste, bat er sie hoch in sein Schlafzimmer. Er zeigte ihr eine kleine Holzkiste auf der Frisierkommode.

«Alles von deiner Mutter ist hier drin. Ihr Ehering und ihre Armbanduhr, ein Kruzifix und eine Brosche, die sie geerbt hat.»

Mona schaffte es kaum, sich ihre Ungeduld nicht anmerken zu lassen. «Dad, ich heirate schließlich nicht. Ich komme dich ständig besuchen.»

Er zuckte die Achseln. «Ich dachte nur, dass du vielleicht etwas mitnehmen möchtest. Und ich wollte, dass du weißt, dass diese Dinge jetzt dir gehören.»

Er steckte die Hände in die Taschen und zog sie dann wieder heraus. Sie standen nebeneinander vor dem Spiegel. Im Haus war es ganz still.

«Mehr wollte ich dir gar nicht sagen, Mona, meine Liebe.» Er stellte die Holzkiste zurück in die Schublade. «Vielleicht habe ich einen falschen Zeitpunkt gewählt.»

Mona hatte ihren Vater noch nie beschämt erlebt. In ihrem gesamten gemeinsamen Leben hatte es noch nie einen peinlichen Moment gegeben.

«Ist schon gut, Dadda», sagte sie.

Und hatte er sie nicht bis zur Fähre gebracht, ihr vierzig Pfund in die Tasche gesteckt, ihr vor allen anderen Passagieren einen Abschiedskuss gegeben und sie gefragt, ob sie noch ein paar Tabletten gegen Reisekrankheit haben wollte? Und hatte er nicht gesagt, dass es nicht zu spät sei, ihre Meinung zu ändern, dass das nichts Schlimmes sei? Was hätte sie sagen können? Was hätte sie anders machen können?

Und dann ist es vorbei. Bridie O'Connor sagt ihr, sie

solle das Haus nicht verkaufen. «Es ist noch zu früh für große Entscheidungen», sagt sie. Bridie kann es vermieten, dann bekommt Mona die Miete, und außerdem stecken Erinnerungen in den Ziegeln und im Mörtel, und eines Tages will Mona vielleicht wieder nach Hause kommen.

Alles dringt nur gedämpft zu ihr durch, Bridies Ratschläge und Anweisungen, das Wetter, der schräg fallende Regen und der starke Wind, der direkt durch die Knopflöcher von Monas Strickjacke bläst.

Ehe sie sich's versieht, ist sie zurück auf der Fähre nach England, mit dem alten Koffer ihres Vaters statt ihrem eigenen. Sie steigt aufs Oberdeck, stellt sich an die eiserne Reling und schaut zu, wie die graugrünen Klippen von Wexford Harbour verschwinden. Sie hat ihren Vater nie verlassen. Er hatte nichts dagegen, dass sie geht. Hat sie ihn nicht immer und immer wieder gefragt? Hat er sich nicht schon darüber lustig gemacht? Sie hat ihm geglaubt. Hat sie ihm nicht angeboten zurückzukommen, und hat er nicht abgelehnt? Und hat er ihr nicht gesagt, sie solle endlich gehen und ihr eigenes Leben leben? Und wenn jemand einen Unfall hat und sich am Kopf verletzt und sein Herz dann versagt, wer kann das schon vorhersehen? Sie hat sich sofort in das erste Flugzeug und den ersten Bus gesetzt.

Sie fängt wieder an zu weinen, ihre Augen sind schon ganz rot. Im Koffer zu ihren Füßen liegt die Leinenpuppe. Sie bückt sich, öffnet das Schloss und nimmt sie heraus. Warum hatte ihr Vater sie aufbewahrt? Warum nicht sie? Sie ist so leicht und fadenscheinig. Mona steht auf und hält sie sich vors Gesicht. Der Leinenstoff ihrer Mutter und, als Füllmaterial, die Socken ihres Vaters. Sie weint, bis ihr der Hals weh tut.

Und da ist er, am oberen Ende der Bradford Street. William sitzt im Abendlicht auf der Mauer vor Monas Wohnheim, die Hände in den Taschen, und wartet auf sie. Als er sie sieht, springt er auf und läuft auf sie zu. Er nimmt ihren Koffer und ihre Hand, und es ist, als kennte sie ihn schon ewig, nicht nur einen einzigen Tag, und als wäre er schon immer bei ihr gewesen und würde bis zu ihrem Tod bei ihr bleiben. Er stellt ihren Koffer auf die oberste Stufe zu ihrem Haus.

«Du kannst aber nicht reinkommen», sagt sie.

«Ich weiß. Bei mir ist es auch so. Man muss verheiratet sein.»

«Ja», sagt sie. «So sind die Iren.»

«Ich habe deine Nachricht bekommen. Die Hauswirtin hat sie mir gegeben. Es tut mir so leid für dich, wirklich. Geht es dir denn gut, Mona?»

«Eigentlich nicht.»

«Nein.»

Sie holt den Schlüssel aus ihrer Tasche und bewegt ihn zwischen ihren Fingern. «Danke», sagt sie.

«Morgen komme ich wieder, direkt nach der Arbeit. Darauf kannst du dich verlassen.» Er beugt sich vor und küsst sie auf die Wange. «Und übermorgen auch.»

Noch vor Weihnachten hat Nuala ihren Mann davon überzeugt, wieder zurück nach Mayo zu ziehen, und für Mona ist William alles.

Es sind der zugige Raum und der harte Schemel, die Mona zurück in die Werkstatt treiben, zum Kreischen der Tischlersäge. Er sagt etwas.

«Mona? Mona? Ich sagte, dass ich heute englische Eiche bekommen habe. Von Wilson von der Redhouse Farm. Nicht viel, aber genug. Drechselholz, sieben Stück. Gute Farbe.»

«Oh. Wie würdest du die Farbe denn beschreiben?»

«Wie Keks oder Brotkruste.»

«Ich dachte, du könntest mir eine schwarze Puppe machen, ein paar schwarze Puppen. Sehr, sehr dunkles Braun. Vielleicht bemale ich sie nicht, sondern lackiere sie nur.»

«Das haben wir doch schon mal gemacht, oder?»

«Ja, ich weiß. Aber das ist ewig her, und ich habe neulich so ein hübsches afrikanisches Mädchen gesehen, ich konnte gar nicht den Blick von ihr wenden.»

«Dahinten sind noch ein paar Stücke dunkles Holz. Guck einfach selbst mal nach.» Er nickt in Richtung Erker, und Mona geht vorsichtig an ihm vorbei und fährt mit dem Finger über die Holzstücke, alle noch staubig und glanzlos.

«Oh, das überlasse ich dir. Mach einfach vier davon. Viermal fünfzig Zentimeter. Lackierst du sie auch?»

«Mach ich.»

Dann bleibt ihr nichts anderes mehr übrig, als zu gehen. Sie hält sich an der Werkbank fest, ihr ist ein bisschen schwindelig von ihrer langen Reise in die Vergangenheit. Sie will ihren Geburtstag nicht erwähnen und auch nicht dass Val nicht gekommen ist. Er ist nicht zu ihrer Party gekommen. Wer hätte ihn auch einladen sollen? Er wird zusammenrechnen, was sie ihm schuldet, etwas auf einen Zettel kritzeln und ihn ihr geben, oder sie steckt das Geld irgendwohin, wo er es findet.

Zeit, nach Hause zu gehen.

10

Liebe ist, wie auf einer Schaukel im Park zu sitzen und ganz hochzuschwingen. Dann verlieren die Metallketten oben für den Bruchteil einer Sekunde die Spannung, und sie schwebt, ganz still und schwerelos, bis sich die Ketten wieder straffen und sie zurück nach unten rast und dann wieder hoch, hoch, hoch, wo sie einen Moment lang schwebt, und hui!, wieder nach unten saust. So ist William, wie dieser kurze Moment ganz oben, in dem sie ganz ruhig und schwerelos schwebt und ihr das Herz bis zum Hals schlägt.

Er hat auch ein wenig von ihrem Vater. Er ist nicht so hochgewachsen und auch nicht so breit wie ihr Vater, aber er hat dessen offenes Lächeln und ein freundliches Gesicht, als erwarte er immer nur das Beste von ihr und der Welt.

Jeden Sonntagabend kommt er Mona abholen. Sie fahren mit dem Bus die Stratford Road hinunter, steigen früher aus und gehen den langen Weg zum College Arms, durch die Showell Green Lane, die Woodlands Road mit ihren großen Häusern entlang, an der Springfield Road vorbei und schließlich wieder zurück zur Stratford Road. Dann gehen sie denselben Weg noch einmal.

Eine einzelne Viktorianische Villa nimmt die gesamte

Ecke der Woodlands Road ein. Ein gepflasterter, von Lavendelbüschen und Buchsbaum gesäumter Pfad führt von einem schwarzen schmiedeeisernen Tor zu einer roten Haustür mit einem Messingklopfer daran. Große Erkerfenster, Buntglas und schwere Vorhänge ohne Tüllgardinen. Eines Abends sind diese Vorhänge offen.

«Guck mal, William», sagt Mona, als sie daran vorbeigehen. Sie werden langsamer. Niemand ist in dem riesigen Zimmer, das von einer Stehlampe erleuchtet wird.

«Das ist mal Luxus», sagt er.

«Finde ich auch.»

Sie bleiben stehen, Arm in Arm, und nehmen den Anblick in sich auf, die Ölgemälde und Sofas mit den Spitzenschonern darauf, die bestickten Kissen, die Teppiche, die kleinen Beistelltischchen mit doppelt gedrechselten Beinen, die Porzellanfigürchen.

«Stell dir mal vor, das wäre unseres», flüstert William, «und ich komme spät nach Hause. Du erwartest mich in der Küche.»

«Wie sieht die Küche denn aus?»

«Ach, das überlasse ich natürlich dir.»

Mona zögert keinen Augenblick. «Porzellantassen und ein richtig großer Herd. Und zwei riesige blau-weiße Servierteller, solche mit Deckeln. Und ein großer Topf mit Eintopf darin.»

«Eintopf? Das ist an Wochentagen wohl in Ordnung. Sonntags gibt es aber Braten.»

«Ja, und nach dem Braten setzen wir uns am Abend in die Sessel da.»

«Na ja», fährt William fort, «ehe du meine Zeit verplanst – ich bin ein Mann mit verschiedenen Hobbys. Ich habe eine ganze Bibliothek mit großen Büchern darin und ein paar Hunde. Und oben habe ich eine Modelleisenbahn aufgebaut. Ich habe einen Smoking-Sessel.»

«Smoking-Jackett, meinst du.»

«Nein», sagt er, «ich meine so einen großen alten Sessel mit ein paar Rissen im Polster, von den Münzen, die meine Hosentasche ausbeulen. Niemand darf in diesem Sessel sitzen außer mir. Natürlich halten die Hunde ihn warm und so, aber wenn ich mein Tagewerk im Büro beendet habe, du weißt schon, Schecks unterschreiben und so, komme ich nach Hause, die Hunde begrüßen mich an der Tür, und ich stopfe am Feuer meine Pfeife. Ich muss eine Pfeife haben. Eine Pfeife ist absolut zwingend. Und ich sitze mir in diesem Sessel den Hintern breit, und du darfst auf meinem Schoß sitzen.»

«In diesem Haus leben wirklich glückliche Menschen, William.»

«Ach, das mag ja sein, aber sie leben nicht mit dir», flüstert er. «Nur der, der dort mit dir lebt, ist wirklich glücklich.» Er küsst sie leidenschaftlich, und sie küsst ihn zurück. Sie spürt seine muskulöse Brust und die starken Arme, die sie halten. Er drückt sie so fest an sich, dass sie kaum atmen kann, und sie ist ganz überwältigt von ihrem Begehren. Als er sich von ihr löst, schaut er sie an und steckt ihre Hand in seine Tasche.

Von da an wird das ihr neues Spiel. Sie machen den Umweg an den großen Häusern vorbei und stellen sich vor, wer wohl darin wohnt, was in den verschiedenen Zimmern passiert, welche der Villen sie sich aussuchen, wenn sie im Lotto gewinnen. In neun von zehn Fällen endet das Spiel auf immer dieselbe Weise: Mona deckt den Abendbrottisch, zwei Kinder – ein Junge und ein Mädchen – spielen auf dem Teppich. Mona stellt die Möbel um, hängt andere Vorhänge auf und macht alles besser oder moderner oder einfach nur anders.

Auf dem Weg nach Hause werden die Häuser kleiner, aber sie spielen weiter, und Mona überlegt, wie viel diese Häuser wirklich kosten und ob sie wohl einmal in einem solchen Haus wohnen wird, ob ihre Träume vielleicht eines Tages wahr werden.

Wenn es nicht zu kalt oder zu nass ist, gehen Mona und William weit weg von den irischen Bezirken, bis hoch zur St.-Agnes-Kirche oder zur Chantry Road, wo riesige Villen hinter zugewachsenen Vorgärten stehen, Häuser mit Türmchen und Fachwerk und kleine Remisen, die selbst genug Platz für eine sechsköpfige Familie bieten. Sie schmiegen sich aneinander, Hand in Hand oder mit den Händen in der Hosentasche, spielen ihr Spiel und reden den ganzen Weg die Springfield Road entlang und dann bis hoch zum College-Arms-Gasthaus. Dort setzen sie sich nebeneinander auf die mit Samt bezogene Bank, und Mona erzählt ihm vom Tod ihrer Mutter.

«Bei mir ist es auch so», sagt William. «Keine Mutter, nur die Tanten und mein Vater, und der ist ein kranker Mann.»

«Was hat er denn?»

Mona beobachtet, wie er einen großen Schluck von seinem Bier nimmt, dann das Glas zwischen den Händen dreht, es hochhebt und wieder hinstellt, er glättet den kleinen Pappuntersetzer, klopft mit dem Fingernagel auf die Kante des Metalltischs.

«Es geht ihm nicht gut, er war mehrmals im Krankenhaus. In ihm steckt ein Teufel. Ein Traurigkeitsteufel, das ist das richtige Wort. Er leidet unter einer schlimmen Traurigkeit, die er einfach nicht abschütteln kann, obwohl er es mit Alkohol versucht. Und davon kriegt er dann Wutanfälle. Stimmungsumschwünge. Bosheit. Er ist ganz in Ordnung, wenn er im Haus zu tun hat oder in der Autowerkstatt, wo er allein vor sich hin werkelt. Dann geht es ihm ganz gut, und er kann arbeiten. Aber wenn er einen seiner Wutanfälle hat oder bis oben hin voll mit Whisky ist, willst du nicht in seiner Nähe sein. Nein. Er kann grausam und finster sein. Und er hat mich früher auch grausam und finster gemacht. Wir kommen nicht besonders miteinander zurecht, so ist es nun mal, selbst wenn es ihm gutgeht, und das ist nicht allzu häufig der Fall. Wir sind nie auf einer Wellenlänge, und ich will auch gar nicht auf einer Wellenlänge mit ihm sein.» Er trinkt hastig und wischt sich mit den Knöcheln die Mundwinkel ab. «Aber andererseits», fährt er fort, «kann er ein richtiger Witzbold sein. Zu Weihnachten oder wenn der Alkohol nicht so schlimm auf ihn wirkt, kann er beinahe normal sein. Nicht gerade eine Seele von Mensch, das kann man nicht sagen, aber ganz in Ordnung. Ganz in Ordnung. Wir wissen jetzt, wie wir mit ihm umgehen müssen. Man muss ihn in Ruhe lassen. Nicht mit ihm sprechen, ihm keine Fragen stellen, ihn nicht belästigen, dann tut er uns auch nichts. Also machen wir es so, wir lassen ihn in Ruhe.» Er nahm noch einen Schluck. «Die Tanten und ich. Pestilenz und Hungersnot.»

«Was?»

«Na ja, sie heißen eigentlich Teresa und Margaret, aber ich habe sie umgetauft.»

«Hungersnot und …»

«Pestilenz. Die Idee habe ich von Pater Hanson. Er hat es mir einmal zugeflüstert, als Margaret, die Pestilenz, ihm mal wieder eine Standpauke hielt. Er war gekommen, um nach meinem Vater zu sehen, der einen Nachbarn beleidigt hatte. Es hatte Streit gegeben. Also klopft Pater Hanson an die Tür, und, na ja, meine Tante Margaret hat Einmischung noch nie hingenommen. Sie hat eine Zunge, mit der sie Disteln köpfen könnte. Also hat sie es ihm gegeben, volles Rohr, aus nächster Nähe. Pater Hanson stand auf unserer Türschwelle und sagte: ‹William, mein Junge, diese Frau ist eine Plage. Ich wünsche dir viel Glück.›»

Mona lächelt.

«Und meine andere Tante heißt Teresa Mary, so steht es jedenfalls in ihrer Geburtsurkunde. Aber die Bäckerei mit ihren Törtchen ist ihr nicht fremd, wenn du verstehst, was ich meine, sie ist die Hungersnot.»

Mona kichert in ihr Glas.

«Du wirst sie ja kennenlernen», sagt er und stupst sie an. «Sie kommen zur Hochzeit.»

Bisher hat er noch nicht von Hochzeit gesprochen. Mona saugt die Wangen ein, um nicht zu quieken.

«Wobei es ein ganz schönes Unterfangen sein wird, ein Kleid für Hungersnot zu finden», fährt William fort. «Da wird man meterweise Stoff brauchen. Meterweise.»

Mona sagt nichts. Sie will das Thema nicht auf Kleider für alte Frauen bringen. Sie nippt an ihrem Kirschlikör. Er erinnert sie an den Hustensaft ihrer Kindheit und färbt ihre Lippen und Zähne rot.

«Ich brauche einen Anzug», sagt er und reibt sich die Hände. «Und neue Schuhe. Diese alten Dinger kann ich nicht mehr tragen. Blumen, sie haben immer viele Blumen bei Hochzeiten, soweit ich mich erinnere. Was noch? Autos? Fahren die Leute heutzutage mit Autos vor? Tun sie, oder? Eine Torte natürlich. Darum soll sich Hungersnot kümmern, wenn sie nicht den ganzen Zucker und die ganze Butter vorher aufisst. Vielleicht ist es doch besser, eine zu kaufen und sie erst ganz kurz vorher hereinzubringen ... Wir müssen eine Kirche buchen und einen Priester. Und einen Ring brauchen wir, auf jeden Fall einen Ring, eigentlich zwei, genau genommen. Das ist es, glaube ich. Das ist alles.»

Mona starrt den Mann hinter dem Tresen an, dann die Jukebox, dann die Laterne über der Tür. Sie zieht sich die flauschige Jacke über der Brust zurecht und ordnet ihre Ponysträhnen. Sie sieht William zu, wie er drei Schlucke von seinem Pint hintereinander nimmt und dazwischen jedes Mal sein Glas abstellt. Sie wird auf keinen Fall zuerst etwas sagen.

Plötzlich schlägt er sich mit der flachen Hand gegen die Stirn. «Jesus, Maria und alle heiligen Engel!»

«Was?», fragt sie.

«Eine Braut! Herrjemine! Daran habe ich ja gar nicht gedacht!»

Er strahlt, seine Augen glitzern im weichen Licht. Er zieht sie zu sich heran und küsst sie auf ihre Likörlippen.

«Gott, Mona. Da wirst du wohl einspringen müssen.»

Sie könnte losheulen.

«Bitte sag, dass du mich heiratest, damit ich nicht länger suchen muss.»

Noch bevor sie mit dem Nicken fertig ist, steht er auf und hebt sein Glas in Richtung der alten Männer an ihren Tischen.

«Sie hat ja gesagt!», ruft er und lässt sich dann neben sie fallen.

«Oh, William.» Sie hakt sich bei ihm ein.

«So bald wie möglich.»

11

William und Mona gehen die Corporation Street entlang. Sie suchen nach einem Ring, für den sie ein Budget von drei Pfund festgelegt haben. William sagt, ein Verlobungsring ist ein Ring des Versprechens, während ein Ehering ein Ring der Zugehörigkeit ist. Er kennt tausend solcher kleinen zauberhaften Redensarten. Mona findet, sie sollen das Geld sparen, aber er lässt es sich nicht ausreden, und am Ende ist sie genauso begeistert wie er.

Mona verdient in der Fabrik sieben Pfund die Woche, gutes Geld, dazu bekommt sie etwas von der Miete für das Haus ihres Vaters. Bridie O'Connor legt das meiste für Mona bei der Bank an, schickt ihr aber immer ein wenig «Taschengeld», wie sie es nennt. Der arme William ist Lehrling und braucht noch ein Jahr. Wenn er seine Miete gezahlt hat, bleiben ihm zwei Pfund die Woche, und trotzdem besteht er auf einem Ring. Sie gibt nach.

Sie gehen zum ersten Juwelierladen, ziehen die Augenbrauen beim Anblick der hässlichen Schmuckstücke im Schaufenster hoch, riesige Onyxringe, kitschige Armbänder mit silbernen Kätzchen daran. Sie treten ans Seitenfenster, und da liegt er. Sie sehen ihn gleichzeitig, wie er zwischen den cremeweißen Perlenketten und Pillendosen liegt. Ein Ring für besondere Anlässe, mit einem quadratisch geschliffenen hellblauen Stein in einer schlichten Krallenfassung. William zeigt darauf, und Mona kann nur noch nicken.

Es steht kein Preis daran, deshalb müssen sie hineingehen. Der Laden ist halbvoll. Es ist alles ein bisschen einschüchternd, all das Silber und Gold und die Diamanten und die Verkäufer in Anzügen und mit Krawatten.

«Wollen wir später wiederkommen, William?», fragt Mona.

«Nein.»

«Wir wissen aber doch gar nicht, wie viel er kostet.»

«Nein.»

Er schiebt sie voran, und sie warten, bis sie an der Reihe sind. Jemand holt einen gravierten Krug ab, jemand anders möchte ein Taufgeschenk, und dann zeigt William plötzlich auf den Ring, und Monas Mund wird ganz trocken. Sie können sich hier furchtbar blamieren. Sie will schon sagen, dass er ihr gar nicht gefällt, dass er zu klein ist und sowieso zu schlicht.

William fragt nicht einmal nach dem Preis. Er nimmt ihn vom roten Samtkissen und küsst ihn. Alle schauen ihm zu. Er nimmt Monas Hand, als wäre sie eine Lady, und steckt ihn ihr an den Ringfinger, steckt ihn ihr an, als hätte er ihn extra für sie anfertigen lassen. Dann küsst er ihr Gesicht.

«Das ist er», sagt er.

Mona wird rot, und die anderen Kunden klatschen und jubeln. In dieser Nacht kann Mona in ihrem kleinen Zimmer im Wohnheim in der Bradford Street nicht schlafen. Sie muss die ganze Zeit an William denken, wie er ihr den

Ring an den Finger gesteckt hat, und sie wünscht sich, es gäbe eine Telefonleitung bis zu ihrem Vater, und sie weint, weil sie ihn so vermisst.

Am Ende wird es nur eine standesamtliche Trauung sein, weniger als einen Monat später. William lädt seine Tanten ein. Eine von ihnen weint ins Telefon, und William redet leise auf sie ein, um sie zu überreden herzukommen, und weint beinahe selbst dabei. Die andere Tante ist da ganz anders. Fünf- oder sechsmal muss William alles erklären, bis er schließlich sagt, dass er nicht noch mehr Münzen ins Telefon stecken kann, es sei denn, sie nähme in Kauf, dass er danach vollkommen pleite ist. Er tritt aus der Telefonzelle und vollführt ein kleines Tänzchen.

«Sie kommen!», sagt er. «Und mein Vater kommt nicht, und das ist insgesamt eine gute Nachricht.»

Also sind sie zu viert im Prince of Wales, neben ein paar anderen Gästen. Sie bekommen viele Glückwünsche, und jemand bringt einen Toast auf das glückliche Paar aus, und die Tanten bezahlen die Roastbeef-Sandwiches und den Kuchen. Sie können noch eine Woche in der Bradford Street bleiben, dann ziehen sie in eine kleine Wohnung in der Alcester Road, Erdgeschoss mit einem Fleckchen Garten dahinter. Hungersnot und Pestilenz haben für ein neues Doppelbett bezahlt, und Mona hat nagelneue Laken und Bettbezüge gekauft.

Am Ende des Nachmittags schiebt Pestilenz William einen weißen Umschlag zu. «Das ist von uns allen, dein Vater eingeschlossen.»

William runzelt die Stirn.

«Na, na», sagt sie. «Er hat ein bisschen Geld herausgerückt. Du sollst deine Hochzeitsnacht in einem guten Hotel verbringen. Dem Grandhotel. Ich war gestern selbst da, und ihr werdet dort ein schönes Zimmer haben, in dem ihr euer neues Leben beginnen könnt. Die Reservierungsdetails und alles andere sind in diesem Umschlag. Ihr beginnt euer neues Leben mit Stil. Bitte sehr.»

Es wird geküsst und sich umarmt, und um fünf Uhr sitzen Mona und William im Bus in die Stadt.

Das Grandhotel ist wirklich großartig. Es dominiert die gesamte Colmore Road, mit seiner Viktorianischen Fassade und den riesigen Fenstern. Mona und William stehen unter dem Marmorvorbau und sehen sich an.

«Gehen wir da einfach rein und sagen unseren Namen, oder was?», fragt William.

«Sie hat ja für uns bezahlt, also ja, ich glaube schon. So machen sie es im Film auch immer.»

«Im Film?» Mona zuckt die Achseln. Sie hat ein neues Kleid und neue Schuhe. Sie trägt eine raspelkurze Pixie-Frisur, so hell und weiß wie die Sonne. Sie hat ein wenig pinkfarbenen Lipgloss aufgetragen, als sie das Prince of Wales verlassen haben, und ihre Füße stecken in glänzenden Lackleder-Kittenheels. Ein- oder zweimal hat man ihr sogar hinterher gepfiffen. William hat es nicht gehört, weil er so nervös ist. Er sieht äußerst und absolut toll aus in seinem neuen Anzug mit Krawatte. Seine Schuhe sind poliert, und er riecht nach Seife und Aftershave – und sein Gesicht, sein Kiefer und diese ausgeprägten Wangenknochen, all das ist einfach zu gut, um wahr zu sein, er ist ein ganzer Mann, ihr Mann. Er hat das Haar frisch gewaschen, und es tanzt ein wenig im Wind, und weil er in der einen Hand seinen Übernachtungskoffer trägt und mit der anderen Monas Hand hält, kann er es nicht glatt streichen. Wenn die Schmetterlinge im Bauch Liebe sind, dann flattern in Mona tausend kleine Flügelchen.

Mona wischt ihm den pinkfarbenen Lipgloss von der Wange, dort, wo sie ihn geküsst hat. «Also», sagt sie. «Was kann schlimmstenfalls passieren?»

«Das mag ich mir gar nicht vorstellen», sagt er. Sie gehen zu den riesigen Marmorsäulen hinauf, und ein Portier tritt hervor und öffnet ihnen die Tür. Er tippt gegen seinen Hut und deutet in die mit dicken Teppichen ausgelegte Lobby und auf den breiten, geschwungenen Mahagonitresen der Rezeption.

«Ja, bitte, Sir?», fragt ein Mann, der einen Telefonhörer ans Ohr hält.

«Wir haben reserviert», sagt William. «Mr. und Mrs. MacNaughton.» William holt den Umschlag aus seiner Tasche und schiebt ihn über den Tresen.

Der Mann hält einen Finger hoch und flüstert: «Einen Moment.» Er ist Franzose oder so. «Natürlich, Madam. Ja, Madam. Sehr gut. Natürlich. Vom Siebenundzwanzigsten bis zum Neunundzwanzigsten. Wir haben die Reservierung notiert, ja, Madam. Sehr wohl. Auf Wiederhören.»

Er kritzelt etwas in ein Notizbuch, rückt seine Krawatte zurecht und öffnet den Umschlag. «Mr. und Mrs. MacNaughton, sagten Sie? Erlauben Sie mir nachzusehen.»

Mona kann nicht sehen, was er hinter dem Tresen

macht, aber je länger sie warten, desto unruhiger wird William. Er denkt, was sie denkt. Hat Pestilenz auch das richtige Datum angegeben? Hat sie wirklich bezahlt? Müssen sie mit ihrem kleinen Koffer durch die Lobby zurück zur Tür gehen und dabei aus dem Augenwinkel sehen, wie der Portier grinst? Der Mann an der Rezeption richtet sich plötzlich auf und klatscht in die Hände.

«Ah ja! Darf ich Ihnen meinen Glückwunsch aussprechen? Willkommen im Grandhotel!»

Er beugt sich vor und schüttelt ihnen beiden die Hand. «Madam. Sir. Sie haben Zimmer 340, ein Superior-Doppelzimmer mit eigenem Badezimmer. Hier ist Ihr Zimmerschlüssel.»

Bevor William die Hand ausstrecken kann, steckt ein Page den Schlüssel mit den Fransen daran ein und nimmt den Koffer.

«Frühstück gibt es von halb acht bis halb zehn. Es wird im Mallory Saal serviert, direkt zu Ihrer Rechten, Sir. Brauchen Sie eine Zeitung oder einen Weckanruf?»

William schüttelt den Kopf. Mona ebenfalls. «Wir wachen schon rechtzeitig auf», sagt sie.

Sie folgen dem Pagen, einem jungen Mann, nicht älter als William, aber nur halb so groß, in einen quietschenden alten Fahrstuhl mit einem Gitter davor. Der Page steht vor ihnen und drückt auf die Knöpfe. Der Junge trägt ein kurzes Jäckchen und hat einen großen Hintern. Seine Hose spannt sich darüber. Mona kann jeden einzelnen Stich in der Naht erkennen und fragt sich, wie stark der Faden wohl ist. Hält er, wenn der Junge sich bückt? Der Junge könnte das Äffchen eines Leierkastenmanns sein, in seinem Anzug mit den goldenen Bordüren und dem leicht schief sitzenden runden Hütchen. Mona traut sich nicht, William anzuschauen. Wenn er nur hustet, wird sie in Lachen ausbrechen.

Sie folgen dem Äffchen durch breite Flure, die mit so neuen und dicken Teppichen ausgelegt sind, dass sie den gesamten Weg vollkommen geräuschlos zurücklegen. Mona beobachtet, wie der Hintern vor ihr hin- und herschwingt, ebenso wie ihr Koffer am Arm des Pagen. Sie wirft William heimlich einen Blick zu. Sein Gesicht ist schon ganz rot. Er macht mit der Hand eine schlängelnde Bewegung. Sie schaut weg und beißt sich auf die Wangen.

Plötzlich bleibt der Junge vor einer Tür stehen und präsentiert ihnen den Schlüssel wie ein Zauberer. Er lässt ihn ins Schloss gleiten und drückt die Tür auf. «Sir», sagt er.

Mona hat so etwas noch nie gesehen. Das Bett ist riesig. Kissen und Polster aus Samt und Spitze türmen sich darauf, das mit Daunen gefüllte Innenkissen quillt an den Seiten heraus. Lampen stehen auf den Nachttischchen, außerdem gibt es hier zwei Sessel und zwei große Ölgemälde und einen luxuriösen Teppich mit langen silbrigen Fransen am Fußende des Bettes. Und das Badezimmer erst! Goldene Wasserhähne am Waschbecken und in der Badewanne, mehr Handtücher, als man in einer Woche benutzen kann, kleine Seifenstückchen und ein echter Marmorboden.

William schließt gerade die Tür, als sie aus dem Badezimmer kommt.

«Ich dachte schon, der geht nie», sagt er und wischt sich mit dem Handrücken über die Stirn. «Er stand die ganze

Zeit vor der Tür und wollte mir zeigen, wie der Schlüssel funktioniert. Hält der mich für einen Volltrottel, oder was? Dann sagt er mir wieder, wann es Frühstück gibt, genau wie der Typ unten in der Eingangshalle. ‹Schon gut, Kumpel›, habe ich gesagt, ‹hab verstanden›, und dann hat er mir endlich den Schlüssel gegeben.»

«Vielleicht wollte er Trinkgeld für seine Tipps?»

«Ich hätte da auch einen Tipp für ihn», sagt William und löst die Schnürsenkel an seinen Schuhen. «Finger weg von den Bananen.»

Mona beginnt zu kichern. William packt sie um die Taille, und sie quiekt.

«Ist es zu früh, um ins Bett zu gehen?», flüstert er.

«Und wenn er zurückkommt?» Sie lassen sich zusammen aufs Bett fallen.

«Wer?», fragt William.

«Der Page.»

«Herrje! Der schwingt seinen Hintern jetzt nach unten, hundertprozentig. Oder er tanzt nach der Pfeife seines Herrchens.»

Mona lacht.

«Oder er sucht sich einen weichen Sessel für diesen Hintern. Oder lieber einen harten Stuhl. Wer braucht schon Kissen?»

Mona schüttelt den Kopf. «Nicht, William.» Sie kann kaum noch atmen.

«Jedenfalls», fährt er fort, «müssen wir ja gar nicht die Tür aufmachen. Wir haben ja den goldenen Schlüssel.»

William springt auf und schließt die Tür ab. Er tritt zum Fenster und schaut auf die Straße.

«Komm mal gucken», sagt er und teilt die dünnen weißen Gardinen.

Mona steht neben ihm, und er legt den Arm um sie. Die Straßenlaternen in der Colmore Row gehen gerade an. Die Kathedrale von Birmingham ist von innen erleuchtet, das Buntglas schimmert in allen Regenbogenfarben. In der ganzen Stadt sind die Läden und Kaufhäuser alle hell und voller Leben, die Leute schlendern mit ihren Einkaufstüten zu den Bushaltestellen, um nach Hause zu fahren.

«Frohe Weihnachten», sagt er.

«Es ist doch noch gar nicht Weihnachten, William.»

«Für mich schon.»

Mona kann kaum glauben, wie schwierig und peinlich es ist, Liebe zu machen. Sie sind einander schon so oft in ihrem Wohnheim nähergekommen, wenn sie mal fünf Minuten für sich allein hatten, aber da mussten sie immer auf die anderen Leute im Haus hinter den Wänden oder im Treppenhaus achten. Jetzt haben sie zum ersten Mal allein, als Mann und Frau und ohne Störungen, rechtmäßigen Sex.

Sie will ihn, und er will sie. Aber davor gibt es eine Menge Gefummel und Gezerre, und William schafft es, Mona mittendrin den Ellenbogen ins Auge zu rammen.

«Herrje», sagt er. «Das ist nicht gut. Ich bin nicht gut darin.»

Mona bekommt kein Wort heraus. Sie hält den Atem an und wartet, dass all die wunderbaren Dinge geschehen. «Ein Feuerwerk» haben die Frauen bei der Arbeit es genannt. «Die Glocken läuten.»

Dann ist es vorbei. William rollt sich auf den Rücken und stöhnt. «Tut mir leid», sagt er. Er zieht sie an sich, und sie liegen aneinandergeschmiegt in der Dunkelheit.

Als der Morgen kommt, ist alles ganz anders. William greift nach ihr, schiebt ihr das Nachthemd von den Schultern. Er küsst sie auf den Mund, den Hals, die Brüste. Er knetet ihre Schultern, drückt sie so sehr an sich, dass sie nach Atem ringt. Er liebt sie ganz langsam, sagt immer wieder, wie sehr er sie liebt und braucht und immer wieder ihren Namen. «Mona, Mona.»

Die Glocken der Kathedrale wecken sie um zehn Uhr.

«Wir haben das Frühstück verpasst, William», sagt Mona, die die Glockenschläge zählt.

«Macht nichts», sagt er und reckt sich. «Wir wollen doch gar nicht, dass uns all die feinen Pinkel dabei beobachten, wie wir unsere Würstchen schneiden.» Er setzt sich auf und zieht sich das Unterhemd an. Er zündet sich eine Zigarette an und pflückt sich kleine Tabakkrümelchen von der Zunge. «Komm, wir gehen zu Hasty Tasty. Kennst du das? Es ist direkt in der Stadtmitte. Ich bin da mal gewesen. Da gibt es ein riesiges Frühstück mit Grützwurst. Wir gönnen uns so richtig was Gutes. Man heiratet ja schließlich nur einmal im Leben.»

«Hoffentlich», versetzt Mona und schaut von ihrem Kissen aus zu ihm hinauf. Sein Gesicht sieht so kurz nach dem Aufwachen ganz anders aus und ihres bestimmt auch. Sie wischt sich vorsichtshalber den Schlaf aus den Augen und schüttelt ihr Haar auf, das sicher ganz plattgedrückt ist. Vielleicht hat sie sogar Abdrücke vom Kissen an der Wange. William sieht zu ihr herunter.

«Du bist wunderschön», sagt er, als wüsste er, was sie gerade denkt. Dann drückt er die Zigarette aus. «Na komm, ich verhungere.»

Er steht ganz plötzlich auf, und sie sieht seinen nackten Hintern. Er ist fest und weiß. Sie muss erneut an den plumpen kleinen Pagen denken und beginnt zu lachen. Er dreht sich um und stemmt die Hand in die Hüfte. Sein Unterhemd bedeckt kaum sein Geschlechtsteil, und sie lacht erneut.

«Was ist?», fragt er.

«Nichts, nichts.» Mehr bringt sie nicht heraus.

Er schüttelt den Kopf und öffnet die Vorhänge. Er späht durch die makellosen weißen Gardinen. «Ein wunderschöner Tag», flüstert er. Sie schaut zu, wie er nach den Haken für das große Schiebefenster sucht und es mit einem Ruck öffnet. Aber alles im Grandhotel geht ganz leicht, sogar die Seile in den Rollen der viktorianischen Fenster, und die untere Hälfte des Fensters fliegt mit schrecklicher Geschwindigkeit nach oben und reißt Williams Unterhemd mit sich.

«Herr im Himmel!», schreit er. Er steht mit nach oben gereckten Armen da, sein nackter Bauch, sein Penis und seine Hoden sind am offenen Fenster gut zu sehen für alle sonntäglichen Kirchgänger, für die Passanten und sogar für den verdammten Portier, wenn er nur einen Schritt vortreten würde. «Hilf mir, Mona!»

Aber sie ist ebenfalls nackt. Sie kramt nach ihrem Nachthemd, während er sich am Fenster dreht und windet, um seine eingeklemmte Unterwäsche zu befreien. Sie darf auf keinen Fall lachen.

«Ah, Herrgott noch mal, hilfst du mir jetzt endlich?»

«Zieh es aus, William! Zieh deine Arme da raus!»

Meterweise hauchdünner Stoff bauscht sich wild im Wind, und sie sieht zu, wie er sich windet und dreht, sein Unterhemd abstreift und sich im Vorhang verfängt. Er sieht aus wie eine Larve im Kokon. Dann plötzlich löst sich der Vorhang von der Gardinenstange, und darin eingewickelt, stürzt er zu Boden.

«Gott», keucht er, tritt um sich und zerrt am Stoff wie ein Irrer. Mona kann nicht mehr und bekommt keine Luft vor Lachen.

«Beruhige dich, William! Sieh nur, was du getan hast!»

Er trampelt auf dem zerrissenen Vorhang herum und steht dann keuchend da, die Hände in die Hüften gestemmt, mit wildem Blick, der nackte Körper schweißüberströmt. «Was ist da bloß passiert?»

Mona umarmt ihn. «Du hast ihn besiegt», sagt sie. «Das ist alles, was zählt.»

Sie packen den Vorhang in ihren Koffer und schließen ihn. Mona steckt eines der winzigen Seifenstückchen in ihre Handtasche. Sie macht das Bett und faltet die Handtücher zusammen. Sie kämmt die Fransen des Teppichs mit den Fingern, bis das Zimmer beinahe unberührt aussieht. Sie zieht die schweren Vorhänge zu, und sie lassen den Schlüssel im Schloss stecken. Sie gehen den Flur entlang und schlüpfen Hand in Hand durch den Hinterausgang auf die Straße.

12

Am Mittwoch macht Mona einen Umweg, um an der Wiener Konditorei vorbeizugehen. Sie trägt den roten Mantel mit den schwarzen Knöpfen. Er passt immer noch und macht eine gute Figur. Dazu trägt sie schwarze Wildlederschuhe mit Absatz, eine passende Handtasche und einen bunt gemusterten Schal. Es ist nicht zu viel, aber kurz bevor sie vor der Konditorei ankommt, verliert sie ihr Selbstbewusstsein und wünscht sich, nach Hause zurückgehen und sich noch einmal umziehen zu können. Sie sieht aus, als hätte sie sich viel Mühe gegeben, als ginge sie ins verdammte Theater oder so. Sie ist ja völlig aufgedonnert aus dem Haus gegangen. Und wenn er nur höflich sein wollte? Was hat sie sich bloß eingebildet? Aber sie hat keine Zeit mehr. Da ist Karl schon, an der Tür des Cafés, und liest Zeitung. Er faltet sie zusammen und klemmt sie sich unter den Arm, als er Mona sieht.

«Ah», sagt er. «So trifft man sich wieder.»

Und jetzt schweigen sie, die kleinen Kaffeetässchen zwischen ihnen. Er sieht in seinem grauen Anzug makellos aus. Dazu trägt er ein blassrosa Hemd und Perlmutt-Manschettenknöpfe. Sein Schlips ist hübsch geknotet, mit einer richtigen goldenen Krawattennadel. Er hat sich genauso viel Mühe gegeben wie sie. Er lächelt. Seine eleganten Hände schieben die Salz- und Pfefferfässchen zurecht und drehen die einzelne Blume in der Vase so herum, dass sie sie ansieht. Dann tippt er auf den Tisch, als wollte er sagen: «Das ist für dich.» Also lächelt sie ihn an und tastet nach dem Kreuz, das an einer Kette um ihren Hals hängt, um es flach auf das Dekolleté zu legen, dreht an ihrem Ehering und will gerade etwas sagen, als er sich räuspert.

«Als ich Sie zum ersten Mal sah, habe ich überlegt, wie groß Sie wohl sind. Ich dachte, Sie wären größer.»

«Ich bin eins siebenundsechzig», sagt sie. «Sie sind sicher eins fünfundneunzig.»

«Na ja, beinahe», antwortet er, «hängt von der Situation ab.»

Er rückt sich die Krawatte zurecht. Mona sieht, dass sie in regelmäßigen Abständen Knickfalten hat, als würde er sie gefaltet in seinem Schrank aufbewahren. Er lebt sicher allein.

Er beobachtet sie aufmerksam. «Wir schlafen nicht, Sie und ich.»

«Oh, normalerweise schon. Na ja, manchmal. Hängt von der Situation ab.»

«Ah.»

Er hat ein schönes Lächeln, aber das Schweigen lastet so schwer zwischen ihnen, dass Mona kaum die Tasse hochheben kann.

«Woher kommt denn Ihr Name?», fragt er. «Desdemona. Den habe ich schon mal gehört. Hat Ihre Mutter ihn ausgesucht?»

«Eigentlich mein Vater. Er war ein ungewöhnlicher Mann.»

«Shakespeare?»

«Ja, Desdemona war Othellos Frau. Aber alle nennen mich Mona, alle.»

«Ach so. Ich heiße Karl. Also nennen mich alle Karl.»

«Schön, sie noch einmal kennenzulernen, Karl», sagt sie und streckt ihre Hand über den Tisch. Er drückt sie und verbeugt sich mit einer winzigen Neigung des Kopfes.

«Also, Mona, der Kaffee ist nicht schlecht. Und trotzdem trinken Sie ihn nicht.»

Sie sieht ihre Tasse an. Der Kaffee ist stark, bitter und lauwarm. «Na ja, ich mag meinen lieber mit mehr Milch.»

«Ach ja, die Engländer mögen Cappuccino und Latte. In Italien trinkt man so etwas nur zum Frühstück, und in Hamburg haben wir so etwas gar nicht. Jetzt inzwischen vielleicht schon, aber als ich noch klein war, tranken nur Kinder oder Großmütter heiße Milch. So jung sind wir nicht mehr, und so alt sind wir noch nicht, Sie und ich.»

«Hamburg», sagt Mona. «Daher kommt also der Akzent.»

«Sie kennen Hamburg?»

«Leider nur Hamburger. Aber ich bin auch nicht in England geboren.»

«Oh?» Er beugt sich vor und sieht sie erwartungsvoll an, wobei er sein Kinn in die Hand stützt.

«Sie sind keine Französin. Sie sind keine Holländerin und keine Schwedin. Die kenne ich alle. Schottisch? Die Schotten sind immer ganz beleidigt, wenn man sie für Engländer hält.»

Mona beugt sich nah zu ihm. «Die Iren noch viel mehr»,

sagt sie. «Wir verwandeln uns in Banshees, kleine Teufel, wenn das jemand wagt.»

«Oh, Irin, ja, ja», sagt er, schließt die Augen und wiegt den Kopf, als lausche er einer Melodie. «Irin. Ja. Jetzt höre ich es auch. Aber Sie sind schon lange hier.»

«Ja, ich bin auf der Suche nach jemandem hergekommen und habe dann beschlossen zu bleiben.»

«Haben Sie denjenigen denn gefunden?»

Mona schaut zu, wie ihr kalter Kaffee einen Film an der Oberfläche bildet, wie das bisschen Milch darin zu Haut wird. «Nein. Ich habe ihn nie gefunden.»

«Mein Beileid, Mona.»

Mona nickt. «Und was ist mit Ihnen, Karl. Was machen Sie hier, so weit weg von Deutschland?»

«Ach, ich komme her, seit ich ein junger Mann war. Ich hatte einen Freund, der England mochte – er mochte einfach alles daran, genau wie ich. Irgendwann kaufte er hier Besitz, also waren wir oft hier. Und im Moment bin ich gerade dabei, etwas zu verkaufen. Aber sagen Sie, was machen Sie denn so? Ich weiß, wo Sie wohnen, aber das ist es auch schon. Erzählen Sie mir von sich, wer Sie sind.»

«Wer ich bin?»

Er schweigt. Sein Zuhören ist mehr wie Lesen, als blätterte er durch ihre Erinnerungen und Geheimnisse. Sie kann ihrer Stimme nicht trauen, auch nicht der Antwort, die sie zu geben im Begriff ist. Er runzelt die Stirn und spricht ganz leise, als erzählte er ihr eine Gutenachtgeschichte.

«Ich zum Beispiel bin im Exil.» Er schaut sich um. «Na ja, um genau zu sein, sitze ich hier fest.»

«Schiffbrüchig?»

«Gestrandet.»

«Ganz allein?»

«Ganz allein.»

«Ah», macht Mona. «Tja, bei mir ist es auch so, gestrandet ist ein gutes Wort dafür, aber immerhin haben wir uns eine hübsche Insel ausgesucht, oder?»

Karl dreht sich auf seinem Stuhl um und schaut zum Tresen hinüber. «Zur Stärkung brauche ich dringend noch eine Tasse Kaffee, wenn wir uns jetzt unsere Geheimnisse erzählen.»

Er steht auf und spricht mit dem Mädchen am Tresen. Was er sagt, lässt sie kichern, und er kehrt zu ihrem Tisch zurück.

«Sie bringt uns den Kaffee an den Tisch», sagt er und tippt sich an den Nasenflügel. «Ich hab da so meine Mittel und Wege. Ich habe sie nach ihrem Nasenring gefragt und ob er mir wohl auch stehen würde. Ein merkwürdiger Schmuck, nicht wahr?»

«Ich habe eine Aushilfe, die einen in der Augenbraue hat. Ich habe sie mal gefragt, ob das denn nicht weh tut, und sie hat nein gesagt, aber das kann doch nicht stimmen.»

Karl schüttelt den Kopf. «Man fragt sich, wie das noch werden soll. Die Mode ändert sich so sehr, dass nichts beim Alten bleibt. Guter Geschmack ändert sich zum Glück nicht. Das gilt für gutes Essen ebenso wie für alles andere.»

Er erzählt ihr von den Torten in den Vitrinen und welche Kuchen es in Deutschland gab, als er noch klein war, Käsekuchen und Strudel. Seine Stimme klingt rau, aber gleichzeitig weich, wie glattgeschliffene Kiesel am Strand, wie die Stimme aus dem Off in einer Dokumentationssendung über Auslandsreisen oder Haute Cuisine. Sie starrt ihn immer noch an und merkt erst mit Verspätung, dass er verstummt ist.

«Ich habe gefragt, ob Sie kochen», sagt er.

«Ja, hin und wieder macht es mir Spaß. Ich probiere gern neue Rezepte aus. Ich erlebe allerdings auch so einige Katastrophen damit, das kann ich Ihnen sagen, wenn ich zu abenteuerlustig bin oder mein Ehrgeiz meine Fähigkeiten übersteigt.»

«Ich koche immer. In meiner Jugend gab es kein Fast-Food. Wir haben Fische gefangen und sie noch am selben Tag mit Gemüse vom Markt zubereitet oder mit Tomaten aus dem Gewächshaus und Öl. Man ging zum Metzger im Ort, der einen kannte, oder zum Gemüsehändler, bei dem man nur saisonale Produkte bekam. Heutzutage ist alles in Plastik oder Pappe eingepackt. Das Leben war damals schon einfacher, oder?»

«Na ja, einfacher vielleicht, aber meine Mutter stand immer am Herd. Immerhin können wir uns hin und wieder mal ein Fertiggericht machen.»

«Ein Fertiggericht?» Er hebt entsetzt die Hände. «Das kommt davon, wenn man alleine isst. Bitte kein Essen, das nach Plastik und Chemikalien riecht, bitte!»

Er sieht gut aus, trägt einen schönen Siegelring und eine hübsche Uhr. Er scheint sich mit seiner Kleidung Mühe zu geben. Die Kellnerin stellt Karl den Kaffee auf den Tisch. Er kippt ihn wie einen Wodka und klopft sich auf die Brust.

«Ah», macht er. «Gut.» Er stellt das Espressotässchen zurück auf die Untertasse und dreht es am Griff herum. Er ist schon ein Gentleman, ein bisschen älter, als er aus der Entfernung wirkt, aber er hat etwas Jugendliches an sich, etwas Lebendiges.

«Sind Sie fertig? Wollen wir spazieren gehen?», fragt er.

Mona nimmt ihre Handtasche und holt ihr Portemonnaie heraus. «Gern, lassen Sie mich nur eben …»

«Nein, nein», sagt er und steht so abrupt auf, dass sein Stuhl kurz davor ist umzukippen. Er geht zum Tresen und zieht Geld aus seiner Tasche. Er bezahlt und ist schon wieder bei Mona. Sie nestelt an den Banknoten in ihrer offenen Geldbörse herum.

«Ich schulde Ihnen etwas», sagt sie, aber er legt den Finger auf die Lippen.

«Pssst! Das wäre nicht galant, Mona. Das kann ich nicht zulassen.»

Draußen schaut er zum Himmel hinauf und blinzelt. «Es ist schönes Wetter, ein bisschen wärmer, glaube ich. Sollen wir hier entlanggehen?»

Mona passt sich seinem Schritt an.

«Gut», sagt sie und bemerkt, dass er ein wenig langsamer geht, um weder vor ihr noch hinter ihr zu gehen. An der vielbefahrenen Kreuzung wechselt er auf die Straßenseite des Bürgersteigs und leitet sie am Ellenbogen über die Straße, als eine Lücke entsteht.

Sie gehen den Hügel hinauf in die obere Stadt, durch terrassenförmig angelegte Straßen, die zur Kirche hinaufführen. Auf dem Weg gibt es nichts zu sehen, aber von ganz oben hat man einen wunderbaren Ausblick. Die

Turmspitze von St. Gregory ragt aus der Mitte einer Spirale aus krummen georgianischen Häusern in verblassten Rosa- und Blautönen empor, und dahinter erstreckt sich das zinnfarbene Meer.

Sie keuchen beide, als sie ganz oben ankommen, und Karl atmet tief durch. «Ah!», macht er. «Das Blut pulsiert in den Adern. Fühlt sich gut an, nicht wahr?»

Mona nickt. «Ich sollte das wirklich öfter tun. Ich war seit Jahren nicht mehr hier oben.»

«Vielleicht würden wir besser schlafen, wenn wir das hier jeden Tag täten.»

Mona lacht. «Wir würden dann wohl eher für immer schlafen.»

«Für immer?»

«Der Tod. Für immer schlafen. Das hier lässt mein Herz ordentlich arbeiten, das kann ich Ihnen sagen.»

«Das macht nichts. Es ist immer wieder überraschend, wie viel ein Herz aushalten kann.»

Mona hält den Blick aufs Meer gerichtet, auf den Streifen silbernen Lichts am Horizont. «Ich weiß», sagte sie.

Karl berührt ihre Schulter und zeigt in die Ferne. «Sehen Sie mal, dort.»

Ein rot-gelber Drachen steigt zwischen den schwarzen Dächern auf, torkelt hin und her und tanzt in der Brise. Er hat die Form eines exotischen Vogels, mit langen blutroten und goldenen Schwanzfedern, die Flügel schwarz gerüscht und knatternd im Wind. Er schwingt sich höher und höher, bis das Meer seinen Hintergrund bildet, und kämpft gegen den Wind an, als ob er sich von den Schnüren befreien wollte, die ihn halten.

Er fliegt jetzt so hoch und nah, dass Mona seinen riesigen Körper und den Schnabel und die knallbunten Farben sehen kann, die Entschlossenheit in seinem Blick.

«Er ist zu weit weg», sagt Karl, und plötzlich merkt Mona, dass sie die Hand nach dem Drachen ausgestreckt hat.

«Ich bin wirklich albern», sagt sie. «Was habe ich mir dabei nur gedacht?»

Er nimmt ihre Hand und drückt sie. «Eine wunderschöne Geste, wenn ich das so sagen darf. Wir sind alle immer noch Kinder, Mona.»

Er hält ihre Hand fest, und langsam gehen sie wieder den Hügel hinunter, über den Kirchhof von St. Gregory, durch die sich windenden Gässchen. Seine Hand ist warm und stark. Sie schweigen beide, bis sie zur Ecke an der Hauptstraße kommen. Er lässt ihre Hand sanft los. «Und hier gehen Sie links und ich nach rechts», sagt er.

«Danke für den schönen Spaziergang. Heute Nacht schlafe ich bestimmt gut.»

«Wenn nicht ...», erwidert er.

«Dann weiß ich ja, wo ich Sie finde», sagt sie.

«Vielleicht könnten wir uns nächste Woche wiedertreffen. Das wäre doch nicht zu bald? Ich würde mich jedenfalls sehr freuen.»

«Vor ein paar Tagen hatte ich Geburtstag.» Sie bleibt ganz plötzlich stehen, überrascht, dass sie ihm davon erzählt hat, überrascht, dass es ihr wichtig ist, dass er es weiß. «Ich bin sechzig geworden. Ich bin jetzt sechzig.»

Er legt sich die Hand auf die Brust. «Oh, herzlichen Glückwunsch. Das müssen wir unbedingt nachfeiern.

Vielleicht ist nächste Woche dann schon zu spät …» Und er neigt den Kopf, als wolle er sagen: «Na?»

Sie denkt an die Männer, die sie in den letzten zwanzig Jahren kennengelernt hat, an die Verabredungen, die zu nichts führten oder nach ein paar Wochen im Sande verliefen, an die Affären, die dann doch keine Liebe waren, an die Flirts und Andeutungen und die Blicke, die sie ignorierte, und sie fragt sich, ob das hier anders sein wird. «Der nächste Mittwoch ist gut, Karl. Ich freue mich darauf.»

«Am selben Ort?»

«Am selben Ort.»

Er muss sich zu ihr herunterbeugen, um sie auf die Wange zu küssen; seine Lippen verweilen ein wenig länger als nötig auf ihrer Haut, und als sie geht, weiß sie, dass er ihr hinterherschaut.

13

Mona und William teilen ihr Haus mit zwei weiteren Mietern. Der Mann im obersten Stockwerk arbeitet nachts in der Keksfabrik, und Mona sieht ihn nur am Wochenende. Er legt alle paar Monate Tüten mit Keksbruch vor die Wohnungstüren des Hauses, und Mona bäckt ihm dafür Sodabrot. Die Wohnung in der Mitte gehört Tom. Tom kommt aus West-Cork und hat einen derart starken Akzent, dass es nach zwei Jahren in England immer noch so klingt, als hätte er Tennisbälle in den Backentaschen. Mona schickt William oft hinauf, um ihn zum Abendessen einzuladen. Manchmal bringen sie ihm auch einen Teller hinauf. Im Gegenzug lädt Tom William mittwochs zu einem Pint ein.

Jede Wohnung hat ihren eigenen Strom- und Warmwasserzähler direkt an der Wohnungstür. Es ist Williams Aufgabe, ihn jeden Tag bei seiner Rückkehr von der Arbeit mit Münzen zu füttern. Mona hört zuerst den Schlüssel im Türschloss und beobachtet dann, wie er mit deutlichem Stolz Münzen aus seiner Geldbörse fischt, um das eisengraue Tier zu besänftigen.

Das gesamte Haus nutzt das Badezimmer im Hausflur. Deshalb setzt William jeden Abend, wenn er von der Arbeit kommt, den Wasserkessel in der Küche auf, zieht sich aus und wäscht sich von Kopf bis Fuß mit zehn Zentimeter Wasser in der Schüssel. Dabei summt er vor sich hin und lächelt ihr zu. Danach kippt er das Wasser in den Ausguss, spült die Schüssel aus und beginnt erneut mit der Wäsche, mit frischem Wasser für das Gesicht und die Haare. Er schaltet das Feuer der Herdplatten ein, beide Glühzünder brennen hellorange. Angekohlte Socken, verbrannter Staub, Shampoo und feuchte Kleider. Ein Geruch, den Mona ihr ganzes Leben lang nicht vergessen wird.

Wenn er fertig ist, hüllt er sich in ein Handtuch, und meistens setzt sich Mona dann auf seinen Schoß, die Arme um seinen Hals geschlungen. Sie schweigen oft, genießen ihre Zweisamkeit, hören dem leisen Zischen und Murmeln der Glühzünder zu.

Wenn das Wetter gut ist, öffnet William dann die Hintertür und setzt sich auf die Betonstufe, um eine Zigarette zu rauchen. Mona kuschelt sich neben ihn, und so bleiben sie dann sitzen, rauchen und unterhalten sich, bis sie hungrig sind. In der Nacht lieben sie sich und schlafen, am Morgen lieben sie sich erneut und beeilen sich, zur Arbeit zu kommen, und weil Mona ein wenig Geld gespart hat, kaufen sie sich einen gebrauchten Fernseher für ihre gemeinsamen Abende.

Sonntags müssen sie beide nicht arbeiten. Eine Weile gehen sie halbherzig in die Kirche, aber dann nur noch hin und wieder an den Feiertagen zur Messe. Meistens schlafen sie lange und unterhalten sich, Mona macht Toast und Tee und beeilt sich, wieder ins Bett zu kommen, bevor es ihr zu kalt wird. Der Gasherd hat seine Launen, und sie muss beim Anzünden aufpassen. Während sie darauf wartet, dass der Toast bräunt, stellt sie alles andere aufs Tablett: zwei Becher Tee, Marmelade, ein Messer und schließlich einen großen Teller mit Buttertoast. Es macht Spaß, es sich so gemütlich zu machen. Die kleinen Dinge sind wichtig. Ein richtiger Kartoffelschäler statt eines Messers, passende Geschirrtücher, emaillierte Kochtöpfe mit einem grünen Efeumuster am Rand, ein Nachttisch und eine kleine dreiteilige Couchgarnitur aus einem Räumungsverkauf. Sie müssen noch viel kaufen, aber das wird alles kommen.

Mona bindet sich den Gürtel ihres Morgenmantels zu, nimmt das Tablett und trägt ihr Frühstück ins Schlafzimmer im vorderen Teil des Hauses. Sie kriecht wieder neben ihn unter die Decke.

«Gut», sagt sie dann. «Erst ich.»

«Zur Abwechslung», sagt William leise.

«Abendluft, frische Abendluft», sagt sie. «Und Apfelsinen.»

«Wunderschöne Mona», sagt er und küsst sie. «Babys.»

«Baumwollbettwäsche und Christbaumschmuck.»

«Elfenaugen», sagt er und küsst sie erneut. «Und in ihnen zu versinken.»

«Elektrische Heizungen und Eiersoufflé. Ich weiß überhaupt nicht, was Eiersoufflé ist, aber mir gefällt der Klang, außerdem fängt es mit einem E an.»

«F», sagt er. «Fliegen wie Peter Pan.» Er schwenkt seinen Toast über dem Kopf. «Und ‹Für immer›.»

«Giraffen ...»

«Giraffen?»

«Ich mag das Muster auf ihrer Haut.»

«Auf ihrem Fell, meinst du.»

«Ist das keine Haut?»

«Nicht wirklich, nein. Es ist ein Fell, wie bei einer Ziege.»

«Na ja, du bist der Junge vom Lande», sagt sie, «du kennst dich da besser aus.»

«Das stimmt. Wobei es in Galway keine Giraffen gibt, Mona.»

«Nein, wirklich?», neckt sie ihn. «Keine wilden Tiere im wilden Westen? So hatte ich das aber gelernt. Jedenfalls nehme ich Giraffen und Galway, so.»

«Himmel», sagt er leise nach einer Weile. «Und hier. Und jetzt.»

«Jetzt fängt aber mit einem J an, William», scherzt sie, doch er schaut sie ganz versunken an. Er nimmt ihr den Toastteller und den Becher aus der Hand.

«Wo war ich gerade?», fragt er. «Oh ja, H. Hier.» Er küsst sie auf die Wange.

«Und hier.» Er küsst sie zart auf die Nasenspitze.

«Und hier.» Er küsst ihre Lippen, und sie lassen sich beide auf die Matratze gleiten. «Und hier.»

Am Abend gehen sie in The Bear in Sparkhill. The Bear ist ein Irish Pub. Arbeiter gehen dorthin, wenn sie den Abend einmal nicht allein in ihren Unterkünften verbringen wollen, und Ehemänner mittleren Alters, die nach der Messe von der Leine gelassen wurden. Nicholas Doyle sitzt immer mit seinem Akkordeon oder seiner Geige in der Ecke, ein paar Drinks stehen auf dem Tisch zu seiner

Rechten. Dort sitzt William am liebsten, direkt neben der Musik, in der Nähe des Ellenbogens dieses Musikers, der seinen Bogen wild über die Saiten gleiten lässt oder das Akkordeon zusammendrückt und sich wieder entfalten lässt, das wie ein Baby auf seinem Schoß liegt. Man kann sich hier kaum unterhalten.

Wie immer findet sich Mona irgendwann am anderen Ende des kleinen Nebenraums mit den paar Leuten wieder, die sie aus dem Wohnheim oder dem Irish Centre kennt, Frauen aus der Gegend, die das Haushaltsgeld im Auge behalten wollen. Hin und wieder gibt es Streit oder einen Ehekrach, betrunkene Reden über die Engländer und stillere über die Irish Republican Army werden geschwungen, aber an den schönsten Abenden gibt es Musik, und es werden alte Widerstandslieder über Liebe und Freiheit, Märtyrertum und Unterdrückung gesungen. Mona kennt sie nicht alle, aber William schon. Sie beobachtet ihn dabei, wie er zuhört, wie sein Fuß im Rhythmus wippt oder er in sein Bierglas starrt, als müsste er weinen. Er formt die Worte mit den Lippen, sitzt mit geneigtem Kopf da, die Augen geschlossen, und saugt jeden einzelnen Ton auf. Wenn er wieder zu sich kommt, zwinkert er Mona zu und hebt sein Glas.

An einem Abend, aus heiterem Himmel, steht William auf und räuspert sich, als Nick Doyle verstummt.

«I sat within a valley green», beginnt er zu singen. Ein paar Ältere murmeln etwas, und eine Frau neben Mona ruft: «Ein gutes Lied, Junge. Sing weiter.»

Also singt er, klar und tief und reich und rund, und seine Stimme erhebt sich über den Lärm und die Gespräche der Leute im Pub. Mona kann kaum glauben, dass solche Töne aus ihm herauskommen.

I sat there with my true love.
My sad heart strove the two between
The old love and the new love.
The old for her, the new that made
Me think of Ireland dearly
While soft the wind blew down the glade
And shook the golden barley.

Keiner fällt in das Lied mit ein, nur der alte Nick Doyle, der jetzt sein Akkordeon gegen die Geige eingetauscht hat. Er wiegt sich im Takt, zupft die Saiten und folgt Williams Gesang Note für Note. Alle im Pub sind ganz still, und Mona legt die Hand an den Hals. Sie könnte vor Liebe weinen. Er ist jetzt ein ganz anderer Mann, einer, den sie noch nie gesehen hat. Er singt Strophe um Strophe, bis seine Stimme beim letzten Refrain versagt und er beinahe flüstert. Die Frau singt die letzten Worte laut, und dann erwacht der gesamte Pub zum Leben, trampelt und jubelt, und für den Rest des langen Abends stehen immer wieder Pints und Schnapsgläser für William auf dem Tresen.

Auf dem Heimweg halten sie Händchen. Er schweigt, und Mona spürt, wie er ein wenig schwankt. Sie küsst ihn ungestüm.

«Ich wusste ja gar nicht, dass du singen kannst, William.»

«Ach», sagt er.

«Was hast du mir noch alles nicht erzählt?»

Normalerweise würde er lachen und sagen, dass er alles vergessen hat, was gewesen ist, bevor er sie kennenlernte. Dass nichts sonst zählt. Aber diesmal zuckt er die Achseln.

«Mein Großvater hat mich aufgezogen. Nicht mein Vater. Mein Vater hat ständig seine Jobs verloren. Meine Mutter musste die Familie zusammenhalten. Mein Großvater, ihr Vater, war derjenige, an dessen Hand ich laufen gelernt habe. Er ist mit mir zum Hurling gegangen. Manchmal saß ich zwischen seinen Beinen in unserem kleinen Holzruderboot, nur wir beide. Ich mochte seinen Geruch. Er trug immer eine flaschengrüne Weste, die meine Mutter ihm gestrickt hatte. Vielleicht hatte er mehrere davon, das weiß ich nicht, aber ich erinnere mich immer an ihn, wie er diese Weste trägt, die über seiner Brust spannt. Ich erinnere mich an diese Weste und an seinen Geruch. Meine erste Erinnerung. Ich muss noch ein Baby gewesen sein.»

«Soll ich dir eine grüne Weste stricken, William?»

«Und er hat mich dann hoch in die Luft geworfen und wieder aufgefangen, und kurz davor hatte ich immer so ein Kribbeln im Bauch, aus Angst, er könnte mich fallen lassen, aber das tat er nie, niemals.» Seine Stimme bricht, und er sieht sie an. «Was ich sagen will, ist, dass ich wie er werden will. Nur wie er.»

«Und warum sollte das denn nicht klappen?»

William schüttelt den Kopf, und Mona richtet ihm das Mantelrevers.

«Jedenfalls hast du von irgendjemandem eine wunderschöne Singstimme geerbt, das ist klar.»

«Das war das Lied meines Großvaters. Er brachte mich

zu Bett und sang mir das Lied vor und las dabei die Zeitung. Ich beobachtete, wie sich seine Lippen bewegten, hörte sein Lied und das Rascheln des Papiers, und dabei bin ich dann eingeschlafen.»

«Du warst heute Abend der Star, William. Ich war so stolz auf dich.»

Aber in dieser Nacht wälzt er sich unruhig in den Laken, und Mona muss ihn aufwecken. Schließlich übergibt er sich und geht hinaus, um eine zu rauchen. Mona hört, wie er herumläuft und vor sich hin murmelt. Als er endlich wieder zurück ins Bett kommt, flüstert er: «Bist du noch wach?»

«Ja», antwortet sie.

«Ich bin gar nicht so wie mein Vater. Ich werde nicht so sein wie er.»

«Psst», sagt sie. «Schlaf jetzt.»

14

Es klingelt fünf Minuten vor vier an diesem Nachmittag, und Mona ist bereit.

«Schön, dass Sie da sind. Christine, nicht wahr? Kommen Sie rein, kommen Sie rein. Ich ziehe immer die Schuhe aus, aber das müssen Sie nicht. Ich nötige niemanden dazu; es ist nur eine alte Gewohnheit. Ich nehme mal eben Ihren Mantel und hänge ihn hier auf.»

Christine schlüpft aus ihrem Regenmantel und den Mokassins und folgt Mona den Flur entlang ins Wohnzimmer. Mona hat einen Sessel neben ihren gerückt. Die Vorhänge sind halb zugezogen, um die helle Nachmittagssonne draußen zu lassen, und es ist warm hier, warm und sauber. Die Frau bleibt zögernd in der Tür stehen.

Mona stellt sich hinter den Sessel und deutet darauf. «Setzen Sie sich doch, meine Liebe. Setzen Sie sich hierhin. Möchten Sie einen Tee oder einen Kaffee, bevor wir beginnen? Wasser steht hier auch, wenn Sie möchten.»

«Nichts, nein danke», sagt die Frau und setzt sich. Sie legt die Handtasche neben ihre Füße und faltet die Hände auf dem Schoß. Sie hat sich das Haar zu einem lockeren Dutt zusammengesteckt, einige Locken haben sich daraus gelöst und fallen ihr ins Gesicht. Sie schaut sich um. Mona lässt ihr ein paar Augenblicke Zeit, damit sie sich an die

Situation gewöhnen kann. Dann setzt sie sich ebenfalls und beginnt.

«Ich werde jetzt zu Ihnen sprechen, Christine, und Sie hören zu.»

Christine sieht Mona unverwandt an. Mona hört ihre flachen Atemzüge und all das, was sie gern sagen würde. *Stopp. Ich bin hier nicht richtig. Ich will das hier nicht. Ich habe Angst.*

Aber Mona spricht weiter. «Hören Sie mit dem Herzen zu», sagt sie und klopft sich auf die Brust. «Hiermit. Bei mir sind Sie sicher. Wir machen es gemeinsam.» Mona steht auf. In der Tür dreht sie sich um und sagt: «Machen Sie es sich bequem. Nehmen Sie sich die Zeit. Entspannen Sie sich.»

Sie kommt mit dem Baby zurück, das in Christines weißes Spitzentuch gewickelt ist. Es liegt in ihren Armen, und das Tuch fällt weich darüber. Mona passt auf, dass das kleine Baby nicht zu sehen ist, weil sie Christine überraschen muss. Und das gelingt ihr.

Christine fährt zusammen, ein wundes Stöhnen entfährt ihr. Mona hat es schon oft gehört. «Ja», sagt sie. «Das ist wirklich ein wunderschönes Tuch. Wunderschön. Das Papier und das Samtband habe ich auch aufbewahrt. Sie können alles zurückhaben, keine Sorge.»

Mona geht mit dem Bündel auf sie zu, aber die Frau zuckt zurück, versinkt tief im Sessel und dreht den Kopf weg, ohne den Blick von ihr zu wenden. Mona steht jetzt direkt vor ihr, beugt sich zu ihr hinab, ohne das Baby zu zeigen.

«Ein wunderschönes Tuch, Christine, nicht wahr? Sehen Sie es sich an. Ach, es ist so hübsch. Feines Leinen mit Spitze. Wer hat es Ihnen geschenkt? Oder ist es ein Erbstück?»

Mona beugt sich immer näher zu ihr, bis das Bündel beinahe auf dem Schoß der Frau liegt.

«Der Stoff ist so weich. Und es duftet nach Lavendel. Da hat sich jemand aber sehr viel Mühe für Sie gegeben. War das Ihre Mutter?»

Christine flüstert: «Es hat mir gehört. Als ich geboren wurde.»

«Ach so», sagt Mona. «Wie schön.» Und damit legt sie das Baby in die Arme der Frau, und die Frau erkennt, was es ist: ein Stück Holz. Sie sieht mit zitternden Lippen zu Mona auf.

«Pssst», macht Mona. «Schließen Sie die Augen. Pssst.»

Christine hat das Baby immer noch nicht genommen, nicht wirklich, aber sie ist kurz davor.

«Und jetzt», sagt Mona langsam und leise, «spüren Sie das Gewicht.»

Die Frau hat die Augen zusammengekniffen.

«Es ist ein gutes Gewicht. Fünf Pfund, sieben Unzen. Können Sie es spüren?»

Die Frau schließt die Arme um das Bündel.

«Spüren Sie das Gewicht, Christine.»

Die Frau hebt das Baby an die Brust und legt es dann wieder auf den Schoß. Hoch und runter.

«Das ist das Gewicht Ihres Babys. Manchmal wollen wir uns nicht an das erinnern, was wir gesehen oder gefühlt haben, aber wir erinnern uns an das Gewicht. Nicht wahr, Christine? Wir erinnern uns an das Gewicht des Babys in uns und an das Gewicht in unseren Armen. Können Sie sein Gewicht spüren?»

Christine nickt. «Ja, ich kann es spüren.»

«Es ist ein gutes Gewicht. Erinnern Sie sich daran, wie sich Ihr Baby anfühlte?»

Christine hat den Kopf geneigt. Ihre Gesichtszüge werden weicher. Die Tränen haben aufgehört zu fließen.

«Ja.»

«Ist es ein Mädchen, Christine? Oder ein kleiner Junge?»

«Mädchen.»

«Also haben sie Ihnen Ihr Baby in die Arme gelegt, und Sie haben es genau wie jetzt gehalten. Genau wie jetzt. Erinnern Sie sich?»

Von draußen dringen Geräusche herein. Leute rufen einander etwas zu. Irgendwo ist eine Baustelle, und jemand hupt. Der Bus biegt gerade von der Hauptstraße ab, und der Fahrer legt einen anderen Gang ein. Mona hört all das, aber sie weiß, dass Christine es nicht hören kann. Mona sitzt jetzt nahe genug bei ihr, dass sie sie berühren könnte, aber das muss sie jetzt nicht mehr.

«Wie haben Sie sie genannt?»

«Faith», flüstert die Frau. «Faith Anne.»

«Faith Anne», wiederholt Mona. «Wunderschön. Und sie ist ein wunderschönes Baby, nicht wahr?»

Christine runzelt die Stirn und berührt ihren Mund. «Sie hatte kein, kein ...»

«Ach, sie ist so wunderschön, Christine, meine Liebe. Nicht wahr?»

«Ja.»

«Und Sie haben sich vorgestellt, wie sie aufwächst, oder? Natürlich haben Sie das. Sie wird ein wunderhübsches kleines Mädchen werden. Kommt sie eher nach Ihnen oder nach ihrem Vater? Vielleicht hat sie Ihre Augen?»

«Die Augen meines Mannes. Meine Hände.»

«Genau so. Die Augen Ihres Mannes und Ihre Hände. Und sie wird bestimmt groß, oder?»

«Ja.»

«Sie sind groß, und ich wette, Ihr Mann auch, also wird auch Faith Anne groß sein. Und sie wird ganz viele Geburtstage feiern. Wie feiern Sie es, wenn sie eins wird? Was machen Sie zu ihrem Geburtstag, zu ihrem ersten Geburtstag? Was machen Sie da, Christine?»

Aber Christine schluchzt. Sie ist ganz still, aber kleine Atemfetzen tragen ihren Schmerz ins Zimmer. «Sie ist tot», sagt sie.

«Ja», sagt Mona.

«Sie ist gegangen. Ich kann es nicht ertragen.»

«Erinnern Sie sich an all die Dinge, die Sie mit Ihrer Tochter unternehmen wollten? Bevor sie auf die Welt kam, haben Sie sich all die schönen Dinge vorgestellt, die Sie zusammen mit ihr tun wollten. Erinnern Sie sich? Haben Sie damals an ihren ersten Geburtstag gedacht? Was wollten Sie zu Faith Annes erstem Geburtstag tun? Eine Feier zu Hause vorbereiten? Einen Kuchen backen?»

Christine sagt nichts, drückt nur das Bündel an die Brust und weint hinein.

«Kuchen sind immer eine Menge Arbeit, finden Sie nicht? Sie könnten auch einen kaufen, bei all der Arbeit, die Sie sonst noch haben, aber trotzdem backen Sie einen zu ihrem ersten Geburtstag, weil Mütter nun einmal so sind. Sie verzieren ihn auch, nicht wahr, und kaufen ihr eine große Kerze zum Draufstecken?»

«Eine Kerze? Ja.»

«Wer kommt denn alles zu der Feier, Christine?»

«Ich weiß nicht.»

«Aber Sie wollen, dass Gäste kommen, oder? Wen würden Sie denn einladen?»

«Meine Mum, meinen Dad, meine Schwester und ihre Zwillinge. Meinen Großvater. Vanessa von nebenan.»

«Oh, damit ist das Haus ja voll. Sehr schön. Was noch?»

«Ich kaufe ihr ein …»

«Sie haben ihr was gekauft, Christine? Was haben Sie gekauft?»

Christine sieht Mona angestrengt an. «Was ich ihr gekauft habe?»

«Sie haben doch etwas zu Faith Annes erstem Geburtstag gekauft.»

«Das habe ich. Ich habe ihr ein silbernes Armband gekauft, genau wie das, das ich hatte, als ich klein war.»

«Und Sie haben es gravieren lassen, möchte ich wetten.»

«Ja, mit ihrem Namen und dem Geburtsdatum.»

«Das ist doch toll. Ist sie jetzt in der Krippe?»

«Nein, nein, nicht in der Krippe. Ich will, dass sie bei mir zu Hause ist.»

«Natürlich wollen Sie das, Christine. Natürlich. Das wollen wir alle, wenn sie noch Babys sind. Was noch?»

«Ich koche ihr Essen selbst.»

Die Frau wiegt ihr Baby mit einem Arm; mit der anderen Hand unterstreicht sie mit Gesten, was sie sagt.

«Ich habe einen Schrebergarten oben an der Chesford Lane, wissen Sie, in der Nähe der neuen Siedlung. Ich ziehe dort Biogemüse. Ich koche für sie mit meinem selbstgezogenen Gemüse.»

«Das ist großartig, Christine, Sie benutzen nur Ihr eigenes Gemüse.»

«Ja, genau. Ich will keine Chemikalien und Pestizide für mein Baby. Warum tun manche Leute das ihren Kindern an, obwohl sie die Wahl haben?»

Mona zuckt die Achseln, schweigt für ein paar Augenblicke, dann spricht sie weiter. «Fahren Sie mit Faith Anne auch in den Urlaub, Christine? Wohin? Ins Ausland, oder?»

«Wir gehen beide gern spazieren. Wir haben einen G3 gekauft, das ist die beste Babytrage von allen. Wir haben lange danach gesucht. Sie hat einen Metallrahmen und einen gepolsterten Rücken. Teuer, aber das Beste für Neugeborene. Doch wenn sie älter wird, müssen wir etwas Neues besorgen.»

«Wie alt ist sie, wenn Sie ihr etwas Neues besorgen?»

«Oh, sie ist bestimmt schon drei oder vier, dann wird sie zu schwer.»

«Und sie geht zur Schule, Christine. Welche Schule haben Sie denn für sie ausgesucht?»

«Wir schicken sie zu St. Catherine's. Die ist am nächsten.»

«Sie schicken sie zu St. Catherine's. Faith ist also ein schlaues Mädchen?»

«Mein Mann ist Biologe. Ich unterrichte Geschichte.»

«Oh, ja», sagt Mona und schüttelt den Kopf. «Dann ist sie sicher sehr schlau, da muss man sich keine Sorgen machen.»

«Vielleicht hat sie ein paar Probleme mit der Koordination, das haben wir beide. Vermutlich ist sie ziemlich schlecht in Sport.»

«Bestimmt nimmt sie an den Theateraufführungen in der Schule teil.»

Die Frau lehnt den Kopf an die Sofalehne, und Mona lässt sie in Ruhe. Als sie wieder spricht, ist ihre Stimme ganz ruhig und zittert nicht mehr. «Wir fahren mit ihr zum Wandern nach Schottland. Mein Dad kommt aus Dumfries. Es ist feucht und kalt, aber die Landschaft … Sie liebt es da. Sie geht den ganzen Weg um Castle Loch herum, wie ich früher, durch das Naturreservat. Es ist kalt, aber sie jammert nicht.»

«Wie alt ist sie jetzt?»

«Oh, ich weiß nicht genau. Sechs vielleicht.»

«Und sie ist ein ernsthaftes Mädchen, nicht wahr, die kleine Faith Anne?»

«Nein, nein, eigentlich nicht. Sicher nicht so ernsthaft wie ihr Vater. Sie hat einen schrägen Sinn für Humor und denkt sich gern Streiche aus. Sie interessiert sich aber überhaupt nicht für Puppen. Nein, sie liest lieber. Ich finde sie immer am hinteren Fenster, in das die Sonne scheint, wo sie sitzt und liest. Und dann muss ich sie zur Schlafenszeit ausschimpfen.»

«Und wie findet sie das?»

Christine lächelt jetzt, und es dauert nicht mehr lange,

dann kann sich Mona zurücklehnen und sie das Leben ihres Babys erleben lassen. Das Tuch ist von der Holzpuppe geglitten. Sie liegt in der Armbeuge der Frau, ein friedliches Bild. Christine spürt bestimmt das Gewicht und denkt, das Baby schläft.

Mona hilft ihr weiter. «Sie ist ziemlich willensstark, oder? Faith Anne? Eine Leserin und hochgewachsen und willensstark und ein Wildfang. Kaufen Sie ihr ein Fahrrad?»

«Ein Fahrrad?» Die Frau setzt sich mit aufgerissenen Augen auf. «Oh ja, auf jeden Fall, wir kaufen ihr ein Fahrrad, wenn sie zehn ist, ein richtiges Fahrrad, meine ich. Pete, mein Mann, geht gern Mountainbike fahren, macht auch Singletrail-Biking, all so was, und Faith geht mit ihm. Ich habe nicht so viel Lust darauf, aber die beiden …»

«Sie lieben es?»

«Oh ja!»

«Können Sie sie sehen, Christine? Wie sie auf ihren Mountainbikes den Hügel hinauffahren?»

«Ja, ja, das kann ich.»

«Und bald ist sie elf. In welche weiterführende Schule geht sie?»

«Na ja …»

Mona hört zu und nickt und stellt Fragen und lacht an den passenden Stellen, und als Faith Anne ihren ersten Freund hat, sind sie beide erleichtert, dass er irgendwann an die Uni geht und zu schreiben vergisst. Und Christine erzählt Mona, wie Faith Anne sich richtig verliebt, als sie nach Durham geht, um Theologie zu unterrichten wie ihr

Großvater, aber weil sie noch ihren Doktor machen will, warten und warten sie, und schließlich heiratet sie doch; es ist keine riesige Hochzeit, findet aber immerhin auch nicht an einem Strand in Mexiko statt. Christine und Peter und die anderen Eltern, die beide Ärzte sind, haben zusammen für eine standesamtliche Trauung in einem Londoner Hotel bezahlt, und danach gibt es in einem Bistro nebenan ein großes Essen für die Gäste. Es ist wunderschön, und natürlich weint Christine vor Rührung.

Faith Anne wird schnell schwanger. Es ist wunderbar, Enkel zu bekommen, und Christine darf ihr erstes Enkelkind schon in den Arm nehmen, als es erst wenige Stunden alt ist. Perfekt. Christine tun die Eltern des Kindsvaters leid, die zur Zeit der Geburt im Urlaub sind und erst wiederkommen, als das Baby schon eine Woche alt ist. Christine hätte niemals einen Urlaub gebucht, der so nah am Geburtstermin liegt, aber dann wiederum ist es vielleicht anders, wenn es um das Baby der Tochter geht, da ist man doch ein wenig mehr involviert, als wenn der Sohn ein Kind bekommt. Und so geht das Jahr um Jahr, Christine ist immer da für ihr Enkelkind und springt ein, als Faith wieder an der Uni arbeitet, springt immer ein, wenn es nottut, in jeder Weise. Auf zu viele Arten, um es noch zu erwähnen.

Und Faith Anne bekommt noch zwei weitere Kinder, beides Jungs, drei Jahre auseinander. Als Christine und ihr Mann Peter alt sind, kümmert sich die ganze Familie um sie, die betreute Wohnanlage liegt nicht zu weit entfernt. Faith Anne ist immer da. Und dann verstummt Christine.

Die beiden Frauen sitzen beieinander. Die Sonne, die ins Zimmer fällt, wandert über den Teppich und die Wand hinauf, es wird dunkler, und der Nachmittag neigt sich seinem Ende zu.

15

Es ist natürlich verführerisch für Mona, Joley für ihren neuen Job ein neues Outfit zu nähen und das Schwarz, die Schottenkaros und die unordentlichen Elemente von Joleys Stil mit etwas Schickem, Maßgeschneidertem und Seriösem fürs Lehrerzimmer zu kombinieren.

Etwas Weibliches und Modernes ohne die Risse. Vielleicht ein rotes Kleidchen mit einem Samtkragen.

Mona müsste sich eigentlich auf ihren Computer konzentrieren, aber sie ist wie immer fasziniert davon, wie geschickt sich Joley ihre Zigaretten dreht. Sie sieht kaum hin, ihre zarten Finger mit den abgekauten Fingernägeln halten das Papier sanft fest. Zweitausend Armbänder klackern dabei wie Kastagnetten.

«Dann mal los», sagt Joley. «Mal sehen, ob du das alles auch allein kannst.»

Mona klickt auf ein Dateisymbol. «Ich öffne dies hier», sagt sie. «Hier. Dann füge ich ‹Quittung senden› hinzu. Gut. Dann …»

«Drucken.»

«Ja, drucken. Dann zurück zur Datei. Speichern.»

«Nummer?», sagt Joley und leckt das Zigarettenpapier an.

«Ja, nummerieren. So. Jetzt speichern.»

«Wie?»

«Unter Kundenname und Datum. Also ‹Son Ye-Jin›. Meinst du, Ye-Jin ist der Nachname? Ach, ich speichere es unter Y ab. Gut, okay, dann noch das Datum.»

«Wohin geht die Bestellung?»

«Die gedruckte? Blauer Ordner für international und roter Ordner für innerhalb Großbritanniens.»

«Und dann?»

Mona kneift die Augen zusammen. «Dann Erinnerung in den Kalender eintragen.»

Joley schiebt sich die Zigarette in den Mundwinkel und klatscht. «Siehst du?»

Mona hat eine schweißnasse Stirn und merkt, dass sie volle fünf Minuten nicht mehr richtig geatmet hat. Sie atmet die angehaltene Luft aus und schüttelt den Kopf. «Das ist wirklich nicht meine Wohlfühlzone, Joley. Kein bisschen.»

«Nächstes Mal können wir ‹Auftrag abschließen› üben. Du machst das ganz toll, und außerdem sagt Turk immer, dass Wohlfühlzonen nur etwas für Zoner sind.»

«Zoner?»

«Leute, die einfach alles mit sich machen lassen. Du weißt schon, die passiv bleiben und sich überhaupt nicht weiterentwickeln. Ich habe massenweise Freunde, die so sind. Die sitzen zu Hause, schauen Quizsendungen und essen Fleisch.»

«Ich hatte ganz vergessen, dass du Vegetarierin bist.»

«Ja, ich sag ja gar nicht, dass jeder unbedingt Vegetarier sein muss, aber es geht doch darum, irgendetwas mit Leidenschaft zu machen.»

Mona bewundert, wie die kleine selbstgedrehte Zigarette beim Reden zwischen Joleys blauroten Lippen bebt.

«Das stimmt, meine Liebe», sagt Mona und steht vom Computer auf. «Ich finde, dass Turk recht hat. Es ist wirklich wichtig, sich persönlich weiterzuentwickeln, also machen wir heute früh zu und gehen zu Danny's. Für heute haben wir wirklich genug gearbeitet. Na komm. Wir setzen uns raus, dann kannst du ein bisschen qualmen.»

Niemand nennt Dannys Café bei seinem Namen, Vinegar & Oil. Der auf alt gemachte Anstrich, die Fabrikstühle und -tische, die schwarzweißen Fotos an den Wänden und Jutematten auf den Böden wirken einfach nur provisorisch. Der arme Danny hat trotz aller Ambitionen wieder nur ein schlichtes Frühstückscafé eröffnet. Er schlurft herüber, gekleidet in ein verschossenes T-Shirt und mit einer Bandana um den Kopf, und bringt ihnen ihren Kuchen und die Getränke an den Tisch im Innenhof.

«Du siehst aber schick aus heute, Danny», sagt Mona und tritt Joley unter dem Tisch auf den Fuß. Sie sehen ihm zu, wie er sich den grauen Bart kratzt und seine heruntergerutschte Jeans hochzieht.

Joley zieht an ihrer Zigarette und pfeift anerkennend. «Ich höre, dass du in einer Band spielst, Dan?»

Danny vollführt einen Trommelwirbel auf einem imaginären Becken. «Im White Horse. Für die Anwohner. Kommt doch auch, ihr beiden. Das wird ein toller Abend. Ich kann dafür sorgen, dass ihr reinkommt.»

«Festivals, Dan. Damit kann man Geld machen», flüstert Joley und zwinkert ihm zu wie ein Markthändler.

«Ja, ja, ich weiß», sagt er. «Aber ich habe jetzt dieses

Lokal. Zeit, Wurzeln zu schlagen. Außerdem mache ich meine Kunst um der Kunst willen.»

Sie schauen ihm nach, wie er wieder hineinschlurft. Sein struppiger Pferdeschwanz hüpft dabei auf seinem Rücken auf und ab.

«Also dem kann man wenigstens nicht vorwerfen, ein Zoner zu sein, Joley, oder? Gott schütze ihn. Immerhin versucht er, dem Älterwerden davonzulaufen. Also jetzt schau dir mal diesen riesigen Kuchen an.» Mona schneidet ihr Blätterteiggebäck in zwei Teile und schiebt eins davon Joley zu. «Iss das nach deinem Doughnut, du verbrennst die Kalorien ja sofort wieder. Spätestens aber wenn du im Klassenraum hinter dreißig kleinen Kindern herrennst.»

«Ein Teil von mir möchte gar nicht gehen, weißt du. Aber es ist nun mal eine wirklich, wirklich tolle Chance.»

«Joley, meine Liebe!», sagt Mona und achtet darauf, dass ihre Stimme fest und mütterlich klingt. «Du kannst doch nicht in meinem Laden versauern! Das hier ist genau das, was du immer wolltest. Ich finde es schrecklich, dass du gehst, natürlich, aber mein kleines Unternehmen ist nun mal nicht deine Zukunft.»

«Ich weiß, trotzdem ...»

«Du gehst ja nicht nach Thailand, nicht wahr? Oder nach Neuseeland? Du kommst samstags bei mir vorbei und siehst nach dem Rechten, das tust du bestimmt. Und gib mir noch ein paar Stunden, bis ich diesen Computer im Griff habe.»

Joley raucht und isst gleichzeitig, und dazwischen trinkt sie ihren Kaffee. «Hör mal, Mona, warum suchst du dir nicht jemand anderen, damit du Gesellschaft hast?»

«Ach, in deine Fußstapfen muss erst einmal jemand treten können, meine Liebe. Ich meine das ganz wörtlich.» Und Mona tritt sie erneut unter dem Tisch.

Joley lacht und bläst Rauch in die Luft. «Habe ich dir erzählt, dass Turk vier seiner Fotos ausgestellt hat? Ja, wir freuen uns sehr. Sie zeigen alle mich. Einen Schnappschuss am Strand, die anderen waren gestellt. Eine Galerie in London.»

«Das ist ja phantastisch. Er hat wirklich ein gutes Auge.»

«Das ist erst die erste Ausstellung. Es werden noch andere kommen.» Joley erzählt weiter, von ihren Plänen und ihrem Freund und ihrer Zukunft, und in ihrer Stimme schwingt Liebe mit, die Sicherheit, dass gute Dinge auf sie zukommen werden.

«... und dann suchen wir uns irgendwann eine eigene Wohnung. Turk hält es kaum aus in seiner, und ich muss auch irgendwann ausziehen ...»

Und im Licht des späten Nachmittags kräuselt sich der Rauch. Es ist diese besondere Zeit, kurz bevor es dunkel wird. Eine ganze Zigarette wäre zu viel, aber Mona hätte nichts gegen einen Zug.

«Willst du nicht im März zur Vernissage kommen? Die Ausstellung zeigt nicht nur Fotos. Es gibt auch Bilder. Und Textilien. Du solltest auch mal rauskommen und was unternehmen, dir Sachen angucken und so.»

«Oh, ich komme gern, ja.»

«Da sind auch richtig interessante Leute. Ältere Leute ... Leute, die du kennenlernen kannst.»

«Ja, wunderbar. Sag mir einfach das genaue Datum. Ich könnte einen Ausflug nach London vertragen, mir ein paar neue Kleider kaufen und mir was Gutes tun. Vielleicht kommt Val mit, dann bleiben wir übers Wochenende.»

«Das solltest du unbedingt tun.»

«Mach ich.»

Plötzlich setzt Regen ein, und alles liegt hinter einem Schleier, kalt und hartnäckig. Die Nässe legt sich auf Monas Mantel und rinnt daran herunter. Sie verabschieden sich voneinander, und Joley drückt Mona so sehr, so sehr, dass sie kaum atmen kann.

«Wofür war das denn?», fragt sie.

Joley zuckt die Achseln. «Ich werde dich vermissen, das ist alles!»

«Na, geh schon», sagt Mona. «Wir haben ja noch ein paar Wochen. Geh schon, du holst dir noch den Tod mit deinem nackten Bauch. In deinem Bauchnabel fangen sich ja Regentropfen. Na geh schon, meine Liebe. Wiedersehen.»

Mona eilt nach Hause, den Kopf im Wind geneigt, die Hände in die Taschen geschoben. Tabak in Joleys Jacke, Tabak in ihrem Haar, auf ihrer Haut, in ihrem Atem. So eine Umarmung, wie die Umarmungen, in die William sie früher gehüllt hat, eine Umarmung und ein Kuss, als sie genauso alt war wie Joley, sogar noch jünger, jung und lebendig. Wie der Kuss, den er ihr damals vor all seinen Kollegen gab, vor dem Wohnheim in Tipton Terrace, vor der ganzen Welt, weil er sie liebte und weil sie ihm quer durch das Land gefolgt war.

Sie haben ihn zur Arbeit fortgeschickt, zwei Stunden mit dem Zug, und er wird eine Woche fort sein oder länger, soll mit zehn anderen Männern auf einer neuen Baustelle arbeiten. Sie werden alle zusammen in einem Wohnheim untergebracht.

«Ich komme am Wochenende nach Hause, wenn sie uns keine Überstunden anbieten», sagt William und stopft seine Stiefel in einen Einkaufsbeutel.

Mona sitzt auf der Bettkante und schaut ihm zu. «Also können es auch zwei Wochen werden?»

«Na ja, könnte sein. Ich kann dich abends immer zur selben Zeit anrufen, damit du dir keine Sorgen machst.»

Aber sie macht sich Sorgen. Und sie vermisst ihn schon, obwohl er noch gar nicht aufgebrochen ist. Sie sind erst sechs Monate und neunzehn Tage verheiratet, und sie haben jeden einzelnen davon miteinander verbracht, eng aneinandergeschmiegt. Und jetzt verlässt er sie. Seine Abwesenheit ist für sie so bedrohlich wie schwarze Wolken über dem Meer.

Die ersten paar Tage sind die Hölle. Sie spricht den ganzen Abend mit niemandem und geht volle zehn Minuten lang im Flur auf und ab, bevor er endlich anruft. Er füttert das Telefon mit Münzen, bis es zu teuer wird, schickt ihr Küsse und Versprechungen durch den Hörer und lässt sie dann mit dem Tuten des Freizeichens allein. Sie weint in ihrer Wohnung. Sie weiß selbst, dass das lächerlich ist. Es ist ihr egal.

Am Freitagmorgen sitzt sie im Zug zu ihm. Sie hat sich bei der Arbeit einen Tag freigenommen, was ziemlich schwierig gewesen ist. Sie hat sich nicht einmal die Mühe gemacht zu lügen. Sie sagt, es gäbe einen Notfall in der Familie, dass sie keine Wahl hätte und jemandem beistehen müsse. Dieser jemand war sie selbst. Der Vorarbeiter, ein riesiger Mann aus der Karibik mit einem dünnen Schnurrbart, sieht sie prüfend an.

«Heimweh?»

«Sozusagen.»

«Gehst du nach Irland?»

«Nein.»

«Wohin?»

«Ich fahre zu meinem Mann und bin Montag wieder da. Punkt acht.»

«Sicher, dass du zurückkommst?»

«Ja.»

Er steckt sich einen Zahnstocher zwischen die unteren Schneidezähne. «Sag es nicht den anderen. Geh.»

Sie sagt auch William nichts davon. Am Abend spricht sie glücklich mit ihm am Telefon, und nach ein paar geschickten Fragen nach der Adresse seines Wohnheims beendet sie hastig das Gespräch, um sich nicht zu verplappern. Sie packt genügend Kleidung für zwei Tage ein und kauft Pfefferminzbonbons am Bahnhof. Dann schaut sie die gesamte Fahrt in den Süden verträumt aus dem Fenster.

Es ist ein wunderschöner Tag. Sie findet das Wohnheim sofort und sitzt auf der Gartenmauer davor, als er mit seinen Jungs die Straße hinaufkommt. Einer der Männer pfeift, als er sie sieht, und ein anderer ruft etwas, das sie nicht versteht. Aber William löst sich sofort aus der Gruppe, rennt zu ihr und lässt dabei seine Frühstücksbüchse fallen. Er umarmt sie und drückt sie an sich und küsst sie, und dann tut er alles noch einmal von vorne, ohne sich auch nur im mindesten um seine Kumpel zu scheren, die johlen und an ihnen vorbeistolpern. So eine Umarmung, sie kommt kaum zu Atem.

«Wie bist du hierhergekommen?», fragt er. «Ich meine, warum? Ist denn alles in Ordnung? Du bist ja gar nicht bei der Arbeit.»

«Ich habe dich vermisst», sagt sie schlicht. «Ich habe dich wirklich vermisst.»

Sein Lächeln ist alles, was sie braucht, sein Lächeln und sein Geruch und das Gewicht seines Armes auf ihrer Schulter und sein Gesicht an ihrem. Er nimmt ihre Tasche, und sie gehen zur Straßenecke, zu einem kleinen Park mit Schaukeln und Rutschen.

«Wir sind zu viert im Zimmer, Mona. Wir müssen uns etwas anderes suchen. Bleibst du über Nacht?»

Mona klopft auf ihre Tasche und zieht die Augenbrauen hoch. «So leicht wirst du mich nicht los. Ich dachte schon, du hättest hier ein anderes Mädchen.»

Er sieht sie an. «Das würde ich nie tun.» Er holt die Zigaretten aus seiner Tasche und zündet sich eine an. Der Rauch brennt in ihren Augen. Er wedelt ihn fort.

«Ist schon in Ordnung», sagt sie. «Ich mag das.»

Zwei Kinder, ein Junge und ein Mädchen, spielen auf der Wiese Fangen. Der Junge ist klein, vielleicht erst sechs, aber das Mädchen ist bestimmt schon acht und gewinnt.

«Wie wir beide, als wir klein waren», sagt er.

«Du warst die Pest», sagt Mona und knufft ihn in die Seite. «Du hast mir meine Süßigkeiten geklaut und meine Puppe kaputt gemacht.»

«Ich laufe dir hinterher, weil ich einen Kuss will.»

«Und ich lasse mich von dir fangen, William. Immer.»

Tabak auf seiner Jacke, Tabak in seinem Haar, auf seiner Haut, auf seinen Lippen.

16

Es ist wieder Mittwoch. Mona schließt den Laden um halb zwei und geht in die Stadt. Als sie am Bordstein steht und darauf wartet, über die Straße zum Café gehen zu können, sieht sie Karl, wie er neben der dritten Bank steht, den Rücken zum Meer, und die Promenade hinaufschaut. Er trägt einen dunkelblauen Leinenanzug, so knittrig, wie Leinen eben ist, aber schön geschnitten. Und er trägt eine Krawatte. Er hält sich gerade und aufrecht, eine Hand in der Jackentasche, mit der anderen schirmt er die Augen vor der Sonne ab. Er trägt einen Kaschmirmantel über den Schultern, unglaublich elegant, und Mona überlegt, ob sie überhaupt genügend Kleider hat, um da mitzuhalten.

Ein kleiner Junge rennt auf Karl zu und rempelt ihn an. Karl tut so, als fiele er, hockt sich dann hin und spricht mit dem Kind, das lacht und den Kopf schüttelt. Mona beobachtet die Mutter, die erleichtert ist, und sieht, wie Karl die Hand hebt. «Ist schon in Ordnung, ist schon in Ordnung.»

Als er Mona erkennt, deutet er eine Verbeugung an. «Guten Tag», sagt er. «So trifft man sich zufällig. Ich war gerade auf dem Weg ins Café. Wie geht es Ihnen?» Er nimmt ihre Hand und drückt sie fest, das ist besser als ein Kuss.

Mona knöpft ihren Gabardinemantel auf. «Wir sind heute beide ganz in Marineblau, Karl. Als hätten wir uns verabredet.»

«Die klassische Farbe», sagt er. «Ein Klassiker.»

«Ein Klassiker», wiederholt Mona und schaut auf. «Wir passen sogar zum Klassiker-Himmel. Sehen Sie nur, hellblau.»

«Ja», stimmt er zu, «die Jahreszeiten sind dieses Jahr etwas unentschlossen. Sollen wir ein Stück gehen?»

Sie gehen in Richtung Schieferklippen und fort vom Kai. Hier gibt es weniger Spaziergänger.

«Ist es eigentlich kalt in Hamburg?», fragt sie nach einer Weile. «Ich bin nicht so gut in Erdkunde. Liegt es weiter nördlich als wir hier?»

Er antwortet nicht sofort, als wäre die Frage schwierig.

«Feucht, kalt, ja. Harte Winter. Aber natürlich ist es trotzdem warm im Sommer, und es gibt sonnige Tage, so wie hier. Und Hamburg hat einen Hafen, daher kann es recht windig sein. Im Frühling ist es wunderbar, wir haben viele Parks und Gärten. Das Licht dort an der Küste außerhalb Hamburgs ist besonders, ein langer Strand und eine kleine Insel …»

Sie hat übers Wetter geredet, wie eine Engländerin. Und jetzt fühlt er sich unbehaglich.

«Aber die meisten Winter habe ich im Ausland verbracht. Ich bin bis vor kurzem ziemlich viel gereist.»

«Als kleines Mädchen habe ich am Meer gewohnt», sagt Mona. «In Wexford. Das liegt weiter östlich. Ich denke in letzter Zeit immer öfter an meine Kindheit. Damals habe ich mit meinem Vater im Sand gespielt. Also ich habe im

Sand gespielt, und mein Vater hat gelesen. Ich hätte ertrinken können, er hätte es nicht bemerkt.»

«Ach, ich war eher verwöhnt, fürchte ich, jedenfalls von meiner Mutter. Mein Vater war nicht so nachgiebig. Er hatte hohe Erwartungen. Er wollte immer das Beste für mich, wahrscheinlich wollen das alle Eltern für ihre Kinder. Ich weiß es nicht. Ich habe keine eigenen Kinder, aber meine Schwester hat welche. Natürlich sehe ich sie nicht so oft, und inzwischen sind sie erwachsen, und ich bin schon Großonkel, praktisch das Älteste, was es gibt.» Karl verstummt plötzlich und hebt einen Finger. «Aber eins hat mein Vater richtig gemacht: Er hat mir gezeigt, wie man gut isst und trinkt.»

«Sie lieben also Essen, Karl?»

«Ich fürchte, ja. Ich bin ein ziemlicher Snob, was das Essen angeht. Mit den Jahren bin ich auch ein recht fähiger Koch geworden, vielleicht sogar besser als fähig, und ja, ich habe auf der ganzen Welt wunderbares Essen genossen.»

«Was essen Sie denn am liebsten?»

«Oh, die Frage ist zu schwierig. Viel zu schwierig.» Dennoch schließt er die Augen und wendet das Gesicht zum Himmel. «Es hängt natürlich vom Wetter ab und davon, auf welcher Erdhalbkugel man sich befindet. Also, lassen Sie mich nachdenken. Wenn ich zum Beispiel in Paris oder Moskau wäre und …», er hebt erneut den Finger, «… es wäre Winter, dann vielleicht etwas mit gebratenem Schweinefleisch. Ja, vielleicht gebratenes Schweinefleisch mit Kohl, in Wein und mit Knoblauch geschmort. Wunderbar.»

«Oh, köstlich!»

«Bei heißem Wetter ist das natürlich eine ganz andere Sache. Kein Schweinefleisch. Wenn es heiß ist, denkt man natürlich sofort an Meeresfrüchte, an gegrillten Hummer vielleicht, mit Kräuterbutter, dazu einen guten Weißburgunder.»

Mona schaut über das Meer, das nun dunkelgrau ist, weil der Abend kommt. «Ich wünschte, ich wäre einmal in Paris gewesen.»

Karl berührt ihr Gesicht und dreht es zu sich. «Mona, Sie sprechen, als wäre Paris verschwunden. Aber die Stadt ist noch da.»

«Ja, aber ...»

«Aber?»

«Ach, ich weiß nicht recht. Ich bin nicht viel gereist, es ist immer etwas dazwischengekommen. Vermutlich ist das eine Ausrede, ich hätte es einfach tun müssen.»

«Vielleicht könnten wir zusammen dorthin reisen. Ich war schon oft dort und spreche ein bisschen Französisch. Wir könnten uns ein wenig amüsieren. Was hindert uns daran?» Plötzlich hält er inne und klappt Monas Mantelkragen hoch. «Ist Ihnen denn auch warm genug, Mona?»

Sie nickt und bindet den Gürtel um ihre Taille ein wenig enger. Karl lacht leise. «Mir fällt gerade etwas ein. Kommen Sie», sagt er und legt ihre Hand in seine Armbeuge. «Ich erzähle Ihnen eine Geschichte über Paris, während wir gehen. Andreas und ich waren in einem Zug. Wir fuhren vom Küstenort Deauville, wo wir ein paar Wochen verbracht hatten ...»

«Andreas?»

Karl legt seine Hand auf ihre und schweigt einen Augenblick lang. «Wir waren wie Brüder. Als Kinder spielten wir in derselben Siedlung. Wir haben viel zusammen unternommen, meist sind wir gemeinsam verreist. Wir hatten beide einen Hang zum guten Leben und, vergeben Sie mir, zu Frauen. Hin und wieder war er krank, und na ja, ich habe mich um ihn gekümmert.» Karl hustet. «Andreas ist vor kurzem gestorben. Ich muss sagen, dass mich das doch einigermaßen erschüttert hat. Tatsächlich sogar mehr als erschüttert. Ich habe ihn mein ganzes Leben gekannt. Fünfzig Jahre. Ich fühle mich ein wenig, als hätte man mir den Boden unter den Füßen weggezogen.»

«Das tut mir leid, Karl. Wirklich sehr.»

«Ja, danke. Es kam ganz plötzlich, verstehen Sie, obwohl er seit seiner Kindheit unter epileptischen Anfällen gelitten hatte. Unter starken Anfällen.» Er atmet tief durch, richtet seine Krawatte und schaudert. «Es ist ziemlich kalt, jetzt, da es dunkel wird.»

Sie erreichen die Stelle, an der der Strand unter den Klippen verschwindet, und Karl und sie gehen zurück. «Jedenfalls, wo war ich stehengeblieben? Ach ja, im Zug. Andreas war von ein paar Freunden zu einem großen Abendessen in Paris eingeladen worden. Natürlich ging es um eine Dame, eigentlich um zwei. Ich gestehe, wir wollten beide sehr gern dorthin. Paris und Deauville sind nicht so weit voneinander entfernt, und die Eisenbahnverbindung ist exzellent, es dauert nicht einmal zwei Stunden. Wir zogen uns für das Abendessen um und nahmen ein Taxi zum Bahnhof. Unser Gepäck ließen wir im Hotel.»

«Das klingt aufregend.» Mona schaut nach oben. Die

Fenster der Tischlerwerkstatt stehen wie immer offen. Sie hört die Kreissäge und stellt sich vor, was er gerade tut. Sicher keine Puppen, sicher schneidet er gerade etwas zurecht, macht ein feines Möbelstück oder repariert eine antike Kommode für einen Antiquitätenhändler.

«Unglücklicherweise hatte Andreas zu viel zu Mittag gegessen. Es hatte ein Bankett gegeben, und er hatte nicht nur beim Essen übertrieben, sondern auch noch Fisch gegessen. Wenn ich ein Feinschmecker bin, dann ist Andreas eher ein Vielfraß.» Karl hält inne. «War. Er war ein Vielfraß. Wobei das ein wenig unfair ist. Nein, das kann ich nicht sagen. Jedenfalls ging es ihm nicht gut, doch er wollte die Veranstaltung auf keinen Fall verpassen, obwohl ich ihm davon abriet. Mir ging es natürlich gut. Mir geht es immer gut. Also! Wir sitzen im Taxi, und er stöhnt. So in etwa.» Karl hält sich den Bauch und lässt die Zunge heraushängen. «Er quält sich, und dann, wie soll ich das ausdrücken, bringt er sich in Verlegenheit.» Karl legt die Hand auf seinen Hintern und tut so, als wedele er einen Geruch weg.

Mona lacht.

«Ja, das war in der Tat ziemlich bemerkenswert. Ich öffne ein Fenster, aber leider ist es schon passiert. ‹Oh mein Gott, Karl›, sagt er. Es ist ziemlich ekelhaft und gleichzeitig wirklich lustig. Selbst Andreas lacht. Wir bitten den Taxifahrer, an einem Kaufhaus anzuhalten, und ich flitze hinein. Natürlich schreitet die Zeit unaufhaltsam voran. Ich muss im ersten Stock eine neue Hose finden, Unterwäsche im zweiten, ich muss bezahlen, den Weg hinaus finden, gehe zuerst zum falschen Ausgang, Frauen stehen mir im Weg, ich lasse die Tüte fallen, hebe sie wieder auf, wir sind zu spät, wir sind zu spät. Ich steige wieder ins Taxi, das Taxi fährt los, wir schaffen es zum Bahnhof, ich gehe dicht hinter Andreas, damit nicht jeder sofort erkennt, in welch peinlicher Situation er sich befindet. Wir schaffen es gerade noch so eben in den Zug.» Karl legt sich die Hand auf die Brust. «Endlich!»

Sie erreichen wieder den Kai und stellen sich in einer langen Schlange nach Eiscreme an.

«Also nimmt Andreas die Tüte und geht in die Zugtoilette. Ich warte draußen. Er zieht sich die Hose aus und reicht sie mir heraus. Wirklich, was soll ich machen? Ich öffne das Fenster und werfe sie hinaus. Ekelhaft. Er wäscht sich gründlich.»

Karl hustet leicht. Sie sieht, wie sich die Fältchen um seine Augen vertiefen. Er versucht, sein Lachen zu unterdrücken.

«Er trocknet sich mit Papierhandtüchern ab, öffnet die Tüte und zieht eine pinkfarbene Strickjacke heraus. Für Frauen. Mit kleinen Pailletten darauf!» Karl hält die Hände etwa dreißig Zentimeter voneinander entfernt. «So klein!»

Mona lacht, und Karl schüttelt den Kopf.

«Der Zug ist schon losgefahren, und er steckt in der Patsche. Ich höre ein Geräusch in der Toilette. ‹Andreas! Andreas!›, rufe ich. Er öffnet die Tür und bringt kein Wort heraus. Er hat die Beine in die Ärmel der Strickjacke gezwängt, die natürlich gerissen sind, und den Rest um seine Scham gewickelt. Er heult vor Lachen. Er heult buchstäblich.»

«Sehen Sie», sagt Mona, «eine Bank. Dazu noch eine,

die die Vögel übersehen zu haben scheinen. Wollen wir uns setzen, solange sie noch sauber ist?»

Sie setzen sich mit ihren Eiswaffeln. Der Strand ist fast leer.

«Sie vermissen ihn», sagt Mona nach einer Weile.

«Oh ja, sehr. Wir hatten viel gemeinsam und natürlich auch einige Differenzen. Ich habe ihm geholfen, seine Affären zu organisieren.» Er spricht schnell und in die andere Richtung.

Die Möwen kreischen über ihnen, und die Leute schlendern mit ihren Buggys und Kindern an ihnen vorbei, einige tragen Strandmuscheln und Klappstühle. Mona sieht sich selbst durch ihre Augen; sie sehen von außen aus wie ein Paar, schon so lange verheiratet, dass alles längst gesagt ist.

Als er sein Eis aufgegessen hat, holt Karl ein gefaltetes Taschentuch aus der Tasche und reicht es ihr. «Für Ihre Finger», sagt er. Mona tupft sich die Lippen ab und wischt sich die Hände sauber. Er denkt an alles.

«Jetzt Sie», sagt er. «Sie sind dran. Erzählen Sie mir etwas über sich.»

Mona überlegt angestrengt, was sie sagen könnte. «Ich weiß nicht, was ich da erzählen soll, Karl. An mir ist wirklich nichts Besonderes. Ich bin ein Einzelkind. Als ich klein war, gab es nicht viele Kinder um mich herum. Eine Kleinfamilie wurde in Irland damals immer mit Misstrauen beäugt, als betrieben die Eltern heimlich Geburtenkontrolle, aber bei uns muss es irgendwie schon seit Generationen in der Familie gelegen haben, denn mein Vater war auch ein Einzelkind, und die Verwandten meiner

Mutter wohnen alle in Amerika. Meine Mutter ist gestorben, als ich noch recht klein war, aber mein Vater hat sich alle Mühe gegeben, den Verlust auszugleichen. Ich hatte immer seine Liebe oder seine Missbilligung, je nachdem, wie ich mich benahm, und war nie so etwas wie ein Wildfang. Ich war immer artig.»

Karl sieht sie jetzt direkt an. «Erzählen Sie weiter.»

«Meine Mutter hat alles versucht – früher glaubten sie, dass immer die Frau daran schuld ist, wenn sie nicht schwanger wird. Ich erinnere mich daran, dass sie einmal glaubte, doch schwanger zu sein, oder vielleicht war sie es auch, ich war zu klein, um zu begreifen, was dann passiert ist. Aber ich war nie wirklich einsam, obwohl ich ein Einzelkind war, ich war immer am Strand in Kilmore Quay oder Ballyteige, wo all die schönen Dinge angeschwemmt werden, und dort konnte ich stundenlang für mich allein spielen und so laut singen, wie ich wollte. Man vermisst ein Geschwisterkind nur, wenn man an einem Grab steht und niemand da ist, der sagen kann: ‹Ich auch.›» Mona faltet das Taschentuch und gibt es Karl wieder. «Danke schön. Jedenfalls ist das schon sehr lange her.» Der Wind weht jetzt vom Meer her und pustet Mona das Haar ins Gesicht. Karl steht auf. «Kommen Sie, es wird langsam kalt.» Er streckt seine Hand aus, und sie nimmt sie, weich und warm und stark, und sie weiß, ohne hinzusehen, dass seine Fingernägel kleine manikürte Halbmonde haben.

«Oh ja», sagt sie. «Ich hatte einmal einen Unfall.»

«Ach du meine Güte. Wurden Sie verletzt?»

«Na ja, ich saß nicht hinterm Steuer, aber es hat mich hin und her geschleudert, als wir über die Fahrbahn rutschten, und dann sind wir in einem Graben gelandet. Wir waren zu dritt und alle angeschnallt, daher konnten wir alle ein bisschen erschrocken, aber unversehrt aus dem Auto klettern. Ein Motorrad und ein kleiner Laster waren ebenfalls zusammengestoßen, und zwei Männer begannen sich zu streiten. Der Motorradfahrer behielt seltsamerweise den Helm auf, und der Lkw-Fahrer versuchte die ganze Zeit, ihn zu packen. Am Ende stieß ihn der Motorradfahrer mit dem Helm gegen den Kopf, sodass er bewusstlos zu Boden ging. Es war eigentlich gar nicht lustig, aber wir weinten vor Lachen. Wir standen auf dem Seitenstreifen und hatten Tränen in den Augen.»

Sie gingen zurück zur Hauptstraße.

«Wir waren bei der Kunsthandwerksmesse in Southsea», fährt sie fort, «und als ich den Kofferraum öffnete, fielen all meine Sachen heraus, ein paar Puppen waren zerbrochen, aber wir mussten ewig auf einen Abschleppwagen warten, also sortierte ich in der Zwischenzeit alles und versuchte einiges zu reparieren. Wir brauchten drei Stunden nach Hause, und erst am nächsten Morgen merkte ich, dass ich ein Schleudertrauma hatte.»

«Puppen? Sie sammeln Puppen?»

«Ich mache Puppen. Na ja, eigentlich mache ich sie nicht, ich lasse sie von einem Tischler machen. Er wohnt übrigens nicht weit von hier, da unten.»

Mona zeigt auf die Werkstatt. «Er ist sicher gerade dort. Er ist ein echter Handwerker, ein Künstler. Ich bestelle die Puppen, und er stellt jede von Hand her. Sie sind schon wunderschön, wenn ich sie bekomme, aus dunklem Mahagoni oder Kirsche oder hellem Holz, das beinahe weiß ist, oder aus Teak oder Kiefer. Immer mit kleinen Gelenken an den Gliedern.»

«So wie Marionetten?»

«Nein. Es sind Puppen.»

«Für Kinder?»

«Nein. Na ja, manchmal schon. Die Puppen, die ich mache, sind eher zum Sammeln und Anschauen. Ich nähe ihre Kleider von Hand, kleine Anzüge mit allen Accessoires. Ich bekomme viele Bestellungen aus dem Ausland, aus Japan, Korea und Amerika.»

Karl bleibt stehen und sieht sie an, dabei drückt er ihre Hand. «Ich bin sehr beeindruckt, Mona. Ich hatte ja keine Ahnung.»

«Ich habe jemanden, der mir mit dem Online-Geschäft hilft. Na ja, wenn ich online sage, dann meine ich, dass ich auf einer Website für Interessierte inseriere. Ich habe keine Ahnung von Computern, aber meine Aushilfe hat gerade gekündigt, also muss ich es wohl lernen. Es ist nicht so einfach, wie es aussieht.»

Karl schüttelt den Kopf. «Ich finde nicht, dass es einfach aussieht.»

«Sie gibt mir Unterricht, und langsam verstehe ich, worum es dabei geht. Ich habe ja keine Wahl. Ich könnte natürlich auch eine neue Aushilfe suchen.»

«Nein, nein. Wenn Sie es selbst machen können, machen Sie es! Wir müssen immer weiter lernen. Das hält uns jung, nicht? Vielleicht können Sie es danach mir beibringen. Männer sind in diesen Dingen viel langsamer als Frauen.»

«Es ist lustig, denn die männlichen Puppen locken immer die Kunden in den Laden und werden am häufigsten in die Hand genommen, aber aus dem Ausland bekomme ich niemals Bestellungen für einen Mann, immer nur für die Mädchen. Und wenn sich Männer in den Laden verirren, dann beeilen sie sich zu erklären, dass sie eine Puppe als Geschenk suchen, und versuchen zu vermeiden, sie anzufassen. Ich glaube, es ist ihnen ein bisschen peinlich. Kleine Jungs bewegen immer die Puppenglieder und schauen ihnen dann unter die Röcke.»

«Natürlich.»

«Jedenfalls bin ich wohl ganz gut darin. Ich bemale sie und erwecke sie zum Leben. Manchmal ist es draußen zu dunkel und trist, um Gesichter zu machen. Dann male ich nicht. Nein. Die eigenen Gefühle übertragen sich sofort auf das Gesicht der Puppe, deshalb male ich nur an sonnigen Tagen, bei offenem Fenster. Der Tischler hat mir eine Art Halterahmen gemacht. Ich stelle ihn auf meine Werkbank, und er hält den Puppenkörper genau auf Augenhöhe.»

«Verstehe.»

«Dann hat er noch eine andere Vorrichtung gebaut, die das Vergrößerungsglas direkt vor das Gesicht der Puppe hält, für die ganz besonders feinen Arbeiten im Gesicht. Er ist sehr schlau und weiß genau, was ich brauche. Und ich habe eine verstellbare Lampe zu meiner Linken. Ich habe einen speziellen Pinsel, einen Kolinsky, der so weich, so fein ist, dass man sich damit im Auge kitzeln könnte, ohne blinzeln zu müssen.»

«Hm. Mir hat noch nie jemand das Auge gekitzelt. Das müssen wir mal ausprobieren.»

Er beobachtet sie. Sein freundliches Schweigen ist angenehm, und man hört nur noch das Rauschen des Meeres, das endlose Klatschen und Seufzen, und Mona hat das Gefühl, schon ewig geredet zu haben, als könnte sie ihm alles über sich erzählen, ohne dass er überrascht wäre, und sogar alles über William und die schreckliche Zeit, und er würde einfach nur zuhören, mit seinen schönen Augen und seiner höflichen Zurückhaltung.

«Also, es war wunderbar, Karl. Jetzt muss ich gehen.»

«Natürlich, natürlich. Ich habe diese Woche einiges vor, ein paar Angelegenheiten zu regeln und einige Verpflichtungen, aber vielleicht könnten wir nächstes Mal dort weitermachen, wo wir heute aufgehört haben?»

«Ja, das wäre schön.»

«Und jetzt ist es doch noch früh, vielleicht könnten wir auf dem Rückweg noch schnell etwas trinken?»

«Oh, ich gehe nicht nach Hause. Ich muss noch etwas abholen. Ich habe beim Tischler etwas bestellt. Ich gehe hier entlang zurück.»

Karl beugt sich zu ihr herab und küsst sie zweimal, auf die rechte und auf die linke Wange, und vollführt wieder seine kleine Verbeugung. Er lächelt und sagt: «Dann sage ich au revoir. Nächste Woche? Oder wäre das zu aufdringlich?»

«Nein, es würde mich freuen», sagt sie. Er küsst sie erneut auf die Wange und berührt sie dann sanft mit dem Handrücken, und als er sich umdreht und fortgeht, spürt Mona einen kleinen Stich in der Magengegend. Plötzlich kommt ihr eine Woche sehr lang vor.

Der Tischler steht am Fenster, einen Becher in der Hand. Sie geht auf ihn zu. Ihre Schritte sind laut auf dem Holzboden, aber er dreht sich nicht um.

«Ich habe dich gerade gesehen», sagt er. «Wieder am Strand.»

Mona sieht das Acht-Pfund-Baby an der Seite liegen. Er hat es aus gelbem Kiefernholz geschnitten, gewachst und poliert, offenbar hat er mehr Zeit dafür aufgewandt als sonst. Sein Pullover hat ausgefranste Ärmelsäume, und der Halsausschnitt ist ausgeleiert. Lose Fäden könnten sich in seiner Säge verfangen, er könnte eine Hand oder einen Arm verlieren, aber wenn sie etwas sagt, wird er gar nicht auf sie achten oder noch schlimmer: Er wird womöglich wütend.

«Ich habe einen Spaziergang gemacht», sagt sie. «Mit meinem neuen Nachbarn. Habe ihm ein wenig die Gegend gezeigt.»

Er leert seinen Becher und nickt in Richtung der Werkbank. «Es ist schon seit gestern fertig. Acht Pfund, zwei Unzen.» Er legt es ihr in den Arm.

«Danke», sagt sie. «War da noch etwas anderes?»

«Zum Beispiel?»

«Ich dachte, du wolltest noch etwas sagen, zum Strand oder ...»

«Nein.»

«Na gut. Dann nehme ich das mal und gehe wieder.»

«Gut.»

Mona hätte sich gar nicht so beeilen müssen, das Baby abzuholen. Die Reiterin kommt nicht.

Aber am nächsten Montagmorgen, sobald sie den Laden öffnet, kommt ein kleines Mädchen herein, neun oder zehn, das eine Puppe bei sich hat, deren Kopf wackelt. Das Kind setzt die Puppe auf den Tresen. Seine Mutter steht hinter ihm.

«Na», sagt Mona. «Wer ist das denn?»

«Meine Puppe», antwortet das Kind. «Meine Mum hat sie mir geschenkt. Sie hat früher ihr gehört, und jetzt gehört sie mir.»

«Und sie ist krank, nicht wahr?»

Das Mädchen nickt.

«Tja, wir reparieren hier eigentlich nicht. Die meisten Puppen sind anders gefertigt als die, die ich mache. Ich mache nur Holzpuppen. Manche Puppen sind aus Stoff, mit Metallfedern darin, manche auch aus Plastik. Und andere wiederum muss man einfach sehr vorsichtig behandeln. Sie vielleicht auf ein Regal setzen oder in eine Schublade legen.» Aber noch beim Reden nimmt Mona die Puppe in die Hände und hebt ihren Rock an. Betastet den Körper darunter. «Du hast sie schon eine ganze Weile», sagt sie. Das Holz ist tadellos, aber die Gelenke sind ganz steif vom Alter, kaum noch beweglich, und die Kleider fallen auseinander. Der Lack auf dem Puppengesicht ist rissig wie alte Haut, und der zur Seite fallende Kopf lässt sie traurig und verzweifelt aussehen.

«Gute Verarbeitung», flüstert Mona und zwinkert dem Kind zu. «Ich glaube, wir können etwas für ...»

«Annabel», sagt das Mädchen und schaut zu ihrer Mutter hoch. Aber die Mutter nickt nur.

«Annabel. Das ist ein wunderbarer Name. Tja, dann lass

uns mal sehen, was wir für Annabel tun können, ob wir sie nicht wieder in Form bringen können. Wahrscheinlich braucht sie auch neue Kleider und ein bisschen Aufmerksamkeit für ihre Arme und Beine. Ist es in Ordnung für dich, wenn wir ihr etwas anderes anziehen?»

Das Mädchen lächelt und dreht sich zu ihrer Mutter um. «Darf ich, Mum?»

«Ja», sagt sie.

«Und wie alt ist Annabel?»

Das Mädchen winkt ihre Mutter wieder her, die sich umzusehen begonnen hat. «Mum, Mum. Sie ist neununddreißig, oder?»

Die Mutter kommt zurück zum Verkaufstresen. «Sie hat mir schon gehört, als ich ein Baby war. Meine Großmutter hat sie mir geschenkt. Ich habe sie Polly geschenkt – das hier ist Polly –, vor ein paar Jahren. Ich dachte, wir könnten sie wenigstens noch ein bisschen benutzen.»

Das Mädchen nimmt die Puppe vom Tresen und gibt ihr einen Kuss – «Tschüs, Annabel» –, und dann schaut sie sich die anderen Puppen an, nimmt sie in den Arm und wiegt sie. Die Mutter starrt Mona an und versucht zweimal, etwas zu sagen.

«Es kostet sicher nicht mehr als fünf bis zehn Pfund, die Puppe vom Tischler reparieren zu lassen, aber die Kleider werden teurer. Soll ich Sie anrufen und Ihnen den Preis nennen, bevor ich anfange, oder wollen Sie einfach, sagen wir, in einer Woche wieder vorbeikommen?»

«Ich komme zurück, wenn sie fertig ist», sagt die Frau. «Und entschuldigen Sie bitte wegen letzter Woche. Es ist etwas dazwischengekommen.»

«Das ist schon in Ordnung.»

«Gut, dann also.»

Sie nimmt ihre Tochter bei der Hand und geht so schnell, dass Mona nicht einmal mehr auf Wiedersehen sagen kann.

17

Als direkt nach Weihnachten die Stromsperren beginnen, kaufen Mona und William eine Schachtel Kerzen, einen kleinen Petroleumofen, zwei Schachteln Streichhölzer, ein paar Thermoskannen und Batterien für das Radio. Mona wäscht zwei Marmeladengläser aus, damit sie die als Laternen benutzen können, und sie legen alles so zurecht, dass sie es sofort finden können, wenn ohne Vorwarnung das Licht ausgeht.

Eines Januarabends sitzen sie zusammen im flackernden Halbdunkel. Sie haben den lokalen Radiosender leise gestellt, um die Durchsagen nicht zu verpassen. William hat die Decken aus ihrem Schlafzimmer geholt, und sie haben sich auf dem Sofa zusammengekuschelt, um nicht zu frieren.

«Also», sagt William, «es gibt keine Streiks in Irland. Andererseits gibt es aber auch keine Jobs dort.»

«Sie sprechen von einer Dreitagewoche bei Canning's», sagt Mona, «und ich musste in die Gewerkschaft eintreten, weil sie in den Streik gehen wollen.»

«Gallagher wird niemanden entlassen», sagt William und trinkt sein Bier aus. «Ich habe den Vorarbeiter schon gefragt. Er hat gesagt, wir sollen uns keine Sorgen machen. Es gibt mehr als genug Arbeit in Bartley Green. Wir haben zweihundert Einheiten fertigzustellen. Wenn wir damit fertig sind, ist der Spuk vorbei. Sie werden sich bis dahin geeinigt haben.»

«Gut», sagt Mona. Ein zittriger Seufzer entfährt ihr.

«Was ist los?»

Mona schaut zu, wie die Flamme im Glas tanzt, bevor sie antwortet. «Was, wenn ich schwanger werde?»

Das scheint ihn gar nicht zu überraschen. Seine Stimme klingt ruhig und heiter, als er antwortet. «Was soll dann sein?»

«Können wir uns das überhaupt leisten?»

«Was? Babys essen doch nicht viel, nicht wahr, wenigstens in den ersten paar Jahren? Ich denke schon, dass wir uns noch eine Extrakartoffel leisten können.»

«William, du weißt genau, was ich meine. Ich müsste meine Arbeit aufgeben. Ich kann mich nicht mit einem riesigen Bauch über das Fließband beugen. Und danach muss ich mich ja um das Baby kümmern. Wir haben hier keine Familie, niemanden. Wir können niemanden um Hilfe bitten, und ich bezahle keine Tagesmutter. Dann bleibt ja nichts mehr von meinem Lohn übrig. Außerdem möchte ich das auch nicht. Ich finde es nicht richtig, Kinder zu bekommen, um sie dann von anderen betreuen zu lassen. Das ist die Aufgabe einer Mutter, und ich möchte sie gern übernehmen.»

Er setzt sich auf. «Na komm schon. Was regt dich denn so auf, Mona? Was ist los?»

«Nichts.»

Er berührt ihr Kinn, und sie schaut ihm direkt in die Augen. «Bist du schwanger?»

«Nein.»

«Sicher? Willst du mir vielleicht gerade etwas sagen?»

«Nein. Ich dachte, ich wäre schwanger, aber es war falscher Alarm, doch das hat mich zum Nachdenken gebracht, sonst nichts.»

«Wirklich?»

«Wirklich. Ich wollte nur wissen, was wäre, wenn.»

«Na gut», sagt er und kuschelt sich wieder an sie. «Für mich hat es sich angehört, als wolltest du mich warnen oder so. Und nur zu deiner Information, Madame, meine Frau muss nicht arbeiten, wenn sie ein Baby zu Hause hat. Und übrigens werden meine Kinder auch nicht von Fremden erzogen. Ich finde das auch nicht richtig. Du musst dir nicht mehr wegen Dingen den Kopf zerbrechen, die ich längst entschieden habe.»

Mona lächelt. Er klingt wie ein Schuldirektor oder einer dieser Männer, die mit dickem Bauch an der Bar stehen und Bier trinken.

«Und noch etwas», fährt er fort und zeigt durch den Raum, als ob dort am kalten Ofen jemand stünde, der Streit sucht. «Ich bin ein Mann, der für seine Familie sorgt. Was du als meine Ehefrau möchtest und was mein Kind braucht, wird er bekommen. Oder sie. Oder was immer. Selbst wenn ich bis zum Lebensende sechzig Stunden die Woche arbeiten muss. Ich halte nichts von Almosen, und ich halte nichts von Ammen, und ich halte nichts von Bettelei.»

«Na ja, ich habe doch nur gesagt …»

«Es gibt viel zu viele Männer, die ihren Lohn im Bear vertrinken. Du hast sie ja gesehen, wie sie ohne jeden Penny hinauswanken, während ihre Kinder zu Hause in Lumpen gehen. Das ist kein Leben für mich und die Meinen.»

«Nein», sagt Mona. Er ist jetzt richtig in Fahrt, leistet Schwüre und kontert eingebildete Beleidigungen.

«Mein Vater war kein guter Mann. Wir haben jeden Abend warm gegessen, und es gab keinen Sonntag, an dem wir nicht etwas in die Kollekte hätten geben können, aber das war allein das Verdienst meiner Mutter und meines Großvaters, als er noch lebte. Ich weiß, was einen guten Mann ausmacht und was nicht. Ich hatte Schuhe für die Schule und ein zweites Paar für die Kirche. Aber die Sache ist die, dass die Sorge für die Familie Sache des Mannes ist – nein, es ist seine Verantwortung, seine Pflicht. Essen auf den Tisch zu bringen, ein Dach über den Kopf, einen Mantel an den Haken. Einen Mantel für jeden in der Familie.»

Mona muss sich bemühen, nicht zu kichern. «Woher hast du das denn?»

«Was?»

«Diese Ideen.»

William zuckt die Achseln. «So sieht ein anständiges Leben aus, Mona. Das habe ich nicht irgendwo gehört, das ist einfach das Richtige und das, was ich in meinem Herzen fühle.»

«Na, mir gefällt es jedenfalls», sagt sie und schlingt ihre Arme um ihn. «Ich mag dein Herz.»

«Gut. Und du bist sicher?»

«Ich bin sicher.»

Aber nur sechs Wochen später weiß sie es. Der Februar ist bitterkalt. Mona lässt die Ofentür ein wenig offen, damit die Küche warm wird, und hat immer etwas Warmes auf dem Herd, wenn William nach Hause kommt. Sie stellt ihm das Abendessen hin, drei Scheiben Schinkenbraten, Kartoffeln und Karotten.

«Also, William, wann haben wir uns kennengelernt?»

«Wie bitte?»

«Das Datum.»

«Oh, ich weiß nicht. November. Vielleicht am vierzehnten oder so. Auf jeden Fall vor Weihnachten, da bin ich mir sicher. Habe ich irgendetwas verpasst?»

«Am achtzehnten», sagt sie. «Es war der achtzehnte. Vielleicht haben wir Glück.»

«Wir haben Glück», erwidert er, den Mund voller Fleisch. «Das weißt du doch.»

«Dann noch mehr Glück.»

«Wieso?»

«Vielleicht bekommen wir ein Geschenk zum Jahrestag. Dann wird es ein Jahrestag, an den wir uns für immer erinnern werden.»

«Du hast das Haus in Kilmore verkauft?»

«Nein.»

«Du hast etwas gespart? Gib mir bitte den Pfeffer.»

«Nein.»

«Was dann? November ist noch lange hin.»

«Nein, dieses Geschenk ist von mir. Für dich.» Sie stellt die Plastikpfeffermühle mitten auf den Tisch und atmet tief durch. Er greift danach, und sie legt ihre Hand auf seine.

«Ich habe eine gute Nachricht.»

«Was denn?»

«Ich glaube, ich bin schwanger.»

Er verstummt. Er isst sein Abendessen, ohne mehr als «Oh» zu sagen. Als sie den Tisch abgeräumt und Tee eingeschenkt hat, ist sie wütend. Sie setzt sich und verschränkt die Arme vor der Brust.

«Das war's? Nur Oh?»

«Ich habe nur mein Abendessen gegessen.»

«Also komme ich erst nach einem Stück Schinkenbraten, oder was?»

Er schweigt.

«William!»

Er schaut auf, sein Blick ist starr. Alles Leben ist aus seinem Gesicht gewichen, seine Augen wirken riesig.

«Ich dachte, du freust dich», sagt sie. «Ich dachte, dass du es auch wolltest.»

Er nickt.

«Alles in Ordnung mit dir?»

«Ich bin überglücklich», antwortet er, «absolut überglücklich. Hundert Prozent.» Aber sein Mund ist ganz schlaff, das Gesicht blass. Die Hände hat er auf den Tisch gelegt, offen und regungslos.

«William», sagt sie. «Was ist los?»

Sie hört seine schnellen Atemzüge zwischen den Worten.

«Man fängt an nachzudenken, Mona. Man fängt an, über die Dinge nachzudenken.»

Sie steht auf und schlingt die Arme um seinen Hals. «Über welche Dinge? Ein Dach über dem Tisch, einen Mantel am Haus und Essen am Haken. So war es doch?»

Aber er lacht nicht. Stattdessen lässt er den Kopf an ihre Brust sinken.

«Ich tue mein Bestes», sagt er. «Das schwöre ich bei Gott.»

18

Obwohl Mona viel zu tun hat, zieht sich die Woche hin. Joley übt schon mal ihre neue Rolle als Lehrassistentin und ist sehr streng. Sie kommt herein und setzt sich, und wenn gerade keine Kunden da sind, lässt sie Mona keine Sekunde vom Bürostuhl aufstehen. Sie erklärt ihr in, wie sie es nennt, einfacher Sprache, wie man das Exportbusiness und den Papierkram regelt. Nur dass man dabei kein einziges Stück Papier sieht.

«Wäre es nicht einfacher, etwas davon auszudrucken, damit ich die Zahlen noch einmal kontrollieren und sichergehen kann, dass ich keinen Fehler gemacht habe, Joley?», sagt Mona, obwohl sie schon weiß, wie die Antwort lauten wird.

«Nein. Schließ jetzt die Datei. Das war's. Und speichern. Immer speichern.»

Ganze Galaxien und Schwarze Löcher und Sternbilder und Sonnensysteme gibt es hinter dem flachen Computerbildschirm, in denen man etwas verlieren kann. Nur ein einziger falscher Klick oder unbedachter Moment, und Mona löscht all ihre Bestellungen und Kunden, die Telefonnummer ihres Farblieferanten, ihr Rechnungskonto bei Simply Freight. Alles bloß, weil die kleine Maus zubeißt. Wenn sie nur ein oder zwei Formulare ausdrucken könnte, würde sie sich viel sicherer fühlen. Mona sinkt in ihrem Drehstuhl zusammen, und Joley tätschelt ihr auf dem Weg in die Küche den Rücken. «Nicht zurückklicken.»

«Nein, Miss», ruft Mona ihr hinterher. «Kriege ich dafür ein Sternchen?»

Joley setzt den Kessel auf. «Das war's. Jetzt hast du alles gemacht. Ich könnte jetzt gehen, du würdest es trotzdem hinkriegen. Ich habe dir ja gesagt, dass es ganz leicht ist. Man braucht nur ein bisschen Zutrauen, mehr nicht.»

«Ja, Miss, aber ich habe seit zwei Wochen nicht mehr genäht, Miss, und ich bin auch noch nicht mit meinen Hausaufgaben fertig, Miss», sagt Mona. Und das stimmt. Seit Joley ihr mit dem Computer hilft, ist sie mit ihren Exportaufträgen ein wenig hinterher. Mona bleibt bis nach Mitternacht in ihrem Arbeitszimmer. Aber immerhin schläft sie.

Endlich ist es Mittwoch. Mona geht auf die Wiener Konditorei zu und sieht schon, dass Karl dort mit hinter dem Rücken verschränkten Armen wartet und sich ein Schaufenster ansieht. Er steht kerzengerade da, sein Haar glänzt seidig und lockt sich ordentlich an seinem Hemdkragen. Er ist immer früh dran, aber sie auch. Er trägt Flanellhosen und ein Tweed-Jackett zu einem weißen Hemd mit einem roten Schlips. In seiner Brusttasche steckt ein passendes Tuch. Er sieht sogar noch vornehmer aus als sonst. Mona fragt sich, wie alt er wohl genau ist. Nicht uralt. Er begrüßt sie mit einer Verbeugung, und als er einen Schritt beiseitetritt, sieht sie, dass er eine alte Ledertasche trägt.

«Kommen Sie», sagt er und schaut auf seine Uhr. «Wir müssen uns beeilen.»

Er führt sie am Ellenbogen von den Läden fort, den Hügel hinunter zur Promenade.

«Wo gehen wir denn hin?»

«Packington House.»

Sie nehmen den Sonderbus direkt dorthin. Die Hälfte der Passagiere haben Reiseführer und Broschüren aus dem Fremdenverkehrsbüro bei sich. Aber Karl plaudert den ganzen Weg dorthin über das Haus und das Gelände, auf dem es steht, und die besonderen Gemälde und großartigen Räume. Ein paar Mitreisende lauschen und wenden sich nach ihm um, um zu sehen, wer da mit diesem reizenden Akzent spricht und all die Insider-Informationen hat. Als sie aussteigen, schnallt sich Karl die Tasche vor die Brust. Man hört das Klirren von Flaschen darin.

«Ach du meine Güte», sagt er, «jetzt habe ich alles verraten. Kommen Sie, wir gehen nicht mit den anderen. Es gibt da einen kleinen Pfad, über die Brücke, direkt am Fluss. Nicht so bekannt und ruhig.»

Er nimmt ihre Hand. Sie spürt seine Nähe. Diesmal trägt er keine Schuhe mit glatten Ledersohlen, sondern alte lederne Wanderschuhe. Er ist oft zu Fuß unterwegs, vermutlich ist er schon richtig gewandert, echte Berge hinauf, vielleicht in der Schweiz oder in Spanien, und Mona hätte auch gern passende Schuhe und Erinnerungen an Wanderungen. Immerhin trägt sie eine Hose und eine taillierte Bluse mit kurzen Ärmeln. Dazu hat sie eine leichte Sommerjacke mitgenommen, weil die Sonne den ganzen Morgen schon wie der Teufel geschienen hat und sie sich in ihrem Wintermantel dumm vorgekommen wäre.

Sie folgt ihm auf dem Pfad zwischen den Bäumen, der sich in eine Brücke über ein seichtes Flüsschen verwandelt und dann zu einem breiten, staubigen Weg ausdehnt, der in einer Art Wiese endet, von der aus man einen guten Blick über die Stadt hat. Sie sind jetzt so weit oben, dass sie das Meer sehen kann. Wenn sie sich Mühe gäbe, würde sie vermutlich auch ihr Haus und sogar die Gasse erkennen können, in der der Tischler wohnt. Aber Karl geht schnell auf eine graue hölzerne Aussichtsbank zu.

«Das hier», sagt er und setzt sich, «ist mein Geheimnis. Ah.»

Er nimmt seine Tasche ab, zieht seine Jacke aus und legt beides ins hohe Gras. «Wir werden bald essen müssen», sagt er und schaut zur Sonne hinauf, «sonst verdirbt alles. Andererseits ...»

Er verstaut die Tasche unter der Bank und legt seine Jacke darauf. «Dort gibt es Schatten, der alles kühl hält.»

Mona macht es ihm nach und zieht ihre Jacke aus. Dann tritt sie nach vorn zum Aussichtspunkt.

«Es ist wunderschön hier, Karl. Es ist mir peinlich, zugeben zu müssen, dass ich hier noch nie war. Es heißt ja, dass man Dinge, die einem vor der Nase liegen, nicht zu schätzen weiß.»

«Alles ist schöner aus der Entfernung, auch unsere Erinnerungen. Selbst die Erinnerungen, die damals nicht so schön waren, kann man nach einer gewissen Zeit schätzen lernen, finden Sie nicht?»

«Einige schon», sagt sie.

Er sitzt ganz still auf der Bank. Sie hört, wie er nach Luft schnappt und die leichte Anspannung in seiner Stimme. «Von hier aus kann man die ganze Stadt sehen, das Gute und Schlechte, auch die Hochspannungsmasten, dahinten, sehen Sie. Und das Industriegebiet rechts, sehen Sie es?»

«Ja», antwortet Mona.

«Und schauen Sie, dort hinten an der Bucht. Sehen Sie die Kräne und die Hochhäuser, die sie dort abreißen. Wir müssen ihnen dankbar sein. Wir haben uns nur kennengelernt, weil sie das Gebäude zwischen uns abgerissen haben.»

«Ja», sagt Mona, hält den Blick aber auf den Horizont gerichtet. Karl kommt und stellt sich neben sie, legt seine Hand auf ihren Rücken und zeigt in die Ferne. «Sehen Sie, dort», sagt er «Sehen Sie? Elizabeth Gardens? Machen Sie mal die Augen zu. Sehen Sie die alten schwarz-weißen Gebäude in der Altstadt und das Kopfsteinpflaster und die rosa Häuser, die Terrassen und Gassen, das Feld dort und die gelben Blumen, ich weiß gar nicht, wie die heißen. Und dann der überaus irdische Geruch nach Sonne und Staub. Wir sind am Leben.»

Mona wendet den Blick nicht von der Aussicht. Sie wagt es nicht, sich umzudrehen und zu lächeln, sie fürchtet, zu bewegt zu sein, also sagt sie nichts.

Karl lacht leise. «Es gibt ein kleines Dorf in Südfrankreich, inzwischen ganz zersiedelt. Andreas hatte Verwandte dort, ich glaube, einen Onkel, das weiß ich nicht mehr genau, aber eigentlich wollte er ihm gar keinen Besuch abstatten. Sein Vater hatte darauf bestanden. Es gab dort gar nichts. Nichts. Schafe, alte in Schwarz gekleidete Frauen. Es ist lange her, Andreas und ich waren kaum mehr als Kinder. Jedenfalls ging Andreas seinem Onkel die Aufwartung machen, und wir verabredeten uns für später. Ich blieb in unserem Hotel und packte aus, und als er zurückkam, zogen wir uns die Wanderschuhe an und gingen hinauf in die Hügel. Nein, es waren eigentlich keine Hügel, sondern Klippen, und wir mussten mit Händen und Füßen klettern. Wohin wollten wir eigentlich? Ich habe keine Ahnung. Alles war besser als die alten Leute und ihren schrecklichen Geschichten zuhören zu müssen. Sie wissen ja, wie es ist, zwanzig zu sein.»

Er schaut auf sie herunter und schüttelt den Kopf. «Sie müssen mit zwanzig wunderschön gewesen sein.»

Sie zieht die Augenbrauen hoch.

«Ja, ich weiß, wie das klingt, aber Sie sind jetzt natürlich auch wunderschön. Denn wenn Sie das nicht wären, hätten sie mit zwanzig nicht schön sein können. Sie könnten das Mädchen aus dem Dorf gewesen sein, das wir in der Bucht sahen. Wir kletterten, Andreas und ich, ganz nach oben auf einen Hügel und setzten uns dorthin. Sie kam aus dem Nichts. Andreas legte den Finger auf die Lippen. Sag nichts. Wir beobachteten, wie sie sich das Kleid über den Kopf zog, und darunter? Nackt. Mein Gott, ihr Anblick in der Sonne. Sie drehte sich mit erhobenen Armen um sich selbst und vollführte eine Art Tanz. Es war niemand in der Nähe. Sie konnte uns hinter den Bäumen nicht sehen. Wir waren noch Jungen.» Karl legt die Hand über den Mund und keucht auf. «Oh, das war ein Moment für mich. Der Moment, in dem ich erwachsen wurde und etwas über die Welt lernte. Eine nackte Frau mit Brüsten. Nicht wie die Zeitschriften, die ich mir immer mit einem schlechten Gewissen angesehen hatte, sondern eher wie ein Märchen oder ein Film. Sie drehte sich in der Sonne, immer rundherum, und dann sprang sie urplötzlich wie eine Meerjungfrau ins Meer.»

Karl spricht mit ihr, aber sie merkt, dass er noch immer in Südfrankreich auf der Klippe ist.

«Als sie wieder aus dem Wasser kam, beobachteten wir sie, wie sie sich wieder anzog. Wir mussten lange warten, bis wir hinunterklettern und zurück ins Dorf gehen konnten. Und natürlich verirrten wir uns auf dem Weg zurück und kamen zu spät zum Abendessen ins Hotel.» Er berührt ihre Wange. «Den Anblick dieser Frau habe ich nie vergessen. Ich habe im Laufe der Jahre viele Frauen kennengelernt, aber diese ist mir geblieben. Als meine Ehe in die Brüche ging, bin ich dorthin zurückgegangen. Was erhoffte ich mir davon?»

Mona sieht ihn an. «Was ist denn passiert?»

«Mit meiner Ehe? Sie hat nur sechs Monate gehalten. Es war ein Fehler, und ich war zu jung. Wir waren beide zu jung.» Er klatscht in die Hände. «Einen Toast!» Er zieht die Tasche unter der Bank hervor. «Warmer Weißwein. Und ein Schraubverschluss. *Je suis desolé.*»

«Das macht nichts», sagt Mona. «Es ist sehr lieb von Ihnen.»

Er öffnet die Flasche und schenkt ihnen ein. Sie prosten sich mit den Pappbechern zu. «Worauf trinken wir?», fragt er.

«Auf die Erinnerungen», sagt sie, «und tanzende Mädchen.»

Er zieht seinen Becher zurück. «Erinnerungen? Nein, nein. Wir sind hier. Ich bin hier mit Ihnen. Auf uns. Ganz oben auf dem Hügel.» Sein Blick ruht auf ihr. «Trinken Sie.»

Karl schenkt sich noch drei Fingerbreit ein und berührt ihre Wange kurz mit den Lippen. «Sie trinken, und ich bereite das Mittagessen vor.»

Er hat Gläser mit in Essig und Öl eingelegten Dingen mitgebracht, Tiegel mit Pastete, Käse und Salami, Brotaufstriche und Dips und Cracker, alles Dinge, die sie in den Supermärkten gesehen und nie gekauft hat. Er hat an Papierservietten und Plastikmesser gedacht, aber es gibt keine Gabeln. Es liegt alles zwischen ihnen ausgebreitet auf der Bank, genug für vier.

«Essen Sie, essen Sie», sagt er. «Es ist heiß, es wird alles verderben. Eigentlich sollten wir an einem langen Tisch unter einem Jasminbaum sitzen, Zitronensaft an unseren Fingern und Krümel auf unserem Schoß. Und ein kleiner Hund schnuppert zu unseren Füßen herum. Wir füttern ihn, obwohl wir das nicht tun sollten.»

«Er wird dick.»

«Ganz genau. Ja. Er wird dick davon, und wir werden dick, und genau so sollte es doch sein, nicht? Es gibt tatsächlich mehrere Hunde in Packington House. Sie jagen. Oder besser gesagt: Früher haben sie gejagt. Inzwischen gibt es keine Jagden mehr.»

«Sie waren im Haus?»

«Oft, ja. Andreas kannte die Familie. Natürlich sind sie

fortgezogen. Das Haus war zu teuer im Unterhalt und zu groß, natürlich. Aber als sie noch dort lebten, bekam Andreas viele Einladungen, und ich ging immer mit. Wir sind dort wohl zwanzigmal gewesen. Wobei wir nie mit auf die Jagd gegangen sind; es wäre zu gefährlich für Andreas gewesen, der nicht fallen durfte. Andreas' Familie kaufte schließlich Eigentum in dieser Gegend, weil er so verzaubert von den Downs und dem Meer war. Sie haben hierzulande viel investiert, aber leider nicht in Packington. Ja, es ist schon ein wunderschönes Haus, viele wertvolle Gemälde, und das Gelände, auf dem es steht, ist, wie Sie sehen, makellos. Aber das hier ist der schönste Ort für mich. Hier oben, jetzt, mit Ihnen. Der schönste Ort von allen.»

Sie gehen den Hügel hinunter, und Karl führt sie zum Haus, wobei er über die Architektur und die Gartenanlagen spricht. Eine breite Steintreppe führt zum prächtigen Eingang hinauf. Mona bleibt am Fuß stehen.

«Kommen Sie, kommen Sie», sagt Karl. Sie treten ein. Eine Frau an einem Empfangstisch steht auf und lächelt sie an.

«Karl!» Sie trägt ein maßgeschneidertes leuchtend bernsteinfarbenes Kleid und eine farblich passende Strähne in ihrem stahlgrauen Haar. «Wir hatten gehofft, dich heute zu sehen.» Sie sieht ihn lange an und wendet sich dann langsam Mona zu. «Gutes Wetter lockt die Leute aus ihren Häusern. Wir hatten viel zu tun.»

«Mona», sagt Karl und macht eine Handbewegung in Richtung der Frau, «das ist Yvonne. Yvonne, das ist Mona, meine Freundin.» Ihr Handschlag ist kurz. Sie macht ein paar Schritte auf Karl zu und wischt ihm nicht vorhandenen Staub von der Schulter. «Seid ihr spazieren gegangen? Den Hügel hinauf? Wunderschöner Ausblick.» Sie trägt Nagellack, ebenfalls bernsteinfarben. «Ich habe Max heute Vormittag arbeiten lassen. Er war sehr brav. Ich habe den Nachmittag selbst übernommen. War nicht schlimm.» Sie beugt sich näher zu Karl. «Aber du hast gefehlt.»

Karl nimmt seine Tasche ab und verstaut sie hinter dem Empfangstisch der Frau. «Wir machen schnell», sagt er und nimmt Monas Hand. «Kommen Sie.» Er führt sie zur geschwungenen Treppe. «Wir haben nur noch fünfzehn Minuten, bis das Haus schließt.»

«Karl», flüstert Mona. «Wo gehen wir hin?»

«Kommen Sie.» Sie eilen einen langen Flur entlang, steigen eine weitere Treppe hoch und gehen dann einen schmaleren Korridor entlang, blaue Schnörkel auf dem Teppich, weiße Schnörkel an der Decke. Sie gehen bis zum entgegengesetzten Flügel des Hauses und bleiben vor der letzten Tür stehen.

«Hier», sagt Karl, «sehen Sie», und damit öffnet er die Holztür. Es ist ein Kinderzimmer voller Spielzeug und antiker Möbel, mit einem kleinen Messingbett und einer kleinen Holzwiege, kleinen Kinderstühlchen, nilgrün lackiert, die an einen kleinen Holztisch mit gedrechselten Beinen geschoben sind. Es gibt einen Schaukelstuhl für das Kindermädchen und ein Schaukelpferd für das Kind. Auf dem Nachttisch steht ein Puppenteeservice. Gehäkelte Decken liegen gefaltet am Fußende des Bettes. Und Puppen sitzen auf dem Bett und auf dem Kaminsims und auf der Fensterbank.

«Ich dachte mir, Sie würden dieses Zimmer sicher gern sehen», sagt Karl und tritt ein. «Es ist noch genau so, wie die Familie es im Krieg bewohnt hat. Im Ersten Weltkrieg.»

Mona folgt ihm. Fotos von Kindern hängen an den Wänden, sepiagetönt, schwarzweiß, farbig. Flickenläufer liegen auf dem Teppich, Holz liegt im Kamin und wartet darauf, angezündet zu werden.

«Nur sehr wenige Leute kommen hier herein. Nur wenn sie die Extraführung gebucht haben.»

«Machen Sie die Führungen, Karl?»

«Hin und wieder, ja. Seit ich hierhergezogen bin, habe ich Zeit, mich ehrenamtlich zu betätigen, und, na ja, da ich das Haus kenne ...»

«Wir dürfen nichts anfassen, oder?»

«Nein», sagt Karl, «eigentlich nicht, aber, na ja ...»

Mona würde zu gern den Stoff der alten Puppen befühlen, die Säume begutachten, einen Blick auf die Nähte der Unterwäsche werfen. Sie berührt die Puppengesichter ganz zart mit den Fingerkuppen. Eine von ihnen hat blaue Augen mit schweren Wimpern, bei einer anderen ist die Farbe abgerieben, wo ihr ein Kind jede Nacht einen Gutenachtkuss gegeben hat. Wieder eine andere trägt abstehende Zöpfchen und einen dicken Pony und ist aus Holz, genau wie die Puppen, die der Tischler macht. Sie trägt ein weißes Baumwollkleidchen mit Lochstickerei und ein Samtjäckchen, Lederstiefelchen und weiße Strümpfe.

«Oh, Karl, ist das nicht wunderschön? Denken Sie nur mal an die Kinder, die hier gewohnt haben.»

«Die hatten Glück, denke ich.»

«Oh, das ist ja so großartig. Was für ein wunderschönes Zimmer, ein wunderbarer Ort für Kinder. Und mit Blick auf die Gärten und den kleinen See. Stellen Sie sich das nur mal vor.»

«Ich dachte mir schon, dass Ihnen dieses Zimmer gefallen würde. Die Puppen», sagt er.

«Es ist wunderbar. Es gefällt mir sehr, wirklich.»

«Leider schließt das Haus jetzt, sonst könnte ich Ihnen noch die Schlafzimmer zeigen. Einige sind wirklich außergewöhnlich.»

«Das war ja so freundlich von Ihnen, Karl. Sehr aufmerksam», sagt Mona, als er die Tür wieder schließt. «Lassen Sie uns nur gehen, bevor wir Ärger bekommen.»

Er nimmt ihre Hand, und so gehen sie den Flur entlang und die Treppe hinunter. Yvonne beobachtet sie von ihrem Empfangstisch aus. «Deine Tasche, Karl», sagt sie. «Ich muss jetzt abschließen.»

Sie führt sie mit einigem Nachdruck zur Tür. «Und ich glaube, dass wir dich dann nächsten Dienstag erwarten, Karl. Auf Wiedersehen, bis dann, auf Wiedersehen.»

Mona dreht sich nicht um und winkt auch nicht, lässt aber ihre Hand in Karls gleiten, und dann müssen sie sich beeilen, um den letzten Bus nach Hause zu erwischen. Er bringt sie bis zu ihrer Haustür und küsst sie erneut auf die Wangen.

«Nächste Woche?», fragt er.

«Nächste Woche.»

19

Mona hat den Frauen in der Fabrik erzählt, dass sie schwanger ist. Es sind alles Frauen aus Birmingham, mittleren Alters, ein paar junge Großmütter, derb, geradeheraus und warmherzig. Für sie ist die Neuigkeit eine willkommene Abwechslung, die die Monotonie ihrer Akkordarbeit ein wenig auflockert. Die Scherze und spöttischen Bemerkungen fliegen nur so über das Fließband.

«Wie lange seid ihr schon verheiratet? Da hat er ja nicht lange gebraucht, was, Süße?»

«Länge ist nicht alles, Dot.»

«Ihr Katholiken haltet nichts von der Pille, oder, Mona?»

«Wetten, im Vatikan laufen auch ein paar Kinder vom Papst herum?»

Aber irgendwann können sie nicht widerstehen, ihr Ratschläge zu geben. Sie fangen an, ihre Erfahrungen kundzutun und Altweibergeschwätz zu verbreiten. Sie fragen sie immer wieder nach dem Geburtstermin und Morgenübelkeit, nach Rückenschmerzen und Heißhungerattacken.

«Na, dann wird es ein Mädchen», verkündet eine Frau.

«Das Erste kommt immer zu spät. Bestimmt überträgst du es um zwei Wochen.»

«Ich musste die ganze Zeit saure Gurken essen», sagt eine andere. «Und dann wurden es Zwillinge.»

Und danach reden sie über die Ausstattung und wo Mona die am besten kauft. Die Liste wird länger und länger. Sie fragen, was sie in ihrer Aussteuertruhe hat, aber Mona hat gar keine Aussteuertruhe und auch keine Verwandten, die sie um Babyausstattung bitten kann.

«Ich nähe mir meine eigene Ausstattung», sagt sie. «Ich besuche einen Abendkurs.»

«Schaut, schaut! Sie will nur Handgenähtes!»

Man bietet ihr abgelegte Sachen an, und die Großmütter wollen ihr Windeln und Lätzchen bringen, die kaum benutzt sind. Mona muss aufpassen, dass sie sie nicht beleidigt, aber sie lehnt ab.

«Meine Mutter hat früher auch immer alles selbst gemacht», sagt sie, und weil sie wissen, dass sie Waise ist, geben sie schließlich auf. Dann sprechen sie ihr Mut zu und reden von den alten Zeiten, als es noch nichts Billiges und Importiertes gab, kein Nylon, keine Kunststoffe, als jedes Baby sein eigenes handgesticktes Tuch hatte, das noch aus dem neunzehnten Jahrhundert stammte.

Mona schreibt sich in einen wöchentlichen Abendkurs im Gemeindezentrum ein. Sie sitzt mit einem Haufen Stoff, einem Schnittmuster und einer Rolle gelbem Nähgarn vor einer Nähmaschine. Die Lehrerin ist eine ausgesprochen pedantische Frau mit einem nasalen schottischen Akzent. Sie unterrichtet nur wenig, geht stattdessen aber die ganze Zeit zwischen den Bänken ihrer Schülerinnen auf und ab, passt hier die Fadenspannung an und richtet einen Saum oder zieht die Augenbrauen hoch, wenn sie ein besonders buntes Stück Stoff sieht. Mona vermeidet es, ihre Aufmerksamkeit auf sich zu ziehen, und konzentriert sich auf ihre Arbeit. Weil sie das Geschlecht ihres Babys nicht kennt, näht sie zuerst einen zweiteiligen Strampelanzug, der aus einem gesmokten und bestickten Oberteil und einer kleinen Hose mit Gummizug und Spitze an den Säumen besteht. Sie denkt an Kleider in Frühlingsfarben, wenn das Baby drei Monate alt ist. Dann weiß sie, ob es ein Mädchen oder ein Junge ist. Sie möchte ein Kleidchen in Pastellrosa oder Latzhosen in Himmelblau nähen. Sie beeilt sich mit der Erstausstattung. Nach ein paar Wochen begutachtet die Lehrerin Monas Arbeit und stupst sie an.

«Sie haben eindeutig Begabung», sagt sie. «Ohne jeden Zweifel.»

Mona wird rot. Sie hat zu Hause keine Nähmaschine, daher näht sie jeden Abend mit der Hand, oft bei Kerzenlicht während der Stromsperren, während William Zeitung liest oder im Sessel ein Nickerchen hält. Sie summt dabei und hängt ihren Träumen nach, verliert ganz das Bewusstsein für Zeit und Raum, denkt nur an den nächsten Stich oder das nächste Kleidungsstück oder überlegt, ob wohl die eine Farbe zur anderen passt.

Als sie im achten Monat ist, hat Mona sieben Strampelanzüge, zwei Decken für das Kinderbett, vier Mützchen, ein Steppmäntelchen, ein Taufkleid, zwei Paar Latzhosen aus Leinen und drei Schlafsäcke in unterschiedlichen Schattierungen von Gelb, Lila, Creme und Weiß genäht. Dann hört sie mit dem Nähen auf und beginnt zu stricken. Sie sitzt im Bus zum und vom Gemeindehaus und arbeitet an einem Jäckchen oder Schal, sie strickt beim Fernsehen mit William und strickt und strickt, bis ihre Finger schmerzen oder ihr die Augen zufallen.

Sie bewahrt alles in einer Holzkiste unter dem Bett auf. Die Kiste hat William gemacht und weiß angestrichen. An der Seite ist ein kleines Schaukelpferd hineingeschnitzt. Später will sie den Namen des Babys und sein Geburtsdatum draufmalen.

An einem Donnerstag, bevor sie zu ihrem Kurs geht, zieht sie die Kiste hervor und besieht sich ihren Vorrat. Alles ist perfekt. Jetzt kann Mona von sich behaupten, dass sie eine Aussteuertruhe hat. Ja, sie hat eine Aussteuertruhe und schöne Dinge, die ihre Kinder an ihre Kinder vererben können, handgenähte Kleider, Erbstücke, die eines Tages jemand berühren wird, um dann zu sagen: «Meine Granny hat das 1974 selbst genäht.» Dieser Gedanke erfüllt sie mit Freude und Frieden.

Sie schiebt die Kiste wieder unters Bett, als sie plötzlich einen scharfen Schmerz in der Seite spürt. Er ist so schnell wieder vorbei, wie er gekommen ist, und Mona fragt sich nicht zum ersten Mal, wie sich wohl die Geburtsschmerzen anfühlen. Die Frauen bei der Arbeit sprechen die ganze Zeit davon und machen kein Geheimnis daraus, wie schrecklich die Wehen sind und wie es sich anfühlt, wenn die Haut reißt und ohne Betäubung wieder zusammengenäht wird, sie erzählen von den Stunden um Stunden, die sie im Krankenbett schreien mussten. Aber hinterher, das schwören sie, ist das alles vergessen.

20

Ein Vorgeschmack dessen, was Mona erwartet, kommt schnell und heftig am 1. November 1974. Sie wäscht gerade ab und hat die Hände tief ins heiße Wasser gesteckt. Schaumblasen kitzeln ihren Arm. Sie ist inzwischen so dick, dass sie nicht mehr nah genug am Becken stehen kann. Also muss sie sich vorbeugen und ihren Bauch, nicht zu fest, gegen das kalte Metall drücken. Sie summt vor sich hin und schaut durchs Fenster auf den quadratischen, betonierten Hinterhof hinaus, der zu einer Gasse führt. Es ist später Nachmittag, und sie wartet auf den richtigen Zeitpunkt, um mit der Zubereitung des Abendessens zu beginnen. Sie hat ein paar Schweinekoteletts, die sie braten will, Kartoffeln und Karotten und Blumenkohl. Die Koteletts werden zäh und das Gemüse verkocht, wenn sie zu früh anfängt. Also hat sie zuerst die Küche aufgeräumt, einen Topf zur Hälfte mit Wasser gefüllt und ihn auf kleine Flamme gestellt.

Nach dem Frühstück hat sie nicht abgewaschen, sondern den ganzen Tag nur herumgesessen, gedöst und gestrickt. Sie hat ein paar Tassen Tee getrunken, ein Sandwich zum Mittag gegessen und sich dann wieder hingelegt. Weil sie nachts nicht mehr ruhig liegen kann, sind ihre Tage nur noch eine Aneinanderreihung herrlicher kleiner Nickerchen. Daher muss sie den Abwasch eines ganzen Tages erledigen, bevor William nach Hause kommt.

Also summt sie vor sich hin und beobachtet ein kleines braunes Vögelchen, das auf dem hinteren Zaun landet, beobachtet, wie es wieder davonfliegt, und ganz plötzlich weiß sie es. Sie legt die Hand auf den Bauch und spürt, wie das Leben daraus entweicht. Sie atmet ganz schnell und flach. Sie zieht sich einen Küchenstuhl heran und setzt sich darauf. Sie wird nicht in Panik geraten. Nein. Sie wird abwarten. Sie wird bleiben, wo sie ist, bis das Baby tritt, bis sie weiß, dass alles in Ordnung ist. Bis alles wieder normal ist, so wie es vor fünf Sekunden noch war. Wenn sie muss, wird sie auch Stunden warten. Tage. Die ganzen zweieinhalb Wochen bis zum errechneten Geburtstermin. Ihr Vater hat ihr gesagt, dass es nicht gut ist, die Zukunft sehen zu wollen. Hat er das nicht gesagt? Sie hat sich nur von einem Spatzen ins Bockshorn jagen lassen. Sie muss sich nur hinsetzen und abwarten, bis das Baby wieder tritt, und dann wird sie aufstehen, die Herdflamme unter der Bratpfanne einschalten und mit dem Abendessen beginnen.

Jeder in Kilmore ist irgendwann einmal zu Peggy Slattery gegangen; schwangere Frauen, Bauern, die eine schlechte Ernte hatten, Eltern kranker Kinder, Frauen, die ihren Mann verloren hatten. Father Byrne wetterte regelmäßig von der Kanzel herab und verurteilte mit seiner dünnen und bösen Stimme Wahrsagerei, das Lesen der Zukunft aus Teeblättern, die Sterndeutung und Ähnliches als Teufelswerk. Alle setzten dann eine Unschuldsmiene auf. Einige schauten weg und kneteten die Hände, die noch am Abend zuvor mit der Handfläche nach oben auf Peggy Slatterys Küchentisch gelegen hatten. Frauen schauten auf ihren dicken Bauch und erinnerten sich an Peggy Slatterys massierende Hände auf ihrer Haut und an ihr tröstliches Flüstern: «Du musst dir keine Sorgen machen, es geht ihm wunderbar dadrin.» Ganz vorn in der Kirche saß Peggy Slattery ohne schlechtes Gewissen und mit ausdrucksloser Miene da.

Monas Vater hatte erzählt, dass sich Peggy Slattery eines Nachts zehn nach zehn in ihrem Bett aufsetzte. Sie legte sich einen Schal über das Nachthemd und ging barfuß die Gasse zu Bridie O'Connors großem Haus. Sie hämmerte an die Tür. Bridie öffnete und fragte sie, was sie wollte, und Peggy Slattery starrte sie an, schüttelte den Kopf, sagte kein Wort und schlich davon. Am nächsten Tag machte die Geschichte im ganzen Dorf die Runde, und man war sich einig, dass die Wahrsagerin nun endgültig den Verstand verloren hatte.

Als Bridie O'Connor die Nachricht erhielt, dass ihr einziger Sohn auf die Minute genau eine Woche später an seinem Geburtstag von einem Gerüst in New York gefallen war, rannte Bridie zu Peggy Slatterys Cottage, und die beiden Frauen sanken weinend zu Boden und hielten sich verzweifelt aneinander fest.

Einige sprachen von einem Zufall. Mona, die damals fünfzehn war, nannte es Zauberei, aber Monas Vater sah sie nur finster an.

«So etwas wie Zauberei gibt es nicht, Mona. Ein Zufall in dem Sinne ist es auch nicht, noch das Werk des Teufels oder Hexenwerk oder Hokuspokus. Es ist nichts davon. Ist alles erklärbar? Nein. Kommt es von Gott?», sagte er und setzte sich an der Haustür den Hut auf. Er machte sich mit seinen derben Gummistiefeln und seinem Gehstock auf zu seinem Abendspaziergang zum Strand. «Stell dir diese Frage. Ist es gut? Das wäre mein Ratschlag. Frage dich, ist es gut, die Zukunft zu kennen, Mona? Vielleicht.» Er küsste sie, bevor er ging.

Er war meistens eine halbe Stunde fort. Sie bereitete dann das Abendessen vor, Schwarzbrot, Butter und Marmelade, kalten Apfelauflauf und ein Töpfchen Sahne, ein wenig Schinken, wenn noch welcher übrig war. Wenn er zurückkam, aßen sie zusammen vor dem Kamin, den Teller auf dem Schoß, und führten die Unterhaltung fort.

«Sie könnte auf Pferde wetten, oder, Dadda?»

«Wer?»

«Peggy.»

Er sah sie über seine Brille hinweg an. «Du meinst doch nicht etwa Glücksspiel, Mona?» Aber er lächelte dabei. Alle im Dorf wetteten an Ostern beim Irish-Grand-National Jagdrennen, um sich danach vor den Fernsehern und Radiogeräten zu versammeln, um zu erfahren, wer gewonnen hatte. Mona gewann niemals.

«Vielleicht könnten wir mit der Teekanne zu ihr gehen, wenn wir ausgetrunken haben.»

«Um uns aus den Teeblättern lesen zu lassen? Das ist wirklich nicht nötig. Ich weiß schon, was sie sagen wird, mein Liebling», sagte er und leerte seine Tasse.

«Was denn?»

«Dass derjenige, der diesen Tee gekocht hat, noch seine

Hausaufgaben machen muss. Mathe üben für die nächste Klassenarbeit. Und … mal sehen …» Ihr Vater blinzelte hoch zum Himmel. «Oh ja, und irgendwo dahinten, ganz schwach, kann ich einen Ausflug mit ihrem alten Vater erkennen. Ja, genau, einen Ausflug ins Kino am Sonntag.»

Mona stand auf und umarmte ihn.

«Wirklich?»

«Wirklich.»

Daher kann sich Mona nicht erinnern, zu welchem Schluss sie kamen, was die Zukunft und Peggy Slatterys Vorahnungen anging. Sie erinnert sich nur an Peggy Slatterys Beerdigung im selben Jahr und an den riesigen Kranz, den Bridie O'Connor auf ihren Sarg legte.

William findet Mona um sechs Uhr auf ihrem Stuhl, wie sie in ein Küchentuch schluchzt. Die ganze Küche ist voller Wasserdampf.

Sie braucht volle fünf Minuten, bis sie ihn überzeugt hat.

«Bist du sicher?», fragt er.

«Ja, William. Ich hatte nur ein komisches Gefühl, das ist alles», sagt sie und wischt sich das Gesicht ab. «Und dann hat es getreten, und ich war einfach so erleichtert, weißt du.»

Er stellt einen Becher vor sie und nimmt ihre Hände. «Bist du wirklich sicher?»

«Ganz sicher.»

«Wir könnten ein Taxi zum Krankenhaus nehmen. Alles untersuchen lassen.»

«Nein, nein. Ich war nur etwas albern. Ich musste daran

denken, dass es da diese Frau gab, als ich ein kleines Mädchen war. Sie sagte Dinge voraus, und dann sah ich einen Vogel und bildete mir ein, dass etwas nicht in Ordnung ist mit mir. Jetzt komme ich mir ganz dumm vor.»

William legt ihre Finger um den Becher und lässt sie etwas trinken. «Was hast du heute gegessen?»

«Das ist es nicht. Wirklich, ich hatte ein Sandwich und Kekse, und ich bin noch nicht mal müde. Erinnerst du dich, William, wie die Hebamme gesagt hat, dass sie ganz ruhig werden, kurz bevor sie auf die Welt kommen, um ihre Energie für die Geburt zu sparen? Und außerdem hat das Baby mich gerade getreten, also ist alles in Ordnung.»

«Ja», sagt er nach einer Weile. «Sie hat wirklich gesagt, dass das Baby ruhig wird. Ja.»

Sie sieht, wie er mit seinen Ängsten kämpft. Sie weiß, dass er das Schlimmste befürchtet, den Krankenwagen und einen Notarzt rufen will. Sie weiß, dass sie ihn nachts wach hält, weil sie sich im Bett umherwälzt, und dass er morgens kaum die Augen aufbekommt. Und trotz aller Versprechen von Gallagher entlassen sie überall Leute. Einmal zu spät kommen, und William ist seinen Job los. Dann hätten sie beide keine Arbeit. Er murmelt im Schlaf, isst nichts, starrt ins Nichts, und das ist auch kein Wunder. Er ist erschöpft vor Sorge. Und jetzt das.

«William, hör mal, es ist nichts. Trink deinen Tee», sagt sie und stützt sich am Tisch ab, um sich hochzustemmen. «Und dann geh doch später noch mit Tom auf einen Drink. Hat er nicht gesagt, du sollst dich bei ihm melden? Na geh schon. Du gehst aus und lässt mich auf dem Sofa ausruhen. Ja? Gut.»

Er steht hinter ihr, während sie die Kartoffeln schält. Seine Hände liegen auf ihrem Bauch, sein Kopf auf ihrer Schulter.

«Ich glaube, ich gehe wirklich noch einmal raus», sagt er. «Auf ein Stündchen.»

21

Tricia steht gerade hinter dem Empfangstresen und füllt Süßigkeiten in eine große Glasschüssel, als Mona die Tür aufdrückt.

«Hallo Tricia. Hast du heute was für mich?»

«Nur ein paar weiße Locken. Neulich war ein Typ hier, ein alter Kerl mit einer Riesenmähne, der sich alles komplett hat abrasieren lassen. Er hat sich in ungefähr zehn Minuten vom Bauern zum Knecht verwandelt, wenn du weißt, was ich meine.» Sie zwinkert ihr zu. «Hat ihn um Jahre verjüngt.»

«Oh, weiße Locken sind sehr gut. Die kann ich gebrauchen.»

«Adele! Adele!» Tricia zieht die Brauen hoch, füllt die Lungen mit Luft und brüllt: «Adele!»

Das Windhundmädchen schlendert gemütlich herbei. «Ja?»

«Tüte mit weißen Locken. Schublade neben dem Kühlschrank. Und zwei Kaffee, bitte.»

Sobald das Mädchen verschwunden ist, legt sich Tricia beide Hände auf den Kopf. «Bevor diese Woche zu Ende ist, werde ich diesem Kind ganz sicher noch eine verpassen. Entweder ist sie taub oder besonders durchtrieben. Wenn ich herausfinde, dass sie durchtrieben ist,

ist sie raus. Aus lauter Freundlichkeit rede ich mir immer ein, dass sie taub ist, außerdem habe ich eine berechtigte Angst vor Arbeitsrechtsprozessen. Egal, wie geht es dir?»

«Ich habe mir überlegt, mir die Haare schneiden zu lassen.»

Tricia beugt sich ruckartig vor. «Wie bitte?»

«Mir die Haare schneiden zu lassen.»

«Die Spitzen?»

«Nein.»

«Einen richtigen Haarschnitt willst du? Mit Schere?»

«Ja. Kurz. Ganz kurz. Richtig kurz.»

«So kurz wie da?» Tricia zeigt auf ein riesiges Plakat an der Wand.

«Ja.»

«Sicher, Mona? Du wirst es nicht bereuen, aber ich will nicht, dass du das tust, nur weil ich es gesagt habe. Es ist schließlich deine Entscheidung.» Aber dabei nimmt sie Mona schon den Mantel ab und schiebt sie auf einen Stuhl. «Meine Güte, endlich.»

Mona hat die Augen während des Schneidens geschlossen. Sie hält sich an ihrer Kaffeetasse fest und nimmt von Zeit zu Zeit einen Schluck, wagt es aber nicht aufzusehen.

«Jetzt kannst du dich angucken», sagt Tricia irgendwann.

«Nein, ich warte, ich warte.»

«Na komm schon. Fass dir ein Herz.»

Monas Kopf wirkt kleiner, aber ihr Gesicht kommt besser zur Geltung. Ihre Augen scheinen irgendwie zu groß für ihre Höhlen zu sein, und ihr Hals ist dreißig Zentimeter länger.

«Noch föhnen, dann bist du fertig. Du kannst es dir daheim mit den Fingern zurechtzupfen, du hast ja ein paar natürliche Wellen. Was hat dich denn dazu gebracht, deine Meinung zu ändern?»

«Oh, ich wollte nur anders aussehen, mehr nicht. Eine Geburtstagsrunderneuerung.»

«Das hast du richtig gemacht, meine Liebe. Du siehst großartig aus, jedenfalls gleich, keine Sorge.»

«Ich finde es toll, Trish.»

«Hast du das nebenan gesehen?», fragt Tricia gegen den Lärm des Föhns.

«Den Burgerladen? Ist er schon offen?»

«Oh ja, allerdings ist er offen. Brathähnchen, Burger, Kebabs. Fritten mit allem. Liefert Tag und Nacht auch außer Haus. In meiner Wohnung oben stinkt es wie im Schlachthof, so viel Fleisch, wie da unten verarbeitet wird. Er hat Jungs, die rot-weiße Kleidung tragen und auf Motorrädern und Fahrrädern herumfahren, außerdem auch noch einen verdammt großen Lieferwagen.»

Tricia zupft an Monas Haar herum, kämmt es mit den Fingern nach vorn, wieder nach hinten und formt immer neue Locken.

«Keith heißt der Typ. Ist eigentlich ziemlich cool, aber irgendwas stimmt nicht mit dem, wenn du mich fragst.»

«Oh?»

«Er hat da so ein großes Schild vorn an seinem Imbiss. Drei Buchstaben auf weißem Grund, mit einem großen roten Hahn an jedem Ende. Das musst du doch gesehen haben. Jedenfalls wird es sicher nicht lange dort hängen, das muss er ändern.»

«Warum das denn?»

«Na ja, als ich ihn wegen des Schilds gefragt habe, hat er gesagt, dass es einfach die Abkürzung des Namens ist. Keith's Kebab Kabin. Ich habe gesagt, das kannst du doch nicht machen, Keith, mein Lieber. Die verklagen dich.»

«Warum?»

Tricia schaltet den Föhn aus und stemmt die Hand in die Hüfte.

«KKK. Ku-Klux-Klan.»

Mona lacht. Tricia schaltet den Föhn wieder ein.

«So ein Blödmann. Aber er hat mir einen guten Witz erzählt.»

«Schieß los.»

«Ein Paar liegt im Bett. Es ist ihre Hochzeitsnacht ...»

Als Mona hereinkommt, holt der Tischler gerade die Asche aus dem Holzofen. Er hört sie, dreht sich um und lässt den Besen fallen. Er starrt sie an, öffnet den Mund, aber es kommt kein Laut heraus. Monas Hand fliegt zu ihrem Hals, all diese nackte Haut, die kühle Luft.

«Ich hatte Lust auf eine Veränderung», sagt sie und geht zum anderen Ende der Werkstatt. Sie nimmt eine der fünf Puppen in die Hand, die er seit ihrem letzten Besuch gemacht hat.

«Ich habe eine alte Puppe, die repariert werden muss. Für ein kleines Mädchen. Ich vergesse immer, sie mitzubringen. Könntest du sie dir mal ansehen?», fragt sie und wendet ihm den Rücken zu. «Oh, und ich habe ein paar Bestellungen aus den Staaten. Eilige Aufträge, und dieselbe Kundin möchte außerdem zwei Puppen als Weihnachtsgeschenke. Sie möchte Lack statt Farbe, und sie möchte Teak. Ich weiß nicht recht, ob das eine gute Idee ist. Andererseits mache ich das auch bei den schwarzen Puppen, damit man das Holz sehen kann. Dann kann ich vielleicht auch das hellere Holz lackieren. Aber das müsstest du für mich machen, das Lackieren, meine ich. Ich habe gerade zu viel zu tun.»

Sie weiß, dass er sie beobachtet, spürt seinen Blick.

«Ich habe hin und wieder einen Nachmittag freigenommen. Ich dachte, ich könnte versuchen, zur Abwechslung ein wenig geselliger zu sein. Immer nur Arbeit und keine Freizeit, das ist für niemanden gut. Ich bin neulich im Packington House gewesen. Warst du da schon einmal?»

Er schweigt, aber er beobachtet sie, das kann sie spüren. Dann sieht sie, dass auf der Werkbank ein Stück milchweißes Holz liegt. Es ist noch ganz roh, aber man sieht schon die ersten Ansätze seiner Arbeit; es ist von blasser Schönheit, eine gleichmäßige Maserung in weißen, konzentrischen Kreisen, wie handgemalt, wie die Konturen eines Gesichts. Wenn es erst geölt ist, wird es glänzen und schimmern. Sie streicht darüber.

«Das ist etwas Besonderes», sagt sie in den Raum hinein. Er schleift jetzt den Schrank mit kurzen, rhythmischen Bewegungen. «Es wird sicher schön, wenn es fertig ist. Es ist anders», sagt sie und will es in die Hand nehmen.

Sofort ist er bei ihr, schiebt das Holzstück weg und verstaut es unter der Werkbank. Er dreht ihr den Rücken zu und sagt in scharfem Ton: «Teak, Eiche, Esche, Eibe, Lack,

Öl, helles Holz, dunkles Holz», sagt er. «Ich mache, was du willst.»

«Entschuldige? Was ich will? Das stimmt wohl nicht ganz, oder?»

Er schlägt die Tür des Holzofens zu. «Wenn du große willst, mache ich große. Kleine mache ich auch. Und ich mache die Babys, aber das war's dann auch.»

Mona nimmt zwei der fertigen Puppen und legt sie in die Tragetasche zu den weißen Locken. «Gut. Ich sag dir was, mach einfach die beiden Puppen. Teak. Lack. Ich bringe dir die Puppe von dem kleinen Mädchen zum Reparieren. Und sag nicht, dass du alles machst, was ich will, weil das nämlich nicht stimmt. Und das weißt du auch.»

«Ich mache die Puppen für die Frauen und die Puppen für den Laden und das Spielzeug. Egal, was du fürs Geschäft bestellst, ich mache das.»

«Ja, ich weiß. Ich erinnere mich. Das hast du ja gesagt. Du hast das gleich am Anfang sehr, sehr deutlich gemacht. Ich habe dich verstanden.»

An der Tür hält sie inne. «Gefällt sie dir? Meine neue Frisur?»

Er schweigt. Sie steigt die Treppe hinunter und nimmt den längeren Weg nach Hause.

An diesem Abend ruft Mona Val an.

«Wie geht es deiner Mutter, meine Liebe?»

Val fängt beim Erzählen zu weinen an. Es tut Mona in der Seele weh, sie so zu hören.

«Also ist es nicht Alzheimer? Sondern Parkinson? Wirklich? Ach je.»

Mona hört zu, bis Val sich wieder gefasst hat und sogar den ein oder anderen Scherz zustande bringt, wie sonst auch. «Zittern tut sie nicht. Nein, sie zittern nicht alle. Man sollte meinen, dass ich mich da auskenne, nach all den Jahren in der Pflege, aber ich habe noch nie jemanden erlebt, bei dem es so schnell schlimmer wird. Sie ist eine furchtbare Nervensäge, wie du weißt, aber lieber ihr ständiges Genörgel als ihr Schweigen und dieses Gemurmel. Ich meine, vor ein paar Monaten hat sie mich noch auf die grauen Ansätze an meinem Scheitel hingewiesen.»

«Wo wir gerade beim Thema Haare sind», sagt Mona. «Ich habe eine neue Frisur.»

«Abgeschnitten?»

«Ganz kurz.»

«Nein.»

Mona kichert. «Richtig kurz!»

«Wurde ja auch Zeit. Habe ich nicht immer gesagt, wie gut dir kurz steht? Ich wette, es sieht toll aus.»

«Du siehst es ja, wenn ich komme. Und ich hatte ein Date. Eigentlich sogar drei.»

«Jetzt willst du mich aber veräppeln.»

«Nein. Karl, so heißt er.»

«Tolle Sache», sagt Val. «Und wirklich nicht zu früh. Ich freue mich für dich, meine Liebe.»

«Im November erzähle ich dir alles. Und sag mal, wollen wir dann nicht verreisen? Nimm dir Urlaub. Ich will irgendwohin ins Warme. Wo es tolles Essen und Musik und Zitronenhaine gibt.» Mona schaut zu den Wohnungen gegenüber, sieht das körnige Licht hinter den geschlossenen Vorhängen und den Regen im Schein der

Straßenlampen, das Meer, das in der Nacht verschwindet. Karl ist nicht da. Sie schließt die Augen. «Ich brauche ein bisschen Wärme in den Knochen, ein bisschen Luxus. Ich will in einem hübschen Hotel in Südfrankreich wohnen und bei offenem Fenster schlafen.»

«Ja, ja! Da kannst du auf mich zählen, ich könnte auch eine Pause gebrauchen. Ich regele das mit Mum, dann können wir etwas planen. Ich besorge ein paar Broschüren. Geht es dir denn sonst gut?»

«Mir? Prima, prima.»

«Gut, dann tschüs, meine Liebe.»

«Tschüs.»

22

Am Mittwoch betrachtet Karl sie vor dem Café von vorn und von hinten. Er nimmt ihren Arm.

«Das steht Ihnen sehr gut, Mona. Schick. Elegant.»

«Als ich jung war, hatte ich meine Haare immer so», sagt sie, berührt ihren Nacken und streicht sich über die Fransen, die Trish um ihr Gesicht herum gelassen hat.

«Sie sind immer noch jung, Mona. Und sehr attraktiv. Das müssen Sie doch wissen. Kommen Sie, ich dachte, heute Nachmittag könnten wir zur Antiquitätenmesse in der Stanley Street gehen. Haben Sie die Anzeigen dafür gesehen? Da heißt es, dass sie schon um acht Uhr morgens aufmachen und bis acht Uhr abends geöffnet haben, also haben wir massenweise Zeit. Auf Antiquitätenmessen ist es natürlich immer so, dass die besten Stücke sofort weg sind. Aber da wir uns ja ohnehin nur umsehen wollen …»

Er geht auf der der Straße zugewandten Seite auf dem Bürgersteig und lässt ihren Arm nicht los. Er tritt zur Seite, um andere Fußgänger vorbeizulassen, lächelt die ganze Zeit und plaudert.

«Man weiß nie, was man auf solchen Messen findet. Ich war schon in vielen Auktionshäusern, in den besten, auf der ganzen Welt, New York, Stockholm, London natürlich.»

Karl leitet sie an einem Grüppchen Kinder vorbei, die vom Strand kommen. Eigentlich sind sie keine Kinder mehr, eher Mini-Erwachsene, die Mädchen in kurzen Röcken und mit zu viel nackter Haut, die Sonne hell in ihren Augen, die Jungen schlaksig und unbeholfen und angeberisch. Sie nehmen mit ihrer geräuschvollen Schönheit den gesamten Bürgersteig ein.

«Man kann dort mit nur einem Wimpernschlag oder einer winzigen Bewegung zur falschen Zeit viel zu viel ausgeben.» Er stupst sie an, und als sie aufblickt, lächelt er.

In der Antiquitätenhalle riecht es nach Bienenwachs und alten Häusern. Einige Verkäufer haben ihre Möbel so hingestellt, dass ihr Stand wie ein Wohnzimmer oder Esszimmer aussieht, komplett mit Zimmerpflanzen und Tischläufern. Überall stehen Tiffany-Lampen und Ölgemälde in vergoldeten Rahmen, Silberbesteck liegt in den offenen Schubladen der Ahornanrichten, es gibt Vasen und Krüge aus Porzellan und Glas, Ringe und Ketten sind in hübschen Sammlervitrinen ausgestellt, die direkt vorn am Stand stehen. Sie lassen sich gemeinsam durch die Gänge treiben, Karl zeigt auf alles, was seine Aufmerksamkeit erregt, Mona lässt ihre Fingerspitzen über polierte Tische und Schränke gleiten, über die Pelzstolen kopfloser Kleiderpuppen. Sie denkt schon lange über eine kleine Echtpelzjacke für eine ihrer Puppen nach, aber ihr gesunder Menschenverstand sagt ihr, dass das ein Fehler wäre, weil ihre Kunden glauben würden, dass sie die Jagd und das Töten von Tieren gutheißt, weshalb sie sich, egal wie schön das Jäckchen auch aussähe, auf jeden Fall ins Unrecht setzen würde.

Sie erreichen einen Stand, an dem die Möbel wie in einem Salon aus der Zeit Edwards VII. arrangiert sind; zwei abgenutzte Chesterfield-Stühle aus Leder, ein aufgeschlagenes Buch, mit dem Text nach unten auf eine der Armlehnen gelegt, ein niedriger Tisch aus polierter Eiche mit zwei silbernen Untersetzern darauf, eine Karaffe aus Kristallglas – alles auf einem abgewetzten Perserteppich. In einer Ecke stehen eine Stehlampe und ein Kaminbesteck aus Messing. Man erwartet fast, dass gleich der Hausbesitzer eintritt, das Buch wieder zur Hand nimmt und dort weiterliest, wo er aufgehört hat.

Sie bewegt sich langsam durch das Zimmer. Es wird immer leiser, je weiter sie in den Raum hineingeht. Weil es hier kein Fenster und kein Tageslicht gibt, könnte es auch Abend sein, direkt nach dem Essen. Mona setzt sich in einen der Stühle und lässt die Fingerspitzen über die gerundeten Armlehnen und die kühlen Messingnieten gleiten. Sie blickt zu dem anderen Stuhl und ist überrascht, Karl darin sitzen zu sehen. Er lehnt seinen Kopf mit geschlossenen Augen gegen die Rückenlehne.

«Ah», sagt er. «Stellen Sie sich das mal vor.»

«Was?»

«Wir sind gerade aus der Oper zurück – nein, aus dem Theater. Vielleicht etwas von Oscar Wilde. Wir hatten einen wunderbaren Abend, und jetzt sind wir wieder zu Hause. Gleich kommt das Mädchen und macht Feuer im Kamin.» Er öffnet ein Auge und flüstert: «Natürlich haben wir Dienstboten.» Er schließt wieder die Augen. Mona lacht.

«Also», fährt er fort. «Sie hat Feuer gemacht. Sie geht

wieder, aber warte!» Karl streckt einen Finger in die Luft. «Wer holt uns den Whiskey?»

Mona will gerade etwas sagen.

«Ach du meine Güte, dann bin ich wohl dran. Na gut.» Er steht auf und nimmt eine Karaffe aus der Auslage. Er hat sie am Hals gefasst und lässt sie lässig hin- und herschwingen. Er setzt sich und tut so, als schenke er Whiskey in zwei leere Gläser auf dem Tisch ein.

«Chin-chin», sagt er und bedeutet ihr mit einer Handbewegung, ihr Glas zu nehmen, aber bevor sie sich rühren kann, taucht der Besitzer des Verkaufsstandes auf.

«Wunderschöne Sessel, nicht wahr?», sagt er und stellt sich hinter Mona. «So bequem. Dreißiger Jahre. Sehen Sie nur die Marmorierung des Leders. Benutzt, aber ohne Risse. Ich glaube, sie sind gut gepflegt worden. Vermutlich aus dem Haus eines Gentlemans.»

Mona fängt Karls Blick auf. Er zieht eine Augenbraue hoch. «Oh, eines Gentlemans», äfft er ihn nach.

«Ja, sie sind europäisch, vielleicht französisch, ein Paar.» Der Mann fährt mit der Hand über das Leder. «Stark gewölbte, tonnenförmige Rückenteile, Sprungfedersitze. Lose Kissen, die neu bezogen werden können. Schön und geräumig, wie Sie sehen können.» Er klopft auf die Seite des Sessels. «Traditionelles Design mit kantigen, gedrechselten Beinen, mit den originalen Rollen aus Messing und Keramik. Wunderschöne Exemplare. Ein Paar.»

Karl steht auf und geht zu Mona hinüber. Er legt sich das geöffnete Buch auf den Arm.

«Habe ich das gelesen?», fragt er Mona. «Oder waren Sie das? Wir sind offenbar unterbrochen worden.»

«Ich glaube, es war dein Roman, Liebster», erwidert Mona. «Fahre doch bitte mit dem Lesen fort.»

Karl hält das Buch in der einen Hand, nimmt eines der Kristallgläser und tut so, als schwenke er seinen Drink, um ihn dann auszutrinken. Er hält ihn in Richtung des Antiquitätenverkäufers hoch und sagt: «Dasselbe noch mal, bitte.»

Der Verkäufer lächelt breit und nachsichtig. Er nimmt Karl das Glas ab und stellt es in die Vitrine. Dann nimmt er eine Champagnerschale und reicht sie Mona.

«Das hier sind meine persönlichen Lieblingsstücke. Ebenfalls wunderschöne Exemplare. Allerdings nicht ganz aus derselben Zeit. Circa 1910, ein beinahe komplettes Set. Whiskeygläser, Portwein- und Weingläser, rot und weiß. Eine solche Sammlung findet man nur extrem selten. Bleikristall. Kreisförmige Facetten an der Seite, zehneckige Basis, Sternschliff darunter. Wunderschön.»

«Oh, das sind sie wirklich», sagt Mona und hält das Glas ans Licht. Es liegt schwer in ihrer Hand, sie riecht ganz schwach die Überreste von etwas, sie spürt die Berührung einer anderen Hand, den Hauch eines anderen Abends, in diesem Sessel vor dem Kamin. Sie will trinken. Sie hebt das Glas an die Lippen und hält inne. Karl schaut ihr dabei zu.

«Na los», sagt er. «Stellen Sie es sich vor.»

Sie sieht das Glas an, bemerkt aber, dass sie beobachtet werden. «Die Gläser sind wunderschön», sagt sie. «Nicht wahr, Karl?»

«Na ja», erwidert er. Er wählt ein weiteres Glas aus und

untersucht es wie ein Juwelier. Er fährt mit der Fingerspitze über den Rand und schnippt den Fingernagel ans Glas. «Jedenfalls gute Qualität.»

«Meiner Meinung nach», mischt sich der Händler ein, «sollte man Champagner auf keinen Fall aus einer Flöte, sondern stets nur aus einer Schale trinken.»

«Aus einer Coupe», sagt Karl.

«Verzeihung?»

«Aus einer Coupe. Sie erlaubt es dem Champagner, Kohlensäure zu verlieren, die Bläschen. Außerdem ist sie der Entwicklung des Aromas besonders zuträglich, wobei nicht alle diese Meinung teilen.»

Der Standbesitzer lächelt unverändert breit. «Wir können das Set aufteilen», sagt er und zeigt auf die anderen vier Gläser in der Vitrine, direkt hinter Monas Sessel. «Das wäre ein großartiges Geschenk. Oder etwas für eine besondere Gelegenheit.»

Mona steht auf und schaut sich die Gegenstände in der Vitrine an. Der Antiquitätenhändler öffnet die Tür und zeigt auf die Gläser, die ganz oben stehen. «Wie ich schon sagte, wir können das Set aufteilen. Jedes von diesen Sets. Diese Gläser, zusammen sind es acht, kosten einhundertfünfundsiebzig Pfund.»

Karl steht auf und tritt zu ihnen, um ebenfalls in die Vitrine zu spähen.

«Trinken Sie Champagner, Mona?», fragt er.

«Oh, das hängt vom Anlass ab.»

«Ha!», macht Karl und tippt sich gegen den Nasenflügel. «Anlässe kann man herbeiführen.» Er geleitet sie aus dem Herrenzimmer zurück in den Gang.

«Sollen wir heute Abend Champagner trinken?», fragt er. Er drückt ihre Hand, zieht sie nah zu sich und legt ihr den Arm um die Schultern. Er duftet nach Kräutern, nach Rasierwasser, als wäre es ganz tief in seine Haut eingedrungen, in sein Blut.

«Heute Abend?», fragt sie. «Wo?»

«Wo wir wollen, weit weg von flüsternden Verkäufern. Ganz allein. Ich würde gern heute Abend mit Ihnen essen. Nur wir beide. Würden Sie das auch wollen, Mona?» Er kommt mit jedem Wort näher, bis seine Lippen ihre Wange berühren.

«Ich weiß nicht recht, Karl.»

Er fährt mit der Fingerspitze über ihre Wange. «Diese Frisur hat Sie verändert, Mona. Sie sehen anders aus. Noch schöner.»

Mona spürt Hitze auf ihren Wangen und fragt sich, ob der Antiquitätenhändler wohl zusieht, ob sie albern aussehen, wie zwei junge Liebende, die es kaum erwarten können, allein zu sein.

«Es ist noch zu früh, um sich zu trennen, glaube ich, Mona?» Er schlingt einen Arm um sie. «Finden Sie nicht auch?»

Sie spürt seinen Körper unter seinem Anzug, unter seinem Hemd, und fragt sich, wie sich seine Haut wohl anfühlt. Ihr Atem geht schneller. «Vielleicht», sagt sie hastig.

Seine Hand liegt fest auf ihrem Rücken; sie bewegt sich ein paar Zentimeter zu ihrer Taille. «Dann gehen wir jetzt», sagt er.

Draußen sind die Straßenlaternen angegangen, es ist

beinahe Abend, die Menschen hasten an ihnen vorbei nach Hause, zu ihren Kindern, zur Entspannung. Sie gehen zum Kai hinunter.

«Vielleicht ein frühes Abendessen», sagt Karl. «Vielleicht in diesem neuen Fischrestaurant, kennen Sie es?»

Mona schaut geradeaus und sieht Licht in der Tischlerwerkstatt brennen.

«Oder vielleicht lieber keinen Fisch», sagt Karl und versucht, ihr Gesicht zu erkennen. «Wir haben ja noch den ganzen Abend. Vielleicht trinken wir erst etwas.»

Karl redet weiter von Restaurants und Bars, in denen sie noch nie war. Er scheint sie alle zu kennen. Mona hat den Tischler zwei Tage lang nicht gesehen. Sie hatte zu viel zu tun. Heute wäre sie hingegangen, wenn Karl nicht gewesen wäre. Sie hätte ihm sagen müssen, dass sie nicht kommt. Vielleicht hat er etwas für sie.

«Cocktails», sagt er. «Aber lieber nicht auf leeren Magen. Nein, ich glaube …»

Mona bleibt abrupt stehen. «Mir fällt gerade ein, dass ich noch ein paar Bestellungen aus Amerika habe. Die sind ziemlich speziell, diese Amerikaner. Und ich muss ein paar Puppen beim Tischler abholen und fertig machen.»

«Heute Abend? Jetzt?»

«Ja, tut mir leid, Karl. Das hätte ich gleich sagen sollen.»

Er macht einen Schritt zurück und sagt einen Augenblick lang gar nichts. «Der Tischler. Verstehe», sagt er. «Wie schade.»

«Es tut mir wirklich leid. Es ist mir erst jetzt wieder eingefallen. Ich hätte es gleich sagen sollen.»

Karl nickt langsam. «Natürlich», sagt er. «Das macht nichts.»

Mona eilt davon. Sie vergisst, ihm einen Abschiedskuss zu geben. Sie vergisst, sich umzudrehen und ihm zuzuwinken.

23

Mona weiß, dass etwas nicht in Ordnung ist, als sie gegen Ende ihrer Nähstunde zur Toilette geht. Derselbe Schmerz im Bauch, wie Menstruationsschmerz, aber nicht so schlimm. Ein wenig Schmerz im Rücken. Ein kleiner Blutfleck in ihrer Unterhose, schwarzrot und dickflüssig. Genau wie Menstruationsblut.

Sie zieht die Toilettenspülung, wäscht sich die Hände, und plötzlich hat sie ein flaues Gefühl in der Magengrube. Sie geht zurück zu ihrem Kurs und entschuldigt sich. Rückenschmerzen, Müdigkeit, irgendetwas, das sie gegessen hat. Alle winken ihr zu und sagen, sie solle sich ausruhen. Sie fragt sich, ob sie so blass und krank aussieht, wie sie sich fühlt. Sie nimmt ihre Handtasche und den Einkaufskorb mit ihren Näharbeiten und schließt den Kursraum hinter sich. Ihr Mantel lässt sich nicht mehr zuknöpfen. Draußen spielt der kalte Wind mit ihrem Kleid, als sie auf den Bus wartet. Sie spürt, wie das warme Blut zwischen ihren Beinen heraussickert; wenn es mehr wird, wird es auch ihre Beine hinabrinnen. William ist in der Stadt, aber er kommt nie zu spät. Bald ist er wieder da.

Sie steigt in den Bus und hält sich an den Metallstangen fest, um sich zu ihrem Platz zu bugsieren. Sie presst die Beine zusammen. Sie ist dem Geburtstermin schon so nah, und viele Babys kommen zu früh, also wiederholt sie in ihren Gedanken immer wieder das Mantra: «Du machst dir umsonst Sorgen, Mona. Beruhige dich. Beruhige dich. Beruhige dich.» Aber die Tränen wollen trotzdem heraus, und die Sorge schlingt sich um ihre Brust wie eine Würgeschlange. Der Bus ist halb leer. Sie balanciert die Tasche auf dem Teil ihres Schoßes, der noch nicht vom Bauch verdeckt ist, und lässt die Hand in ihre Unterhose gleiten. Nässend, klebrig, warm und feucht. Sie zieht die Hand wieder hervor und besieht sich ihre Finger. Blut ist nie gut, oder?

William ist noch nicht da, als sie nach Hause kommt. Sie geht sofort zur Toilette, zieht die Unterhose aus und wischt sich mit Toilettenpapier ab. Sie wischt und wischt, holt dann eine Damenbinde aus dem Badezimmerschrank und zieht eine saubere Unterhose an. Ihre Hände sind ganz heiß und zittern, ihre Beine tragen sie kaum noch.

Ihr Krankenhausköfferchen ist längst gepackt. Zwei nagelneue Nachthemden, ein Morgenmantel, ein Kulturbeutel mit Lily-of-the-Valley-Talkumpuder, ein neues Stück Seife und ein weißer Waschlappen, eine Zahnbürste und eine Mini-Zahnpastatube, die teurer war als eine große. Alles vorbereitet. Sie zieht sich nicht einmal den Mantel aus, denn sobald William da ist, werden sie losfahren. Jetzt. Das Baby kommt. Sie hatte noch keine Wehe, aber die Fruchtblase kann jederzeit platzen. Es hat angefangen.

Sie kann nicht sitzen und nicht stehen. Sie weiß, ohne hinzusehen, dass sie immer noch Blut verliert. Sie geht zum Münztelefon im Hausflur und nimmt den Hörer ab. Sie wählt 999, aber bevor es klingelt, legt sie wieder auf. William wird sehr ärgerlich sein, wenn sie ohne ihn losfährt. Im Wohnzimmer schreibt sie auf die Rückseite eines Briefumschlags «Krankenhaus! Beeil dich!». Sie geht erneut zum Telefon und wählt.

Es ist komisch, was die Frau sagt. «Ist es wirklich ein Notfall?» Mona zögert, antwortet dann aber: «Ja.»

«Haben Sie noch andere Möglichkeiten, zum Krankenhaus zu kommen?», fragt die Frau. Mona schaut den Hörer an, als könne sie durch den Draht hindurchsehen.

«Ich bekomme ein Baby!», schreit Mona.

Die Frau sagt ihr, dass es ein Großschadensereignis gegeben hat und dass alle Krankenwagen unterwegs sind, dass sie durchhalten soll, weil so schnell wie möglich einer kommt. Nur durchhalten.

Mona legt den Hörer auf und tritt zum Kaminsims. William, William, bitte komm nach Hause. Ihre Unterhose ist klitschnass, da stimmt etwas nicht. Wo sind der Schmerz und die immer schneller kommenden Wehen, von denen die Frauen auf der Arbeit gesprochen haben? Warum platzt die Fruchtblase nicht, warum bewegt sich das Kind nicht? Sie nimmt den Briefumschlag, küsst ihn und schreibt noch «Bitte» darauf.

Sie wird draußen warten. Egal wer zuerst kommt, William oder der Krankenwagen: Wenn sie draußen wartet, spart sie Zeit. Sie nimmt ihre Handtasche und ihr Köfferchen und stellt sich vor das Gartentor. Der Nieselregen fühlt sich angenehm an auf ihrem heißen Gesicht. Sie schaut in Richtung Stadt, und der Wind bauscht ihr Haar und weht es vor ihr Gesicht, sodass sie kaum sehen kann.

Sie sieht sicher furchtbar aus, wenn der Krankenwagen kommt. Und als ihr einfällt, dass sie die Haarbürste vergessen hat, bricht sie plötzlich in Tränen aus.

«William, beeil dich», flüstert sie. «Ich habe Angst.»

Eine Sirene in der Ferne scheint näher zu kommen, aber dann heult sie vorbei und verklingt. Blut sammelt sich in ihrem Schuh. Sie geht zum Bordstein und versucht, so weit wie möglich die Straße hinunterzusehen. Nichts.

«Los! Los!», ruft sie. «Wo seid ihr?»

Ihre Beine sind ganz klebrig und feucht, und als sie ein Auto näher kommen sieht, tritt sie auf die Straße und winkt mit beiden Händen. «Hilfe!», schreit sie.

24

William, William.

Mona liegt auf einem schmalen Krankenbett auf Rollen. «Wir haben keine freien Rollstühle mehr», sagt eine junge Krankenschwester zu einer anderen, dann fangen beide an zu weinen. Eine ältere Krankenschwester kommt dazu und schimpft sie aus. «Seien Sie leise», sagt sie. «Sie haben eine Patientin. Reißen Sie sich zusammen, Archer.»

Schwester Archer trägt eine kleine gestärkte Haube auf ihrem Afro. Sie fährt Mona durch eine Schwingtür auf die Station.

William, William.

Irgendwo schreit jemand. Auf der Station ist es dämmrig, so als schliefen alle. Schwester Archer spricht mit der Krankenschwester hinter dem Empfangstresen.

«Wir haben keine Formulare. Da unten herrscht Chaos. Achtunddreißig Wochen, schwere vaginale Blutung. Wir haben keine Rollstühle, sie liegt auf einem Bett. Der Name ist Mona MacNaughton, zwanzig Jahre, Geburtsdatum …»

«Schon gut, Archer, schon gut.»

Die Hebamme hebt die Hände, als wolle sie den Verkehr regeln. Sie kommt hinter dem Rezeptionstresen hervor und beugt sich über Mona.

«Wann hat das begonnen, die Schmerzen und die Blutungen?»

«Heute früh. Geht es dem Baby gut?»

«Das werden wir gleich herausfinden. Machen Sie sich keine Sorgen.»

Dann kommandiert die Hebamme Leute herum, sagt ihnen, wohin sie das Bett stellen sollen, zeigt zum anderen Ende der Station und sagt «Holt Dr. Blake» und «Vorhänge, Vorhänge» und fragt die ganze Zeit, wo ihre Helferinnen sind, und sagt, dass jemand die Mutter ausziehen und sauber machen muss, jetzt, jetzt, jetzt sofort. Und Mona begreift, dass sie die Mutter ist.

Schwester Archer ist gerade einmal so alt wie Mona, aber sie macht alles mit Hochgeschwindigkeit, und Mona findet es klug, dass sie ihre Haube mit zwei schwarzen Klemmen befestigt hat, weil sie die ganze Zeit auf ihrem Kopf wippt und rutscht. Je länger Mona zuschaut, desto schneller scheint sich Schwester Archer zu drehen und sich dann plötzlich in Zeitlupe zu bewegen, das Gesicht ganz nahe an Mona. Sie sagt: «Bleiben Sie wach, bleiben Sie wach.»

Es fühlt sich wunderbar an, dass sich jemand um sie kümmert, ihr die nasse Strumpfhose auszieht und ihr das tote Gewicht ihrer Handtasche von der Brust nimmt. Irgendwo läuft ein Radio, aber keine Musik, und draußen hört man das Sirenengeheul der Krankenwagen und Polizeiautos, als wüsste jeder, dass dort gerade eine Katastrophe passiert, als wüssten alle, dass Mona verblutet und es ihrem Kind nicht gutgeht.

Drei Menschen stehen um ihr Bett herum. Schwester

Archer, die Hebamme und ein Arzt in weißem Kittel. Sie sprechen so schnell, dass Mona nicht folgen kann. «Notfall» ist das einzige Wort, das zu ihr durchdringt. Wenn sie nicht aus Beton bestehen würde, mit einem Kopf, so schwer wie eine Kanonenkugel, würde sie sich aufsetzen und Fragen stellen, sie würde sie anschreien, endlich etwas zu unternehmen, oder wenn William da wäre, dann würde er nicht zulassen, dass sie einfach nur so herumstehen und Worte wie «Plazenta» und «Gefährdung des Fötus» sagen, ohne irgendetwas davon zu erklären. Nein, William würde «Helfen Sie meiner Frau! Helfen Sie unserem Baby! Tun Sie etwas!» schreien. Mona hört, dass sie selbst stöhnt und weint.

Der Arzt setzt eine Art Metalltrompete auf Monas Bauch und sagt immer wieder: «Das ist der Herzschlag der Mutter, Moment, nein, das ist der Herzschlag der Mutter. Nein.»

Er steht auf und wendet ihr den Rücken zu, sodass Mona sein Gesicht nicht sehen kann.

«Wir holen es raus», sagt er. «Sofort einleiten.»

«Ja, Doktor.»

«Ich muss weiter. Unten ist die Hölle los. So etwas habe ich noch nie gesehen. Rufen Sie mich, wenn Sie mich brauchen.»

Mehr Krankenschwestern kommen herein, mit Tüten voller Blut und Infusionsständern, und manchmal lassen sie den Vorhang offen, und dann flüstern sie und sagen: «Ich gehe runter, ich übernehme das», und die Hebamme sagt immer wieder: «Ich kann hier nicht noch jemanden entbehren.»

Es tut weh, als Schwester Archer eine Nadel in Monas Handrücken sticht und sie daran festklebt, und Mona will erneut losweinen, aber dann erinnert sie sich an das, was die Frauen in der Fabrik ihr erzählt haben, und weiß, dass das hier noch gar nichts ist. Es liegt alles noch vor ihr.

«Tut mir leid, tut mir leid», sagt Schwester Archer, legt eine kühle Hand auf Monas Stirn und streichelt ihr übers Haar. «Bald ist es vorbei.»

«Ist William schon da?», murmelt Mona.

«Wer?»

«Wenn William da ist, will ich ihn sehen.»

«Ist gut.»

«Sie sollen sich beeilen.»

«Ich sag's ihnen. Jetzt aber ruhig.»

«Ist irgendetwas nicht in Ordnung?»

«Nicht weinen. Bald ist alles vorbei.»

Aber es ist nicht bald vorbei. Es sind neunundvierzig Minuten. Der Schmerz kommt langsam wie eine riesige Welle, die über ihr bricht, bricht und bricht, immer wieder, bis sie mittendrin ist, mitten im Auge des Sturms. Schwester Archer zählt mit und geht immer wieder zur Hebamme, um ihr zu berichten. «Ich glaube, jetzt ist sie bereit», sagt sie schließlich draußen vor der Tür, und Mona hört, wie die Hebamme zischt: «Sie ist Irin, oder?»

«Ich glaube schon», sagt Schwester Archer.

«Irin! Die Polizisten unten sagen, es war die IRA. Zwei Bomben.»

Schwester Archer keucht auf.

Dann wird der Vorhang aufgerissen, und die Hebamme kommt herein. Sie trägt eine weiße Maske vor Mund und

Nase, Schwester Archer ebenfalls. Monas Beine werden in Bügel gelegt, und die Hebamme legt ihre Hand auf Monas Bauch.

«Sie müssen es herauspressen, fürchte ich.»

«Mona», sagt Schwester Archer. «Sie heißt Mona, Schwester.»

«Danke, Archer. Sie müssen es herauspressen, Mona.» Sie arbeitet so kühl und präzise wie Bridie O'Connor, aber ihre Augen sind nicht so hell und suchend, sondern ruhig und schwarz. Ihr Blick hält Monas für einen langen Augenblick. «Anders geht es nicht», sagt sie.

Aber Pressen ist nicht so leicht, wie es klingt, und Schwester Archer muss Monas Kopf hochhalten, ihre Hand nehmen, mit ihr atmen und sie anfeuern. Weiter, weiter, genau so, weiter, pressen, noch einmal, weiterpressen, und Mona tut es, weil sie für ihr Baby alles richtig machen will und weil sie alle ihr Bestes geben, um alles richtig zu machen, und immerhin ist sie ja jetzt am richtigen Ort, mit all den Krankenschwestern und den Ärzten, und sie hat einen Tropf an der einen Hand und einen zweiten an der anderen Hand, und die Krankenschwester hat recht, es ist bald vorbei, dann wird alles gut.

Mona knirscht mit den Zähnen und schickt all ihre Lebenskraft in ihre großen Beinmuskeln, in ihren Hintern, tief in ihre Eingeweide. «Pressen. Weiter.» In ihren Schoß. «Sehr gut.» In ihren Unterleib. «Da kommt das Köpfchen.» Ihr Hals und ihr Kopf, das Gesicht und die Zähne, und dann spürt sie, dass sich etwas dehnt, reißt und nachgibt. Und sie sieht, wie die Hebamme kurze, schnelle Bewegungen vollführt, umsichtig und präzise.

«Legen Sie sie hin», sagt sie zur Krankenschwester. «Legen Sie den Kopf flach.»

Monas Mund bewegt sich wieder von ganz allein, er weint und ruft nach ihrem Baby und hört erst wieder auf, als Schwester Archer mit dem Finger auf den Lippen hereinkommt. Sie streckt die Arme nach Mona aus.

«Sie müssen still sein.» Sie richtet Mona auf und drückt sie an sich. Mona schluchzt.

«Hören Sie, schsch», macht die Schwester. «Schsch, hören Sie zu. Hören Sie mir zu. Ihr Baby war ein kleines Mädchen. Und Ihr kleines Mädchen ist von uns gegangen.»

Monas Heulen klingt gedämpft an der Schulter der Schwester.

«Schsch», macht Schwester Archer. «Schsch. Hören Sie, Sie müssen still sein, unbedingt. Wenn Sie hier weiter so herumschreien, holen die einen Psychiater, dann bekommen Sie eine Spritze, die Sie außer Gefecht setzt. Das wollen Sie doch sicher nicht. Sie müssen still sein.»

Mona klammert sich an der Schwester fest und schluckt ihr Schreien hinunter. «Wo ist sie, bitte? Kann ich sie bitte sehen?»

Die Schwester schweigt für einen Augenblick. Sie streichelt Monas Hinterkopf und atmet tief durch. «Sie haben das kleine Mädchen an einen besonderen Ort gebracht. Sie ist jetzt fort.»

«Ich will sie wiederhaben.»

«Schsch. Sie ist jetzt fort, Mona. Sie ist von uns gegangen, mehr müssen Sie nicht wissen.»

«Ich will sie aber haben.»

«Nicht schreien. Hören Sie auf zu schreien», aber Mona hört die Tränen in ihrer Stimme.

«Bitte.»

Die Schwester löst sich von ihr. Sie wischt Monas Gesicht mit einem Zipfel ihrer Schürze ab, dann wischt sie sich das eigene Gesicht trocken. Sie nimmt Mona fest bei den Schultern.

«Warten Sie. Alles in Ordnung? Warten Sie einfach, und seien Sie ruhig. Können Sie ruhig bleiben?»

Mona nickt. Die Schwester verschwindet hinter den Vorhängen, und Mona legt sich auf die Seite. Wenn William kommt, wird sie nicht erklären können, wie das Baby gestorben ist. Er wird böse werden, wenn er das hört. Er wird diesen Arzt fragen, wieso sie das Baby haben sterben lassen und woran es gestorben ist und warum sie ihm keinen Klaps gegeben haben, damit es schreit. Sie. Es ist ein Mädchen. Warum haben sie ihr keinen Klaps gegeben, damit sie schreit?

Als sich der Vorhang wieder öffnet, tritt Schwester Archer mit einem weißen Bündel hindurch. Sie legt wieder den Finger auf die Lippen und macht «Schsch.» Mona setzt sich auf und streckt die Arme aus. Schwester Archer legt Mona das Baby in den Schoß. «Sie hat ein strammes Gewicht, nicht wahr? Sieben Pfund, zwei Unzen.»

Die Augen von Monas Baby sind geschlossen, als schliefe es tief und fest, so vollkommen, wie man es sich nur wünschen kann. Das kleine Mädchen hat zwei winzige, vollkommene kleine Fäustchen, und in eines davon hat Schwester Archer ein weißes Blümchen gesteckt.

«Sie hat Ihnen ein kleines Geschenk mitgebracht», sagt

die Schwester. Sie späht durch die Vorhänge und kommt wieder zu Mona. «Sie müssen unbedingt leise sein. Das hier ist verboten. Sie müssen wirklich ganz ruhig sein. Ich komme in ein paar Minuten wieder. Sie dürfen sich nicht vom Fleck rühren. Machen Sie keinen Lärm. Das hier darf niemand wissen.»

Mona sieht nicht, wie die Schwester geht, sie hört das Radio nicht mehr, auch nicht die Sirenen und das Flüstern und die Krankenwagen, die direkt unter ihrem Fenster ankommen und wieder abfahren. Sie wickelt ihr Baby fest in das Tuch ein, denn dort, wo sie es hingebracht haben, war es viel zu kalt, und seine Haut ist schon ganz fleckig und wird bläulich, als hätte es darunter einen Bluterguss.

«Wir müssen dich ganz warm halten», sagt Mona. «Ja, das müssen wir.»

Sie schmiegt das Baby an ihre Brust. Sie sind beide ganz still. Eine Erinnerung an ihren Vater ist plötzlich so stark, dass sie aufblickt und erwartet, ihn über den Sand laufen zu sehen und zu hören, wie er nach ihr ruft. Sie blickt wieder auf das Baby und weiß, was zu tun ist.

«Hallo», sagt Mona. «Hallo, Beatrice.»

25

Mona geht schnell weg von Karl, auf das Licht in der Tischlerwerkstatt zu. Abends kommt sie nur selten her. Sie öffnet die große Metalltür, steigt die Stufen hinauf und ruft. Nichts. Die Fenster sind offen, und die Deckenlampe schaukelt im Luftzug. Es ist eiskalt hier. Der Ofen ist ausgegangen.

Sie geht im Raum herum, sieht, dass eine Puppe fertig und eine andere auf der Werkbank ist. Und er hat die Puppe für das kleine Mädchen repariert. Sie schließt die Fenster und tritt an den Ausguss. Ein fettiger Teller liegt darin, zwei harte Brotkanten und ein welliges Stück gebratener Speck. Er wird nachlässiger, aber das geht sie nichts an.

Hat sie gerade einen Abend mit Karl für jemanden abgebrochen, der es nicht einmal über sich bringen konnte, etwas Nettes über ihre neue Frisur zu sagen? Sie ist wirklich eine verdammte Idiotin. Sie marschiert zum Regal, nimmt eine der Puppen heraus. Und dann hört sie ein Stöhnen. Sie eilt zum Alkoven und zieht die Vorhänge auf.

«Hallo?»

Er liegt unter einer dünnen Decke in seinem Bett. Das Haar klebt ihm feucht am Kopf, sein Gesicht ist hochrot.

«Herrje», sagt sie. Sie riecht seine Krankheit, bitterer Atem dringt in schnellen, feuchten Stößen zu ihr.

Mona zieht ihren Mantel aus, faltet ihn und legt ihn auf den Boden. Sie klemmt den Vorhang hinter einen Nagel und füllt den Kessel. Während sie darauf wartet, dass das Wasser kocht, kippt sie das Abwaschwasser aus dem Teller, lässt ein wenig Spülmittel hineintropfen und wäscht ihn ab. Sie findet den dreibeinigen Schemel und zieht ihn zu seinem Bett. Seine Augen sind geschlossen, aber sie weiß, dass er wach ist.

«Kannst du mich hören?», fragt sie, und er macht ein Geräusch.

Sie setzt sich auf den Schemel und zieht ihm die Decke vom Körper. Der Geruch ist schrecklich. Er muss tagelang geschwitzt haben. Sie füllt eine Schüssel mit heißem Wasser und steckt prüfend den Finger hinein, wie man es für ein Kleinkind tut.

«Das wird schon gehen», sagt sie. «Hoch, hoch, hoch», sagt sie, nimmt seine klammen Hände und zieht ihn zu sich heran. Er schwankt und wankt, der Kopf fällt ihm auf die Brust.

«Hemd ausziehen, Hemd ausziehen.» Sie knöpft es langsam auf und nimmt sich Zeit dafür. «Du hast eine schlimme Grippe, nehme ich an. Eine Lebensmittelvergiftung ist es wohl nicht, sonst hättest du dir in die Hose gemacht. Hast du?»

Er schüttelt den Kopf.

«Gut. Also ist es die Grippe. Wir ziehen dir jetzt das Hemd aus. Ich erkläre dir mal, was wir tun werden. Zuerst», sagt sie und hebt seinen Arm, «waschen wir dich gründlich. Dann fühlst du dich sofort besser. Dann», sie lässt den anderen Arm aus dem Hemd gleiten, «ziehen wir diese erbärmlichen Laken vom Bett ab. Sonst laufen sie noch von alleine davon.»

Sie setzt ihn auf den Schemel und bedeckt seinen Schoß mit ihrem Mantel. Er ist vornübergebeugt und zittert. Sie taucht ein Küchentuch ins warme, seifige Wasser und beginnt ihn zu waschen. Zuerst wäscht sie seinen Hals und sein Gesicht. Befeuchtet sein Haar und streicht es zurück. Sie wäscht seinen Bart, bis er sich lockt und tropft. Er hält die Augen geschlossen und den Kopf gesenkt. Sie reibt seine Brust ab und bemerkt die blasse Haut. Wie ihre eigene ist auch seine nicht mehr rosig und prall wie in der Jugend. Aber darunter ist er gut in Form, breite Schultern und keinerlei Fettansatz. Sie taucht das Tuch erneut ein und wringt es aus, seift seinen Rücken ein und wäscht ihn unter den Achseln, die Arme hinunter bis zu den starken Händen. Sie wäscht jeden einzelnen Finger.

«Stell dich hin», sagt sie. «Na los.»

Er hält sich an ihren Schultern fest, und sie sieht, wie seine Beine vor Anstrengung zittern. Sie dreht sich um.

«Zieh deine Unterhose aus. Ich schaue nicht hin.» Als er nackt ist, drückt sie ihm das Tuch in die Hand und zeigt auf die Schüssel. «Benutz das selbst, und nicht an Seifenwasser sparen.»

Sie dreht sich um und zieht die grauen, feuchten Laken vom Bett und der Bettdecke, dann den Kopfkissenbezug. Sie rafft alles zusammen und schaut sich um.

«Wo hast du denn deine Bettwäsche?», fragt sie und dreht sich zu ihm um. Er hält sich am Schemel fest und hockt über die Schüssel gebeugt da. Wasser tropft auf den Holzfußboden. «Ist schon gut», sagt sie. Sie nimmt den Samtvorhang ab und legt ihn auf die dünne Matratze. Immerhin besser als vorher. Mehr geht jetzt nicht. «Bist du fertig? Jetzt wieder zurück ins Bett.» Sie zieht ihre Strickjacke aus und gibt sie ihm. «Damit kannst du dich bedecken. Jetzt schnell ins Bett.»

Er nickt und legt sich hin. Sie legt die Decke auf ihn und darauf noch ihren Mantel. Er legt sich auf die Seite, und als er beide Hände unter seine Wange legt, muss sie ihre Tränen zurückhalten.

«Ist ja schon gut», flüstert sie. «Du schläfst jetzt erst einmal, bis ich wiederkomme.»

Sie rennt ohne Strickjacke und Mantel die Straße hinauf, die Tasche mit der Geldbörse in der Hand. Sie erinnert sich an die letzten Male, als er krank war, als er im Bett lag, das Gesicht zur Wand, hustend und keuchend. Und ein anderes Mal ist er direkt vor ihr beinahe ohnmächtig geworden und hat zugegeben, dass er tagelang nichts gegessen hatte. Seine Krankheiten scheinen jedes Mal schlimmer zu werden und länger anzudauern, und sie befürchtet, ihn eines Tages tot auf seinem schmalen Bett vorzufinden, wenn sie mal etwas länger nicht vorbeigekommen ist.

Im Laden kauft sie zwei Dosen Suppe, Orangensaft und ein Brot. Sie kauft Butter und Weintrauben, drei Bananen und ein Paket Kekse. Sie geht zurück zur Werkstatt, steigt leise die Stufen hinauf und schaut nach ihm. Er öffnet die Augen, sieht sie und schließt sie wieder.

Sie räumt die Kochstelle auf, wäscht ab, macht Feuer im Ofen, schaltet den Herd ein und setzt die Suppe auf. Sie streicht Butter auf eine Scheibe Brot und gießt Orangensaft in einen Blechbecher. Sie schaut ihm zu, wie er daliegt, und schüttelt den Kopf. Er wird lange brauchen, bis er sich davon erholt.

Sie füttert ihn. Er isst. Sie achtet darauf, dass die Fenster geschlossen sind und in der Nacht nicht auffliegen werden. Er schläft, und sie fegt den Raum und steckt noch mehr Holzscheite in den Ofen. Sie spült den Ausguss aus und putzt die Toilette. Dann zieht sie sich ihren Mantel an und legt seinen über die Decke, und weil es draußen schon fast stockdunkel ist, lässt sie das Licht über dem Ausguss an, damit er nicht stolpert, wenn er in der Nacht auf die Toilette muss.

Bevor sie geht, rafft sie seine Laken und die Bezüge zusammen, füllt den Becher wieder mit Orangensaft und stellt ihn neben sein Bett. Sie berührt seine Schulter, aber er rührt sich nicht, also betrachtet sie ihn eine Weile.

«So wird es dir besser gehen.»

Sie geht nicht zu früh hin, um ihn nicht zu wecken. Sie arbeitet den ganzen Morgen lang, und nach dem Mittagessen hängt sie ein kleines Schild mit der Aufschrift «Bin in einer Stunde zurück» in die Tür und geht zur Werkstatt. Er ist aufgestanden. Sie holt seine saubere Bettwäsche aus der Tasche und legt sie neben den Ausguss. Er trägt ihre Strickjacke um die Taille, und sie muss an Karls Anekdote denken. Sie lächelt.

«Ich kenne da eine lustige Geschichte mit einer Strickjacke. Zwei Männer sind auf dem Weg nach Paris ...»

«Sag jetzt nicht, ein Ire und ein Engländer. Aber guck mal, ich habe zwei große Puppen fertig», sagt er zu ihr.

Er hebt nicht einmal den Kopf. Sie geht langsam zu ihm hin, und als sie ganz nahe bei ihm steht, berührt sie seinen Arm.

«Fühlst du dich besser?», fragt sie. «Ich hätte nicht gedacht, dass du so schnell wieder auf den Beinen bist.»

Er schleift die Oberfläche einer kleinen Kommode ab. Er hält den Kopf gesenkt. Seine Hand streicht bogenförmig mit dem Sandpapier über das Holz, immer und immer wieder.

«Habe ein hübsches Stück Eibenholz benutzt. Sie sind richtig schön geworden.»

«Ich weiß, ich habe sie gestern gesehen. Soll ich uns eine Tasse Tee machen?»

«Ich hatte gerade Tee», sagt er. «Aber du kannst dir gern einen machen.»

«Wie geht es dir denn?», fragt sie. «Du siehst immer noch ein bisschen blass aus.»

«Gut. Mir geht's gut. Mit mir ist alles in Ordnung.»

Sie schaut ihm eine Weile zu. Sie bemerkt, wie sehr er sich bemüht, beschäftigt zu wirken, sie nicht anzusehen, sich nicht zu bedanken. Sie könnte ihm ihre Strickjacke wegnehmen und die kalte Luft an seine Haut dringen lassen, bis er wieder zittert und am ganzen Körper bebt. Stattdessen nimmt sie die Puppen, steckt sie in ihre Tasche und geht.

«Mona», ruft er, aber sie dreht sich nicht um.

26

Schwester Archer bleibt sehr, sehr lange weg. Wochenlang, monatelang, jahrelang. Beatrice fühlt sich jetzt wärmer an in ihren Armen. Nur das Gesichtchen ist kalt. Beatrices Augen sind immer noch geschlossen, und ihre Lippen, leicht geöffnet, immer noch grau und reglos.

«Du bist aber hübsch, meine Kleine», flüstert Mona.

«Mona!»

Es ist William. Er hält einen der Vorhänge auf, steht dort und grinst über das ganze Gesicht. Nur dass eins seiner Ohren blutig und eingerissen ist, sein Grinsen rot und sein Gesicht blutig, die Jacke zerfetzt, ein Auge halb zugeschwollen. Sein Zustand lässt Mona aufkeuchen.

«William!»

Er geht langsam, ganz vorsichtig, auf sie zu, wischt sich den Schmutz und das klebrige Rot von den Händen, indem er damit über seine dreckigen Kleider fährt.

«Was ist los mit dir? Wo bist du gewesen?»

Seine Augen leuchten, sie sind ganz hell, und er schüttelt den Kopf. «Das ist jetzt egal. Lass mich sie ansehen.» Er küsst Mona auf den Scheitel. «Meine Kleine, hast du gesagt. Es ist also ein Mädchen. Wusste ich's doch.» Er berührt das Tuch, zieht es ein wenig zurück und späht hinein. «Sie schläft, oder?»

Mona sieht, wie ein schrecklicher Verdacht in seine Gedanken dringt. Sie kann nichts sagen.

«Ist alles in Ordnung mit ihr, Mona?» William zieht die Decke vom Baby, sodass Beatrice ganz nackt daliegt. Er starrt sie lange an und sieht dann Mona an. «Mona?»

Mona berührt seinen Arm. «Ist schon in Ordnung, William.»

William legt die Hand auf die Brust des Babys und zieht sie wieder zurück, als hätte er sich verbrannt. Mona legt das Baby schnell wieder unter die Decke. Sie lässt nur Beatrice' winziges Gesichtchen frei und steckt ihr das weiße Blümchen hinters Ohr. Sie wickelt das Baby fest ein und hebt es hoch.

«Halte sie mal, William.»

Aber William hebt die Hände in die Höhe. «Was ist hier los?»

«Halte das Baby.»

«Hör auf, hör auf das zu sagen! Hol verdammt noch mal einen Arzt!»

Er dreht sich um, und in diesem Augenblick reißt die Hebamme die Vorhänge auf. «Was ist hier los? Was ist das für ein Lärm?»

«Wir brauchen einen Arzt!»

Sie schaut zwischen William, Mona und dem Baby hin und her und deutet auf das Kind. «Wer hat das auf meine Station gebracht? Archer!», ruft sie und zieht den Namen in die Länge, scharf und spitz. «Archer!»

Mona würde sie am liebsten alle bitten, leise zu sein, die Schwestern und das Radio, das wieder läuft, die Patienten, die sich unterhalten, und die Babys, die schreien. Aber die

Hebamme wendet ihr wütendes Gesicht Schwester Archer zu und zeigt auf Monas Baby.

«Haben Sie das getan?»

«Sie war außer sich, Schwester.»

«War sie das? War sie außer sich?»

«Ja, Schwester.»

«Sie haben ein totes Baby aus dem Schleusenraum geholt und es auf meine Station gebracht?»

«Entschuldigung, Schwester.»

Die Hebamme packt Schwester Archer beim Arm und zerrt sie nach draußen. Mona hält das Baby an sich gedrückt und zieht William mit der anderen Hand näher.

«Halte sie, William. Schnell. Sie hat keine Krankheiten, sie ist nicht ansteckend.»

«Ein totes Baby?»

«William, sieh sie dir an. Sie ist perfekt.»

«Sie ist tot?»

«Sie wiegt sieben Pfund, zwei Unzen.»

«Sie ist tot.»

Mona will eigentlich nicht, dass der Dreck und das Blut an Williams Kleidung Beatrice' blütenweiße Decke besudeln, aber sie hat keine Zeit, ihn zu bitten, sich vorher sauber zu machen. Sie hört die wütenden Worte der Hebamme.

«Außer sich war sie also? So außer sich wie die trauernden Eltern dieser Kinder, die in Stücke gerissen unten liegen? Waren Sie da unten? Nein. Sie haben hier jede einzelne Regel missachtet. Sie sind eine Lernschwester, Archer, und nicht einmal eine besonders gute. Siebzehn Tote und mehr Blut und abgetrennte Gliedmaßen, als ich in zwanzig Jahren gesehen habe. Außer sich? Außer sich? Sparen Sie sich Ihr Mitleid. Und wenn Sie die Zeit haben, auf jede kleinste Regung Ihrer Patienten einzugehen, dann schlage ich vor, dass Sie nach unten gehen und sich dort nützlich machen. Jetzt nehmen Sie es und bringen Sie es in den Leichenraum. Sofort.»

Mona hat so wenig Zeit. «William, denk dran, wir wollten es Beatrice nennen, wenn es ein Mädchen ist. Hier ist sie. Beatrice.»

Aber William dreht sich immer im Kreis wie ein Hund, der seinen Schwanz sucht, eine Hand auf der Hüfte, die andere auf der Stirn.

Die Hebamme und Schwester Archer kommen und stellen sich zu beiden Seiten des Bettes auf.

«Also, Sir», sagt die Hebamme. «Ihr Baby wurde heute Abend tot geboren. Es tut uns sehr leid. Ihre Frau bat darum, ihr Kind noch einmal zu sehen, und man hat es ihr gebracht, obwohl das strikt verboten ist. Das Baby wird jetzt weggebracht. Es ist für Ihren eigenen Seelenfrieden. Schwester Archer.»

Schwester Archer tritt vor und greift nach Beatrice. Mona lässt nicht los. Schwester Archer legt die Hände um den kleinen Körper und zieht, aber Mona lässt nicht los.

«Bitte, Schwester», sagt sie. «Lassen Sie William sie noch einmal halten. William, nimm sie. William! Nimm sie!»

«Nein.»

Sie sieht zu, wie er zurückweicht, Schritt um Schritt, sieht zu, wie er abwehrend die Hände in die Luft hebt, als müsse er gegen ein wildes Tier kämpfen.

«Nein, nein, nein.»

Das Letzte, was sie von ihm sieht, ist das Blut auf seinem Mantelrücken, als er den Stationsflur entlang von ihr forthastet.

27

Mona kann wieder nicht schlafen. Sie steht an ihrem Fenster und schaut in den schwarzen Morgen hinaus, zehn Minuten nach vier Uhr. Kein Karl. Seit drei Nächten kein Karl. Mona macht sich eine Tasse Tee und nimmt sie mit ins Bett. Sie nimmt eine kleine Stoffpuppe, die sie von Hand bestickt. Jeden November macht sie eine, jede ist ein wenig anders, aber immer aus ungefärbtem Leinen, das sie extra dafür kauft und mit kleinen braunen Linsen oder Bohnen füllt, damit die Puppe schwerer wird. Die Kleider bestehen aus natürlichen Fasern. Sie wird kalt und nass werden, vielleicht zwischendurch von der schwachen Wintersonne wieder getrocknet, sie wird angenagt und zertreten werden, wieder kalt, wieder nass, und schließlich wird sie verrotten und zerfallen.

Mona muss nur noch das Gesicht machen, Kreuzstiche für die Augen und hübsche rosa Steppstiche für den Mund. Sie sieht der Puppe, die ihre Mutter damals für sie gemacht hatte, ganz besonders ähnlich. Mona hat ein Foto von sich, das in Cork aufgenommen wurde, als sie noch ein Baby war, vielleicht neun Monate alt. Da ist sie, nachkoloriert, mit einem handgenähten, gesmokten Kleidchen in der Farbe ihrer Augen, blauviolett. Kleine gelbe

Röschen auf dem Saum ihres Kleides. Ihre Mutter muss sie selbst daraufgenäht haben, jedes einzelne.

Mona hat so wenige Erinnerungen an ihre Mutter, und doch sieht sie sie am Strand beim Picknick sitzen, mit einer Schürze in der Küche stehen und wie sie die Wäsche im Garten aufhängt. Mona erinnert sich, wie sie eine Wäscheklammer oder eine Socke aus dem Korb holt und ihre Mutter vor sich hin summt und gegen die Sonne blinzelt.

Wenn ihre Mutter eine alte Dame geworden wäre, wüsste Mona, ob sie nach ihr kommt. Sie wüsste, ob sich ihre eigenen Mundwinkel irgendwann einmal senken, ihre Lider schwer werden würden, dass sie eine Falte zwischen den Augenbrauen bekommen würde und seit neuestem unerklärliches Herzrasen.

Dann erinnert sie sich. Sie hat es schon eine ganze Weile nicht mehr getan. Sie legt sich hin und nimmt sich erst die eine, dann die andere Brust vor, knetet um sie herum, zu den Schultern hoch und betastet die Achselhöhlen. Sie drückt die Brustwarzen zusammen, wie sie es schon so oft getan hat. Sie steht aus dem Bett auf. Schaltet das Licht am Badezimmerspiegel ein, hebt die Arme und untersucht ihre Brüste von allen Seiten, drückt hinein und legt schließlich die Hand auf ihr Herz.

Sie tritt zurück ans Fenster, schaut hinaus zum Meer und dann zum Fenster, hinter dem Karl wohnt. Er schläft. Sie hält die heiße Tasse an die Brust und spürt dem Schmerz nach. So ist es, wenn man allein alt wird. Dann gibt es niemanden, der einem sagt: «Sei nicht albern, Mona. Hörst du dir eigentlich selbst zu? Es geht dir gut.»

Um acht Uhr ruft sie bei Joley an.

«Ich komme heute später, meine Liebe, wenn ich überhaupt komme. Bei mir ist eine Erkältung im Anzug, glaube ich.»

Joley, treu wie Gold und doppelt so wertvoll, wird den Laden öffnen und sich um die Kunden kümmern und das Geld und die Schecks und die Kreditkarten nehmen, sie wird geduldig mit den Leuten sein, die sich nur umschauen wollen, und ein Auge auf das Lager haben, und es ist einfach unmöglich, sich vorzustellen, dass es sie nächste Woche nicht mehr geben wird.

Mona hat gedacht, sie könnte schlafen, aber es geht nicht. Sie räumt den ganzen Morgen auf und setzt sich dann mit einem Kaffee und einem Tellerchen mit vier Keksen hin. Den Fernseher schaltet sie nicht ein. Auch nicht das Radio. Sie öffnet das Wohnzimmerfenster ein wenig mehr und lauscht dem Verkehr darunter und den Gesprächsfetzen, die der Wind von der Straße hereinträgt.

Es wäre gar keine große Mühe, die Wohnung zu renovieren. Sie könnte alle Wände innerhalb von ein paar Tagen neu streichen. Sie könnte eine Wand hervorheben, wie sie es manchmal in den Zeitschriften sieht. Sie könnte Wandleuchten installieren für die dunklen Winterabende, um der Wohnung ein wenig Glanz zu verleihen. Vielleicht ein paar neue Kissen. Sie könnte sie selbst mit Borten und Biesen verzieren. Und Accessoires können einen riesigen Unterschied machen. Eine Vase. Ein neues Bild, etwas Heiteres. Mona weiß genau, dass ihre Pläne nur die üblichen Versuche sind, sich vom November abzulenken.

Manche Dinge sind unvernünftig und ergeben keinen

Sinn. Es ist dumm, den einen Schmerz mit dem anderen zu vergleichen, und letztlich macht ihn nichts erträglicher. Aber Mona wünscht sich trotzdem, dass ihr Baby wenigstens einen einzigen Atemzug getan hätte. Sie wünscht sich, dass es lebend zur Welt gekommen wäre, wenn auch nur für einen kurzen Moment, für einen kleinen Schrei oder ein Aufkeuchen. In jener Nacht wurde überall ein- und ausgeatmet. Flüstern und Stöhnen und ausgelassenes Gelächter, Telefongespräche und abgehackte Warnungen, alltägliche Gespräche – «Was gibt es zum Abendessen?» «Wo sind meine Schuhe?» –, aber für ihr Baby war kein einziger Atemzug übrig.

Manchmal fragt sie sich, wie wohl der letzte Augenblick ihres Babys war. Wann genau er stattfand. Vielleicht als Mona auf den Bus zum Gemeindezentrum wartete? Oder als sie auf die Pedale der Nähmaschine trat? Als sie einen Faden abschnitt?

Es konnte an jenem Abend gewesen sein, als sie die Kiste wieder unter das Bett schob, oder in einem anderen Moment, früher an dem Tag, als sie sich eine Tasse Tee machte, sich unter den Achseln wusch oder die Haare bürstete. Sie wird es niemals erfahren, und sie haben es ihr nicht gesagt, und jetzt ist es schon so lange her, dass sie endlich aufhören sollte, darüber nachzudenken.

Und dann sieht sie die Reiterin. Mona beobachtet sie, wie sie zwischen den parkenden Autos hindurchschlüpft und über die vielbefahrene Straße auf Monas Haus zugeht. Selbst aus der Entfernung kann Mona die Entschlossenheit in ihrem Gesicht erkennen. Sie schaut hinauf und sieht, dass Mona sie beobachtet. Sie winkt nicht.

Als sich die Tür öffnet, tritt sie sofort ein.

«Hallo, Sarah», sagt Mona.

«Hallo.» Sie bleibt unschlüssig im Flur stehen, bis Mona sie ins Wohnzimmer führt und sie bittet, Platz zu nehmen. «Danke.»

Mona nimmt ihren Mantel und legt ihn über eine Stuhllehne. «Ich habe Sie heute gar nicht erwartet, Sarah. Waren wir verabredet?»

«Ich bin zum Laden gegangen, aber dort waren Sie nicht. Da habe ich es einfach versucht.»

Mona nimmt Sarahs Mantel wieder auf und trägt ihn in den Flur, hängt ihn an einen Haken. Sie kommt zurück ins Wohnzimmer. «Normalerweise halte ich mich an Verabredungen, Sarah, aber da Sie nun einmal hier sind: Möchten Sie eine Tasse Tee oder Kaffee? Oder ein Glas Wasser?»

Sarah schüttelt den Kopf. «Lassen Sie es uns hinter uns bringen, in Ordnung?»

Mona nimmt im Sessel ihr gegenüber Platz und lächelt. Ein freundliches Wort, ein tadelndes Wort, und Sarah wird in Tränen ausbrechen. Oder wütend werden.

«Es ist schwierig, nicht wahr?», sagt Mona. «Allein daran zu denken ist schon schwierig.»

«Ich denke nicht daran.» Sarah hat die Arme vor der Brust verschränkt, die Beine gekreuzt. «Es ist eigentlich nicht meine Idee gewesen hierherzukommen. Ich glaube, das habe ich schon gesagt.»

«Wessen Idee war es denn?»

«Eigentlich die meines Mannes und dieser Frau von der Selbsthilfegruppe, Gayle. Sie glaubt, dass so etwas heilsam sein kann, und Hugh findet das auch.»

«Hugh findet das auch.»

«Ja. Hugh ist mein Mann. Er ist der Redner in unserer Familie. Vielleicht sollte besser er hier sein als ich.»

Mona nickt. «Erzählen Sie mir von Ihrem Baby, Sarah.»

«Na ja, das will ich ja, aber um ehrlich zu sein, ist es schon so lange her. Und hören Sie, ich bin die Erste, die zugibt, dass ich den Verlust wirklich sehr schwierig fand, aber Sie haben ja meine Tochter kennengelernt, die zwei Jahre später geboren wurde, und dann bekam ich noch zwei Jungen. Damit will ich natürlich nicht sagen, dass das verlorene Kind vergessen ist.»

«Nein.»

«Ich verschließe auch nicht die Augen vor der Wahrheit oder so.»

«Nein. Erzählen Sie mir von Ihrem Baby. War es ein Junge oder ein Mädchen, Sarah?»

«Ich bin auf Anraten meines Mannes zur Selbsthilfegruppe gegangen. Er hat in einer Zeitschrift darüber gelesen.»

«Sind Sie zusammen hingegangen?»

«Er hat gesagt, dass es ihm geholfen hat. Ich bin mir da nicht so sicher.»

«Was ihn angeht?»

«Was den Nutzen angeht, die Dinge noch einmal auseinanderzunehmen.»

«Das verstehe ich.»

Die Frau betrachtet ihre Hände, untersucht sie einen Augenblick lang und schaut dann auf. «Was ist das hier eigentlich genau? Wozu treffen wir uns hier?»

«Wir werden nichts auseinandernehmen, Sarah, ehrlich.» Mona geht in die Küche. Sie ruft über die Schulter: «Sicher, dass Sie keinen Tee wollen? Ich mache sowieso welchen.»

Wenn es nach Mona ginge, würden sie über den Ehemann reden, wie er war, als es passierte, und wie er damit zurechtkam und was er am Krankenbett tat und ob er sich genug um seine Frau kümmerte, um ihr in der Situation zu helfen. Mona würde ihn gern kennenlernen. Aber es ist Sarah, die gekommen ist, und die schafft es gerade so eben, sich zusammenzureißen.

Als Mona ins Wohnzimmer zurückkommt, steht Sarah am Sideboard und betrachtet Monas Fotos.

«Ihr Ehemann?», fragt sie.

«Ja», antwortet Mona und nimmt ihr das Foto aus der Hand. «William.»

«Haben Sie Kinder? Ich meine, noch weitere Kinder. Ich nehme an, Sie hatten auch eine Totgeburt?»

«Wir hatten keine Kinder mehr», sagt Mona. «Nur das eine. Was hatten Sie denn, ein Mädchen oder einen Jungen?»

«Ich denke immer, dass das noch schlimmer ist als das, was Hugh und mir passiert ist. Wir hatten immerhin noch drei weitere kerngesunde Kinder. Das hilft doch sehr.»

«Ganz sicher», sagt Mona, setzt sich und wartet, dass Sarah sich ebenfalls setzt. Mona ist sehr müde. Immer diese Schlaflosigkeit. Immer diese Grübeleien. Die Puppe, die auf ihrem Kissen liegt. Nur noch das Gesicht muss sie fertig machen. Sie denkt an die sauberen Laken auf ihrem Bett und wie still es ohne diese Fremde in ihrem Haus wäre.

Aber Sarah spaziert jetzt herum, schaut aus den bodentiefen Fenstern, streicht mit der Hand über die Lehne des Sofas.

«Jetzt sind wir glücklich. Das ist das Einzige, was zählt, nicht wahr?», sagt sie. «Ich weiß nicht, ob ich es gut finde, die Vergangenheit wieder aufzuwühlen. Ich will ja nicht schwierig sein, aber …»

«Setzen Sie sich», sagt Mona leise. «Ich will Ihnen etwas erzählen.» Die Frau setzt sich, und Mona beugt sich vor. «Wie alt sind Sie?»

«Neununddreißig.»

«Also, vor vierzig Jahren, bevor Sie geboren wurden, verlor ich mein kleines Mädchen. Sie wurde tot geboren.»

Mona beobachtet, wie sich das Gesicht der Frau verändert, als sie die Worte begreift.

«Sie war wunderschön. Natürlich war sie das, das sind sie alle. Ich habe sie bis zum Ende ausgetragen. Kein Kratzer war an ihr. Keine einzige Deformation. Sie hatte alle Fingerchen und Zehen. Alles.»

Sarah hört zu. Mona erzählt weiter.

«Zuerst bekam ich sie gar nicht zu Gesicht. Sie nahmen sie mir sofort nach der Geburt weg. Damals war das noch anders. Wissen Sie, wohin sie sie brachten?»

Sarah schüttelte den Kopf.

«Sie nahmen sie mir weg und brachten sie in den Schleusenraum. Ich sage Ihnen, was das ist, weil sich die Verhältnisse seitdem sehr verbessert haben. Man sollte meinen, eine Krankenschwester würde das Baby in eine Decke wickeln und es der Mutter und ihrem Mann geben, damit sie mit ihm reden und sich von ihm verabschieden können, nicht wahr?»

Sarah wollte etwas antworten, aber Mona sprach schon weiter.

«Also, der Schleusenraum in einem Krankenhaus ist der Raum, in dem die innerbetrieblichen Abfälle wie Lebern, Nieren und all die Gewebeteile gesammelt werden, die herausgeschnitten werden, das halbe Bein, das jemand bei einem Motorradunfall verliert, die Haut und das Gewebe, das sie später in die Verbrennungsanlage tun. Oder in spezielle Behälter werfen. Der Müllraum. Ja, dorthin haben sie mein Baby gebracht. Mein vollkommenes kleines Baby.» Mona atmet tief durch. «Nur weil eine Fremde so freundlich war, konnte ich mich von meinem Kind verabschieden. Diese Freundlichkeit hat mir fünfundvierzig Minuten mit meinem Baby geschenkt, und ich habe diese fünfundvierzig Minuten in ein ganzes Leben verwandelt, in all die Tage und Stunden und Wochen und Jahre, die wir niemals zusammen gehabt haben.»

Die Fenster schlagen immer wieder gegen den Rahmen. Mona steht auf, um sie zu schließen.

«Es gibt da einen Trick mit der Zeit, Sarah. Man kann sie dehnen oder sie zusammenziehen. Man kann sich entscheiden auszukosten, was man hat.»

Im Zimmer ist es ganz still, man hört nur das Rauschen von Reifen auf der Straße, das leise Trommeln der Regentropfen. Mona setzt sich wieder. Sie schlägt die Beine übereinander, faltet die Hände im Schoß und wartet.

«Ein Junge.» Sarah sagt es so leise, dass Mona es kaum versteht. «Ein Junge», wiederholt sie. «Wir hatten einen Jungen. Acht Pfund, zwei Unzen. Dreitausendsiebenhundert Gramm.»

«Ein wunderschöner kleiner Junge.»

«Es war alles in Ordnung. Alles. Ich war gesund. Er war gesund, bis zu den Wehen.»

Mona sitzt auf der Sesselkante und drückt Sarahs Hand. «Wir machen es gemeinsam.»

In ihrem Arbeitszimmer bedeckt Mona das Acht-Pfund-zwei-Unzen-Holzbaby mit einem Stück blauer Seide. Sie trägt es ins Wohnzimmer, und Sarah schließt die Augen. Mona legt das Bündel in ihre ausgestreckten Arme. Sie lässt es los und flüstert: «Spüren Sie das Gewicht.»

28

Schwester Archer hat Mona etwas zum Schlafen gegeben. Sie kommt langsam wieder zu Bewusstsein und hört das klagende Schreien eines Neugeborenen. Mona lauscht. Mütter erkennen das Weinen ihres eigenen Babys. Mona kneift die Augen zu und lauscht. Sie umfasst mit beiden Händen ihren Bauch und lauscht, für alle Fälle. Aber das Weinen verstummt. Monas Baby ist fort.

Schwester Archer muss nach Hause gegangen sein. Eine andere Schwester rollt das Münztelefon an Monas Bett, eine weitere Krankenschwester bringt ihr eine Tasse Tee und eine Scheibe Toast, und eine dritte rollt das Münztelefon wieder weg.

Niemand ist an das Telefon am Fuß der Treppe in Monas Wohnung gegangen. William ist nicht zu Hause, und wenn er da ist, sitzt er mit leerem Blick auf dem Sofa, weint um ihr Baby und schafft es nicht, bei ihr zu sein. Gibt er ihr die Schuld? Ist er deshalb fortgerannt? Sobald sie wusste, dass etwas nicht in Ordnung war, ist sie sofort ins Krankenhaus gefahren, das muss sie ihm sagen. Sie kann nichts dafür. Wenn William ihr die Schuld gibt, dann ist das nicht richtig und auch nicht gerecht. Sie ruft alle an, die ihr einfallen, aber das sind nur drei Leute.

Mona liegt den ganzen Tag im Bett. Die Vorhänge sind

immer geschlossen, wenn jemand kommt, der ihr etwas zu essen gibt oder sie die Bettpfanne benutzen lässt oder ihre Binde wechselt oder sie mit kalten Fingern und mitleidigem Blick untersucht. Irgendetwas lässt sie erneut einschlafen, und am Morgen sagen sie ihr, dass sie nach Hause darf. Schwester Archer ist nirgends zu sehen.

Sie nimmt ein Taxi vom Krankenhaus in ihre kleine Wohnung. Sie öffnet vorsichtig die Tür und ruft nach ihm.

«William!»

Im Haus riecht es nach gekochtem Rindfleisch, Waschpulver und kaltem Rauch; es riecht nicht nach einem kleinen Bier und Arbeitskleidung und Aftershave und ihm, der sie sehnlichst erwartet.

«William!»

Er ist nicht zu Hause. Mona legt ihre Handtasche auf den Küchentisch und entzündet das Gas unter dem Wasserkessel. Sie schaltet es wieder aus, geht langsam zu ihrem Bett und legt sich hin.

Als sie die Augen öffnet, ist es dunkel. Pestilenz sitzt auf einem Küchenstuhl neben dem Bett. Selbst im spärlichen Licht erkennt Mona sofort die Veränderung der Frau, die zu ihrer Hochzeit gekommen ist. Kein Filzhut, der schräg auf dem Kopf festgeklemmt ist, kein Pelzkragen am Mantel. Pestilenz wirkt gealtert, als sei das Leben aus ihrem Gesicht gewichen, aus ihrem Mantel, ihrem Haar. Ihr Schal lässt alles zu einem dünnen braunen Fleck verschmelzen.

«Du bist wach. Gut, gut», sagt sie. «Ein Mann von oben hat uns reingelassen. Wir haben geklopft, bis die Tür praktisch schief in den Angeln hing. Und du hast die

Haustür offen stehen lassen. Wusstest du das? Das ist nicht sicher, Mona, Liebes. Du musst vorsichtiger sein. Da hätte ja jeder hereinkommen können.» Sie nimmt Monas Hand und küsst sie. «Danke, meine Liebe, dass du uns angerufen hast. Wir waren ja schon halb verrückt vor Angst wegen der Bombe. Wir haben nichts von William gehört, und dann ist niemand ans Telefon gegangen, wir haben das Schlimmste angenommen. Aber *das* hätten wir uns niemals vorstellen können. Das ist ja schlimmer als das Schlimmste.»

Mona dreht sich auf den Rücken und spürt, wie ihr die Tränen in die Ohren rinnen.

«Er ist also nicht zurückgekommen?», fragt Pestilenz.

Mona schüttelt den Kopf.

«Na, na. Er steht bestimmt noch unter Schock, Liebes. Wie wir alle. Seinen Vater hat das vollkommen umgehauen. Es geht ihm zu schlecht, er konnte nicht kommen. Einer von den Nachbarn passt rund um die Uhr auf ihn auf. Er ist, vorsichtig ausgedrückt, ein sehr unberechenbarer Mann.» Sie deckt Mona zu und zieht ihr die Schuhe aus. «Du musst erst einmal wieder gesund werden.»

Hungersnot schiebt sich langsam ins Zimmer. Sie trägt noch immer ihr Kopftuch, ihr rundes Gesicht ist ganz weiß und voller Sorge. Mona setzt sich auf. «Wo kann er denn sein? Irgendetwas ist geschehen, das weiß ich. Er war voller Blut.»

Pestilenz zieht die Augenbrauen hoch. «Aber er ist aufrecht gegangen, oder? Er konnte sprechen, ja? Dann lebt und atmet er. Er kommt schon wieder, wenn er sich beruhigt hat. Ganz sicher», fährt sie fort, und Mona hört deutlich die Angst und den Zweifel aus ihrer Stimme heraus. Pestilenz tupft Monas Gesicht mit einem Taschentuch ab und schnaubt. «Und ich könnte ihm dafür eine runterhauen, dass er dich in diesem Zustand allein lässt.»

Mona schüttelt den Kopf. «Das sieht ihm gar nicht ähnlich.»

«Oh doch», versetzt die Tante schnell. «Das sieht ihm allerdings ähnlich. Einmal ist er weggelaufen, als er zwölf war, weil sein Vater mit ihm geschimpft hatte. Er ist stur wie ein Ochse. Wenn er einmal etwas beschließt, bringt ihn keiner mehr davon ab. Aber diese Sache?» Sie schaudert.

«Und weißt du noch, als er siebzehn war?», mischt sich Hungersnot ein. «Damals war er wochenlang weg.»

«Was war denn damals los?», fragt Mona.

Hungersnot wendet den Blick nicht von ihrer Schwester. «Er hatte sich wegen irgendetwas mit seinem Vater gestritten. Es war nichts Wichtiges, aber er hatte sich irgendwie eingeredet, dass er ein Versager sei. Hat er das nicht ständig gesagt, Margaret? Oder so etwas Ähnliches.»

Pestilenz presst die Lippen zusammen. «Es war ganz anders, Teresa. Halte dich doch bitte an die Tatsachen. Er ist bei der Führerscheinprüfung durchgefallen und konnte den Fahrlehrer nicht ertragen, der sowieso ein Trottel war. Er hat das viel zu schwergenommen, weil er partout den Führerschein haben wollte, bevor er nach England fuhr. Das war etwas ganz anderes.»

Mona schaut zwischen den beiden hin und her. «Glaubt ihr, dass er abgehauen ist?»

Pestilenz zuckt die Achseln. «Ich werde ihn mir zur

Brust nehmen, wenn er wieder angekrochen kommt, darauf kannst du Gift nehmen. Es ist Zeit, ein Mann zu sein, William.»

Hungersnot schiebt sich aus dem Zimmer und kommt mit einem Teetablett zurück, und Mona soll sich aufsetzen. Ohne ihr Kopftuch sieht man Hungersnots roten Haarschopf, der sich flach und konzentrisch vom Scheitel aus wellt. Aber er ist ordentlich gebürstet und wie eine schlechte Perücke unten eingeschlagen. Mona erwischt sich bei dem Gedanken, dass ihr Baby zumindest nicht dieses rote Haar geerbt hat und in der Schule geärgert werden kann. Kaum ist der Gedanke da, kommt ihr auch schon die Wahrheit wieder zu Bewusstsein.

«Na, na», sagt Pestilenz und tätschelt Monas Arm. «Na, na.»

Hungersnot schenkt den Tee ein, und die drei Frauen sitzen mit ihren Teetassen und ihren Sorgen beieinander. Draußen auf der Straße hört Mona spielende Kinder, und die beiden Tanten sehen sich an. Pestilenz stellt ihre Tasse ab.

«Soll ich das Fenster schließen, Mona? Es zieht ganz schön hier drin.» Sie schlägt das Fenster zu und verschränkt ihre Arme vor der Brust. «Gut. Meiner Meinung nach», fährt sie fort, «müssen wir jetzt einen Plan machen. Teresa?»

Hungersnot starrt in ihre Tasse.

«Teresa?», wiederholt Pestilenz.

«Ja?»

«Einen Plan. Wir müssen einen Plan machen. Gut, Mona, meine Liebe. Wer sind seine Freunde? Wie heißen sie? Weißt du, wo sie wohnen? So wie ich die Männer kenne, ist er in die nächste Bar gegangen und versucht, seine Qualen in Alkohol zu ertränken. Und daran ist auch gar nichts Falsches unter diesen Umständen.»

Nach diesem Satz hält sie inne und sieht Hungersnot an, als erwarte sie, dass diese etwas sagt. Hungersnot stupst einen Keks vom Teller und tunkt ihn in ihren Tee.

«Also», sagt Pestilenz, «wenn du die Adressen und Namen dieser Freunde hast, dann gehe ich los, finde William und ziehe ihn an den Ohren nach Hause, weil sein Platz in dieser Situation bei seiner Frau ist, so wahr mir Gott helfe.»

Hungersnot nickt, und sie blicken beide zu Mona.

«Mona, meine Liebe», sagt die Tante, «wer sind denn seine Freunde? Seine Freunde von hier?»

Mona schüttelt den Kopf. «Da gibt es nur Tom», sagt sie, lässt sich zurück auf den Rücken gleiten und wendet sich ab. «Und der ist nicht da. William hat mich verlassen.»

29

Die Gesundheitsschwester kommt am nächsten Tag. Pestilenz und Hungersnot machen sich zum Laden an der Ecke auf, um Brot, Milch und ein Paket Kekse zu kaufen. Sie kommen mit den irischen Marken zurück, an die sich Mona noch aus ihrer Kindheit erinnert.

Sie schleichen sich herein und spähen ins Zimmer. «Seid ihr schon fertig?», fragen sie und warten die Antwort gar nicht erst ab. Hungersnot macht Mona ein Sandwich und einen Becher Tee. «Du bist ja nur noch Haut und Knochen, meine Liebe.»

Pestilenz nimmt ihre Hand und drückt sie. «Es wird dir wieder gutgehen. Du bist noch jung. Mach dir bloß keine Sorgen. Das Sorgenmachen ist unsere Aufgabe hier. Du kommst schon wieder auf den Damm.»

Mona schließt die Augen. «Ich muss so schnell wie möglich ein neues Baby bekommen.»

Pestilenz sagt nichts, und Mona hört wieder die Kinder draußen auf der Straße. Nichts anderes hört sie mehr, nur Kinderstimmen und Babygeschrei. Die Autos, die Männer und Frauen und das Knallen der Haustüren hört sie nicht.

«Sie hat gesagt, dass mir nichts fehlt. Das hat sie gesagt. Am besten kommt man darüber hinweg, indem man ein neues Baby bekommt. Werden Sie schwanger, hat sie gesagt, dann ist das bald alles vergessen.»

Pestilenz küsst Mona auf die Stirn. «Dafür muss er nach Hause kommen», sagt sie. «Und darum werden wir uns kümmern.»

Sie sagen ihr, dass sie im Bett bleiben soll. Nachbarinnen, die sie kaum kennt, kommen vorbei und bringen «Gute Besserung»-Karten, Blumen und gute Ratschläge.

«Ruhen Sie sich aus.»

«Versuchen Sie, nicht darüber nachzudenken.»

«Nehmen Sie sich alle Zeit der Welt.»

«Sie sind doch ein gesundes Mädchen.»

«Solche Dinge passieren.»

«Ruhen Sie sich aus.»

«Die Zeit heilt alle Wunden.»

«Er kommt schon zurück.»

«Ruhen Sie sich aus.»

Aber niemand, abgesehen von Hungersnot und Pestilenz, unternimmt etwas, damit es ihr besser geht. Sie bleiben bei ihr sitzen, essen gemeinsam und reden darüber, dass sie ihn holen werden.

Hungersnot plappert mit vollem Mund. «Wir müssen Möglichkeiten ausschließen. Das sag ich immer. Es geht nicht darum, wo er ist, sondern darum, wo er nicht ist.»

Pestilenz zischt: «Schon gut, Teresa. Wo ist er dann nicht? Na los. Sag's uns. Wir warten.»

«Na ja, zu Hause ist er jedenfalls nicht.»

«Das hast du jetzt aber messerscharf analysiert, Teresa. Ernsthaft.»

«Ich meine doch», sagt Hungersnot zwischen zwei Bissen, «in Irland. Er ist nicht nach Hause nach Clarinbridge gefahren. Auch nicht nach Kilcolgan, das hätten wir gehört.»

Pestilenz nickt. «Wir haben da Leute, Familie. Er hat einen alten Onkel und ein paar Cousinen. In Kilcolgan ist er sicher nicht.»

«Genau meine Meinung», fährt Hungersnot fort. «Ich glaube, er betrinkt sich irgendwo oder hatte vielleicht einen Unfall.» Sie hebt einen Finger. «Nichts Ernstes, Mona, meine Liebe, ganz bestimmt nicht. Ich sage nur, dass er vielleicht einen Schlag auf den Kopf bekommen hat und sich irgendwo gesundschläft.»

Pestilenz steht auf und nimmt ihrer Schwester den Teller aus der Hand. «Einen Schlag auf den Kopf, sagst du? Der bekommt einen Schlag auf den Kopf, und zwar von mir.»

Sie gehen zusammen aus dem Zimmer. Mona hört sie vor der Tür schnattern. Nach einer Weile ruft Pestilenz: «Wir gehen jetzt los und sehen, was wir herausfinden können. Bleib im Bett.»

Die Baumwolllaken sind rau und kühl, und die Tanten haben das kleine Schlafzimmer aufgeräumt, die Kleider aufgehängt, abgestaubt und gewischt und das Fenster gekippt. Sie kommen um halb sieben Uhr morgens aus der kleinen Pension in der Stratford Road wieder, wo sie sich einquartiert haben. Sie machen ihr Frühstück und stecken sie wieder ins Bett, als wäre sie gebrechlich.

Es ist ganz still im Haus ohne die beiden. Mona schlüpft unter die Decken und wartet und stellt sich William vor, wie er irgendwo mit einem Verband um den Kopf und einem Kater liegt oder mit gebrochenen Beinen an Krücken humpelt und versucht, nach Hause zu kommen, und sie weint um ihn und auch um sich selbst.

Es ist schon dunkel, als sie die Augen wieder öffnet. Sie flüstern vor der Tür.

«Ich gehe nicht rein zu dem Mädchen, Teresa, bis du dich unter Kontrolle hast. Kannst du dich jetzt zusammenreißen? Geht's jetzt?»

Hungersnot schnieft und räuspert sich. Die Tür öffnet sich, und sie kommen herein. Sie stellen sich zu beiden Seiten des Bettes auf und sehen sie an.

«Was?», fragt Mona. «Was ist los?»

«Mach dir keine Sorgen», sagt Pestilenz. «Setz dich auf, dann sagen wir es dir.»

Hungersnots Nase ist vom Weinen ganz rot.

«Was ist passiert?», wiederholt Mona. «Sagt es mir doch einfach!»

«Schsch, schsch. Wir wissen nicht, wo er ist, Mona. Das zuerst. Aber wir haben eine Idee, wo wir suchen können.»

«Was wir alles durchgemacht haben, Mona», sagt Hungersnot, und ihr Gesicht verzieht sich. «Ich bin in meinem ganzen Leben noch nicht Mörderin genannt worden. Man hat mich noch niemals so schrecklicher Verbrechen beschuldigt.»

«Halt den Mund, Teresa. Halt endlich den Mund. Lass mich es ihr erzählen. Mach einfach Tee.»

Hungersnot schlurft aus dem Zimmer, hält sich ein Taschentuch vor die Nase, und Pestilenz fängt an zu berichten.

«Wir haben den Bus ins Stadtzentrum genommen. Der ganze Bereich ist vollkommen zerstört. Überall ist immer noch Polizei, da ist ein riesiges gähnendes Loch in einem Gebäude und Blut auf den Bürgersteigen. Und dann gibt es da Schaulustige, kannst du dir das vorstellen, die sich die ganze Zerstörung anschauen. Wir sind zur Hauptwache gegangen, Steelhouse Lane, und haben uns dort vorgestellt. Wir wollten nur Informationen und eine Person als vermisst melden.»

Pestilenz zieht die Ärmel ihrer Strickjacke zurecht und atmet tief durch.

«Der Polizist hat uns gefragt, woher wir kommen, das haben wir ihm gesagt. ‹Sie sind Iren›, hat er gesagt, aber das musste er ja schon gewusst haben, weil wir ja schon miteinander gesprochen hatten. Und dann hat er gesagt, so leise, dass ich schon dachte, ich hätte mich verhört: ‹Zwei irische Schlampen.› Da waren noch andere Leute auf unserer Seite des Empfangstresens, und ich habe mich nach ihnen umgesehen, weil ich wirklich nicht wusste, was ich darauf sagen sollte, und dann hat einer von den Männern auf den Plastikstühlen gesagt: ‹Warum haut ihr nicht endlich ab, zurück in euer Land›, nur dass er nicht ‹abhauen› gesagt hat, sondern etwas anderes. Ich bin dann weggegangen mit meiner Schwester, weil ich mich dort nicht mehr sicher gefühlt habe, Mona, wirklich nicht, und das ist die Wahrheit. Wir haben uns lieber nicht auf den Bus verlassen, um wieder nach Hause zu kommen, also haben wir ein Taxi gerufen, und kaum hat der Taxifahrer uns reden gehört, hat er gefragt, was wir da eigentlich treiben. Verzeihung, sag ich, und er sagt, dass er kein irisches

Geld anfassen will, Blutgeld hat er es genannt, und dann hat er uns rausgeschmissen.»

Die Lippen der Tante beben, und sie hebt das Kinn. Dann fährt sie fort: «Wir sind dann doch in den Bus gestiegen, Nummer fünfzig, der hat uns hergebracht. Draußen vor der Tür haben wir gesehen, wie eine Frau versuchte, einen Schlüssel in die Tür zu stecken, also habe ich gefragt, ob sie Hilfe braucht, und sie hat gesagt, dass sie Toms Mutter ist. Oh, habe ich gesagt, das ist ja großartig, aber sie ist in Tränen ausgebrochen und hat uns erzählt, dass Tom vermutlich ein Auge verlieren wird.»

«Tom war mit William unterwegs. Er war bei William. Was ist passiert? Wo ist er?»

«Mona, Mona, beruhige dich. Lehn dich zurück. Hör zu.»

Hungersnot bringt ein Tablett mit Teekanne und Tassen herein. Sie stellt es vorsichtig auf Monas Schoß.

«Ich brauch keine verdammten Kekse, Teresa. Was ist bloß mit euch los? Nun sagt schon! Was ist passiert?» Mona will aufspringen, das Tablett fällt scheppernd auf den Boden, der heiße Tee dringt durch die Decken und sickert auf ihre Beine. Sie wirft die Decken von sich und kniet sich auf die Matratze. Sie spürt die dicke Binde zwischen ihren Beinen, nass vom Blut, und die Verbrennung durch den Tee. Alles im Zimmer ist Schmerz.

«Margaret, erzähl es ihr!»

«Schon gut, Mona, schon gut. Es geht ihm gut. Er ist nicht verletzt. Nicht richtig. Das hat Toms Mutter gesagt. Sie hat gesagt, dass sie auf ihrem Weg vom Stadtzentrum nach Hause angegriffen wurden. Sie sind einfach nur die

Straße langgegangen und haben niemandem was zuleide getan, aber überall sind Rowdys herumgefahren und haben nach Iren Ausschau gehalten, um sie zu verprügeln.»

Hungersnot zieht ein neues Laken auf und schiebt Mona zurück auf die Matratze. Pestilenz fährt fort.

«Sie hat gesagt, dass William und Tom …»

Es klopft an der Tür. Die Frauen verstummen sofort.

«Vielleicht hat er seinen Schlüssel verloren.» Mona krabbelt vom Bett und humpelt zur Tür. Es ist nicht William. Tom steht da, mit einem Verband um den Kopf, sein Gesicht ein einziges Chaos aus Blau und Violett, den Arm in einer Schlinge. Auf der Straße hätte sie ihn nicht wiedererkannt. Seine Mutter steht hinter ihm.

«Wir sind gekommen, um euch unser Mitgefühl auszudrücken, meine Liebe», sagt die Frau.

Hungersnot führt sie herein. «Wo ist William, Tom?»

Toms Lippe ist an einer Seite geplatzt, und seine Worte klingen noch undeutlicher als normalerweise.

«Ach Mona, ich war so erschrocken, als meine Mammy mir sagte, dass du ziemlich schlimme Neuigkeiten hast. Tut mir leid, wirklich, das ist eine schlimme Sache für eine Frau.»

«Weißt du, wo er ist, Tom?»

«Weiß ich nicht, weiß ich nicht. Wir sind angegriffen worden. Ich habe ihn zuletzt gesehen, als wir wieder hier waren. Die Busse aus der Stadt fuhren wegen der Bombe nicht mehr. Wir wussten aber noch nicht, dass es an der Bombe lag. Wir stehen also in der Stadt an der Haltestelle und warten und warten, und dann sage ich: ‹Herrje, Billy, wollen wir nicht einfach zu Fuß gehen?›, und er sagt: ‹Gut, tun wir das›, also sind wir über die Überführung gegangen, wir hatten ein paar Pints, aber mehr nicht. Wir trinken beide nicht allzu viel.» Er wirft seiner Mutter einen Blick zu. Der große Tom mit seiner verwaschenen Sprache und dem Kindergesicht.

Mona hält sich die eine Hand mit der anderen fest, weil sie sie sonst nicht daran hindern kann, wild herumzufuchteln und ihn anzuschreien, ihr endlich zu erzählen, was passiert ist.

«Ihr nehmt beide einen Tee?», fragt Hungersnot.

Pestilenz hebt einen Finger. «Teresa, würdest du uns bitte fünf Minuten mit deinen Erfrischungen verschonen, damit uns dieser junge Mann die Einzelheiten über den Verbleib unseres Neffen berichten kann. Bitte.» Sie schaut Mona an, spricht aber mit Tom. «Weiter.»

«Ah, gut. Also, wo war ich?»

«Ihr wart nüchtern», sagt Pestilenz.

«Genau, das waren wir. Ich hatte ein paar Pints, mehr nicht, und Billy auch.»

«William», sagt Pestilenz.

«Genau, William. Er und ich gehen also die Überführung entlang, und er spricht, na ja, eigentlich spreche ich davon, warum wir eigentlich überhaupt nach England gekommen sind, wo doch das Bier hier so schlecht ist und unsere Jobs nicht sicher sind, und wir haben Spaß, wisst ihr, vielleicht sind wir ein bisschen übermütig, rempeln uns gegenseitig an, und er sagt, dass ich endlich heiraten soll und so was, und da bleibt direkt neben uns ein Auto stehen, und es ist unglaublich, wie viele Leute sich in diesen Wagen gequetscht haben. Es sind sicher acht da rausgekommen. Englische Jungs. Einer von ihnen sagt: ‹Ihr beschissenen irischen Schweine.›» Tom schüttelt den Kopf. «Ich kann nicht erzählen, was sie zu uns gesagt haben, ohne zu fluchen, Mammy.» Mit seiner gesunden Hand betastet er den Verband um seinen Kopf.

«Erzähl weiter», sagt Pestilenz, «ich glaube, wir können es uns vorstellen.»

«Ich weiß wirklich nicht, was dann noch passierte. Ich kann mich kaum daran erinnern, und das ist wirklich die Wahrheit. Ich und William sind furchtbar verprügelt worden. Ich weiß, dass ich ein großer Kerl bin, aber William ist das nicht. Ich habe noch versucht, ihn zu beschützen, aber es war vier gegen einen. Vielleicht sogar mehr. Ich verliere mein Auge.»

Er legt sich die Hand vor den Mund. Mona sieht, dass die Hand zittert. Seine Mutter tätschelt ihm die Schulter. «Na, na.» Sie sieht Mona an. «Wir fahren nach Hause», sagt sie, «zurück nach Cork. Er hätte gar nicht erst hierherkommen dürfen.»

Pestilenz nickt. «Ja, gute Idee. Was ist mit William passiert? Wann hast du ihn zuletzt gesehen?»

«Er ist mit mir weggerannt. Ein paar andere Autos haben angehalten, und die ersten Typen haben von uns abgelassen, also sind wir weggerannt. William hat gehumpelt. Es war eine furchtbare Schlägerei, aber wir konnten abhauen und sind durch die Seitenstraßen weggelaufen, durch Pool Farm, wisst ihr, zwischen den Hochhäusern und dann weiter nach Hause. Wir sind gleichzeitig dort angekommen. Wir waren beide völlig erschöpft. Er hat deine Nachricht gelesen, Mona. Er hat gesagt: ‹Sie kriegt es›, und dann ist er sofort wieder rausgerannt.»

«Und das war's?», fragt Pestilenz.

«Da habe ich ihn zum letzten Mal gesehen.»

«Und dann hat Mona ihn im Krankenhaus gesehen», sagt Pestilenz ins Zimmer hinein, «und nun ist er verschwunden. Das ergibt doch überhaupt keinen Sinn.»

Mona steht auf und geht aus dem Wohnzimmer. Sie steht am Schlafzimmerfenster und sieht zu, wie die Autos vorbeifahren und sich die Leute auf der Straße unterhalten und lachen, als wäre nichts geschehen, als wäre die Welt so, wie sie immer war.

Nach ein paar Minuten kommt Pestilenz herein.

«Ach Mona, immerhin wissen wir es jetzt. Er wurde überfallen, deshalb war er voller Blut, und zum Glück ist er nicht in den Bombenanschlag geraten. Und dann sieht er dich mit deiner Kleinen im Arm, du hast ja selbst gesagt, dass du kaum mit ihm gesprochen hast, du hast gesagt, dass du ganz aufgelöst warst, und wer wollte es dir verdenken. Kein Wunder, dass er dir nichts davon erzählt hat. Er wollte dich schonen.»

«Wo ist er dann jetzt?»

«Er ist bestimmt im Krankenhaus, Mona, nicht wahr?»

«Aber es ist schon vier Tage her! Tom hat gesagt, dass es ihm gutgeht. Es war nicht so schlimm, als ich ihn gesehen habe. Wo ist er?»

«Na ja, vielleicht ist es doch schlimmer, als wir denken. Vielleicht lässt er sich die Wunden versorgen. Jetzt weine nicht mehr, immerhin ist das doch ein Fortschritt. Ein Fortschritt, Mona.»

30

Mona muss raus, fort von den Tanten, damit sie nachdenken kann. Sie zieht sich den Mantel an und geht spazieren. Pestilenz sagt, sie würde auch gern etwas Luft schnappen, aber Mona schafft es, sie loszuwerden. Diese Frau kann einzigartig freundlich sein, aber manchmal ist sie auch so angriffslustig wie eine Wespe im Weckglas. Und doch, kaum, dass Mona die Läden und ihre kleinen Schaufenster sieht, wünscht sie sich einen Arm, auf den sie sich stützen kann. Überall ist Weihnachten. Kleine Jesuskinder in Krippen oder in den Armen der Mutter oder in Windeln gewickelt, vollkommen und königlich. «Christus ist geboren!», schreit ein Schild an der St.-Mary's-Kirche, während Mona versucht, mit der riesigen scheuernden Damenbinde zwischen den Beinen und den wieder schlimmer werdenden Schmerzen zu gehen.

Noch vor ein paar Wochen war sie jedes Mal begeistert, wenn sie einen Kinderwagen sah. Sie stellte sich vor, wie sie sich zu den stolzen Müttern in den Spielgruppen und Kindergärten gesellen, wie sie Schaukeln schubsen und mit offenen Armen unten an der Rutsche warten würde. «Vorsichtig!», würde sie rufen. «Mummy hat dich gleich!»

Und jetzt: «Christus ist geboren!» Sie schluckt schwer, die Tränen rinnen ihr heiß über die eiskalten Wangen und lassen ihren Blick verschwimmen, direkt hier auf der Straße unter den Blicken der Passanten. Sie zieht sich den Schal ins Gesicht und hastet nach Hause, wo sie sich den Mantel vom Leib reißt und ins Bett steigt. Was hat sie sich nur gedacht? Hat sie geglaubt, William in die Arme zu laufen, der Geschenke gekauft hat? Hat sie gedacht, dass er in seiner Arbeitskleidung aus dem Bus steigt, als wäre es ein ganz normaler Freitagabend? Fish and Chips und eine Flasche Bier? Wie dumm von ihr.

Hungersnot bringt ihr eine Tasse Tee. «Du hast da draußen in der Kälte nichts zu suchen, Mona. Es ist erst eine Woche her, meine Liebe. Du mutest dir zu viel zu.»

Sie macht sich im Zimmer zu schaffen, und Mona weiß, dass sie noch mehr zu sagen hat.

«Was ist los?»

«Du kommst mit uns, oder, Mona? Sag, dass du Weihnachten mit uns verbringst. Wir haben dich sowieso erwartet, schon vor alldem.»

Mona dreht ihr Gesicht zur Wand, und Hungersnot streichelt ihr Gesicht.

«Ich weiß, ich weiß. Du denkst immer an William, aber das geht uns auch so. Bleib über Weihnachten bei uns, dann können wir alle zusammen zurückkommen. Wir kommen dann mit Verstärkung. Er hat viele Verwandte zu Hause, Cousins und Cousinen und so weiter. Das halbe Dorf ist auf die ein oder andere Weise mit ihm verwandt. Wir könnten mit einer richtigen Armee zurückkommen. Wenn er noch am Leben ist, finden wir ihn.»

Mona zuckt zusammen.

«Nein, nein», sagt Hungersnot. «Das habe ich nicht gemeint. Das ist doch nur eine Redensart, ich meine, dass es vollkommen unmöglich ist, dass wir ihn nicht finden. Das wollte ich sagen. Nein, nein, nicht weinen. Natürlich ist er nicht tot.»

Pestilenz öffnet die Tür.

«Was geht hier vor?»

«Oh, Margaret», sagt Hungersnot, die jetzt ebenfalls weint und sich am Arm ihrer Schwester festhält, «das hab ich nicht gewollt. Das wollte ich nicht.»

Pestilenz schickt Hungersnot aus dem Zimmer und setzt sich auf die Kante von Monas Bett. «Ich stelle dir jetzt ein paar Fragen, Mona. Hör auf zu weinen und hör mir zu.»

Mona streicht sich das Haar zurück und wendet ihr das Gesicht zu.

«Ich habe dir einige Fragen schon gestellt, aber du kannst sie noch einmal beantworten, damit wir wissen, wo wir stehen. Und setz dich auf. Hör auf zu weinen und kümmere dich nicht um Teresas Blödsinn. Setz dich auf, dann gehen wir der Sache auf den Grund, du und ich, wir beide zusammen.»

Mona setzt sich auf und versucht, ruhig zu atmen.

«So ist es besser», sagt Pestilenz und faltet die Hände. «Wir müssen eine Bestandsaufnahme machen.»

«Ja», sagt Mona.

«Er wird vermisst, aber wir wissen zwei Dinge. Erstens, er ist verletzt, nicht schlimm, soweit wir wissen, aber immerhin. Er ist hierhergekommen und dann ins Krankenhaus gegangen.»

Mona nickt.

«St. Anne's und Father Nolan sind alarmiert. Wir waren in allen Pubs, von denen du uns erzählt hast, und in vielen, die du nicht erwähnt hast. Und der nette Mr. Wie-heißt-er-noch-gleich sagt, dass er ein Plakat im Gemeindezentrum aufhängen will.»

«Mr. Colgan.»

«Colgan, genau. Und wir wissen ganz sicher, dass wir uns unter den gegenwärtigen Umständen nicht darauf verlassen können, dass die britische Polizei irgendetwas für einen anständigen Iren unternimmt.»

«Nein.»

«Unser nächster Schritt wird sein, die Krankenhäuser anzurufen. Aber bevor wir das tun, was vermutlich Ewigkeiten dauern wird, will ich, dass du mir ein paar Fragen beantwortest.»

«Ist gut.»

«Hattet ihr Streit? Du und William, hattet ihr Streit, bevor das Baby kam?»

«Nein, ich hab's dir ja schon gesagt, es war alles wunderbar zwischen uns. Perfekt.»

«Perfekt also?»

«Ja, das war es.»

«Na gut. War er mit seinen Freunden unterwegs? Ist er jeden Abend ausgegangen?»

«Nein, nein. Wir hatten ja gar kein Geld, um ständig auszugehen.»

«Bist du dir da sicher? Ist er immer direkt nach der Arbeit nach Hause gekommen?»

«Direkt nach der Arbeit, und das Abendessen war dann immer schon fertig.»

«Gut.»

«Und bei Gallagher sagen sie, dass er auch nicht mehr bei der Arbeit war.»

«Das weiß ich», sagt Pestilenz. «Hab ich dir nicht selbst gesagt, dass du dort anrufen sollst?»

«Ja.»

«Also gut.» Pestilenz schweigt einen Augenblick lang, die Lippen zu einer knittrigen kleinen Rosenblüte geschürzt. Sie blinzelt und wirft Mona einen durchdringenden Blick zu. «Frauen?»

«Nein», antwortet Mona.

«Hör mir zu», sagt Pestilenz und hebt einen Finger. «Er muss ja irgendwo schlafen, oder? Du sagst, dass er kaum Freunde hat, was zu dem passt, wie ich ihn kenne. Er war immer schon ein Träumer, meistens allein oder mit nur einem Menschen zusammen. Aber Mona, und du kannst jetzt aufhören zu weinen, wir müssen genau nachdenken, bitte streng dich an, wenn es geht. Es ist immerhin eine Möglichkeit, oder?»

Mona nickt. «Ich weiß, ich weiß. Aber ich glaube einfach nicht, dass er so etwas tut. Er ist jeden Abend nach Hause gekommen, und wir waren immer zusammen. Ich musste ihn in den letzten Wochen praktisch aus dem Haus scheuchen, er wollte gar nicht weg. Aber er tat mir leid, weil es mir nicht so gutging, und ich wollte natürlich nicht in einem verrauchten Pub hocken, schwanger, wie ich war, davon wurde mir sofort übel, also habe ich ihn rausgescheucht. Ich war es. Er hatte gar keine Gelegenheit, andere Frauen kennenzulernen.»

«Aber er könnte jetzt jemanden kennengelernt haben, oder?»

«Nein.»

«Doch, das könnte er.»

«Nein, habe ich gesagt. Er ist tot. Ich weiß das.» Mona knüllt die Decke mit den Fäusten zusammen.

«Wenn du weiter so heulst, müssen wir unser Gespräch beenden. Ich komme dann später wieder.»

«Nein!» Mona packt ihre Hand. «Mach weiter. Mir geht's gut.»

«Irgendwo hat er ein Bett, Mona. Und dieses Bett gehört einem Mann oder einer Frau, oder ...», sagt Pestilenz, «und ich muss das jetzt sagen, oder es steht in einem Krankenhaus. Wenn er im Krankenhaus ist, dann finden wir ihn irgendwann. Er kann sich ja nicht in Luft aufgelöst haben.»

Sie schütteln beide den Kopf.

«Also», fährt Pestilenz fort und formt mit den Händen ein Dach, «ich habe folgenden Plan, von dem ich auch nicht abweichen werde. Du bist seine Frau und hast vermutlich das Gefühl, hier das Sagen haben zu müssen, aber lass es mich dir erklären. Dieser Junge ist das Kind meines Bruders und damit wie mein eigenes.» Ihre Stimme bricht. «Wir werden morgen über alle Krankenhäuser herfallen. Eins nach dem anderen. Wir werden erneut bei der Polizei anrufen und sie dazu bringen, uns ernst zu nehmen, dann rufen wir in der Leichenhalle an, wenn es hier überhaupt eine gibt, nur um diese Möglichkeit auszuschließen, mehr nicht.» Sie hält inne. «Das tun wir morgen, nachdem du dich ausgeruht und ausgeschlafen hast. Dann fahren wir alle zusammen über Weihnachten nach Hause, mit dir. Wer weiß, ob er dort nicht auf uns wartet und nur keiner auf die Idee kommt, uns zu benachrichtigen. Es wäre ja nicht das erste Mal, dass den Iren vorgeworfen wird, strohdumm zu sein.»

Mona lächelt beinahe.

«Williams Vater geht es nicht gut, überhaupt nicht gut, und jung ist er auch nicht mehr. Er dreht durch und bekommt Angst, wenn sein Tag nicht so abläuft wie immer, und Gott weiß, dass das hier unseren Alltag vollkommen verändert hat. Wir müssen auch an ihn denken. Außer Teresa und mir kann sich keiner so recht um ihn kümmern. Wir wissen, was ihm guttut. Deshalb müssen wir nach Hause und uns darum kümmern, dass er ruhig und vernünftig bleibt. Und wir müssen dich wieder gesund bekommen, Mona.» Pestilenz tätschelt die Decke. «Du brauchst Ruhe. Du brauchst Familie um dich herum, unsere Familie. Du brauchst außerdem anständiges Essen, Lamm und Schweinefleisch, Butter und Sahne. Sieh dich doch an.»

Mona nickt.

«Teresa und ich, wir haben uns so sehr gefreut, als wir hörten, dass er heiraten will. Wir waren so erleichtert zu wissen, dass sich jemand Vernünftiges um ihn kümmert. Das war wirklich ein Hoffnungsschimmer für uns alle.» Pestilenz öffnet die Tür. «William wird wiederauftauchen, früher oder später. Er wird mit eingezogenem Schwanz entweder hierher oder dorthin kommen. Und wenn er wiederkommt, werde ich ihm derart auf diesen Schwanz treten, dass er einmal quer durch England fliegt. Denk an meine Worte.»

31

Ein Händedruck von Sarah beim Gehen, dann ein Kuss auf Monas Wange, dann immer wieder Dank, sie hat eine ganz andere Stimme, eine viel weichere, und will das Holzbaby behalten, sagt, dass auch ihr Mann das Gewicht spüren soll, sie will mit ihm über ihre Erinnerungen sprechen. Mona sagt auf Wiedersehen, wünscht ihr alles Gute und schließt die Tür. So müde.

Mona sitzt in ihrem Arbeitszimmer und stellt die Joley-Puppe in das Gestell, um ihr ein Gesicht aufzumalen. Letztlich sind die Lacklederstiefel gut geworden. Mona hat ein glänzendes schwarzes Federmäppchen gekauft und aufgeschnitten, und um ehrlich zu sein, ist die ganze Puppe perfekt. Am Freitag ist Joleys letzter Tag.

«Ich werde dich vermissen, meine Liebe, und das ist ein Fakt, aber du siehst wirklich toll aus, wenn ich das so sagen darf.» Mona seufzt.

Soll sie noch ein zweites Outfit nähen? Ein kleines Lehrer-Outfit mit Lesebrille und Rohrstock? Mona sieht drüben im Regal ein Stück bernsteinfarbenen Jacquard, der ein hübsches kurzes Jäckchen ergeben würde, mit einem hübschen Knopf an der Taille. Der Knopf könnte der Perlenohrring sein, von dem Mona weiß, dass er noch in ihrer Schachtel mit den Spangen und Clips liegt.

Es ist bald so weit. Nur noch drei Wochen. Am 21. November der Zug nach Birmingham, der Besuch auf dem Friedhof, Valerie treffen, den Zug zurück nehmen. Manchmal verlängert sie um einen Tag, aber im November ist keine Joley mehr da, die in ihrer Abwesenheit das Geschäft übernehmen könnte. Dann muss sie alles selbst machen, die Buchhaltung, das Lager, die Bestellungen, den Laden selbst und den ganzen Computerkram. Und außerdem die zusätzlichen Puppen für Weihnachten.

Es ist schwieriger, als sie dachte, Joleys Gesicht zu malen, ihre Nase und die süßen Apfelbäckchen richtig hinzukriegen. Sie hört die Ladenglocke. Mona rührt sich nicht, denn manchmal sind es auch die Zeugen Jehovas oder junge Männer, die Staubwedel und Kleider aus einer riesigen Tasche verkaufen und ihr versichern, dass sie gerade erst aus dem Gefängnis entlassen seien und keinen anderen Job bekommen konnten, dass sie mit Haushaltswaren hausieren gehen müssten, und sie brauchen doch nur ein bisschen Unterstützung, Missus, könnten Sie mir vielleicht nur ein paar Dinge abkaufen? Sie braucht nichts davon, aber ihr Mitgefühl führt dazu, dass sie jedes Mal fünf Pfund ärmer und um ein Küchentuch reicher ist. Also reagiert sie nicht auf das Klingeln.

Zum bernsteinfarbenen Jacquard könnte Joley ein schwarzes Schürzenkleid aus Cord tragen, mit Spitze abgesetzt, und vielleicht mit einem steifen Kragen. Wäre ein Petticoat übertrieben? Einen dicken schwarzen Lidstrich mit einem kleinen Schwung nach oben für Joleys Augen. Dann klingelt es wieder an der Tür, zweimal und mit einer Selbstsicherheit, die Mona zur Tür treibt.

«Hallo?», sagt sie.

«Mona?»

«Ja. Wer ist da?» Aber sie weiß es schon. Ihre Hände fliegen zu ihrem Haar, lockern es auf. Sie schaut schnell an sich hinunter, was hat sie an? Sie trägt keine Strumpfhose, sie hat Farbe an den Fingern, im Gesicht, an den Handgelenken und sogar am Ärmel ihrer Strickjacke.

«Einen Moment.»

Sie flitzt in ihr Schlafzimmer und reißt sich die Strickjacke vom Leib. Sie zerrt eine andere aus einer Schublade und zieht sie an. Sie beugt sich zum Spiegel der Frisierkommode hinunter, leckt ihren Finger an und glättet ihre Augenbrauen. Für mehr hat sie keine Zeit, er wird sonst bestimmt misstrauisch, und dann wirkt sie entweder eitel oder schlampig. Sie schlüpft in die Schuhe und rennt beinahe zur Tür, schließt auf, macht auf.

Karl steht da mit zwei Einkaufstüten, die er hochhält.

«Abendbrot!», sagt er.

Sie tritt einen Schritt zurück. «Kommen Sie rein, kommen Sie rein.»

Er küsst sie auf beide Wangen. «Sie sehen wunderschön aus. Es ist schön, Sie zu sehen.»

«Sie auch», erwidert sie. Sie tanzen im engen Eingangsbereich ein wenig umeinander herum, weil sie versucht, sich an ihm vorbeizuquetschen, vorauszugehen und ihm den Weg ins Wohnzimmer zu zeigen.

«Ich bitte um Verzeihung», sagt er. «Es macht Ihnen hoffentlich nichts aus, dass ich gekommen bin? Wir hatten natürlich keine Verabredung, aber ich dachte, da ich schon so oft versprochen habe, Ihnen etwas zu kochen ...»

«Nein, nein», antwortet sie, «ist schon in Ordnung.»

«Und dann muss man natürlich manchmal auch spontan sein», sagt er zu ihrem Rücken. «Etwas Ungeplantes tun. Überraschungen halten uns jung.»

«Oh, das finde ich auch», sagt Mona und zeigt ihm den Weg in die Küche.

Er legt die Tüten auf den Arbeitsplatten ab und holt eine Flasche Wein heraus. «Diesen hier», sagt er, «können wir jetzt öffnen und später trinken. Er muss ein wenig atmen. Sind Sie so gut ...?»

«Ja, ja.»

Sie öffnet eine Schublade und holt den Korkenzieher heraus.

«Erlauben Sie mir», sagt er. Er zieht den Korken heraus und lacht. «Ich habe erst an der falschen Wohnung geklingelt, ich dachte, Sie wohnen nebenan. Dort hat man mir gesagt, dass Sie hier wohnen. Da habe ich wohl falschgelegen.»

«Das passiert leicht», sagt Mona.

«Riechen Sie mal», sagt Karl.

Mona hält die Nase an den Flaschenhals. «Oooh», macht sie.

Karl tippt sich gegen die Nase. «Vanille, glaube ich, und etwas Holziges.»

«Holz?», fragt Mona. «Hm. Ich bin nicht sicher.»

Karl holt ein Lebensmittel nach dem anderen aus den Tüten: einen Weißkohl, zwei Styroporschalen mit Huhn, eine Zwiebel, eine Knoblauchknolle, getrocknete Kräuter und Kartoffeln.

«Natürlich kennen Sie sich mit dem Duft von Holz besser aus als ich», sagt er. «Immerhin sind Sie immer in der Tischlerwerkstatt. Wahrscheinlich würde er den Geruch genauer beschreiben können, nicht nur als ‹holzig›.»

«Ich glaube, man riecht auch ein wenig Harz oder so. Ich bin mir nicht ganz sicher. Mit Wein kenne ich mich nicht so gut aus.»

«Probieren Sie ihn.» Er schiebt die Flasche ein paar Zentimeter auf sie zu. Dabei öffnet er ihre Küchenschubladen. Das Besteck klappert. «Messer?», fragt er. «Haben Sie scharfe Messer?»

«Äh, ja, hier.»

Er schiebt die Flasche noch ein wenig näher an sie heran. «Probieren Sie ihn.»

«Das mach ich, ja. Ein bisschen später.»

Er tritt einen Schritt zurück und besieht sich den Herd. «Elektrisch. Hm. Ich habe einen Gasherd. Der Ofen muss ziemlich heiß sein. Nicht glühend heiß, aber ich würde sagen, mittelheiß. Ungefähr sieben.»

Er nimmt eine Menge Raum ein in der Küche. Irgendwie wirkt er größer, oder die Küche ist geschrumpft. Er wirft sich ihr Küchentuch über die Schulter, legt das Küchenbrett vor sich, senkt das Messer mitten in den grünen Kohl und zerteilt ihn in zwei Hälften.

«Ein Sieb», sagt er, «zum Abspülen. Und den Ofen, bitte. Mittlere Hitze, wie ich sagte, nicht zu heiß.»

Mona öffnet einen Küchenschrank und zeigt hinein. «Hier ist alles drin», sagt sie und schaltet den Ofen ein. «Mittlere Hitze. Ich hole die Gläser, in Ordnung?»

Sie geht zurück in ihr Arbeitszimmer, um nach Joley zu schauen. Sie hat keine Augen, und ihr Kopf ist zur Seite gekippt. Eigentlich müsste sie inzwischen ein kleines rotes Mündchen und Haare haben, wild und schwarz, außerdem Ohrringe. Karl singt jetzt, tief und grummelnd, nicht allzu laut. Er stellt klappernd einen Topf auf den Herd, öffnet die Ofentür und schließt sie wieder. Es ist lange her, dass Mona eine Männerstimme in ihrer Küche gehört hat. Sie nimmt die Puppe aus ihrer Halterung und merkt, dass ihre Hände zittern.

Sie legt Joley zur Seite. «Bin gleich wieder da», flüstert sie und schließt die Tür. Sie holt zwei Weingläser aus ihrer Vitrine, bringt sie in die Küche und schenkt ein.

«Ich bin Ihnen schon ein bisschen voraus», sagt Karl, als sie hereinkommt. «Ich habe zu Hause ein Glas Shiraz getrunken, deshalb trinke ich erst weiter, wenn ich unser Essen fertig vorbereitet habe, wenn das in Ordnung ist. Aber Sie müssen den Wein probieren. Nur zu, nur zu.»

Der Wein ist schwer und aromatisch, er schmeckt gut. Sie muss sich beruhigen. Aufhören, ständig herumzurennen. Lächeln, Mona, lächeln.

Sie steht mit ihrem Weinglas in der Küchentür, als Karl die Auflaufform in den Ofen schiebt. Er klatscht zweimal in die Hände und nimmt sein Glas. Er nimmt einen Schluck und fährt sich mit der Zunge über die Lippen.

«Ah, sehr gut. Also! Vierzig Minuten. Jetzt kann sich der Koch entspannen. Kommen Sie, setzen wir uns.»

Wenn sie gewusst hätte, dass er kommt, hätte sie eine Packung Chips oder Nüsschen gekauft. Sie hätte nicht ihr altes braunes Kleid an, und sie hätte zumindest eine ordentliche Strumpfhose über ihre milchweißen Beine gezogen. Erst kommt Sarah unangekündigt, dann Karl. Wenn sie nur geschlafen hätte, wenn es nur nicht November wäre. Sie setzt sich in den Sessel und zieht den Saum ihres Kleides zurecht.

Karl sitzt auf dem Sofa und wirkt, als wäre er bei ihr daheim, den einen Arm auf die Sofalehne gelegt, die langen Beine übereinandergeschlagen.

«Das ist also Ihr Zuhause, Mona. Sehr elegant.»

«Danke schön.»

«Etwas anderes hätte ich auch nicht erwartet.»

Es ist schwer, seinem Lächeln auszuweichen, immer, wenn sie aufschaut, wartet es schon auf sie.

«Tut mir leid, ich hinke ein wenig hinterher, Karl, mit dem einen und anderen, und ich hatte gerade versucht, eine Puppe fertigzustellen. Ich habe eine Assistentin, die aber geht, deshalb mache ich ihr ein Geschenk. Na ja, irgendwie.»

Sein Lächeln flackert. «Ich habe Sie gestört.»

«Nein, nein. Das meinte ich nicht, nur bin ich nicht richtig angezogen, das ist alles.»

Karl zuckt die Achseln. «Aber sehen Sie doch mich an. Ich bin ja nun auch nicht gerade für eine Hochzeit angezogen. Gemütliche Schuhe, ein schlichtes Hemd und eine Hose. Und außerdem sehen Sie perfekt aus für einen Abend zu Hause und ein Essen für zwei.» Er beugt sich vor und hält ihr sein Glas entgegen. «Auf die Gemütlichkeit und die Freude.»

Sie stößt mit ihm an. «Gemütlichkeit und Freude.»

Er trinkt zwei Gläser, sie eins. Er erzählt vom Malbec und von der Essenszubereitung und sagt ihr, wie das Gericht heißt und dass es Andreas' Lieblingsessen war und wann er es zum ersten Mal gegessen hat und wie man es essen sollte und dass man unbedingt Brot mit einer knusprigen Kruste für die Soße braucht und alles in einer tiefen Schüssel mit Rand oder in einer gusseisernen Pfanne servieren muss. Mona hat keine tiefe Schüssel mit Rand. Sie hat keine gusseiserne Pfanne. Er erzählt ihr von der Kunst, den richtigen Wein zum Essen zu reichen. Er sagt ihr, dass man roten Wein zum Fisch und trockenen Weißwein zum Dessert trinken darf und dass es genauso wichtig, nein, noch wichtiger als alles andere ist, den richtigen Menschen das richtige Essen zu servieren, und dass es sowohl beim Essen als auch im Leben darauf ankommt, sowohl Kontraste als auch Ergänzungen zu haben, und dass diese beiden Dinge völlig voneinander verschieden und doch beinahe dasselbe sind, und während er spricht, beobachtet sie seinen Mund und seine Hände, wie er seine Ärmel ordentlich hochgekrempelt hat und wie sich seine schwere goldene Uhr an seinem Handgelenk dreht. Er spricht deutsche Worte mit deutschem Akzent aus, französische mit französischem, und sie fragt sich, wie viele Sprachen er wohl spricht, wie viele Länder er schon gesehen, wie viele Frauen er in seinem Leben geliebt hat. Sie sollte verdammt noch mal endlich in Stimmung kommen. Vielleicht wenn Sarah nicht gekommen wäre ... wenn sie besser geschlafen hätte ...

«Also, Sie sehen, dass es eine Kunst ist, den richtigen Wein zum Essen zu finden», sagt er. «Ich habe viele Jahre gebraucht, es zu lernen, aber Andreas war sehr eigen ...»

«Ich gehe vielleicht nach Hause», sagt sie. Sie hat die

Worte ausgesprochen, bevor sie überhaupt gemerkt hat, dass sie sie gedacht hat.

«Nach Hause? Aber Sie sind doch schon zu Hause, oder, Mona?»

«Nach Irland.»

«Verstehe.»

Mona sieht an ihm vorbei in die Schwärze draußen. In der Hitze des Ofens und der Heizung zerfließt Mona beinahe. Sie möchte sich den Kopf kratzen und sich die Feuchtigkeit von der Oberlippe wischen. Sie steht auf und öffnet eines der hohen Fenster. Sie zieht sich die Strickjacke aus, sodass man die Farbe auf ihrem Arm sehen kann. Sie kann sich nicht erinnern, Parfüm oder Deo benutzt zu haben, aber warum sollte sie auch. Sie hat die Wohnung ja den ganzen Tag nicht verlassen. Sie hat keine Besucher erwartet. Man braucht keinen Duft für einen Abend allein mit einem Sandwich.

«Wollen Sie schon bald gehen?»

«Wie bitte?»

Karl stützt sich an der Sofalehne ab, um aufzustehen. Er stellt sich neben sie. «Wann gehen Sie?»

«Oh, ich weiß noch nicht. Wahrscheinlich nie.»

«Gut», sagt er und geht in die Küche. «Einen Moment lang habe ich mir Sorgen gemacht. Würden Sie gern den Tisch decken?», ruft er. «Es ist immer am besten, finde ich, am Tisch zu essen.»

Mona zieht den Tisch von der Wand und wischt den Staub von der Tischplatte. Sie geht schnell zum Wäscheschrank, findet eine Tischdecke und, weil Gott gnädig ist, auch zwei Servietten. Sie beeilt sich, Messer und Gabeln und zwei Wassergläser hinzustellen, inzwischen schwitzt sie und hört, wie er in der Küche mit Tellern hantiert, den immer gleichen Refrain, den er summt, seine lauten Geräusche, und sie fürchtet, er könnte etwas zerbrechen. Kaum hat sie den Tisch gedeckt, kommt er auch schon langsam ins Wohnzimmer, mit zwei großen Tellern, beladen mit Essen, mehr, als Mona jemals auf einmal gegessen hat.

«Abendessen ist fertig», sagt er, stolz wie ein Schuljunge.

Die Stille scheint ewig zu dauern. Mona weiß, dass sie etwas sagen sollte, und sie weiß, dass er darauf wartet. Er hat sich solche Mühe gegeben, alle Zutaten und eine gute Flasche Wein gekauft, er war charmant und geistreich, hat daran gedacht, dass sie an einem Samstagabend vermutlich allein zu Hause sitzt. Und das Essen ist sehr gut.

«Das ist wirklich ganz großartig zubereitet, Karl. Wirklich gut. Es ist wunderbar.»

«Wenn etwas mit Liebe gekocht ist, schmeckt es immer gut. Ich habe es für Sie gemacht.»

Er greift über den Tisch und legt seine Hand auf ihren Arm. Mona lächelt, ohne von ihrem Essen aufzublicken. Dann hört man nur noch das Geräusch ihrer Messer und Gabeln auf dem Teller, ihr Schlucken, und nach fünfzehn Minuten ist sie fertig, sie hat genug.

«Kein Wunder, dass Sie so schlank sind», sagt er. Er schenkt die Gläser voll, bis die Flasche leer ist.

Mona lehnt sich zurück und trinkt Wasser. Aber Karl trennt das Fleisch von der Hähnchenbrust, benutzt das

Messer wie ein Chirurg, bis ein ordentlicher Haufen Knochen auf der rechten Seite seines Tellers liegt und ein Stück schlaffe Haut auf der linken. Er hat den Kopf über den Teller gebeugt, und sie schaut ihm zu, sieht die braunen Flecken an den Seiten seines Halses und die Altersflecken auf seiner Hand. Er hat niemanden, der ihm sagt, dass sein Kragen im Nacken eingestülpt ist und dass sein Haar zu lang für einen Mann seines Alters ist und einen Schnitt braucht. Er blickt auf.

«Es tut mir leid. Ich esse neuerdings ziemlich langsam. Aber jetzt bin ich fertig.»

«Lassen Sie sich Zeit», sagt sie. «Ich will Sie nicht drängen.»

Sie sieht, dass sich ein wenig Soße in seinen Mundfalten gesammelt hat, ein Tropfen hängt an seinem Kinn, und seine Nase glänzt vor Schweiß. Sie steht auf.

«Ich mache Kaffee, soll ich?»

Mona trinkt niemals Kaffee nach sechs Uhr. Wenn sie doch einen trinkt, schläft sie nicht ein, aber nach heute Abend kann sie vermutlich ohnehin nicht mehr schlafen. Sie wird abwaschen und aufräumen müssen, und sie betet, dass er nicht darauf besteht, ihr dabei zu helfen. Selbst bei offenem Fenster ist es in ihrer Wohnung viel zu heiß, und es riecht anders. Sie hat keine Pfefferminzbonbons mehr, die sie zum Kaffee servieren könnte, und es ist Instantkaffee, den er mit seinem europäischen Gaumen vermutlich grauenvoll findet, und alles, einfach alles, ist ganz falsch. Sie hätte die Tür nicht öffnen sollen. Das weiß sie jetzt.

Sie bringt zwei Becher ins Wohnzimmer. Er sitzt auf dem Sofa und ruht sich aus.

«Kommen Sie und setzen Sie sich neben mich», sagt er und klopft auf den Platz neben sich.

Sie gibt ihm seinen Becher und setzt sich. Die Kissen fühlen sich hart und unbenutzt an, und ihr fällt ein, dass sie schon seit Jahren nicht mehr auf dem Sofa gesessen hat, vielleicht nur einmal, als sie es kaufte, und wann war das? Sie wirft einen Blick auf ihren Sessel und sieht auch ihn mit anderen Augen. Er sieht aus wie ein erbärmlicher Thron und nimmt mit dem kleinen Tischchen an der Seite viel zu viel Platz weg, die Lampe und die Fernbedienung in der Nähe, als säße ein Kranker Abend für Abend allein darin, schaute Quizsendungen und Shoppingprogramme. Sie schämt sich schon wieder und fragt sich, ob er sie wohl so sieht.

«Danke, Karl», sagt sie. «Ich bin ganz gerührt, dass Sie an mich gedacht haben.»

«Gern geschehen», antwortet er und berührt ihren Arm so leicht, dass es kitzelt und sie zusammenzuckt.

«Ups.» Sie hält ihren Becher mit beiden Händen fest und spürt, dass das Lächeln in ihrem Gesicht erstarrt.

Er verliert kein Wort über den Kaffee oder über ihre Aufregung oder über die Farbe, die er auf ihrem Arm gesehen haben muss. Stattdessen plaudert er charmant über die Freunde, die er an diesem Tag besucht hat, über ihr Essen und seine Entscheidung, sie zu besuchen.

«Jetzt, da Andreas mich nicht mehr braucht, besser gesagt, jetzt, da er tot ist, muss ich mich bemühen, meine Tage zu füllen.»

Mona nickt. «Ja.»

Er seufzt tief, zweimal, dann reicht er ihr seinen Becher.

Er steht auf und reibt sich die Hände. «Also, ich glaube, ich habe Ihre Zeit schon genug beansprucht, Mona. Und außerdem braucht man in meinem Alter den Schönheitsschlaf mehr als gute Gesellschaft. Beinahe.»

Er verbeugt sich leicht und krempelt seine Hemdsärmel herunter. Er knöpft die Manschetten zu, nimmt seine Jacke von der Stuhllehne und zieht sie an.

«Ich hoffe, Sie halten mich nicht für unhöflich, wenn ich gehe, ohne beim Abwasch und so weiter zu helfen, aber, wenn ich das sagen darf, Sie wirken ein wenig müde. Wie ich es übrigens auch bin.»

«Oh, Sie haben vollkommen recht, Karl. Ja, und machen Sie sich um die Unordnung keine Sorgen. Das kann bis morgen früh warten. Ich lasse einfach alles liegen.»

«Wie Sie meinen.»

Sie führt ihn zur Wohnungstür und tritt zur Seite. «Vielen Dank für den wunderbaren Abend. Sie sind sehr großzügig, Karl. Es tut mir leid, dass ich nicht besser vorbereitet war.»

Er beugt sich zu ihr hinunter und küsst sie behutsam auf die Wange.

«Machen Sie sich keine Sorgen», sagt er. «Es hat schon ausgereicht, Sie zu sehen.»

Sie lächelt, und er küsst sie wieder behutsam, auf die andere Wange.

«Gute Nacht», sagt sie, aber sein Gesicht ist ganz nah, und sie spürt seinen Atem. Er küsst sie noch einmal schnell auf beide Wangen und dann auf den Mund, zuerst ganz sanft und dann fest, drängend. Sein Arm schlingt sich um ihre Taille und zieht sie zu ihm heran.

Sie steht jetzt, an seine Brust geschmiegt, spürt seine Hand im Rücken, die sie an ihn drückt.

«Mona», flüstert er.

Sie lehnt sich zurück, aber er folgt ihr. Sie ist ganz hart und angespannt. Beinahe hebt sie den Arm, um sich zu ergeben. Er darf das nicht tun. Sie legt die Hände auf seine Schultern und stemmt sich sanft gegen ihn und findet einen Tonfall, der zu ihrer Zurückweisung passt.

«Karl, es war wunderbar. Wirklich wunderbar. Vielen Dank.» Sie löst sich aus seiner Umarmung und lächelt ihn breit an. «Gute Nacht.» Sie legt die Hand auf die Klinke und drückt sie hinunter. Seine heiße Hand legt sich auf ihre.

«Du bist so wunderschön», sagt er.

«Schon gut, Karl. Da spricht der Wein aus Ihnen. Sie hatten mehr als ich, das steht fest.» Sie lacht ein wenig und versucht, die Tür aufzuziehen.

«Nein», murmelt er. «Es ist nicht der Wein.»

«Tja», sagt sie und reißt an der Tür, die sich so öffnet, dass er ausweichen muss, «jedenfalls ist es schon spät.»

Er schließt seine Jacke und zieht die Augenbrauen hoch. «Verstehe.»

«Es war ein wunderbarer Abend, wirklich, aber lassen Sie ihn uns nicht verderben.»

«Ich wusste nicht, dass ein Kuss etwas verderben kann, Mona.»

Sie schließt die Augen.

«Ich fürchte, wir missverstehen uns», sagt er. Sie spürt, dass er an ihr vorbei und durch die Tür geht.

«Ja», sagt sie, «vielleicht haben Sie recht.»

Sie hat nicht vor, die Tür zuzuknallen, aber entweder ist es der Durchzug, oder die Klinke gleitet ihr aus den Fingern, oder sie will einfach zu sehr, dass er geht, jedenfalls ist der Lärm ohrenbetäubend, geradezu unanständig laut. Sie steht im Flur und lauscht seinen Schritten, die immer leiser werden und schließlich verklingen. Sie bleibt noch einen Moment länger dort stehen und schließt ab, und dann fährt sie mit den Fingerspitzen den Umriss ihrer Lippen nach und berührt die Stelle, wo sein Mund sie auf die Wange geküsst hat. Sie hätte die Tür gar nicht erst öffnen dürfen.

32

Der Weg hinaus zum Rubery-Hill-Krankenhaus ist weit, ein langer Fußmarsch, zwei Busse und noch ein Fußmarsch, aber Mona besteht darauf, allein zu gehen. Sie will sich nicht die ganze Zeit das Gerede der Tanten anhören müssen.

Pestilenz hat im Flur direkt neben dem Münztelefon einen Stuhl aufgestellt, und Mona saß drei Tage lang da und arbeitete sich, eine Tüte Münzen neben sich und einen Schal um die Schultern, durchs Telefonbuch. Sie musste in der Leitung bleiben, zurückrufen, eine Beschreibung abgeben, beweisen, wer sie ist, was beinahe unmöglich war, und manchmal brach die Leitung zusammen, und sie musste von vorn anfangen. «Wer, sagen Sie?», «Niemand, auf den diese Beschreibung passt», «Nein, tut uns leid.» Mona wählte und wartete und kam nicht von der Stelle, bis sie beim Rubery Hill anrief. «Wie war noch mal der Name? Lassen Sie mich nachsehen. Ja. Ich stelle Sie durch.»

Der Hollymoor-Anbau sieht aus wie eine Schule, blutroter Ziegel und hohe Fenster, Bäume und Büsche an der Zufahrt, aber hineinzukommen ist fast unmöglich. Verschlossene Türen und Schlösser und Riegel überall.

«Zu Dr. Wright, nach links und den Flur entlang.»

Ganz am Ende eines langen Flurs bohnert ein alter Mann das Linoleum mit einer Bohnermaschine; ein anderer Mann, der sich das Haar über die Glatze gekämmt hat, geht mit einer Zigarette im Mund immer zwischen den Wänden hin und her. Mona liest die Schilder an jeder Tür, und als sie den Namen Dr. Wright sieht, klopft sie.

«Ich bin gekommen, um meinen Mann William zu besuchen», sagt sie der Sekretärin. «Ich habe einen Termin.» Sie bekommt eine Tasse Tee und soll im Büro des Doktors warten.

«Er kommt immer zu spät.»

Es sieht hier gar nicht so aus wie in den Arztpraxen, die Mona kennt. An den Wänden hängen Bilder von Wasserfällen und Sonnenuntergängen, zwei durchgesessene Sofas und vier Sessel stehen da.

Ein alter Schreibtisch aus dunklem Holz verschwindet beinahe unter Papierstapeln, auf denen zwei Telefone stehen. Es riecht wie im Hinterzimmer eines Pubs, nach altem Rauch und etwas Metallischem. Vielleicht sind es die Gitter vor den Fenstern. Mona setzt sich mitten auf ein grünes Sofa, aber die Sprungfedern geben nach, und sie sinkt so tief ein, dass sie sich Mühe geben muss, noch einigermaßen würdevoll auszusehen. Von irgendwoher hört sie Popmusik und das wilde, unordentliche Lachen von jemandem.

Sie will den Teebecher abstellen, sie will sich den Rock ein wenig tiefer über die Knie ziehen und sichergehen, dass sie nicht so angespannt wirkt, wie sie sich fühlt, damit sie erklären kann, warum man William entlassen muss, dass er niemals zu laute Popmusik hört oder wie ein Irrer brüllt, und außerdem ist sie diejenige, die bestimmen muss, was mit William geschieht, weil sie seine Frau ist. Aber immer wenn sie sich bewegt, kleckert sie Tee auf ihren Mantel, und sie weint fast, als sich die Tür öffnet.

Wenn er ein Arzt ist, trägt er jedenfalls keinen weißen Kittel. Er trägt Jeans und einen großen Shetlandpullover, wie ein Bauer. Mitten im Winter trägt er braune Sandalen und hat sich mindestens ein paar Wochen lang nicht mehr rasiert. Ohne zu fragen, beugt er sich vor und zieht Mona in die Aufrechte.

«Dieses Sofa hat auf jeden diese Wirkung», sagt er. «Es fühlt sich an, als würde man bei lebendigem Leib aufgefressen.»

Er zeigt auf zwei rote Kunstledersessel, und sie setzen sich.

«Tut mir leid, tut mir leid», sagt er sofort. «Ich hätte mich vorstellen sollen. Ich heiße Bob. Bob Wright. William ist mein Patient. Ich bin hier der leitende Psychiater.» Er schüttelt ihre Hand. «Sie sind Desdemona, Williams Frau. Und ich muss mich für meine Verspätung entschuldigen. Also», sagt er und klatscht in die Hände. «Da wären wir. Wir sind mit William noch nicht sehr weit gekommen. Was wir inzwischen wissen, mussten wir ihm Stück für Stück aus der Nase ziehen. Über Sie wussten wir nichts.»

«Hat er Ihnen nicht gesagt, dass er verheiratet ist?»

«William hat seit seiner Einweisung kaum ein Wort gesprochen.»

Mona stellt ihren Becher auf dem Boden ab und holt einen Umschlag aus ihrer Tasche. «Es ist alles hier drin», sagt sie. «Williams Geburtsurkunde, meine Geburtsurkunde und unsere Heiratsurkunde.» Sie hält den Umschlag direkt vor sein Gesicht, weil sie weiß, dass sie jung aussieht für ihr Alter und viele Leute heutzutage gar nicht mehr heiraten, aber sie und William haben es getan, und sie hat den Beweis dafür.

Der Doktor legt die Hand auf den Umschlag und schiebt ihn sanft weg. «Das ist in Ordnung, wir brauchen keine Ausweise. Wir freuen uns, dass Sie hier sind und dass William jemanden hat, der sich um ihn kümmert. Im Moment kümmert er sich kaum um sich selbst.» Der Doktor zündet sich eine Zigarette an und ascht in seine Handfläche. «Lassen Sie mich von Anfang an erzählen», sagt er. «Es ist für Sie vielleicht schwierig, aber gleichzeitig am besten, dass wir uns über Williams psychische Gesundheit im Klaren sind.»

«Er ist verrückt?»

«Er ist krank. Sehr krank.»

Ohne jede Vorwarnung ist Mona plötzlich ungeheuer wütend auf den Doktor und seine abgerissene Kleidung, der sich nicht einmal die Mühe macht, aufzustehen und den Aschenbecher oder den Mülleimer zu holen, der sich nicht die Mühe macht, einen Blick auf die drei Dokumente zu werfen, und offenbar kein Hemd und auch keine Winterstiefel besitzt.

«Warum hat er nicht Kontakt zu mir aufgenommen?», fragt sie.

«Er bekommt starke Medikamente, fürchte ich, und wie ich schon sagte, er hat niemandem von Ihnen erzählt.»

«Kann ich ihn sehen? Ich meine, er kann doch nach

Hause, oder? Er hat nichts getan. Er hat gegen kein Gesetz verstoßen.»

Der Doktor zieht zweimal an seiner Zigarette, bevor er spricht. «Verzeihen Sie, aber nein, er kann nicht einfach nach Hause. Ich habe ein paar Stunden mit William verbracht, seit er eingewiesen wurde. Er hatte, um es einfach auszudrücken, einen Zusammenbruch, eine emotionale Psychose. Er hat versucht, sich selbst und andere zu verletzen. Ziemlich ernste Sache, fürchte ich. William stellt ein Risiko nicht nur für sich selbst, sondern auch für die Öffentlichkeit dar.»

Mona sagt nichts, und der Doktor raucht seine Zigarette.

«War er in der Vergangenheit schon einmal psychisch krank?», fragt er schließlich.

«Nein, war er nicht», antwortet sie. Sie kann ihre eigene Stimme kaum hören. Sie hat einen Kloß im Hals und Schwierigkeiten, die Worte herauszubringen.

«Dem Polizeibericht nach wurde er betrunken in einem Geschäftseingang gefunden, mit aufgeschnittenen Handgelenken.»

Mona schnappt nach Luft.

«Es war ein ernsthafter Selbstmordversuch, Mona, wenn auch nicht sehr fachkundig durchgeführt. Er hatte schon viel Blut verloren, bevor er gefunden wurde. Im Krankenhaus ist er sehr gewalttätig geworden, hat zwei Krankenschwestern und einen Polizisten mit einem Schraubendreher angegriffen, um sich dann selbst zu verletzen. Er hat sich in den Arm gestochen, hier. William ist das, was wir ‹zwangseingewiesen› nennen, das bedeutet, er ist zu seiner eigenen Sicherheit in der Psychiatrie aufgenommen worden. Er hat uns kaum etwas Persönliches gesagt, keinen Namen, keine Adresse oder Ähnliches, daher konnten wir keine Verwandten kontaktieren. Hätten Sie sich nicht gemeldet, bezweifle ich, dass wir je mehr erfahren hätten.»

Der Doktor schaut auf die jetzt erloschene Zigarettenkippe.

«Nach Ihrem Anruf gestern haben wir mit William gesprochen. Er ist nicht übermäßig mitteilsam, aber wir konnten aus dem Gesagten schließen, dass William und Sie neulich ein Baby verloren haben.»

Mona nickt.

«Es tut mir leid.»

Mona steht schnell auf, holt den Papierkorb und stellt sich vor den Doktor. «Hier», sagt sie, «tun Sie es hier hinein.»

Der Doktor nimmt ihr den Papierkorb ab, wischt die Asche von der Handfläche, wirft die Kippe hinein und stellt ihn auf den Boden. Dann zündet er sich die nächste Zigarette an.

«Sie auch?», sagt er und hält Mona das Päckchen hin.

«Nein.»

«Vernünftig. Was uns nicht klar ist, ist die Sache mit dem Bombenanschlag.»

«Nein, damit hatte er nichts zu tun, er war nicht einmal dort, wenn es das ist, was Sie sagen wollen.»

«Nein, da missverstehen Sie mich», sagt der Doktor. «Was ich meine, ist, dass William eine ganze Reihe Verletzungen hatte, und wir fragen uns, ob er vielleicht eins der Opfer ist, ob er in dem Pub war, als die Bombe explodierte.»

«Er wurde verprügelt, weil er Ire ist. In der Nacht des Bombenanschlags wurde er überfallen. Sein Freund und er, und Tom ist jetzt auf einem Auge blind. Engländer haben ihn angegriffen, und jetzt will ich ihn sehen.»

«Verstehe, ja.»

«Und dann, als er nach Hause kam, war ich nicht da, und er ist sofort ins Krankenhaus gefahren, weil er sich Sorgen um mich gemacht hat, und da hat er dann erfahren, dass unser Baby gestorben ist.»

«Ja, es tut mir sehr leid.»

«Sie hat überhaupt nicht geatmet. Ich wusste es schon früher, in meinem Herzen wusste ich es, aber William hatte keine Ahnung. Sie sah so vollkommen aus, als müsste sie am Leben sein, aber sie war es nicht. Ich habe nichts falsch gemacht. Es lag nicht daran, dass ich etwas nicht richtig gemacht hätte, wenn Sie das glauben oder wenn er das glaubt. Sie ist in mir gestorben, aber ich konnte nichts dagegen tun. William hätte auch nichts tun können. Es konnte nicht verhindert werden.»

«Nein.»

«Er wollte sie nicht einmal auf den Arm nehmen. Ich habe sie ihm hingehalten, aber er konnte es nicht. Er hat sie angesehen, glaube ich. Ich erinnere mich nicht mehr. Er hat sie nicht einmal auf den Arm genommen. Sein Gesicht war ganz blutig, die Haare staubig, und seine Kleidung war schmutzig, aber ich habe erst hinterher gemerkt, dass ihm etwas passiert sein musste. Mir und dem Baby und William, uns allen ist in derselben Nacht etwas passiert. Keiner wusste, wo er war, seine Tanten nicht, ich nicht, niemand.» Sie weint, aber es kümmert sie nicht. «Wenn er versucht hat, sich umzubringen, dann wegen des Schocks. Wenn der nachlässt, geht es ihm sicher bald besser. Ich musste auch damit zurechtkommen. Und habe es geschafft. Er braucht nur ein bisschen Zeit und die Gesellschaft seiner Familie. Ich fahre mit ihm zurück nach Irland. Wissen Sie eigentlich, wie es ist, als Ire in Birmingham zu leben? Wissen Sie das?» Sie zeigt den Flur hinunter. «Ich sollte hier sein, nicht er.»

«Manchmal denke ich das auch», sagt er leise. Der Doktor ist eigentlich gar nicht so alt. Er hat ein paar graue Strähnen, aber sein Gesicht ist ganz glatt. Seine Augen wirken uralt, die Schultern hängen in seinem riesigen Pullover. Die Haut hat dieselbe Farbe wie die grauen Wände in seinem Büro. «Hören Sie», fährt er fort, «das alles ist unglaublich schwierig für Sie. Dasselbe gilt für William. Zu behaupten, er sei labil, ist noch eine Untertreibung. Er geht zu keiner der Gruppensitzungen, an deren Beteiligung wir sehr interessiert sind und die wirklich helfen. Was wir über seine Gefühle wissen, liefert er uns nur bruchstückhaft und in seinem Tempo, auf seine Weise. Es ist noch sehr früh. Wir wollen unbedingt vermeiden, dass William in eine Abhängigkeit gerät. Wir haben viele Patienten, die für kurze Zeit hier sind und dann entlassen werden. Dann kommen sie für eine längere Zeit. Sie werden entlassen, und alles wiederholt sich immer und immer wieder. Wir wissen noch nicht sicher, ob das hier eine einmalige Episode bleibt. Wir haben hier solche, die vom Gericht zur Einschätzung hierher überwiesen werden, solche, die wirklich hierbleiben müssen, und ein oder zwei, die nicht hierhergehören. Wir tun unser Bestes.» Er steht auf, raucht seine Zigarette zu Ende und drückt sie an der Kante des Papierkorbs aus. «Möchten Sie ihn jetzt sehen?»

Mona nickt.

«Ich sage es noch einmal. Williams Zustand ist labil. Er meint es ganz ernst, wenn er sagt, dass er nicht hier sein will, was bedeutet, dass er nicht mehr leben möchte. Er quält sich, psychisch, und das kann ebenso weh tun, wie wenn man sich den Arm bricht oder sich schneidet, nur dass das alles hier stattfindet», er tippt sich auf die Stirn, «wo es niemand sieht. Leider sind diese Schmerzen am schwierigsten zu therapieren. Aber sie werden wieder gesund, wissen Sie. Viele unserer Patienten sehen wir nie wieder.» Der Doktor öffnet die Tür. «Am schwersten fällt es William, die Frage nach dem Warum zu beantworten. Warum er versucht hat, sich das Leben zu nehmen, und warum er sich fühlt, wie er sich fühlt. Also fragen Sie ihn nicht danach. Sprechen Sie nicht von der Zukunft, das kann ihn überfordern. Wenn Sie von der Vergangenheit sprechen, dann tun Sie es kurz, positiv und so neutral wie möglich. Vielleicht von einem Urlaub, den Sie gemeinsam verbracht haben, oder einer angenehmen Erinnerung. So etwas. Er wird Ihren Besuch schwierig finden, weil Sie ihn an die Erlebnisse erinnern werden, die zu seiner Einweisung geführt haben. Seien Sie vorsichtig, Mona.» Er drückt einen Summer, öffnet eine Tür und schüttelt ihre Hand. «Wir sprechen danach noch einmal.»

Die Sekretärin führt sie durch den Flur zu einer weiteren verschlossenen Tür, auf der «Tagesraum» steht. Vor den Fenstern sind Gitter, und der Raum ist viel zu hell erleuchtet. Die Luft darin ist stickig, aus dem Fernseher dringt klirrendes Gelächter. Niedrige Sessel sind um Plastiktische gruppiert. Durch eine Wand aus Drahtglas sieht Mona zwei Krankenschwestern an ihren Tischen und ein großes goldenes Schild, auf dem «Frohe Weihnachten» steht.

Mona sieht sich im Raum um. Da ist er, in einem Sessel, der dem Fenster zugewandt steht. Sie geht langsam auf ihn zu und stellt sich vor ihn hin.

Sie weiß auch nicht, was sie erwartet hat, aber das nicht. Nicht diesen Schatten seiner selbst. Nicht diesen Schatten, der an ihr vorbeischaut, dessen Mund Worte formen, die er nicht herausbringt. Die Zunge hängt ihm schlaff aus dem Mund. Er trägt die grauenvollen Kleider eines alten Mannes, die sackartig an seinem Körper herunterhängen.

Sie zieht einen Stuhl heran und legt sich die Handtasche auf den Schoß. Vielleicht rennt er weg, wenn sie ihn berührt, also tut sie es lieber nicht.

«Hallo, William», sagt sie. Er leckt sich die Lippen. «Wie geht es dir?» Sie beugt sich vor. Sie will sein Gesicht sehen. Es ist teigig, gedunsen, als hätte er an Gewicht zugelegt, dabei ist er dünner als je zuvor. Sie sieht die gelblichen Spuren von Verletzungen und eine schorfige Wunde auf seiner Wange.

Er macht mit dem Kinn eine Bewegung in Richtung Glaswand, als wollte er ihr sagen, dass sie hinausschauen soll, in den Wintergarten, in dem Holztröge mit violetten Winterstiefmütterchen stehen. Mona fragt sich, ob sie wohl von den Insassen gepflanzt wurden, praktisch in Zwangsarbeit. Sie fragt sich, ob wohl auch die Holztröge von Männern wie William gebaut wurden, die vor ihren Familien und den Menschen weggesperrt sind, die sie lieben.

«Sehr hübsch», sagt sie, «sehr hübsche Blumen.» Es klingt, als spräche sie mit einem Baby. Aber was soll sie auch sagen? Wo warst du? Was hast du getan? Warum hast du versucht, dich umzubringen? «William, ich bin ja so froh, dass ich dich gefunden habe.»

Er fährt sich mit der Zunge über die Zähne, zwischen Zähne und Lippen. Sein Kiefer hängt schlaff herunter.

«Und deine Tanten werden sich auch freuen. Teresa und Margaret. Sie lassen dich grüßen.»

Ein dünner Spuckefaden tropft von Williams Unterlippe auf seine Brust.

«Nein», sagt er.

«Nein was?»

Um sie herum sind Leute. Ein Paar mittleren Alters sitzt eng beieinander und hält Händchen. Ein junger Mann, beinahe noch ein Junge, sitzt vor ihnen, wiegt sich hin und her und wippt in seinem Sessel auf und ab. Er lächelt und redet, seine Finger zucken in der Luft, als dirigierte er eine Symphonie. Aber seine Eltern lachen nicht. Sie beobachten ihn mit tränengefüllten Augen und zusammengesackten Schultern. An einem kleinen Couchtisch am anderen Ende des Raums arbeiten zwei Leute nebeneinander an einem Puzzle. Sie haben den gleichen Kopf, das gleiche Gesicht, wie Bruder und Schwester. Sie sitzen ganz ruhig da, reichen sich gegenseitig Puzzlestücke, versuchen sie einzupassen und sortieren sie aus, sie arbeiten sich methodisch durch den Haufen. Ein schwarzer Mann steht in einer Ecke, er windet sich und dreht immer wieder den Kopf, die Augen geschlossen, die Fäuste vor der Brust geballt. Andere Patienten haben keine Besucher. Aber es gibt auch Besucher ohne Patienten. Und da sind William und Mona. Sie legt ihm die Hand aufs Knie.

«Du gehörst hier nicht hin, William.»

«Nein», sagt er und lässt seine Zunge zwischen den nassen Lippen heraushängen. Seine Augen sind ganz trüb, die Lider schwer. Sein langes schwarzes Haar starrt vor Fett und hängt in ungleichmäßigen Strähnen um sein Gesicht.

«Du wirst wieder gesund, wenn du mit nach Hause kommst», sagt sie. «Ich helfe dir. Sobald du hier raus bist, kannst du gesund werden. Du gehörst hier nicht hin, William. Komm nach Hause. Wir besorgen dir Medikamente. Ich helfe dir.»

Er ruckt vor, packt ihre Handtasche, rammt sie ihr in den Bauch, und sie jault auf. Er schubst sie zurück, und sie fällt vom Stuhl. Sie rappelt sich wieder auf. William beginnt, sanft hin und her zu wanken, als balancierte er auf einem Schiffsbug. Er starrt an ihr vorbei durch das Fenster, den Blick auf etwas da draußen geheftet.

«William! Ich bin's, Mona.» Sie zieht ihren Mantel zurecht. Zwei Schwestern starren durch das Drahtglasfenster, rühren sich aber nicht. Die Leute gucken jetzt. Die Eltern des Jungen, die Puzzlefrau. «William, ich bin da. William. Was siehst du da draußen?»

Mona geht hinaus, den Flur entlang, biegt sofort rechts ab und geht durch den Garten, der das Gebäude umgibt, und sucht nach den Holztrögen. Alle Tore sind verschlossen, alle Zäune zu hoch, als dass sie hinüberklettern könnte. Sie findet einen Weg zwischen den Bäumen hindurch, aber der führt sie nur zu einer Ziegelmauer mit Stacheldraht darauf und einem Schild, auf dem steht «Privatgrundstück».

Irgendwo darin ist William. Sie geht den Weg zurück und versucht einen anderen Weg, aber es gibt keinen Zugang zum Gelände. Wenn William doch nur aus dem Fenster schaute, dann könnte er sie sehen. Er kann sie ja nicht für immer ignorieren. Aber auch am Ende des anderen Weges ist wieder ein Schild. «Kein Zugang. Betreten verboten.»

33

Am nächsten Tag findet sie ihn wieder im selben Sessel. Sie hat saubere, warme Kleidung in einem Einkaufsbeutel mitgebracht, Seife, einen Rasierer und einen Kamm. Sie muss alles bei der Schwester im Büro abgeben, bevor er die Dinge bekommen kann, zu seiner eigenen Sicherheit, sagen sie, während sie die Tasche durchwühlen. Mona hat Sandwiches und eine Schweinefleischpastete, eine Flasche Limonade und ein paar Kekse mitgebracht. Die Flasche darf sie nicht mit hineinnehmen, sagen sie, aber sie darf ihm ein Glas einschenken, wenn sie möchte.

Sie setzt sich neben William, zieht ihren Stuhl ganz nah heran und riecht seinen Schweiß, den Gestank des anderen Mannes, dem diese Kleider gehören, vielleicht dem Mann im Arbeitsoverall, der mit seiner Schwester vor dem Puzzle sitzt, oder dem Mann, der ständig den Kopf verdreht.

«Hallo, William», sagt sie und tätschelt seine Hand. Sie bemerkt die Verbände an seinen Handgelenken und die blauen Flecken an seinen Knöcheln. «Geht es dir gut?»

Nichts.

«Ich habe dir etwas zu essen mitgebracht, sie sagen, dass du das später bekommen kannst. Dein Lieblingsessen, William.»

Die Zunge gleitet aus seinem Mund.

«Du musst essen, wenn du gesund werden willst. Das würde Teresa sagen, nicht wahr? Sie lassen dich beide lieb grüßen. Teresa und Margaret. Sie haben sich beide solche Sorgen gemacht. Das haben wir alle.»

Der Fernseher ist heute noch lauter. Ein Pferderennen, der Kommentator schreit fieberhaft, aber niemand schaut zu. Sie hat zu viel Angst, den Fernseher auszuschalten.

«Da drüben gibt es Puzzles. Wollen wir eins machen, William? Du magst doch Puzzles.»

William beugt sich vor und legt den Kopf auf die Knie.

«Geht es dir nicht gut? Ist dir schwindelig? Soll ich eine Schwester rufen?»

Seine Arme hängen schlaff herab, die Finger stoßen auf den Teppich. Überall sind Verrückte, keiner weiß, wozu sie fähig sind. Dies hier ist kein Ort für ihren Mann, der trauert und unter Schock steht.

«Soll ich dich nach Hause bringen, William?»

Er springt auf die Füße. Er tritt Möbel aus dem Weg, läuft aus dem Zimmer und ist verschwunden. Mona schaut zu den Schwestern hinter dem Drahtglas, aber die trinken nur Tee und lachen und kleben kleine grüne Stechpalmenaufkleber ans Fenster und achten gar nicht auf sie. Die Dame mit dem Puzzle lächelt, aber Mona will nicht mehr herkommen, sie wird dafür sorgen, dass William hier rauskommt. Sie wird ihn niemals verlassen.

Sie läuft den Flur zu Dr. Wrights Büro hinunter. Seine Tür steht offen. Er sieht sie und wendet sich ihr zu.

«Kommen Sie rein, kommen Sie rein.» Er schiebt Papiere auf seinem Schreibtisch herum, nimmt ganze Stapel auf und legt sie an anderer Stelle wieder ab. «Irgendwo hier muss es doch sein», sagt er, «ein Brief über das Baumhaus, das ich für mein kleines Mädchen baue. Baugenehmigung. Nicht bewilligt. Deshalb werde ich Beschwerde einlegen. Fast zwei Quadratkilometer Garten, und die sagen, es sei unangemessen oder so. Was stand da noch in dem Schreiben? ‹Unangemessen› war es nicht. Weiß nicht mehr. Irgend so etwas jedenfalls. Mit anderen Worten, ich darf kein kleines Häuschen für meine Tochter bauen. Also lege ich Beschwerde ein. Ich werd's denen schon zeigen.»

Er wühlt sich durch haufenweise Briefe und Berichte, Akten und Rezepte, stellt zwei Kaffeetassen und ein schmutziges Glas weg, stellt sich dann vor einen Aktenschrank und tut dort dasselbe.

Mona schaut ihm zu, will ihm sagen, dass er methodisch vorgehen muss, dass er die Oberfläche erst aufräumen muss oder sich zumindest von einem Ende zum anderen durcharbeiten soll. Sie will ihm sagen, dass er den Mund halten und sich lieber um die schrecklichen Dinge kümmern soll, die sie William antun. Sie würde ihn am liebsten schlagen, weil er sie von ihm fernhält, weil er ihn nicht heilt und gesund macht mit seiner ganzen Wissenschaft und den Tabletten und langen Wörtern. Er macht William nur glotzäugig und lässt ihn sabbern, in einem billigen, riesigen Pullover, der ihm nicht gehört und ihn aussehen lässt wie einen Irren. Können Sie ihn nicht wenigstens waschen? Ihm die Haare kämmen? Ihn gehen lassen?

«Oh, Herrgott noch mal», murmelt der Doktor, der ihr

den Rücken zugewandt hat. «Sie werden mir eine Kopie davon schicken müssen. Wie geht es ihm?»

«Er sieht schrecklich aus. Er wird hier nicht gesund.»

Er sieht sie an und dann an ihr vorbei. Dann geht er schnell zum Schreibtisch und zieht ein Stück Papier aus einem Stapel.

«Aha!», sagt er. «Hören Sie, wenn man sich um William kümmert und er sich ausruht und zu seiner Therapie geht, dann geht es ihm sicher bald besser. Irgendwann. Wir müssen ihm aber ein bisschen Zeit geben.»

Mona sieht ihn entschlossen an. «Mir gefällt nicht, was Sie mit ihm machen. Ich stimme dem nicht zu. Er ist nicht mehr er selbst. Ich kenne ihn», sagt sie. «Sie nicht.»

«Das stimmt», sagt der Doktor, faltet das Papier und steckt es sich in die Tasche. «Aber ich kenne mich mit psychischen Krankheiten aus und führe ein barmherziges und mitfühlendes Krankenhaus. Jedenfalls was meinen Teil angeht.»

«Ich finde, er sollte mit mir nach Hause kommen. Ich glaube, er verträgt die Medikamente nicht.»

Er steht neben der Tür und macht eine Handbewegung in ihre Richtung. «Sie können William besuchen, wann immer Sie wollen, und Sie können mit ihm sprechen. Aber er steht unter meiner ärztlichen Betreuung, und ich fürchte, auf ihn trifft Teil IV des Gesetzes für psychisch Kranke von 1959 zu. Es ist gesetzlich vorgeschrieben, dass er hierbleiben muss, zumindest bis er untersucht ist, und ich fürchte, dass diese Untersuchung noch nicht vollständig durchgeführt wurde. Wir werden Sie über seine Fortschritte auf dem Laufenden halten. Was er jetzt braucht, ist Ruhe, Stabilität und Zeit. Außerdem braucht er regelmäßig Medikamente, vielleicht sogar für immer. Wir werden sehen.»

Sie geht, und er ruft sie zurück. «Sagen Sie, waren Sie denn schon bei Ihrem eigenen Arzt?»

Mona schüttelt den Kopf.

«Sie sollten aber dorthin gehen. Nach allem, was Sie haben durchmachen müssen, sollten Sie mit jemandem reden.»

Mona schaut in den langen Flur, der zum Tagesraum führt. Sie hört die Bohnermaschine in einem anderen langen Flur, wie sie das Linoleum bohnert, bis es trüb glänzt. Sie wendet sich nach rechts und drückt auf den Summer, um nach draußen zu gelangen.

Pestilenz und Hungersnot sitzen in der Küche.

«Wann fahren wir nach Hause, Margaret?»

«Wenn wir ihn mitnehmen können, Teresa.»

Mona drückt die Tür auf, und Pestilenz räuspert sich.

«Mona, meine Liebe. Wir machen Tee. Du setzt dich erst mal.»

«Er ist immer noch derselbe», sagt Mona. «Nein, es geht ihm schlechter.»

«Sollen wir vielleicht auch mal hingehen?», fragt Hungersnot. «Sollen wir mit dem Doktor sprechen?»

«Es gibt vier Pferde, oder?», fragt Mona.

«Pferde, meine Liebe?», fragt Hungersnot.

«Der Apokalypse. Welche sind es?»

Pestilenz schüttelt den Kopf. «Was hat das denn jetzt womit zu tun? Hoffentlich liegt das nicht an diesen Nonnen. Sie reden ihm doch nicht diesen Hokuspokus ein, oder, Mona? Wir wollen nicht, dass er als religiöser Spinner nach Hause kommt.»

«Krieg und Tod», sagt Mona. «Die beiden fehlten noch.»

Hungersnot drückt Mona an sich. «Na, na, ihr beide solltet mit uns kommen und Ferien machen. Er hat damals bei eurer Hochzeit versprochen, dass ihr ein paar Wochen zu uns kommen würdet, aber dann warst du schwanger und ... denk doch nur mal daran, wie schön du dich dort erholen könntest. Der Strand bei Renvyle ist weltberühmt, Mona. Du hast doch kein bisschen Fett mehr auf den Knochen. Komm zu uns. Werde gesund.»

Pestilenz verschränkt die Arme vor der Brust. «Kein Hass. Es würde ihm sofort bessergehen, wenn er nicht mehr in England wäre. Ihr gehört jetzt beide zu uns, Mona.»

Die Frauen sitzen da und schmieden Pläne. Pestilenz und Hungersnot wollen nach Hause zurückkehren, um sich um Williams Vater zu kümmern. Sie werden Monas Antrag unterstützen, William aus dem Krankenhaus zu entlassen und von ihnen pflegen zu lassen. Sie werden eine Erklärung unterschreiben, in der sie sich verpflichten, darauf zu achten, dass er regelmäßig seine Medikamente nimmt, dass er in Sicherheit ist und so weiter, aber man soll ihn gehen lassen. Er ist immerhin Bürger der Irischen Republik, und sie wollen ihn nach Hause bringen. Mona und William werden dann das erste Flugzeug nach Galway nehmen, egal wie viel es kostet. Ihr nächstes Kind soll unter seinesgleichen geboren werden.

Die Tanten gehen zu ihrer Pension, um zu packen, und Mona sitzt auf dem Sofa. Sie hält sich einen Becher an die Brust. Seine Wärme dringt durch ihren Morgenmantel bis auf die Haut. Bald ist Weihnachten. Sie hatten keinerlei Pläne gemacht, sie wollten nur zusammen sein, vor dem Feuer sitzen, sie drei. Ihre Träume waren nicht weitergegangen als bis Weihnachten, und jetzt, am dritten Dezember, ist sie in einer Lage, die sie sich niemals hätte vorstellen können.

Sie spürt die Tränen auf ihrem Gesicht und fragt sich, wann sie wie die Milch in ihren Brüsten wohl endlich versiegen. Sie schaut in den Becher. Ihr Morgenmantel verdeckt ihn, sie spürt nur noch die Hitze. Sie schiebt den Becher in ihre Armbeuge und legt den rosafarbenen, bestickten Stoff so darüber, dass er den Becher vollständig bedeckt. Sie rafft den Stoff zusammen, immer mehr, bis sie ein kleines Bündel mit dem warmen Becher darin im Arm hält. Sie lehnt den Kopf gegen die Rückenlehne des Sofas und schließt die Augen.

Der kurze Schlaf, der sie überkommt, ist der erste, der ihr Frieden schenkt. Als sich ihre Augen öffnen, hat sich das Stoffbündel nicht bewegt. Sie befreit den Becher vom Stoff. Der Tee darin ist kalt, aber nicht verschüttet. Sie legt die Hände auf ihre Wangen. Sie hat nicht geweint.

Sie wird mit dem Doktor reden und ihn nach Hause holen. Hungersnot und Pestilenz werden sich um ihn kümmern, und sie werden am Kamin sitzen und dem Rauschen des Meeres lauschen. Sie werden nebeneinander in den kühlen Baumwolllaken in einem Schlafzimmer unter dem Dach liegen. Die Dachbalken werden ächzen, sie wird das Gewicht seines Armes auf ihrer Taille spüren, seinen Atem an ihrem Hals. Lange Spaziergänge, ja, und eine neue Familie, die sie kennenlernen wird, und vielleicht singt William wieder, und das Leben kehrt zurück in seinen Kopf.

Am nächsten Tag ist eine riesige Schlange am Busbahnhof.

Hungersnot hat Marmelade und Schokolade und Schnaps in ihren Koffer gestopft und kann ihn kaum mehr anheben. Pestilenz ist entschlossen, als Erste in den Bus zu klettern, und besteht darauf, direkt an der Bustür zu warten, mitten im eiskalten Wind, der von der Hauptstraße her weht. Mona kann weder ihre Hände noch ihre Füße oder ihr Herz spüren. Sie steht zwischen den beiden Frauen und hört die unausgesprochene Sorge in deren endlosen Streitereien.

Endlich watschelt der Busfahrer aus der Kantine herbei und klettert in seinen Bus. Er drückt auf ein paar Knöpfe und steigt dann wieder aus, um die Fahrscheine zu kontrollieren. Er klappt eine Tür an der Seite des Busses auf, und die Leute legen ihr Gepäck hinein. Hungersnot verstaut die Koffer, küsst Mona und steigt umständlich in den Bus. Pestilenz schaut noch einmal auf ihre Fahrscheine.

«Es ist eine lange Reise, und ich freue mich nicht darauf», sagt sie, «aber ich habe keine Wahl.»

Pestilenz neigt ihren Kopf und mustert Mona, als prüfe sie, welche Kleidergröße ihr passen würde. «Du hast eine Menge von William an dir, Kind. Stur bis ins Mark. Und ich danke Gott dafür. Solange du bei ihm bist, mache ich mir um ihn keine Sorgen.» Ihre Stimme ist ganz weich und sanft. «Du wirst ihn niemals verlassen.»

Hungersnot klopft gegen das Fenster wie ein Kind und gestikuliert. Ihre Schwester soll an Bord kommen. Mona umarmt Pestilenz.

«Ich hole ihn nach Hause», sagt sie.

Pestilenz hängt sich die Tasche über die Schulter und schnieft. «Wenn ich an so was glauben würde, würde ich für dich beten. Für euch beide. Für euch drei, das würde ich. Aber ich glaube viel mehr an dich, als ich je an die Kirche geglaubt habe.» Sie küsst Mona schnell und hält sie bei den Schultern. «Ich komme allein wieder. Nach Weihnachten bin ich wieder da. Wenn sich irgendetwas ändert, schick mir ein Telegramm. Du bist nicht allein.»

Dann klettert sie in den Bus, und Mona beobachtet, wie sie auf ihre Schwester einredet, bis der Bus rückwärts aus seiner Haltebucht fährt und sie weg sind.

Den ganzen nächsten Tag verschläft sie. Am anderen Ende der Stadt ist William in einem schrecklichen Raum eingesperrt, sabbert auf sein Kissen, vermisst sie und vermisst ihr Baby und ist noch ganz mitgenommen von dem Schock, genau wie sie. Sie probt kleine Reden, die sie dem Doktor halten will, sie formuliert ihre Bitte und formuliert sie dann noch einmal neu – nein, ihre Forderung. Sie wird seinen Pass mitnehmen. Wenn es nötig ist, wird sie zur irischen Botschaft gehen und sich ein Schreiben besorgen. Sie wird einen Anwalt engagieren. Einen irischen Arzt. Aber anfangen will sie mit einer höflichen Bitte. Sie denkt an Bridie O'Connor, was sie wohl sagen und tragen würde und wie sie sich die Handtasche auf den Schoß stellen, ihre Beine kreuzen und fest und freundlich sagen würde, dass William jetzt nach Hause kommen muss. Lassen Sie ihn gehen.

Dr. Wright winkt sie in sein Büro. «Bitte», sagt er und zeigt auf einen Stuhl, und bevor Mona etwas sagen kann, drückt er ihre Hand. «Ich fürchte, ich habe schlechte Nachrichten.»

Mona nickt, weil sie irgendwie gewusst hat, dass William tot ist. Sie hat gewusst, dass er in der Nacht oder an dem Tag, an dem sie nicht da war, als sie schlief oder sich wusch oder in ihrem Bett weinte, aufgehört hatte zu atmen, wie ihr gemeinsames Baby. Dass er tot ist und sie allein zurückgelassen hat.

«Er ist tot», sagt sie.

Dr. Wright schüttelt den Kopf. «Nein, nein. Nein, er ist nicht tot, aber er hätte es beinahe geschafft.»

Er zündet sich eine Zigarette an. «Wir können nicht alle die ganze Zeit unter Beobachtung halten, obwohl wir Ihren Mann tatsächlich sehr genau im Auge behalten haben. Gestern hat er ein oder zwei Ausbruchsversuche gemacht und war ziemlich gewalttätig. Und dann, mitten in der Nacht – na ja, er hat versucht, sich zu erhängen. Hat ein Laken dafür benutzt. Das Personal hier ist sehr aufmerksam, daher wurde er entdeckt, bevor … und jetzt ist er im Krankenflügel. Ruhiggestellt, fürchte ich.»

Dr. Wright scheint sich von ihr wegzubewegen, als würde er mit unglaublicher Geschwindigkeit fortgezogen, einen langen Flur entlang, und sie hört kaum noch, was er sagt. Etwas Gedämpftes über Williams Entschlossenheit zu sterben, etwas anderes über Gefahr und eine unglückliche Entwicklung der Dinge.

«Unglücklich?», fragt Mona, aber er antwortet nicht.

Er steht nur auf und sagt: «Ich bringe Sie dorthin.» Sie gehen muffige Flure entlang, die mit weihnachtlichen Girlanden geschmückt sind, Lametta und ausgeschnittenen Papierengeln, die aussehen wie Schwärme grotesker weißer Fledermäuse. Ihre Schuhe quietschen auf den gebohnerten Böden. Dr. Wright bleibt vor der Tür eines Einzelzimmers stehen. «Er ist ein sehr kranker Mann. Es wird sicher einige Zeit dauern, aber wir haben hier einen ganzheitlichen Pflegeansatz. Wir können mit ihm arbeiten, aber er muss es wollen, Mona. Reden Sie mit ihm. Bringen Sie ihn dazu, es zu wollen.» Er drückt ihr erneut die Hand, und sie geht hinein.

34

Mona wird sich immer an das letzte Mal erinnern, als sie William im Krankenhaus gesehen hat. Er lag im Metallbett, die Decke bis zur Brust hochgezogen, die Haut an seinem Hals rot und wund an der Stelle, an der das Laken gewesen ist, als er sich hat herunterfallen lassen. Er ist schwerer, als er jemals war, angeschwollen von den Medikamenten, voller Wasser und Leid, und er riecht so säuerlich, dass sich Mona am liebsten die Nase zuhalten würde. Oder ihn waschen.

Ihn ordentlich waschen von oben bis unten, mit ihrer eigenen Seife, und ihn mit ihrem eigenen Handtuch abtrocknen, bis er wieder ihr gehört. Ein Plastikbecher mit Wasser steht auf einem kleinen Nachttischchen, und an seinem Bettgestell ist ein Klemmbrett befestigt. Jemand hat eine Bibel auf das Fensterbrett gelegt.

Und sie wird sich für immer daran erinnern, wie das Licht der niedrig stehenden Wintersonne grell durch die Fenster scheint und ein einzelner Strahl seinen Kopf erleuchtet, als trüge er einen Heiligenschein, der sie beide verhöhnt.

Sie setzt sich auf die Bettkante. Sie hat keine Ahnung, ob er schläft oder im Koma liegt oder in einem Winkel seines Bewusstseins hockt und heult wie ein kleiner Junge in einem großen Raum. Wo auch immer er ist, er ist weit weg. Seine Hände sind ganz kalt.

«Hallo, William.»

Aber er sagt nichts, vielleicht hört er sie auch nicht. Mona nimmt ein Taschentuch aus ihrer Tasche und wischt ihm die Mundwinkel ab, wo sein Speichel getrocknet und ganz weiß geworden ist.

«Schon besser», sagt sie.

Er trägt einen blau gestreiften Pyjama, den jemand schief zugeknöpft hat. Sie zieht die Decke von seinem Oberkörper und knöpft ihn richtig zu. Währenddessen redet sie mit ihm, genau wie Dr. Wright gesagt hat.

«Also, der Weg hierher ist wirklich schrecklich, William. Und es ist so kalt draußen, es friert. Ich wusste nicht recht, ob ich eine Mütze aufsetzen sollte, weil Mützen so altmodisch sind, aber dann war es mir auch egal. Ich hätte sonst bestimmt Frostbeulen an den Ohren bekommen.»

Sie deckt ihn wieder zu und tätschelt seine Brust, die sich so langsam hebt und senkt wie Ebbe und Flut.

«Kommst du zurück zu mir, William?», flüstert sie.

Sie fragt sich, wer wohl Salbe auf die Abdrücke des Lakens an seinem Hals aufgetragen hat und ob sie freundlich zu ihm sind, ob es eine von den gutaussehenden Krankenschwestern war oder einer von den großen Kerlen, die aussehen wie Türsteher. Sie fragt sich, ob William wohl helle Momente hat, in denen er mit demjenigen lacht und scherzt, der seine Geschlechtsteile und seine Achseln wäscht, ob da wohl Leben hinter seinen Augen ist und er nur darauf wartet, dass sie geht, damit er aufwachen und aus dem Bett aufstehen kann.

«Ist es das, was du tust?», sagt sie. «Versuchst du, mich loszuwerden?» Ihre Stimme klingt gar nicht mehr nett. Es ist ihr egal. «Was glaubst du eigentlich, wie das alles für mich ist? Ich blute noch, William, und unser Baby ist tot. Unser Baby ist tot. Unser Baby ist tot.» Sie nimmt seine Hand und drückt sie fest. «Ich bin ganz allein hier. Und es ist Weihnachten, William. Wo bist du hingegangen? Kommst du zu mir zurück, William? Ich kann es nicht mehr aushalten.»

Sie hebt seinen Arm und lässt ihn wieder herunterfallen, hebt ihn erneut an und lässt ihn fallen. Sie zieht die Decke herunter und betrachtet ihn von oben bis unten. Wenn die Schwestern hereinkommen, denken sie bestimmt, dass sie verrückt ist, und vielleicht sperren sie sie dann auch weg, aber na und? Sie könnte eine Pause gebrauchen. Williams Fußgelenke sind ganz dick, seine Haut ist gelblich; niemand hat seine Zehennägel geschnitten. Ob sie ihn wohl zur Seite schieben und sich neben ihn legen könnte? Will sie das überhaupt noch?

Plötzlich wendet er das Gesicht von links nach rechts.

«William? William? Ich bin hier. Ich bin's Mona.»

Er atmet ein, als wollte er etwas sagen, und macht dann einen kleinen Rülpser, ranzig und medizinisch riechend.

Mona beißt sich auf die Unterlippe und schmeckt Blut. Sie wird ihn wieder zudecken und ihn anständig aussehen lassen. Sie wird sich nach den Striemen an seinem Hals erkundigen und fragen, welche Salbe sie benutzen. Sie wird fragen, ob ihm jemand die Zähne putzt oder ob sie das tun soll, da sie ja seine Frau ist. Vielleicht sollte sie sich überhaupt selbst um seine Intimpflege kümmern. Und dann wird sie ihm einen Pyjama bringen, den nicht schon andere Leute getragen haben, irgendein anderer Irrer, der versucht hat, sich zu erhängen, oder vielleicht sogar einer, dem es geglückt ist.

Sie ist so müde. Sie wird in ein paar Tagen wiederkommen, nach Weihnachten, mit einem Nagelknipser und einer kleinen Blumenvase, wenn das erlaubt ist, und sie wird darum bitten, dass die Bibel weggelegt wird. Keiner von ihnen hat noch Glauben übrig. Aber all das wird sie nächstes Mal tun. Sie küsst ihn zum Abschied.

Sie dreht den Schlüssel im Schloss und setzt sich an den Küchentisch. Allein die Vorstellung von Weihnachten ist quälend. William wird noch lange brauchen, bis es ihm bessergeht, und Mona kann es nicht ertragen, allein zu sein. Sie hat kein Geschenk für ihn, er auch nicht für sie, und überall in der Wohnung liegen die ungetragenen wunderschönen Sachen ihres Babys herum, Sachen, die sie mit parfümierter Seife mit der Hand waschen und mit Rosenwasser bügeln wollte, wunderschöne Dinge, die nach Milch und Unschuld hätten duften sollen. Mona nimmt den Telefonhörer auf und begreift, dass es nur noch einen Menschen gibt, den sie anrufen kann.

Am Weihnachtstag sitzt Mona an Bridie O'Connors elegantem Esstisch und schiebt Fleisch auf dem Teller herum. Den ersten Tag hat sie damit zugebracht, Bridies Fragen auszuweichen, fest entschlossen, ihr nichts zu sagen. Nach jeder fruchtlosen Befragung wechselt Bridie das Thema, nur um bald wieder zur Quelle von Monas Problemen zu kommen, wie ein Kompass, dessen Nadel sich immer wieder nach Norden ausrichtet. Natürlich hat Mona bedauert, sie angerufen zu haben, sobald sie Bridies Stimme am Telefon gehört hat.

«Mona! Es ist schon mehr als ein Jahr her, und ich habe mir Sorgen gemacht. Das Letzte, was ich gehört habe, ist, dass du Arbeit in einer Fabrik gefunden hast. Jemand hat gesagt, dass du verheiratet bist.»

Mona hat ihr gesagt, dass sie allein kommen würde.

«Verstehe. Na ja, natürlich kommst du hierher, natürlich. Wohin sollst du denn sonst?»

Seit dem Augenblick, in dem sie über Bridie O'Connors Schwelle trat, hat es eine Menge Aufhebens gegeben. Diesmal musste Mona keinen Tee kochen. Sie musste in eine Häkeldecke gewickelt vorm Kamin sitzen und jede Stunde einen Sherry oder einen Brandy in starkem Kaffee trinken. Zwischendurch schweigen sie sich lange an, weil Mona einfach nicht die Zähne auseinanderbekommt, wenn das Gespräch auf die ganze traurige Geschichte kommt. Bridie wartet darauf, dass sich der Vorhang öffnet und sie erfährt, welche Tragödie Mona zurück nach Kilmore Quay gebracht hat.

Mona will nicht zur Messe gehen, und jetzt sitzt sie Bridie O'Connor gegenüber, so still und ruhig wie eine Steinmadonna.

«Und du hast keinen Hunger, Liebes?»

«Nein.»

«Warte, bis ich dir ein Stück Christmas Pudding mache. Möchtest du den essen?»

«Nein. Nein, danke.»

Bridie legt Messer und Gabel hin und lehnt sich in ihrem Stuhl zurück. «Na komm, wir setzen uns an den Kamin. Hier ist es doch ein wenig kühl.»

Bridie schenkt ihnen etwas Süßes in ein Glas, und Mona fällt auf, dass sie die letzten beiden Tage eigentlich ständig getrunken haben. Sie hat gut geschlafen, und der Alkohol ist wohl der Grund dafür. Sie stürzt den Inhalt des Glases hinunter und hält es Bridie hin, damit sie es erneut füllt. Bridie sagt nichts dazu. Draußen ist es schon beinahe dunkel.

«Wann gehst du denn wieder?», fragt Bridie leise. Mona wirft ihr einen Blick zu, aber Bridie schaut ins Feuer. «Du kannst natürlich bleiben, aber irgendwann willst du doch sicher zurück, oder? Zurück nach England, weg von hier. Du konntest es ja nie erwarten, von hier wegzukommen.»

«Ja, ich gehe wieder. Ja», antwortet Mona.

«Ah. Gut», sagt Bridie, und die Traurigkeit in ihrer Stimme fährt Mona direkt ins Mark.

«Ich wohne dort jetzt», fügt Mona sanfter hinzu. «Ich habe eine Wohnung und Arbeit. Und ich habe einen Mann.»

Bridie nickt und nimmt einen Schluck. «Einen Mann? Gut. Gut. Ich habe deinen Vater geliebt, von dem Moment an, als ich ihn kennengelernt habe.»

Mona kann sich kaum rühren.

«Ich habe mich nur einmal in meinem Leben verliebt, und das war in deinen Vater. Ich war verheiratet, hatte ein kleines Kind und war ganz glücklich. Wir hatten dieses

Haus, und alles war schön und gut, und dann brachte deine Mutter, Gott hab sie selig, Robbie mit, wir lernten uns kennen, und es passierte einfach.»

Mona schaut auf und dann wieder ins Feuer. Bridies Stimme klingt verträumt, wie weit entfernt.

«Ich weiß nicht, ob er es wusste. Wir haben darüber nie ein Wort verloren. Nicht ein einziges Wort und keine Berührung. Ich war verheiratet, er war verheiratet, und ich hätte niemals etwas gesagt oder getan. Ich habe meinen Mann respektiert, und ich war eine gute Ehefrau, eine gute Mutter. Robbie und Kathleen waren so glücklich, wie man nur sein kann. Das weißt du, oder?»

Mona nickt, kann aber nicht sprechen. Bridie schenkt ihr aus dem Dekanter nach.

«Als deine Mutter starb und ich schon verwitwet war, dachte ich, dass sich die Dinge ändern könnten. Ich habe nichts gesagt, als er noch in der Trauerzeit war, und er musste sich allein um seine kleine Tochter kümmern, um dich. Ich wollte, dass er sich erholt, dass er wieder zu sich kommt. Ich habe ihn beobachtet, wie er Hand in Hand mit dir über den Sand bei Forlorn Point ging, und ich wollte ihn trösten. Oh, ich wollte ihn so sehr. Ja, ich wollte ihn.» Bridies Augen sind jetzt ganz aufgerissen, ihr Blick ist glasig. Sie starrt in die Flammen, den Kopf geneigt. «Ich habe nichts gesagt. Dann verging die Zeit, und du fingst an, mich zu hassen. Du hast gemerkt, was ich fühlte. Ich wusste, dass Robbie und ich niemals eine Chance haben würden, solange du da wärst, also wartete ich, bis du gingst. Ein paar Wochen lang war er ganz durcheinander, mehr als das. Er vermisste dich schrecklich und machte sich Sorgen um dich, aber er wollte, dass du dein Leben lebst, dass du eine Chance hast.»

Mona will etwas sagen, aber Bridie hebt den Finger.

«Nicht», sagt sie. «Ich weiß. Du hast ihn auch vermisst, und du wolltest zurückkommen, und dann ist er gestorben. Das hast du mir schon gesagt.» Ihre Stimme klingt jetzt hart. «Weißt du, in den wenigen Wochen vor dem Unfall kam er immer wieder mit seinem Auto vorbei, immer mit einer Ausrede, dass er ein Buch bei Carey's kaufen, einen Blick in den Camross-Festsaal werfen oder einen Ausflug nach Fethard machen wollte. Irgendetwas. Er kam wieder zu sich.» Sie schnieft. «Dann starb er, Mona, und meine ganze Warterei war umsonst. Meine Zurückhaltung und Anständigkeit waren für nichts gut. Ich habe ihn verloren.»

Mona ist jetzt heiß. Der Alkohol und die flackernden Flammen und Bridies Geständnis lassen ihr Blut kochen. «Er hat dir nie gehört.»

«Ha!», macht Bridie und wirft lachend den Kopf in den Nacken. «Ich hatte meine Chance, mein Schatz, ich hatte meine Chance. Und lass mich dir eins sagen. Die Chance auf etwas macht dich satt, wenn du hungerst.»

Mona beißt sich auf die Innenseite ihrer Wange. Die Frau ist betrunken. «Ich weiß nicht, warum du mir das jetzt erzählst.»

«Das weiß ich auch nicht. Vielleicht ist es eine Warnung. Vielleicht habe ich es beichten wollen, um mein Herz sprechen zu hören.» Sie leert ihr Glas. «Ich habe ein Testament gemacht, und du sollst dieses Haus und alles, was darin ist, erben. Du bekommst das obere Feld und die alte Farm, auf der die Goreys wohnen, aber ich möchte nicht, dass du sie rausschmeißt. Du schmeißt sie nicht raus, nicht wahr?»

Mona schüttelt den Kopf.

«Ich habe auch ein wenig Schmuck. Du bekommst die Miete vom Cottage, also wird es dir gutgehen, wenn ich tot bin. Das würde Robbie so gewollt haben. Wir hätten diesen Plan gemacht, wenn alles anders gekommen wäre.»

Dann steht sie auf, langsam und bedächtig. Sie streicht sich den Rock glatt und lässt das Glas auf den kleinen Beistelltisch neben ihrem Sessel gleiten.

«Gute Nacht, Mona. Morgen reden wir über ganz andere Dinge.»

Stunden später, als das Feuer schon erloschen ist und das alte Haus wieder im Wind seufzt, als Mona die Kälte spürt, steht sie auf und geht in ihr Schlafzimmer. Die Vorhänge sind offen, und in der Ferne kann sie die mondbeschienenen Schaumkronen der Wellen erkennen, die kleinen Inselchen weit draußen vor der Küste und die Bucht, in der sie früher mit ihrem Vater spazieren gegangen ist. Zum ersten Mal fragt sie sich, ob er, nachdem sie fort war, dort wohl allein spazieren gegangen ist und was er wohl gefühlt hat, wenn er dort mit den Händen in den Hosentaschen stand, was er gedacht hat. Sie erinnert sich daran, wie er sich über die Armlehne seines Sessels lehnte, um sich etwas anzusehen, was Bridie ihm zeigte, wie er über ihre Beobachtungen lachte und immer ein leises Wort hinzufügte, wenn sie fertig war. Hatte er sie geliebt? Hatte Mona ihm im Weg gestanden?

Sie legt sich hin, ohne sich auszuziehen, und weil sie nicht schlafen kann, sieht sie den Sonnenaufgang und wie sich die Zinnfarbe der Nacht in Lila und dann in das blasse Blau des Morgens verwandelt. Sie ist noch vor Bridie unten, mit einer Decke über den Schultern, und macht sich in der Küche zu schaffen. Sie holt zwei gute, feste Becher aus dem Schrank und füllt sie beide mit Tee. Sie klopft an Bridies Schlafzimmertür und findet sie im Bett sitzend vor, mit verschwollenen Augen und ganz blass.

«Ich habe verschlafen», sagt Bridie und rafft ihr Nachthemd vor der Brust zusammen. «Ich bin gleich da.»

Mona stellt beide Teebecher auf den Nachttisch und setzt sich vorsichtig auf die Bettkante. «Ich habe mein Baby verloren, Bridie», sagt sie und bricht in Tränen aus.

35

Über den November gibt es nichts Gutes zu sagen. Mona knöpft ihren Mantel zu und steckt die Enden des Schals ins Revers. Mützen haben ihr nie gestanden, aber jetzt wünscht sie sich doch eine, egal wie sie damit aussieht. Sie hat ihre Übernachtungssachen in einen kleinen Koffer gepackt, sie hat eine Handtasche, Handschuhe und – wie immer um diese Jahreszeit – ein Gefühl der Angst.

Sie hat es ihm schon einmal gesagt, und sie wird es ihm wieder sagen. Also holpert sie mit ihrem Rollkoffer über das Kopfsteinpflaster und geht auf dem Weg zum Bahnhof an der Tischlerwerkstatt vorbei. Er hat gerade die elektrische Säge in Betrieb und hört nicht, dass sie eintritt. Sie schaut ihm beim Arbeiten zu. Sie könnte einfach so den Stecker herausziehen, ohne dass er sie kommen hören würde. Sie könnte ihm einen ordentlichen Schlag auf den Rücken versetzen, sodass er überrascht herumfahren würde. Sie könnte ihn beim Hemd packen und ihn schütteln, bis ihre Finger taub werden. Sie könnte auch einfach seinen Namen rufen, und er würde sich umdrehen, also tut sie das.

Er nimmt seine Schutzbrille ab und starrt sie an.

«Ich gehe jetzt. Ich nehme den Zug um 8.38 Uhr.»

«Ja», sagt er.

«Ich bin früh dran», sagt sie und schaut auf die Uhr.

«Ja. Ja, das stimmt. Gehst du zu Fuß?»

«Ja. Willst du mitkommen?»

«Ich muss das hier fertig machen.» Er deutet auf seine Kreissäge und das lange Brett und zuckt die Achseln.

«Dann gehe ich», sagt sie. «Ich dachte nur, ich sage es dir.»

Er wendet sich ab. «Auf Wiedersehen», ruft er über die Schulter, und dann kreischt die Säge, und sie sieht nur noch seinen gebeugten Rücken.

Am Bahnhof kauft sie Kaffee und ein süßes Gebäckstück für die Wartezeit. Im Zug arbeitet sie sich durch eine Tüte Bonbons. Sie isst einen nach dem anderen, bis ihre Zunge ganz wund ist. Sie hält den Blick auf die kargen Felder gerichtet, auf die nackten Bäume, und sie passt auf, dass die Erinnerungen nicht über sie hereinbrechen, denn dafür ist später noch genug Zeit. In London steigt sie um und richtet sich dann auf die Reise nach Birmingham ein, etwas über eine Stunde, zwei Haltestellen, so schnell geht das. Der Zug ist voll, es ist eine Menge los, und sie freut sich über den Lärm und die Ablenkung.

Valerie muss sie nicht abholen, aber natürlich steht sie da, winkt und lächelt. Ihre Umarmung quetscht Mona beinahe die Tränen heraus.

«Es ist wirklich zu lange her, Mona. Und deine Haare!»

«Oh, ich weiß, ich weiß.»

«Geht es dir denn gut?»

«Großartig. Alles gut.»

«Dann komm mit.»

Val hakt sich bei Mona ein, und sie gehen zusammen durch das Stadtzentrum.

«Alles hat sich verändert», sagt Mona. «Und der Bahnhof ist kaum wiederzuerkennen.»

Val schüttelt den Kopf. «Ich fahre gar nicht mehr mit dem Auto in die Stadt. Ich habe keine Ahnung, wohin diese neuen Straßen führen. Ich habe vor ein paar Monaten einen Strafzettel bekommen, weil ich auf der Busspur gefahren bin. Das war's, habe ich mir gesagt. Seither nehme ich den Bus.»

«Jedes Jahr wird es hier mehr wie an einem Ort, den ich nicht kenne.»

«Geht mir auch so, und ich wohne hier.»

Mona stellt ihren Koffer in Vals Gästezimmer. Die liebe Val, die eine Vase mit einer einzelnen Blume, einem Gänseblümchen, neben das Bett gestellt hat, Val, die kein Jahr ausgelassen hat. Dieser Besuch wird der schlimmste sein, und Mona weiß das, aber sie hat keine Ahnung, warum. Sie darf Val nichts sagen, immerhin gewährt sie Mona Unterkunft und steht ihr zur Seite.

Sie sitzen in Vals kleinem Esszimmer, von wo aus man auf die zweispurige Schnellstraße schaut.

«Sie haben immerhin die Scheiben ausgewechselt. Merkst du das?»

«Ja», sagt Mona, «wunderbar leise. Was ist denn jetzt mit deiner Mutter?»

Val schüttelt den Kopf. «Diese verdammten Sozialdienste. Sie haben sie in ein Heim in Pype Hayes gesteckt. An guten Tagen braucht man vierzig Minuten dorthin und wer weiß wie viel Benzin. Als Besucher muss man außerdem Parkgebühren zahlen. Sie haben sie einfach so dorthin gebracht, ohne sich vorher mit mir zu beraten, und trotzdem muss ich zahlen. Ich meine, sie ist dort vermutlich sicher untergebracht. Manchmal weiß sie nicht mehr, wo sie ist, und begreift nicht, dass sie umgezogen ist. Sie erkennt mich, leider, und findet immer noch Worte, um sich ständig zu beklagen. Sie will, dass ich ihr Essen mitbringe, also bringe ich ihr eine Schachtel Kekse oder Cracker. Früher habe ich ihr richtiges Abendessen mitgebracht, weißt du, Hackauflauf oder so, aber die Pfleger haben gesagt, dass sie das Essen immer sofort in den Mülleimer wirft, sobald ich weg bin.»

«Dann geht es ihr schlechter.»

«Es geht immer nur bergab.»

«Steht uns das auch bevor, dir und mir?», fragt Mona.

Val pfeift leise. «Das hoffe ich verdammt noch mal nicht. Jedenfalls noch nicht in den nächsten paar Jahren. Wir sind immer noch jung, Mona!»

«Sind wir das?»

«Sechzig ist das neue vierzig, heißt es, auch wenn es sich anfühlt wie neunundfünfzig.»

Sie sitzen beisammen und hören das gedämpfte Brausen der Autos und Lastwagen draußen im trüben Nachmittagslicht und schweigen. Plötzlich steht Val auf.

«Das hätte ich ja fast vergessen!» Sie läuft nach oben und kommt mit einer kleinen, in türkisfarbenes Papier eingewickelten Schachtel mit einer silbernen Schleife darauf wieder. «Bitte sehr.»

«Oh, Valerie, das wäre doch nicht nötig gewesen. Deine

Karte hat gereicht. Aber das hier ist wunderschön, danke schön. Ehrlich, aber nötig wäre das nicht gewesen.»

«Sei nicht albern. Na los, mach schon auf. Es kommt ja nur zwei Monate zu spät.»

Es ist ein Briefbeschwerer. Ein kleines silbernes Vögelchen, gefangen in einer schweren Glasblase.

«Er ist wunderschön.»

«Gefällt er dir? Ich dachte, du könntest ihn vielleicht im Laden gebrauchen, weißt du, damit dir die Papiere nicht wegwehen, wenn sich die Tür öffnet.»

Mona hält ihn ins Licht und dreht ihn langsam. Sie darf nicht weinen, also lacht sie.

«Und ich kann ihn auch gut benutzen, um einen Einbrecher damit zu bewerfen!»

Val lächelt. «Genau.»

Und dann bleibt nichts mehr, als loszugehen. Val fährt, und als sie am Friedhof ankommen, hakt sie sich bei Mona ein, und sie gehen den langen Weg auf die hohe Ziegelwand zu.

«Achtundzwanzig Jahre», sagt Mona.

Valerie drückt ihr als Antwort den Unterarm.

«Wenn ich doch nur alles anders gemacht hätte.»

«Das sagst du jedes Jahr, Mona. Du wusstest nicht, wo sie ist. Niemand wusste es.»

«Ja, du hast recht. Aber trotzdem.»

«Manche Leute finden ihre Babys nie wieder. Immerhin hast du einen Ort, den du besuchen kannst.»

«Aber sie weiß es ja nicht, oder? Sie weiß nicht, dass ich komme.»

Val sagt nichts.

«Und er weiß es auch nicht.»

Sie gehen an der Kapelle in der Mitte des Friedhofs vorbei und dann weiter den Pfad entlang, der immer schmaler wird und ganz moosbewachsen ist. Eine ausladende Eibe lässt ihre Zweige tief über den grauen Grabsteinen hängen. Ein Teil der hinteren Mauer ist eingestürzt und in der feuchten Dunkelheit des Schattens verschwunden. Sie gehen über die engen Pfade und erreichen ein verwildertes Stückchen Grün, an dessen Seite ein schwarzer Marmorstein steht.

«Da wären wir», sagt Val. Sie bleibt stehen. Mona geht noch zwei Schritte. Sie zieht die Handschuhe aus und tippt sanft mit den Fingern auf den Grabstein.

«Hallo», sagt sie. «Arthur Samuel Fielding. Ich bin gekommen, um Ihnen meine Aufwartung zu machen und Ihnen erneut dafür zu danken, dass Sie sich um meine Tochter kümmern.»

Mona öffnet ihre Handtasche und holt das winzige Leinenpüppchen mit dem schwarzen lockigen Haar und dem dicken Wintermantel heraus. Sie hält sich an Vals Hand fest und kniet sich hin. Der Boden ist feucht und kalt, ganz wie sie es erwartet hatte. Sie wird nass werden, vielleicht wird der Mantel schmutzig und fleckig. Sie lehnt das Püppchen gegen den Grabstein.

«Hallo, mein kleiner Engel. Also, Beatrice, ich habe ein neues Spielzeug für dich», sagt sie. «In ein paar Tagen ist es wieder fort, das weiß ich, aber erst einmal ist es da. Ich habe es für dich gemacht. Ich muss dir etwas sagen, Beatrice. Ich hoffe, du verstehst es. Ich weiß nicht, wie lange ich noch kommen kann, mein Schatz. Das weiß ich wirklich nicht. Ich bin jetzt schon sechzig, und du bist tot. Und du bist schon vor langer, langer Zeit gestorben, und wo auch immer du bist, hier bist du nicht.»

Wie immer scheint die Zeit stillzustehen, als ob die Geräusche des Tages gedämpft sind, wie immer das Gefühl allumfassender Trauer. Es gab Zeiten, da blieb sie ein, zwei Stunden. Val setzte sich dann ins Auto und ließ den Motor laufen, um nicht zu frieren. Mona sprach über William und wie er so war, welche Pläne sie hatten. Es gab auch Zeiten, da saß sie am Grab und nähte das Püppchen mit ein paar Stichen fertig, bevor sie es in einem kleinen Ledersäckchen ablegte. Und es gab das allererste Mal, als sie so viel mehr zu sagen hatte, als sie sich entschuldigen musste, weil sie zwölf Jahre gebraucht hatte, um Beatrice zu finden, und von all den verpassten Jahren erzählen musste. Aber inzwischen ist Mona realistisch und weiß, dass sie nur zu winzigen Knöchelchen spricht, wenn es diese Knöchelchen überhaupt noch gibt. Sie beugt sich dicht über die Erde. «Ich hab dich lieb», flüstert sie. «Ich vermisse dich. Du schläfst immer noch, Beatrice.»

Sie klopft zweimal aufs Gras. Wischt sich das Gesicht mit dem Handrücken ab. Val hilft ihr auf und gibt ihr ein Taschentuch.

«Danke, Val, meine Liebe», sagt sie. «Ich bin fertig.»

Sie gehen sehr langsam zurück zum Auto. Der Wind pfeift über das offene Gelände und beißt in Monas Wangen. Ihre Hände sind eiskalt, und ihre Beine fühlen sich ganz leicht an, als wäre Luft darin.

«Hast du das ernst gemeint?», fragt Val. «Dass du nicht mehr kommen willst?»

«Ich weiß nicht», sagt Mona nach einer Weile. «Ich habe über die Dinge nachgedacht.»

«Ich habe mir Sorgen um dich gemacht, weißt du.»

«Oh, ich mir auch. Ich glaube, es liegt an meinem Geburtstag. Man fängt an nachzudenken. Ich meine, wie viel Zeit bleibt mir noch? Ich muss mein Leben genießen, Val.»

«Da rennst du offene Türen ein, Mona. Das hab ich dir schon immer gesagt. Aber du hast ja erzählt, dass du jemanden kennengelernt hast. Dass du eine Verabredung hattest. Na komm schon, Einzelheiten, bitte!»

«Oh, du musst dich gar nicht so freuen», sagt Mona und geht weiter. «Ich habe es wohl vermasselt. Habe ihm schon vor Wochen den Laufpass gegeben.»

«Warum denn nur? Wer ist er? Wo hast du ihn kennengelernt? Weiß er von ...»

«Nein, nein. Ich habe ihm eigentlich gar nichts erzählt. Er ist ein wenig älter als ich und ganz anders, aber ein Gentleman. Er ist irgendwie elegant, spricht einige Fremdsprachen und so. Er ist sehr gebildet, kennt sich mit Wein und gutem Essen aus. Er ist weitgereist und kultiviert. Ja, kultiviert ist wohl das richtige Wort.»

«Oh, sehr hochtrabend», sagt Val.

«Nein, dann nicht kultiviert, dann ist es nicht das richtige Wort, aber ich habe es sowieso vermasselt. Ich habe ihm eine Abfuhr erteilt, als er versucht hat, mich zu küssen.»

«Ist er unattraktiv, dieser Gentleman?»

«Das ist es nicht.»

«Nein», sagt Val. «Das hatte ich auch nicht angenommen.»

Val hat einen Tisch im Purnells für sie reserviert. Mona trägt ein schwarzes Kleid mit einer Brosche, die sie in einem Secondhandshop gefunden hat. Die Steine waren locker, aber sie hat sie wieder befestigt. Sonst benutzt sie immer alles für die Puppen, es ist höchste Zeit, dass sie etwas für sich selbst behält.

«Ich gehe nicht mehr mit dir aus, wenn du mich so in den Schatten stellst», sagt Val. «Du siehst großartig aus.»

Sie sitzen an einem Fenster mit Blick auf die Straße. Selbst wenn man nicht wüsste, dass Weihnachten ist, würde man es auch so sehen: Alles glitzert, die Stimmung ist festlich, als wartete die ganze Stadt darauf, dass die Feier beginnt. Die Speisekarten kommen.

«Wir trinken heute Champagner», verkündet Mona und hebt die Hand, als Val etwas einwenden will. «Nein. Sag nichts. Das geht auf mich. Wir sind wegen meines Geburtstags hier, vergiss das nicht, und außerdem ist es verdammt lange her, seit ich Champagner getrunken habe, und ich will ihn aus einer dieser Champagnerschalen trinken. Coupe heißen die.»

«Offenbar färbt er auf dich ab, dieser feine Pinkel mit den fünfzehn Fremdsprachen.»

Sie bestellen extravagante Gerichte, Rotwein zur Vorspeise und zum Steak, Buttergemüse und Süßkartoffelpommes als Beilage. Als der Nachtisch kommt, ist Mona ein wenig auf ihrem Stuhl zusammengesunken, ihre Wangen sind ganz rot.

«Kriege ich das noch in mich rein?», fragt Val und hält einen Löffel Mousse au Chocolat hoch. «Ich habe absolut keinen Platz mehr in mir.»

Mona schüttelt den Kopf und versenkt ihren Löffel in einer Schüssel Eiscreme. «Ein bisschen Mousse hat noch niemandem geschadet. Sie flutscht so dazwischen.»

Val schließt die Augen. «Hoffentlich hast du recht», sagt sie. «Gleich muss ich den ersten Knopf öffnen.»

Aber sie schaffen es beide nicht ganz, schieben irgendwann ihre Dessertschalen weg und schenken sich zum letzten Mal die Gläser voll.

«Erinnerst du dich noch an den 24-Stunden-Hüfthalter, Val?», fragt Mona.

Valerie prustet ihren Wein aus und tupft sich kichernd mit der Serviette den Mund ab. «Es waren keine verdammten 24 Stunden. Es war der 18-Stunden-Hüfthalter von Playtex.»

«Ach, so hieß er?»

«Ja, genau. Wer trägt 24 Stunden lang einen Hüfthalter?»

«Hätte auch als Keuschheitsgürtel dienen können», sagt Mona. «Soweit ich mich erinnere, gab es einen Hüfthalter und ein Hüfthalterhöschen. Was war da noch mal der Unterschied?»

Val hebt zwei Finger. «Der eine war in eine Unterhose eingebaut, glaube ich. Der andere hatte diese weißen Plastikhäkchen für die Strümpfe. Meine Mutter hatte beide Varianten. Ich habe sie einmal anprobiert. Wenn man sich damit hinsetzte, schnitten sie ein wie ein Käseschneider.»

«Der 18-Stunden-Käsehalter», sagt Mona.

«Der 24-Stunden-Keuschheits-Käsehalter.»

«Mit eingebauter Schrittstütze.»

Sie lachen immer noch, als der Kellner den Kaffee

bringt. Mona beugt sich über den Tisch. «Dabei fällt mir ein», sagt sie, «da ist dieses Paar auf Hochzeitsreise.»

«Bitte», sagt Val, «ich kann nicht mehr.»

«Nein, hör mal. Ein Mann und eine Frau in den Flitterwochen. Es ist ihr erstes Mal, du weißt schon ... Sie hat sich für die Hochzeitsnacht aufgespart.»

«Idiotin», sagt Val, und sie lachen wieder.

«Jedenfalls liegt sie unter der Decke und wartet auf ihn. Er kommt herein, stellt sich neben das Bett und zieht sich aus. Er zieht seine Socken aus, und sie sieht seine Zehen, und die sind ganz rau und haarig, und die Nägel stehen grauenvoll ab.

‹Oh›, sagt sie, ‹was ist denn mit deinen Zehen los?› Er macht Äh und Ah und sagt schließlich: ‹Na ja, ich hatte Zeholitis.› ‹Zeholitis?›, sagt sie. ‹Davon habe ich ja noch nie gehört.› ‹Ja, ja›, sagt er. ‹Es war ganz furchtbar, aber jetzt habe ich es hinter mir.› Sie denkt bei sich: Na gut, mit Zeholitis kann ich leben. Dann zieht der Mann seine Hose aus, und sie sieht seine Beine. Er hat diese knotigen Knie, ganz schief und knochig, mit schrecklich tiefen Narben. Als er sieht, wie sie guckt, sagt er: ‹Ah ja, und ich hatte eine Bein-Infektion.› ‹Eine Infektion?›, fragt sie. ‹Ja, ein schlimmer Fall von Knie-Infektion, aber jetzt bin ich wieder gesund.› ‹Verstehe›, sagt sie und schaut genau hin, als er seine Unterhose auszieht. Sie sieht ihn lange an und verschränkt dann die Arme vor der Brust. ‹Sag nichts›, sagt sie. ‹Wurmbefall.›»

36

Val bringt sie bis zum Bahnhof und gibt ihr ein Abschiedsküsschen an der Treppe zum Bahnsteig. «Am Neunzehnten feiere ich meinen Rentenausstand. Kommst du auch? Nur die Schwestern und das Personal aus der Dudley Road und ein paar Leute von früher von Selly Oak.»

«Ja, ja. Ich schreib es mir sofort in den Kalender.»

«Denk an das, was du gesagt hast, Mona. Du musst dein Leben leben. Deine Worte, nicht meine.»

Auf der Fahrt nach Hause trommelt Regen gegen die Fensterscheibe. Mona sieht kaum etwas, weil die Scheibe so beschlagen ist, und sie will sie nicht sauber wischen. Sie hat einen ruhigen Waggon gewählt, der beinahe leer ist, sie hat sogar ein kleines Tischchen für sich, die anderen drei Plätze sind frei. Am Bahnhof hat sie eine Zeitung gekauft, aber manchmal wird ihr übel, wenn sie im Zug liest. Also lässt sie sie zusammengerollt in ihrer Tasche und steckt sich die Hände in die Ärmel. Sie schließt die Augen.

Normalerweise kann sie in der Öffentlichkeit nicht schlafen, aber das Rattern und das sanfte Schaukeln des Zuges sind so einschläfernd wie ein Schlaflied, und außerdem ist keiner in der Nähe, der ihr die Tasche stehlen oder sie anstarren könnte, und sie muss an der Endstation aussteigen, also macht es nichts, wenn sie einnickt. Der Schaffner wird sie sicher wecken, und vielleicht fühlt sie sich nach einem Schläfchen besser. Sie hat schon andere Leute auf langen Reisen schlafen sehen. Alle paar Minuten ist ihr Kopf hochgezuckt, und ihre Münder standen ganz schlaff offen. So etwas scheint niemanden zu stören.

Manchmal an Sonntagnachmittagen sitzt Mona zwischen ihren Eltern auf dem alten Sofa, und während im Hintergrund das Radio läuft, spielen sie Karten oder lesen Bücher. Monas Mutter näht oder strickt, und ihr Vater löst ein Kreuzworträtsel oder liest Zeitung. Hin und wieder gehen sie alle zusammen ins Kino oder besuchen Bridie O'Connor oder eine der Familien im Dorf. Einmal im Jahr gibt es eine Tanzveranstaltung und Ende August die Landwirtschaftsausstellung mit Buden und Wettkämpfen. Die Jahre scheinen ineinander überzugehen, eine lange goldene Straße, gesäumt von Blumen, Mona geht zwischen ihren Eltern, an ihren Händen, den ganzen Weg die Küste entlang, nach Ballyteige zum Jahrmarkt oder nach St. Catherine's in den Park oder direkt zum Ardamine-Strand für ein Picknick. Mona streunt ein wenig herum, und wenn sie wiederkommt, sitzen ihre Mutter und ihr Vater immer umschlungen da, ihr Kopf liegt auf seiner Brust, oder die beiden liegen nebeneinander im Gras und schauen zu, wie die Wattewolken über den Himmel ziehen.

Einmal geraten sie drei in ein Unwetter. Es kommt so schnell und wütend vom Meer wie ein wilder Bulle, und sie müssen den ganzen Strand entlangrennen, um sich hinter einer Düne verstecken zu können. Monas Vater zieht sein

Hemd aus und legt es um Monas Schultern. Seine breite, nackte Brust hebt und senkt sich vor Anstrengung.

«Alles in Ordnung, Kätzchen?», fragt er und wischt seiner Frau das Wasser aus dem Gesicht.

Mona sieht den Blick, den die beiden wechseln, einen geheimen Blick. Er hat die Hand auf ihre Schulter gelegt, und sie trägt ein Sommerkleid, das an ihrer Brust und zwischen ihren Beinen klebt.

«Ich bin pitschnass, Robbie. Es ist unanständig.» Aber sie lacht, und er lacht auch.

«Das ist deine Meinung», sagt er und küsst sie.

Monas Mutter wird später in jenem Jahr krank. Sie verliert Gewicht und Kraft und muss sich von Maureen O'Shea helfen lassen. Maureen kommt jede Woche und kocht und putzt und erledigt die Hausarbeiten. Monas Vater zieht aus dem gemeinsamen Schlafzimmer aus und macht sich am Kamin ein kleines Lager. Der Arzt sagt ihnen, dass Monas Mutter absolute Ruhe braucht, und sogar Mona riecht die Krankheit in den Laken, den süßen Hauch der Verwesung, der immer mehr durch die Ritzen und in die Mauern des Hauses dringt.

Kurz bevor ihre Mutter stirbt, findet Mona ihre Eltern, wie sie Hand in Hand auf dem Bett sitzen und weinen. Mona hört sie reden, schleicht die Treppe hoch und beobachtet sie durch die Türritze.

«Ich kann es nicht ertragen, Kathleen», sagt ihr Vater zwischen zwei Schluchzern.

«Robbie, Liebster, nicht.»

Sie küsst ihn. Nicht die Art Kuss, die Mona bekommt. Nicht die Art Kuss, die «gute Nacht» oder «schlaues Mädchen» sagt. Es ist ein langsamer Kuss, den sie nur für ihn aufspart, den sie ihm am Strand gegeben hat, der ihn sie vermissen lässt, schon bevor sie tot ist.

In London ist es trocken, aber bitterkalt. Die Weihnachtszeit hat bereits im November begonnen, und in den Schaufenstern blinken Schneeflocken und Neon-Tannenbäume. Im Schaufenster eines kleinen Schreibwarenhändlers steht eine Weihnachtskrippe mit Origami-Figuren aus braunem Packpapier, mit einem kleinen Jesus auf einem Strohbett. Mona bleibt stehen und betrachtet Marias sorgsam gemaltes Gesicht, ein verwunderter und freudiger Blick aus wenigen Pinselstrichen. Sie könnte den Tischler um ein paar Marias und Josephs bitten, vielleicht macht er ihr auch noch ein, zwei Krippen. Es ist schon ein bisschen spät im Jahr, um noch zusätzliche Bestellungen aufzugeben, aber vielleicht nächstes Jahr. Nächstes Jahr.

Mona nimmt den Bus nach Farringdon, um dort in den Zug zur Küste umzusteigen. Sie hat schon die wenigen Geschenke besorgt, die sie braucht, daher wird sie in keins der großen Kaufhäuser gehen. Sie hat ihren kleinen Rollkoffer und die Handtasche, und damit ist es schon schwierig genug, durch die Menschenmengen zu manövrieren. Sie steht auf dem Bahnsteig und wartet.

Nächstes Jahr wird sie dieselbe Reise machen und sich wieder dafür entscheiden, möglichst schnell nach Hause zu kommen, ihren Koffer in den Schrank zu stellen und ihren Mantel aufzuhängen. Nächstes Jahr wird sie wieder die Treppe zur Tischlerwerkstatt hochsteigen und von seinem Rücken begrüßt werden, der über die Drechselbank gebeugt ist, ein paar Puppen mitnehmen und sie allein in ihrem Arbeitszimmer bemalen, wobei sie mit sich selbst über die Farben der Kleider und die Frisuren spricht, die sie ihnen machen will. Und nächstes Jahr ist sie schon einundsechzig, und das Jahr danach zweiundsechzig, und die Panik ist wie ein scharfer Stein in ihrer Kehle.

Der Zug rumpelt in den Bahnhof. Mona steigt ein. Ein Rad ihres Rollkoffers verfängt sich in der Tür. Sie reißt an ihm, aber er verdreht sich nur und löst sich nicht. Der Waggon ist voller Leute, die einkaufen waren, voller Lärm und Aftershave, da sind junge Männer mit Kopfhörern und junge Mädchen in dünnen Jäckchen und ein Paar in den besten Jahren, mit seinen beiden Kindern in den besten Jahren und einem Kleinkind, das in einem Buggy schläft. Niemand rührt sich. Gleich wird sich die Tür schließen, dann ist Monas Rollkoffer kaputt. Oder es geht ein ohrenbetäubender Alarm los, und alle gucken. Mona packt den Griff mit beiden Händen und zieht und zieht, und dann bückt sich ein Mann direkt vor ihr und befreit das wackelige Rädchen aus der Türritze. Er nimmt den Rollkoffer und dreht am Rad, bis etwas klick macht. Er stellt ihn vor Mona wieder ab. Er ist auch nicht mehr jung, graues Haar mit einem Seitenscheitel, ein Wollmantel und um den Hals ein Schal mit Schottenkaro, und er ist vielleicht auch sechzig, mit einem kleinen Schnauzer.

«Danke, danke», sagt Mona, setzt sich und lächelt zu ihm hinauf.

«Die Halterung an diesem bösen Rad ist ausgeleiert», sagt er und setzt sich Mona gegenüber. «Aber fürs Erste sollte es noch halten.»

Mona öffnet schon den Mund, um etwas über kaputte Koffer und kalte Hände und schreckliche Reisen im Wochenendverkehr und noch einmal danke zu sagen, aber in diesem Moment streckt der Mann schon die Hand nach der Frau neben sich aus. Sie ist in Monas Alter, jedoch besser gekleidet, mit Lederhandschuhen und einem Schaffellmantel. Dazu trägt sie eine glamouröse Fellmütze wie aus Doktor Schiwago. Sie wendet kaum den Kopf, als der Mann seine Hand in ihren Schoß legt, aber sie greift nach seinem Handschuh, und Mona weiß, dass sie diese Bewegung schon tausendmal gemacht hat. Er lehnt sich ein wenig zu ihr, sodass sich ihre Schultern berühren, und die Frau, sicher seine Ehefrau, schaut immer noch geradeaus, blinzelt aber langsam, als wollte sie sagen: *Mein Schatz.*

Mona stellt sich die Handtasche auf den Schoß und hält sie fest. Der Mann und die Frau reden nicht miteinander, das müssen sie nicht, und Mona sieht, dass sie viele Einkaufstüten aus hochpreisigen Läden bei sich haben, Geschenke für ihre Freunde und Verwandten, für Kinder und Enkel, für Nachbarn; vermutlich noch nichts Essbares, außer vielleicht einer Flasche Portwein oder Geleefrüchten. Sie werden die Geschenke füreinander heimlich kaufen, Dinge, die keiner von ihnen braucht, weil letztlich ja nur die Weihnachtskarte zählt, was darin steht, die handschriftliche Widmung.

Kurz vor ihrer Station sagt der Mann etwas zu seiner Frau, aber seine Worte gehen im Kreischen der Räder unter. Sie stehen beide auf. Mona bemüht sich, nicht zu neugierig zu sein, aber sie muss ihnen unbedingt beim Aussteigen zusehen. Er nimmt alle Tüten und lässt seine Frau vorangehen. Er leitet sie mit perfekten Manieren, indem er die Hand zart an ihren Rücken legt, und kurz bevor sich die Türen schließen, haken sie sich beieinander ein und gehen davon.

Es ist beinahe Abend, als der Zug Mona endlich nach Hause bringt. Zuerst geht sie in den Weinladen gegenüber dem Bahnhof und stellt ihren Rollkoffer vor dem Verkaufstresen ab.

«Neulich», sagt sie zum Weinhändler, «hatte ich einen guten Wein, aber ich weiß nicht mehr, welcher es war.»

«Rot oder weiß?», fragt er und verschränkt die Arme vor der Brust.

«Rot.»

«Pfeffrig? Stark? Schwer? Reich? Geben Sie mir ein paar Hinweise.»

«Er hat ein wenig nach Holz und Harz geschmeckt. Mit einem Hauch Vanille. Er war sehr stark.»

«Spanisch? Chilenisch? Französisch?»

Mona schüttelt den Kopf. «Fängt mit einem M an.»

Der Mann verengt die Augen zu Schlitzen. «Konnten Sie das Etikett erkennen?»

Mona formt ein Quadrat mit den Händen. «Weiß, glaube ich, mit großen schwarzen Buchstaben.»

«Ich habe einen chilenischen Merlot mit einer Katze darauf?»

«Wie viel kostet der?»

«Zwölf neunundneunzig.»

«Oh. Das ist dann ja wohl eine Rassekatze. Ich seh ihn mir mal an.»

Mona lässt sich die Flasche zeigen, weiß aber, dass sie sie sowieso nimmt, weil die Auswahl in dem Laden einfach zu groß ist und er es sicher am besten weiß. Sie will schließlich nicht eine Flasche Essig mit nach Hause nehmen. Sie lässt sich zu einer langen silbernen Geschenkverpackung überreden.

37

Mona nimmt den Bus nach Dublin und fliegt nach Hause. Sie nimmt den fünfundvierziger Bus vom Flughafen in die Stadt und dann den fünfziger nach Hause. Sie stellt nur den kleinen Koffer ab und fährt direkt zum Krankenhaus. Ein Teil von ihr will sich eine Tomatensuppe mit Toast machen. Sie stellt sich vor, wie sie ihr Bettzeug zum Kamin trägt und dort fernsieht, wie sie ein paar Münzen in den Warmwasserzähler wirft, sich ein Vollbad mit viel Schaum einlässt und sich bis in die Knochen aufwärmt. Das Bluten hat aufgehört.

Sie hat William ein Weihnachtsgeschenk gekauft, eine silberne Flasche, die sie in Bridies Haus gefunden hat. Sie haben sie zusammen mit Natron poliert und sie in ein seidenes Handtuch gewickelt, bevor sie ging. Das Einwickelpapier ist mit Stechpalmenzweigen bedeckt. Vom Krankenhauseingang bis zur Station ist es ein langer Weg, und dann ist Williams Bett leer. Sie braucht sehr, sehr lange, vielleicht fünf oder sieben Minuten, bis sie die diensthabende Schwester findet und ihr erklären kann, dass sie gern ihren Mann besuchen möchte, weil sie zur Erholung in Irland und schon viel zu lang fort war, und vielleicht hätte sie gar nicht fahren sollen, aber jetzt geht es ihr besser, und deshalb ist sie zurückgekommen.

Die diensthabende Schwester nimmt Mona beim Arm und führt sie in einen ruhigen Raum, in dem sie Mona erzählt, was passiert ist, und dann bringt sie Mona eine Tasse Tee. Mona dreht die Uhr an ihrem Handgelenk zurecht und tut, was die Schwester ihr sagt, was noch eine Stunde und siebenundzwanzig Minuten dauert, weil sie in verschiedene Zimmer gehen und mit Leuten reden muss, die ihr alle etwas anderes sagen und sie fragen, ob es ihr gutgeht. Dann will Mona nur noch raus, verirrt sich aber immer wieder, und weil sie Williams persönliche Dinge in einer weißen Pappkiste trägt, ist sie bald so erschöpft, dass sie das Gefühl hat, gleich auf den Boden zu sinken. Es kommt ihr vor, als wöge die Kiste zwanzig Kilo und nicht drei Pfund. Eigentlich ist gar nichts darin, nur seine Kleidung und die Schuhe, aber nicht der Ehering, weil er den immer noch trägt, immerhin. Der Ring wird immer noch an seinem Finger stecken. Vielleicht hat sie Minuten oder sogar Stunden gebraucht, um einem anderen Doktor zuzuhören oder einer Schwester oder jemandem von der Verwaltung oder jemandem, der sie Formulare unterschreiben lässt, während er sich bei ihr entschuldigt oder etwas erklärt und ihr sagt, was sie nun tun soll und wen sie anrufen soll, aber Mona kann sich daran nicht erinnern, selbst Jahre später nicht.

Sie erinnert sich, dass sie irgendwie nach Hause gekommen ist, vielleicht ist sie zu Fuß gegangen, aber als sie die Tür aufschließt, ist es draußen schon stockdunkel, und ihre Finger sind vor Kälte erstarrt, weil sie die ganze Zeit im eisigen Wind die Kiste festgehalten hat. Sie lässt sie auf den Küchentisch fallen und sinkt in einen Sessel.

Als sie wieder zu sich kommt, immer noch im Mantel, findet sie die Geldbörse und steckt Münzen ins Telefon.

Diesmal stellt Bridie keine Fragen. Sie öffnet die Tür, Mona geht an ihr vorbei, direkt die Treppe hoch und schläft für immer. Im Haus ist es so still, als wäre sie der letzte Mensch auf Erden. Man hört nur das Meeresrauschen, gleichmäßig und so vertraut wie ihr eigener Herzschlag. Bridie kommt jeden Morgen in Monas Zimmer und öffnet die Vorhänge, aber Mona kneift die Augen zu. Sie kommt mit Tee zurück, aber nicht immer mit einem Stück Toast oder Früchtekuchen. Bridie schließt abends wieder die Vorhänge, und wenn Mona im Badezimmer ist, schüttelt sie die Kissen und die Daunendecke auf, lässt ein Glas mit Lavendelblüten oder getrockneten Rosenblättern da. Die Tage vergehen. Mona sagt kein Wort.

Dann, eines Morgens, hört Mona Bridie in der Küche lachen. Erst beginnt es als ein kleines Kichern, aber bald wiehert und brüllt sie wie ein Bauarbeiter. Mona geht zur Treppe und lehnt sich über das Geländer. Sie hört Stimmen in der Küche. Auf Zehenspitzen schleicht sie die Stufen hinunter. Es klingt fast wie eine Party, und plötzlich wird die Tür von einer Frau aufgerissen, deren rote Locken mit einem Kopftuch hochgebunden sind. Sie hält einen Staubwedel in der einen Hand und einen Schokokeks in der anderen. Mit ihrer Oberweite sprengt sie beinahe ihr Kleid. Mona starrt sie an, und die Frau zieht die Augenbrauen hoch.

«Habe schon gehört, dass du zurück bist», sagt sie. «Pamela.» Sie steckt sich den Keks seitlich in den Mund und schüttelt Mona die Hand. «Alles klar», ruft Pamela über die Schulter. «Ich fange dann mal im Wohnzimmer an, Madame. Und vergiss nicht meinen Tee!»

Bridie füllt gerade den Kessel, als Mona hereinkommt. «Ah, du bist aufgestanden. Ich bin ein bisschen spät dran mit dem Tee, wegen der da.» Sie zeigt in Richtung Pamela, die singt und die Möbel auf dem Holzfußboden herumschiebt. «Erinnerst du dich nicht an sie? Pamela O'Shea. Ihre Mutter hat damals bei uns geputzt, eigentlich für das ganze Dorf. Maureen O'Shea, weißt du noch? Sie hat ihr Geschäft jetzt an ihre Töchter übergeben, Pamela und Diane. Man würde niemals denken, dass sie Zwillinge sind.»

Mona setzt sich an den Tisch. Bridie stellt Butter und Marmelade vor sie.

«Sie hat mir gerade von Pat Holmes erzählt. Wusstest du, dass er eine Perücke trägt? Eine schwarze? Ich weiß, dass es ganz falsch ist, auf Klatsch und Tratsch zu hören, aber dieses Mädchen gehört wirklich auf eine Bühne. Sie macht ihn so perfekt nach.» Dann imitiert Bridie einen alten Mann am Gehstock, und es ist überhaupt nicht lustig. Kein bisschen. Als sie Monas Gesichtsausdruck sieht, hört sie damit auf und macht den Tee. Sie schenkt drei Tassen ein, bringt Pamela eine, und dann kommt sie zurück und setzt sich Mona gegenüber.

«Wir kommen schon miteinander zurecht, du und ich, Mona. Wir haben jetzt nur noch einander. Wir haben hier ein gutes Haus, und deins bringt Miete ein. Wir sind so verschieden wie Tag und Nacht oder zumindest wie Nacht und Abenddämmerung, sozusagen, aber wir mögen uns, und das Schicksal hat uns zusammengebracht. Wenn ich du wäre, in deiner Lage, würde ich mir einen Job in Wexford suchen, bei dem du Kontakt mit Menschen hast. Es gibt da einige Geschäfte, die Leute wie dich brauchen, und das Städtchen entwickelt sich seit neuestem. Es ist einigermaßen was los, und es gibt gute Möglichkeiten. Als du hergekommen bist, brauchtest du Ruhe und Frieden. Jetzt hast du beides gehabt. Wirklich genug von beidem, Mona. Wir könnten deine Angelegenheiten in Birmingham von hier aus regeln. Du bist jung und kräftig. Arbeit wird dir guttun.»

Der Frühling kommt, und Mona kehrt wieder ins Leben zurück. Bridie hängt Mona die sauberen, gebügelten Kleider an einen Haken. Sie fährt sie nach Wexford und stellt sie als «zurückgekehrte Nichte» vor, obwohl die halbe Stadt Monas Geschichte längst kennt. Mona findet bei Dooley's Arbeit. Sie verkauft Büstenhalter und Hüfthalter, Nachthemden und Unterhosen, und die anderen Frauen sind sehr lieb zu ihr, mütterlich und verständnisvoll.

An einem Abend, mitten im Sommer, soll eine Tanzveranstaltung im Camross-Festsaal stattfinden. Bridie faltet die Zeitung zusammen und zeigt Mona die Ankündigung.

«Du brauchst neue Kleider, Mona.»

Mona kennt Bridie inzwischen. Sie hört wie bei einer Stimmgabel die tadelnden und die liebevollen Töne.

«Ich kaufe mir welche, wenn du dir welche kaufst», sagt sie.

«Ich habe genügend gute Kleider, Mona, und ich bin dreiundsechzig, also passt nichts davon zu einer jungen Frau, die zu einem vornehmen Tanzabend im Camross geht. Nein, du gehst mit Pamela und ihrer Schwester. Ist schon alles verabredet.»

Es war dann nicht wirklich ein vornehmer Tanzabend, eher eine Landdisco. Den halben Abend spielte eine Liveband, die andere Hälfte bestritt ein DJ mit beinahe aktuellen Platten und einer Vorliebe für seinen eigenen Dubliner Akzent.

«Ihr wollt doch wohl nicht ohne ein Schätzchen nach Hause gehen, Jungs? Bittet sie um einen langsamen Tanz zu *Lovin' You* von Minnie Riperton. Auf geht's! Heute Abend sind viele schöne Mädchen hier, das steht schon mal fest. Sie warten nur auf euch, Jungs.»

Pamela und Mona stehen auf der Galerie und schauen auf die sich drehenden Paare unter sich. Pamela denkt sich für alle Namen aus. «Guck mal da, Draculas Cousine tanzt mit dem Koalabär. Diese scharfen Zähnchen würde ich auf keinen Fall in die Nähe meines Halses lassen. Und Mona, guck mal da, auf zwei Uhr: Stummelchen, der seine Hände nicht bei sich behalten kann. Er hat genau die richtige Größe, um ihm mal so richtig das Knie in die Keimdrüsen zu rammen. Du würdest dabei nicht umkippen, wenn du weißt, was ich meine.»

Am Ende des Abends steigen sie in den Bus nach Kilmore und trinken eine Tasse Tee in der Küche. Bridie ist wach geblieben. Mona erzählt ihr von dem Abend und dass sie sich bereit erklärt hat, in der nächsten Woche an der Bar zu bedienen. Bridie lächelt und schmiegt ihre Wange an Monas.

«Es wird dir Stück für Stück immer bessergehen, Mona. Du bist jetzt zu Hause.»

Und Mona erwischt sich selbst dabei, dass sie jeden Abend zu Bridie und einem warmen Abendessen am Esstisch zurückkehrt, sich mit ihr unterhält, am Wochenende Sherry oder Whiskey mit ihr trinkt, Arm in Arm mit ihr am Strand spazieren geht und sich die Wochen und Tage und Monate und Jahre wiederholen. Es fühlt sich an wie Balsam auf ihren Wunden.

38

Mona versucht es herauszufinden, als sie den Hügel hinaufsteigt. Sie wohnt im dritten Stock, also muss Karl im zweiten wohnen. Seine Wohnung ist in der rechten Ecke des Gebäudes, von ihrem Fenster aus gesehen, also links, wenn sie davorsteht. Und es müssen vier Wohnungen auf jeder Etage sein. Seine muss also die Nummer neun oder zwölf sein. Egal wie, sie wird es schon herausfinden.

Die Flasche mit dem guten Wein baumelt in einer Tüte von ihrem Handgelenk, und sie hat sich die Handtasche über die Schulter gehängt. Ihr kleiner Übernachtungsrollkoffer rumpelt hinter ihr her, schön gleichmäßig, immer noch mit ihren Übernachtungssachen darin, Zahnbürste, Zahnpasta, saubere Unterwäsche. Die Luft ist frisch und schneidend wie ein neues Messer, auch ein wenig prickelnd, ein Hauch von etwas Glitzerndem darin, weil bald Weihnachten ist. Vielleicht feiert auch jemand eine Party in der Nähe, und der Wind hat die Stimmung zu ihr herübergeweht. Sie legt sich den Finger auf den Mund und erinnert sich an Karls weiche Lippen an ihren Zähnen. Diesmal wird sie ihm nicht sagen, dass er aufhören soll.

Jemand öffnet gerade die Haustür, als sie ankommt. Ein

Junge von einem Lieferdienst, in einer weißen Uniform mit grüner Baseballmütze und Logo. Er hat eine Papiertüte mit demselben Logo in der Hand. Eine Flasche Cola schaut daraus hervor. Mit einem Summen geht die Tür auf, und er betritt das Haus. Mona folgt ihm schnell und geht durch die Eingangshalle hinter ihm her. Er hält ihr die Tür zum Treppenhaus auf.

«Der Lift ist kaputt», sagt er, als wüsste er, dass sie hier nicht wohnt.

«Danke, mein Lieber», antwortet sie und lächelt. «Du arbeitest noch ganz schön spät, nicht wahr?»

Er nickt. «Ja, noch fünf Stunden. Bis zwei Uhr bestimmt, und später wird es noch stressiger. Alle kommen vom Drum and Monkey oder vom Butler's, und dann macht Alexa's zu. Eigentlich sollten Adam und ich arbeiten, aber jetzt bin nur ich da. Es kann ganz schön stressig werden. Richtig, richtig stressig.»

Er redet sehr langsam und hat einen treudoofen Blick. Er summt, während er die Stufen hinauftrottet, und Mona ist im ersten Stock schon beinahe außer Atem, weil sie mit der Jugend Schritt halten will. Er dreht sich um und sieht, wie sie um Atem ringt.

«Wollen Sie Hilfe?»

Er wartet ihre Antwort nicht ab, sondern bückt sich, nimmt ihren Rollkoffer und lädt ihn sich auf die Schulter.

«Welches Stockwerk?», fragt er.

«Das nächste. Das zweite, glaube ich», antwortet sie. «Es ist ein Überraschungsbesuch.»

Er wartet oben auf sie, hält ihr die Tür zum grau erleuchteten Flur auf und gibt ihr den Rollkoffer zurück.

«Du bist ein freundlicher junger Mann», sagt sie. «Es müsste mehr von deiner Sorte auf der Welt geben.»

Aber sie spürt, wie ihr das Herz bis zum Hals schlägt, nicht nur vor Anstrengung, sondern auch wegen der mutigen und kühnen Sache, die sie zu tun im Begriff ist. Sie will, dass der Junge geht, damit sie sich konzentrieren kann. Auf einem Schild an der Wand steht «Wohnungen 9–12». Sie folgt dem Pfeil und merkt, dass sie wieder hinter dem Jungen hergeht.

Vor der zweiten Tür bleibt der Junge stehen und klopft.

«Herein!», hört sie. «Es ist offen.» Karls Stimme.

Der Junge öffnet die Tür und geht hinein. Mona steht einen Augenblick davor, aber als die Tür zufallen will, streckt sie den Fuß aus. Der Junge merkt es nicht, er ist schon drinnen, und Mona lauscht.

«Ah, Gary. Gut. Gut.»

«Okay, Mr. Ritter. Das große Kombimenü. Keith's Kebab Special mit Pommes und Zwiebeln. Ein Liter Cola. Einen Zwanzig-Prozent-Gutschein fürs nächste Mal. Gute Nacht.»

Mona hat keine Zeit sich zu rühren, da ist der Junge schon wieder da. Er lächelt und hält ihr die Tür weit auf.

«Sie haben Besuch, Mr. Ritter», ruft er über die Schulter und geht den Flur entlang.

Mona macht einen Schritt hinein, lässt die Tür aber offen. Karl erscheint im Flur. Er steht ein paar Meter entfernt von ihr, in karierten Boxershorts, weißem Unterhemd, keine Socken, keine Schuhe. Er trägt ein Haarnetz. Er zögert nur ganz kurz.

«Mona», sagt er schlicht und deutet mit einer Geste auf seine Aufmachung. «Sie treffen mich *en déshabillé* an.»

Seine Geste verwandelt sich in eine Einladung ins Wohnzimmer, und sie hat keine Wahl, sie muss die Türklinke loslassen und hineingehen.

Im Wohnzimmer ist es unerträglich heiß. Ein alter Gasofen zischt blaue und orangefarbene Flammen gegen ein rußiges Drahtgitter. Auf dem hölzernen Kaminsims liegt alles durcheinander, ein Paket Kekse, Zeitungen, braune Umschläge sind hinter eine Reiseuhr aus Messing geklemmt. Der Teppich ist mit drei unterschiedlichen Läufern bedeckt, sie werfen Falten und sind uneben unter ihren Füßen. Verschossene grüne Samtvorhänge sind vor das Fenster gezogen, hinter dem sie ihn sonst nachts mit seinem Kaffee gesehen hat.

Abgestandenes Bier, kaltes Essen, die Schmutzwäsche und, so schwach wie eine alte Narbe, der Geruch des Gewürzes, das er mitgebracht und für das Hühnchen benutzt hat. Jetzt liegt über allem, wie Parfüm über Schweiß, der Geruch des fettigen Kebabs, das immer noch in der Tüte auf einem Couchtisch vor einem durchgesessenen Sofa liegt. All das nimmt sie in einer Sekunde in sich auf.

«Setzen Sie sich doch bitte», sagt er und deutet auf die einzige andere Sitzgelegenheit im Zimmer, einen Küchenstuhl aus weißem Plastik, der einsam vor dem Fernseher steht. Zu laut. Drei Wettbewerber kämpfen sich aus einem mit Ballons gefüllten Käfig. «Wer wird gewinnen!», schreit der Showmaster.

«Entschuldigen Sie», sagt Karl und drückt auf die Fernbedienung. Abgesehen vom Blubbern des Gasofens ist es jetzt still.

Karl schüttelt den Kopf. «Nicht jeder kann gleichzeitig essen und *Promi-Gladiator* schauen. Aber gerade dieses Gericht passt besonders gut zu der Sendung.»

Er packt den Couchtisch, auf dem für eine Person gedeckt ist, und zieht ihn sich zwischen die nackten Beine. Er hält die Papiertüte hoch und lässt sie hin und her baumeln. «Abendbrot», sagt er.

Sie bemerkt eine geöffnete Weinflasche zu seinen Füßen und einen dunkelroten Rest in einem kleinen Wasserglas. Sie bemerkt die schwarzen Härchen auf seinen Zehen. Sie weiß, dass sie etwas sagen sollte, aber ihr fällt nichts ein.

Er öffnet die Schachtel ganz vorsichtig. Mit beiden Händen hebt er einen dampfenden Kebab heraus und legt ihn auf den Teller, als wäre er ein Wertgegenstand, eine noch ungebrannte Vase. Er nimmt die Papiertüte mit den Pommes, verteilt sie auf dem Teller, dann die Packung mit den Röstzwiebeln, fettig und braun, die hörbar über die Kante rieseln. Er nimmt ein Messer und deutet auf das Essen.

«Keith ist kein Küchenmeister», sagt er, «und doch … was meinen Sie? Möchten Sie auch etwas?»

Mona schüttelt den Kopf. Karl zerteilt den Kebab in zwei Teile und steckt sich dabei zwei Pommes in den Mund und kaut. Er nickt, als wollte er «Ja» sagen, und wirft ihr dann einen schnellen Blick zu.

«Ich hatte nicht erwartet, Sie wiederzusehen», sagt er. «Wie Sie sehen, haben Sie mich überrascht.»

«Entschuldigen Sie», sagt Mona, aber es klingt ein wenig scharf, und er hört es.

Karl lehnt sich plötzlich zurück, das Messer noch in der Hand, und neigt den Kopf zur Seite. «Sie wirken verärgert.»

Sie sieht durch das Unterhemd den grauen Pelz auf der schlaffen Brust und die stumpfen silbrigen Härchen auf seinen Oberschenkeln. Und obwohl sie sich sehr bemüht, ihren Blick nicht zu heben, zieht das Haarnetz ihn magisch an, dieses silbrig schimmernde dichte Plastikgewebe, unter dem sein Haar in gleichmäßigen Wellen am Kopf liegt und sich schwer im Nacken bauscht. Er ist eitel. Und er ist ein alter, alter Mann.

«Es tut mir sehr leid, Sie gestört zu haben, Karl.»

«Wirklich?»

«Ich bin nur zufällig vorbeigekommen.»

«Zufällig vorbeigekommen, verstehe. Aber Sie haben Wein mitgebracht?» Er nickt in Richtung der Flasche in der Tüte.

«Ja, ja, das habe ich. Um mich für neulich Abend zu bedanken. Ich hatte ganz vergessen, mich zu bedanken.»

«Ich erinnere mich, dass Sie sich bedankt haben, Mona. Ich erinnere mich ganz genau, dass Sie danke gesagt haben, bevor Sie die Tür zugeschlagen haben.»

«Na ja, trotzdem.»

«Kommen Sie, kommen Sie», sagt er. Er lässt das Messer auf den Teller gleiten und setzt sich auf die Sofakante. «Lassen Sie uns offen und ehrlich sprechen. Und lassen Sie uns Ihr Dankeschön-Geschenk zusammen trinken.»

«Nein, ist schon gut. Ich möchte gar nichts trinken.»

Natürlich hätte sie nie kommen dürfen. «Ich wollte Sie nicht in Verlegenheit bringen», sagt sie und nimmt den Griff ihres Rollkoffers. «Ich lasse ihn einfach hier. Sie können ihn später trinken.»

«Allein?»

«Ja, wenn Sie möchten.»

«Aber das möchte ich nicht, Mona. Ich würde ihn lieber mit Ihnen trinken.»

Mona steht auf und stellt die Flasche auf den Tisch. «Ich sollte jetzt wohl besser gehen, Karl.»

«Ich fände es schöner, wenn Sie nicht gingen», sagt er schlicht. «Ich fände es schöner, wenn Sie blieben und ein Glas Wein mit mir tränken, wenn es Ihnen nichts ausmacht. Ich würde es vorziehen, wenn Sie das täten, bevor Sie gehen. Ich glaube, das wäre höflich.»

Es liegt kein bisschen Nachgiebigkeit in seinem Ton. Mona setzt sich wieder und schaut zu, wie er sich vom Sofa hochrappelt, an ihr vorbei in die Küche geht und mit einem zweiten Glas zurückkommt. Dabei holt er ihre Flasche aus der Tüte und wirft einen Blick aufs Etikett.

«Sehr gut. Ziemlich teuer, glaube ich, aber ich habe schon eine Flasche offen.»

Er nimmt seine Flasche und schenkt ihnen beiden ein. Er gibt Mona ihr Glas. Er steht direkt vor ihr, aber sie kann ihn nicht ansehen.

«Prost», sagt er, rührt sich aber nicht.

«Ja, prost, Karl.» Sie legt die Lippen ans Glas und befeuchtet sie mit dem Wein. Er ist pfeffrig und stark. Sie will nichts mehr trinken. Sie hustet ein wenig und legt die Handtasche auf den Boden, neben ihren Rollkoffer.

«Wohnen Sie schon lange hier?», fragt sie.

«Ich wohne hier, seit Andreas tot ist. Sehen Sie, er war sehr lange krank, und die Familie wollte, dass er zu Hause stirbt. Also haben Sie ihn zurückgeholt. Ihn zurückverlangt, könnte man sagen.»

«Also sind Sie hier eingezogen.»

Karl schnaubt und setzt sich. Er schiebt den Tisch weg, schiebt ihn beinahe ins Feuer. Dann lehnt er sich auf dem Sofa zurück und trinkt den ganzen Wein mit ein paar Schlucken aus.

«Das hier», sagt er und deutet ins Zimmer, «ist auch ein Dankeschön-Geschenk. Ich scheine sie zu sammeln. Diese Wohnung ist ein Dankeschön von Andreas' Familie. Du wirst nicht mehr gebraucht, Karl. Du warst sehr loyal, Karl, und so weiter und so weiter. Bitte sehr, Karl. Hier in England, einige hundert Meilen von Andreas entfernt, ist dein Zuhause, Nummer zwölf in einem der vielen Wohnblocks, die uns gehören. Oh, und da du schon mal dort bist, könntest du dich für uns um ein paar Dinge kümmern. Ja, scheint, als wäre ich jetzt ein Teilzeit-Hausmeister.»

Auf dem Sims des Gasofens steht ein gerahmtes Foto von Karl mit einem Mann.

«Ist er das?», fragt Mona. «Andreas, Ihr Freund?»

«Andreas, ja. Graf Georg Leberecht Andreas Graf von Everstein-Ohsen.»

«Verstehe.»

«Verstehen Sie es, Mona?» Karl beugt sich vor und schenkt sich noch ein Glas Wein ein. «Was verstehen Sie?»

«Ich verstehe, dass Sie der Tod Ihres Freundes getroffen hat.»

«Ha! Jetzt wollen Sie über meinen Freund sprechen. Jetzt! Na gut, ja, ja, lassen Sie uns über ihn sprechen. Er war eigentlich mein Arbeitgeber, wenn man es genau nimmt. Ja, ich wurde bezahlt, nicht besonders üppig natürlich, aber immerhin. Ich durfte in den schönsten Häusern, in den schönsten Palästen, auf Yachten und in Wintersportorten wohnen. Nennen Sie irgendein Land!»

«Das ist ja wunderbar», sagt Mona.

Karl nimmt einen tiefen Zug Wein. «Wunderbar? Finden Sie? Mein Vater war Gärtner auf dem Anwesen, wir sind zusammen aufgewachsen, Andreas und ich.» Noch ein paar Schlucke, und das Glas ist leer. «Und jetzt ist er tot.»

«Das tut mir leid.»

«Andreas litt wie gesagt unter Epilepsie. Das war der Familie sehr unangenehm. Sie können sich das vorstellen, nicht wahr? Andreas, wie er sich bei einem Bankett auf dem Boden herumwälzt. Bei einer Party Schaum vor dem Mund hat. Er war einer der Unschuldigen im Leben, Andreas. Er konnte nichts allein regeln. Nicht seine Liebesaffären, nicht sein Bankkonto, nichts. Epilepsie. Schlaganfall. Krebs. Tod. Diese Dinge hat er sehr gut hinbekommen. So ist es nun mal.»

Karl schenkt sich noch ein Glas ein. Mona nimmt ihre Handtasche und schiebt den Rollkoffer zu sich.

«Kennen Sie die Redewendung *Manchmal muss man mit den Wölfen heulen*?»

«Nein.»

«Manchmal muss man mit den Wölfen heulen, Mona. Das Beste daraus machen. Ich habe ein Zuhause, und dieses Zuhause ist hier. Und doch wollte ich es verkaufen, um wieder zurück nach Hamburg ziehen zu können, aber dann bin ich zu einem Notar gegangen, mehr als einmal, um genau zu sein, und es hat sich herausgestellt, dass ich an dieser Wohnung nur Nießbrauchsrecht habe, nur bis ich sterbe. Sie gehört mir nicht. Also …», damit stößt er sein Glas in die Luft und kleckert dabei Wein auf sein Unterhemd, «heute heule ich mit den Wölfen», grölt Karl, muss husten und kippt den Rest des Weins hinunter.

Mona schaut weg. «Ich glaube, ich war lange genug hier, Karl. Ich verabschiede mich dann mal», sagt sie, aber Karl macht weiter.

«Man hat mir eine Kiste mit den Kleidern eines Toten gegeben. Man hat mir ein paar tausend Pfund und ein Kissen für mein Bett gegeben. *Machen wir das Beste draus.*»

Mona schließt die Augen und schüttelt den Kopf. «Ihr Verlust tut mir sehr leid, Karl. Aber jetzt muss ich gehen.»

Sie steht auf, und Karl erhebt sich vom Sofa. «Warum?»

Mona macht einen Schritt auf die Tür zu. «Ich glaube, ich habe einen schlechten Zeitpunkt erwischt.»

«Schlechter Zeitpunkt? Weil ich zu Hause sitze und Essen bestellt habe. Was ist daran schlecht? Weil wir über meine Probleme gesprochen haben? Wir sind doch Freunde, oder? Oder ist es für Sie ein schlechter Zeitpunkt?»

Sie zuckt die Achseln. Karls Unterhemd hat blassgelbe Halbmonde unter den Armen, es ist alt und ausgeleiert. Sie würde damit die Fenster putzen und es dann wegwerfen. Sie traut sich nicht, seine Boxershorts anzusehen.

Der dünne Gummizug seines Haarnetzes schneidet tief in seine Haut ein. Wenn er es abnimmt, wird er einen Abdruck auf der Stirn haben. Wie viele Stunden dauert es, bis so ein Abdruck verschwindet? Sie stellt sich vor, wie er die Stunden an seinen Fingern vom Zeitpunkt ihrer Verabredung zurückzählt, dann das Haarnetz abnimmt und es irgendwo verstaut, damit sie keinen Verdacht schöpft.

«Sind Sie aus irgendeinem Grund gekommen?», fragt er. «Aus welchem?» Er nickt in Richtung Koffer.

Die Hitze vom Gasofen ist brutal. Ihr Mund zuckt, dann schaut sie weg und ertappt sich dabei, wie sie sich auf die Berglandschaft in einem vergoldeten Rahmen konzentriert, die schief über dem Gasofen hängt. «Ich wollte Sie nur kurz besuchen», sagt sie. «Um zu sehen, wo Sie wohnen.»

«Und jetzt?»

«Ich glaube, ich gehe jetzt besser», sagt sie und steht auf. Er macht eine Handbewegung, um sie zum Bleiben aufzufordern, und als er spricht, lacht er beinahe.

«Mona, Mona, Mona. Sie sind enttäuscht, nicht wahr? Was haben Sie denn erwartet? Haben Sie geglaubt, dass ich eine Samtjacke und Lederslipper trage? Haben Sie schwere Vorhänge, Marmor und Kristallkaraffen auf silbernen Tabletts erwartet, von einem Kellner hereingetragen, von einem Kammerdiener?»

«Ich weiß nicht, was ich erwartet habe.»

«Ich bin der Kammerdiener, Mona.»

Sie macht einen Schritt auf die Tür zu.

«Sie kommen eigentlich nicht an meinem Haus vorbei, Mona, und Sie kaufen keinen Wein, weil Sie nicht trinken, jedenfalls kaum. Sie sind hergekommen, um den Abend mit mir zu verbringen, glaube ich, vielleicht weil Sie Ihr recht unelegantes Benehmen vor ein paar Wochen bedauern. Stimmt's?»

«Unelegant?»

«Unelegant.»

«Mein Benehmen? Ich muss doch sehr bitten. Ich wusste doch gar nicht, dass Sie kommen würden. Ich hatte Sie nicht eingeladen.»

«Eben.» Er zieht die Augenbrauen hoch. Silberne Stoppeln bedecken sein Kinn und seinen Hals. Er hat sich nicht rasiert. Er kratzt sich, reckt den Hals und fährt mit den Fingern über die Stoppeln. Mona schüttelt den Kopf.

«Hören Sie, es tut mir leid, und ich gehe jetzt.»

Er beugt sich vor, sein Gesicht ist jetzt ganz dicht vor ihrem. «Wohin?»

«Nach Hause.»

«Nach Hause? Oder zum Tischler? Gehen Sie nicht dorthin, wenn Sie mich hier verlassen haben?»

«Sie sind betrunken, Karl.»

«Vielleicht nehmen Sie Ihren kleinen Rollkoffer mit zum Tischler?»

Mona richtet sich auf und sieht ihm direkt ins Gesicht. «Wie bitte?»

«Der Tischler, der Tischler. Immer nur der Tischler. Wie viele Puppen er macht. Wie er arbeitet. Wie kalt ihm vermutlich ist. Und Sie haben meine Einladung auf einen Champagner für einen kurzen Besuch bei ihm ausgeschlagen. Sie mögen ihn lieber, stimmt's?»

Sie will etwas erwidern, aber er hebt einen Finger.

«Lassen Sie mich Ihnen etwas sagen, Mona. Sie lieben den Tischler. Oder zumindest haben Sie starke Gefühle für ihn. Aus irgendeinem Grund stehen Sie aber nicht zu diesen Gefühlen. Ich weiß nicht, warum. Aber wir beginnen eine Freundschaft, mehr als eine Freundschaft, denke ich, und ich nehme Ihre Ermutigungen für bare Münze und reagiere darauf, und dann schlagen Sie mir die Tür vor der Nase zu. Derlei Unehrlichkeit ist unattraktiv bei einer Frau.»

Ihr Gesicht glüht jetzt, und der Mantelkragen juckt an ihrem schweißnassen Hals. «Immerhin tue ich nicht so, als wäre ich der verdammte Graf von Monte Christo.» Sie ist beinahe atemlos. «Sie wohnen in einem Slum, wenn ich das so sagen darf. Sie reden die ganze Zeit davon, feines Essen zu kochen, obwohl Sie sich Riesenmengen Chicken-Kebab bestellen oder was das da ist. Sie reden ständig von Antiquitäten und einem Leben auf großem Fuß. Wie Sie mit den Dingen umgehen, geht mich nichts an, aber tun Sie jetzt nicht so, als wäre ich hier diejenige, die eine Lüge lebt.»

«Der Graf von Monte Christo. Sehr gut. Das gefällt mir.» Er verschränkt die Arme vor der Brust. «Der Graf war tatsächlich ein Meister der Tarnung. Ein Adeliger, der gefangen genommen wurde und dann wieder seinen rechtmäßigen Platz einnahm. Soweit ich mich erinnere, hat er ein paar ziemlich böse Dinge getan, alle im Namen der Liebe. Wir machen Fehler, nicht wahr, meistens betrifft es die, die wir lieben. Nehmen wir den Tischler zum Beispiel.» Er geht um sie herum und stellt sich vor den Gasofen. «Der Tischler, den ich zufällig gesehen habe ...» – er hält sich die Hand vor dem Mund, als wollte er flüstern – «… ich bin den Strand entlanggegangen, um ihn mir persönlich anzusehen. Er sieht schlecht aus … nein, eigentlich sogar krank. Er ist sehr dünn, nicht wahr?»

Mona beißt die Zähne zusammen.

«Er hat Sie früher einmal abgewiesen, oder vielleicht haben Sie ihm Ihre Liebe noch gar nicht gestanden. Haben ihn nicht mit Ihrem Rollkoffer und einer Flasche teuren Weins besucht? Wenn ich Sie wäre, und ich spreche als Freund zu Ihnen, würde ich ihm ein gutes Essen kochen. Hühnerleber hat viel Eisen, gebraten mit Aprikosen und Rosinen, köstlich. Servieren Sie das auf dick geschnittenem Brot, Roggen, leicht getoastet.»

«Herrgott noch mal.» Mona legt die Hand auf den Griff ihres Koffers. Er redet immer noch.

«Ja, der Tischler ist in den letzten paar Wochen in so gut wie jedem unserer Gespräche aufgetaucht. Ich habe schon fast das Gefühl, dass wir Freunde geworden sind, der Tischler und ich.»

Mona fährt herum. Sie müsste nur einen Schritt tun, dann wäre sie bei ihm, könnte ihn schlagen, ihn zum Aufhören zwingen. «Halten Sie den Mund, Karl! Der Tischler! Sie reden doch ständig vom Tischler! Nicht ich! Er ist niemand. Nichts.»

Karl lächelt. «Er ist nichts, und dann so laut?»

«Sie haben keine Ahnung», zischt sie. «Absolut keine Ahnung, was er durchgemacht hat. Was ich durchgemacht habe. Was wissen Sie schon? Sie haben einen Freund verloren. Ihren Job als verdammter Diener verloren. Na gut, das tut mir leid für Sie. Aber Sie hatten ein gutes Leben, oder etwa nicht? Das sagen Sie doch ständig, all die Dinge, die Sie getan und erlebt haben. Andere hatten da ein ganz anderes Leben. Wir haben nicht alle die letzten fünfzig Jahre als Gefährte eines Playboys verbracht.»

Er schließt die Augen und zieht sich das Haarnetz vom Kopf. Er nimmt die Tüte mit dem Wein und legt sie ihr in die Hand. Er geht an ihr vorbei und öffnet die Wohnzimmertür so weit, dass sie hindurchgehen kann. Er begleitet sie durch den Flur und schließt die Wohnungstür auf.

«Das Leben ist nicht leicht, Mona. Wir leben, wie wir leben müssen.» Er klingt müde, weit entfernt. «Ich bin ein einfacher Mann. Sie sind eine komplizierte Frau. Und unglücklich, wenn ich das so sagen darf. Vielleicht ist der Tischler auch unglücklich. Gute Nacht.»

Sie spürt seine Hand am Rücken, aber diesmal schiebt sie sie über die Schwelle und in den schmuddeligen Hausflur.

«Warten Sie», sagt er, beugt sich vor und küsst sie auf beide Wangen. «Ich wünsche Ihnen Glück, meine Liebe. Viel Glück.»

39

Bridie ist ganz klein geworden, sie ist im Laufe der Jahre irgendwie geschrumpft, weißhaarig und zart wie eine Feder. Sie liegt mitten in ihrem Bett, adrett wie immer und selbst jetzt noch würdevoll. Manchmal spricht sie, meistens mit sich selbst, manchmal aber auch mit Mona.

«Ich liebe dich, Robbie», sagt sie, und ihre dünnen Finger klimpern auf der Decke.

Es ist ein Uhr nachmittags, als sie die Augen öffnet und Mona anlächelt.

«Es gehört alles dir, das weißt du.»

«Ich weiß», sagt Mona. «Das hast du mir schon gesagt. Schsch.»

«Ich bin viel zu lange still gewesen. Und ich war selbstsüchtig.»

Mona zieht die glatte Decke glatt und streicht über die perfekt aufgeschüttelten Kissen.

«Du hättest schon vor Jahren gehen sollen», sagt Bridie. «Das hier ist kein Ort für dich. Vergib mir, ich wollte dich für mich allein. Ich brauchte dich.»

Mona hört das Pfeifen in der Kehle der alten Frau. Es klingt, als komme ihr Atem aus dem Nichts.

«Ich hatte dich zwölf Jahre bei mir», sagt sie, «aber jetzt musst du ebenso gehen wie ich. Und ich werde ihn wiederfinden», sagt sie. «Warte nicht zu lang. Ich habe gewartet, und es hat mir nichts eingebracht.» Sie weint jetzt, und Mona weint ebenfalls.

«Ich weiß, dass du es versucht hast, Liebes, aber es läuft einfach nicht, oder? Nicht einmal Duggie Hanna, Gott hab ihn selig, war gut genug für dich. Du hast ihm das Herz gebrochen, glaube ich. Und den anderen auch.»

«Schsch», macht Mona, weil sie ihr zustimmt, und außerdem ist das eine Unterhaltung, die sie schon oft geführt haben, eine alte Spindel, die sich immer und immer wieder aufspult und am Ende hart auf dem Boden aufschlägt. Aber Bridie will nicht still sein. Sie packt Mona so fest und mit einer Kraft, die sie gar nicht haben dürfte.

«Finde ihn und liebe ihn wieder, Mona. Es gibt Leute, die man bezahlen kann, damit sie jemanden finden. Ich habe genug Geld. Wie viel auch immer du brauchst. Führe ein anderes Leben. Bekomme noch ein Kind. Du bist noch jung. Versprich mir das.»

Mona nickt und wischt sich mit dem Ärmel übers Gesicht. «Ich verspreche es dir.»

«Erinnere dich an mich als an eine, die dich geliebt hat. Und die deinen Vater geliebt hat. Wir waren glücklich, nicht wahr? Ich, du und Robbie?»

Den ganzen Tag zeigt sich die Sonne kein einziges Mal. In den grauen Stunden steht Mona am Fenster und sieht zu, wie der Regen gegen die Fensterscheibe prasselt und sich in der Einfahrt sammelt. Als Bridie stirbt, lässt es Mona zu, dass ihre Gedanken zu William und Beatrice zurückkehren. Sie stellt sich vor, wo sie wohl sind und wo sie suchen soll und was sie dort finden wird. Ohne es zu wissen und ohne darüber nachzudenken und ohne etwas zu planen, hat sie gewartet und gewartet, und jetzt muss sie gehen. Sie klingelt nach dem Doktor und sieht zu, wie er Bridie mit einem Tuch bedeckt und ein Kreuzzeichen darauf macht.

«Macht es Ihnen nichts aus, allein hierzubleiben, Mona? Ich kann Sie gern mitnehmen.»

«Nein, es geht mir gut», sagt sie. «Ich werde sie begraben, und dann gehe ich zurück nach England.»

40

Ein böses Rädchen, so hat der Mann es genannt, als ob es eine Persönlichkeit und sich entschlossen hätte, Ärger zu machen. Es wackelt schon den ganzen Weg die Treppen zum Erdgeschoss hinunter und löst sich auf der letzten Stufe vom Koffer. Mona zerrt den Rollkoffer durch den Eingangsbereich und hinaus auf die Straße. Das Blut rauscht aufgewühlt in ihren Adern, und sie würde am allerliebsten auch noch das andere Rädchen abreißen und es wie ein Geschoss hundert Meilen weit wegwerfen.

Sie stapft den Hügel hinunter, der Koffer schleift über den Asphalt und kreischt auf dem Bürgersteig. Sie spürt es kaum, hört es kaum. Die Geschenkverpackung mit dem Wein darin schlägt in ihrer Tüte gegen ihre Hüfte, der feuchte, eiskalte Wind gräbt sich in ihre Wangen, aber sie hält den Kopf hoch, lässt eisige Finger ihren Hals zudrücken und Tränen von ihren Wangen treiben.

An der Kreuzung hält sie unvermittelt inne und schaut zum Strand hinunter. Die Fenster sind geschlossen, aber durch die Ritzen dringt Licht. Sie geht darauf zu.

Die Tür ist nicht verschlossen, weil es hier nichts zu stehlen gibt. Sie manövriert den Koffer hinein, stellt ihn an der Treppe ab und marschiert hinauf. Es ist dunkel, aber sie ist natürlich wie eine Idiotin schon so oft in ihrem

Leben die hässliche Konstruktion hinauf- und hinuntergegangen, dass sie sie mit geschlossenen Augen rückwärts hinauftanzen könnte und nicht stolpern würde.

Sie kommt oben an, drückt die Tür auf und sieht ihn beim Herd stehen, eine Schüssel Suppe in der Hand. Er hat den Löffel schon beinahe zum Mund geführt, aber er erstarrt, als er sie erkennt. Seine Lippen werden ganz schlaff, und sie sieht, wie er seine Gefühle wie die Scherben eines zerbrochenen Tellers aufsammelt und sie hastig dort verstaut, wo er sie all die Jahre versteckt hat.

«Das ist dein Abendessen, oder?», fragt sie. «Also kein Kebab.» Er starrt sie nur an. Auch dies ist ein Ort starker Gerüche. Oh ja, da sind Leinöl und Kiefernholz und Staub, aber auch der Geruch des Mannes selbst, seiner Bleich- und Putzmittel, der grob gewaschenen derben Laken und der Seife, mit der er seine raue Haut abreibt. Die Haut, von der sie ihre Hände lassen muss, die sie all die Jahre nicht berühren und halten und streicheln durfte.

Und es ist eiskalt in der Werkstatt. Natürlich. Es ist weder der Zug noch das Wetter. Nein, Leblosigkeit ist in die Ziegelmauern und Dachsparren und Bodendielen und Holzabfälle und in die lange Holzbank und im Laufe der Jahre auch in sie gedrungen.

Sie fängt an, unruhig herumzulaufen. Auf der Werkbank liegt ein zugeschnittenes Stück Walnussholz, stumpf und noch nicht poliert, darauf ein gefaltetes Stück Sandpapier, wie ein fallengelassenes Taschentuch oder ein geheimer Brief. Sie fährt mit dem Finger durch den Holzstaub. Er fühlt sich seidig an zwischen ihren Fingern, so fein und weich wie Talkumpuder. Sie bläst ihn in die

Luft und sieht ihren nebligen Atem im Zwielicht. Und er steht so still da wie ein Gargoyle, beinahe geduckt, und beobachtet sie. Und weil sie ihn so gut kennt, weiß sie, dass er sich fragt, was sie vorhat, sie weiß, dass er besorgt ist.

«Oh, mach dir keine Sorgen», sagt sie. «Ich bleibe nicht. Nein, nein, in dieser Hinsicht musst du dir wirklich keine Sorgen machen.» Sie reibt sich die Hände, aber das bringt keine Wärme. «Es ist ja nun nicht so, dass du mich je eingeladen hättest zu bleiben, nicht wahr? Wie lange habe ich gebraucht? Zwanzig Monate? Ja, beinahe zwei Jahre, bis ich dich gefunden hatte. Habe dich wie ein Bluthund aufgespürt. Weißt du noch, als ich diese Treppe zum ersten Mal hochgekommen bin? Ich war so glücklich. Ich dachte, du würdest die Gelegenheit beim Schopf packen. Ich bat dich, mit mir zurückzukommen. Was hast du darauf gesagt? Erinnerst du dich? ‹Geh weg, Mona.› Das hast du gesagt. ‹Geh weg.›» Mona schüttelt den Kopf. «Also bin ich gegangen, wie ein gutes Mädchen. Habe gemacht, was man mir gesagt hat, aber ich bin immer wieder angekrochen gekommen und habe dir kleine Stückchen Essen gebracht, wie ein verdammter Riesenvogel, der sein Küken füttert. Und ich bin immer wieder gekommen, nicht wahr? Woche für Woche, nie häufiger, als du es ertragen konntest. Ich habe dich nie mehr gestört, als ich unbedingt musste. Oh nein, William darf man nicht stören.»

Er sagt nichts. Sein Mund steht so weit offen wie seine Augen.

«Ich habe mein Leben damit verschwendet, dich am Leben zu erhalten. Und was habe ich davon? Was hast du je für mich getan? Nichts.»

Sie hört seine Antwort, obwohl er gar nichts sagt.

«Und sag jetzt nicht: die Puppen. Die eine Puppe, die du nicht machen willst, auf die kommt es an. Wie oft habe ich dich um diese verdammte Puppe gebeten? All die Jahre ... und nichts.»

Er stellt die Suppenschüssel ab und legt die Hände auf die Ohren.

«Wehe!», zischt sie. «Verdammt noch mal, wage es nicht!»

Sie rennt beinahe durch den Raum. Die Handtasche rutscht ihr von der Schulter. Sie packt seine schmalen Handgelenke und reißt sie herunter. «Du hörst dir das jetzt an, bei Gott, das tust du. Soll ich dir mal sagen, wo ich gestern war? Soll ich? Ich habe unser Baby besucht, William. Ganz genau, unser kleines Mädchen hat ein Grab, ein Grab, das ich vor vielen Jahren nach langer Suche gefunden habe. Ich konnte dich nicht bitten, dich mir anzuschließen, weil dir das den Rest gegeben hätte, und es ist sehr wichtig, dass man dir nicht den Rest gibt. William darf man nicht aufregen. William kommt nicht damit zurecht. William könnte sich sonst umbringen. Na ja, aber dir geht es gut, und du bist stark, wenn du es sein willst, nicht wahr?» Sie schreit jetzt, sie spürt, wie sich die Muskeln ihres Halses anspannen. «Dich nicht aufzuregen ist mein Lebenswerk. Und was ist mit mir? Was ist, wenn ich mich aufrege? Hast du jemals daran gedacht?»

Er versucht, ihr seine Hände zu entziehen, aber sie packt sie nur noch fester und zieht die Luft durch die Zähne ein.

«Nein, hast du nicht. Du hörst dir das jetzt an. Wir wollen über Holz reden. Du redest gern über Holz. Weißt du, was für einen Sarg unser Baby hat?» Mona zieht ihn, zerrt ihn hin zur Werkbank und dem Stück Walnussholz. «So einen vielleicht?», fragt sie. «Glaubst du, unser wunderschönes kleines Mädchen hat einen Walnusssarg? Oder vielleicht Mahagoni? Oder Teak? Tja, ich weiß es nicht, William, aber ich bezweifle es. Sie ist mit einem alten Mann begraben, der am selben Tag im Krankenhaus gestorben ist wie unser kleines Mädchen. So haben sie es damals gehandhabt. Sie haben ihren winzig kleinen Körper genommen und ihn in den Sarg zu einem Mann gelegt, auf den niemand Anspruch erhoben hat, der keine Familie hatte. Sie haben sie einfach hineingeworfen und den Sarg zugenagelt. Ihren kalten Körper in der eiskalten Erde, zu Füßen eines Landstreichers.»

Er krümmt sich plötzlich, befreit seine Hände und duckt sich, als hätte sie ihn geschlagen.

«Ja, mach nur weiter, William. Denk mal darüber nach, nicht wahr? All die Jahre habe ich geschwiegen. Jetzt kannst du hören, was du zu hören hast. Und viel Glück noch.»

Sie sieht zu, wie er auf die Knie sinkt.

«Warte, warte, warte, William.»

Er schaut zu ihr auf, und sie kann immer noch den Jungen in ihm sehen, und wenn ihr nicht so kalt und sie nicht so müde wäre, wenn es kein böses Rädchen und unelegantes Benehmen gäbe, wenn sie nicht sechzig, sondern einundzwanzig wäre, würde sie sich vielleicht neben ihn hocken.

«Ich habe etwas anderes für dich», sagt sie. Sie legt ihren Ehering auf das tote Metall des bauchigen Ofens. Sie nimmt ihre Handtasche und dreht sich ein letztes Mal zu ihm um.

«Das Leben ist nicht leicht, oder, William? Wir leben alle, wie wir leben müssen.»

Sie muss sich gut festhalten, als sie die Treppe hinuntergeht. Sie rumpelt mit dem Koffer die Straßen entlang, und ehe sie es sich versieht, ist sie am Ufer der schwarzen See. Sie hört ihrem Flüstern und Schaudern zu, wie sie zu ihr strömt und wieder zurückfällt. Sie fragt sich, ob das Wasser, das ihre Schuhe durchnässt, irgendwann in Kilmore ankommt und die Muscheln und den Sand befeuchtet, der einst ihre Heimat war.

Sie wirft die Weinflasche sanft in die Wellen. Vielleicht wird sie im Hafen angeschwemmt, und einer der alten Säufer aus der Stadt glaubt, dass ihm ein Wunder geschieht.

«Prost», sagt sie.

Sie streift ihren Koffer, als sie an ihm vorbeigeht. Sie wird auf dem langen Weg nach Hause ihre Ruhe haben. Sie geht mit großen Schritten den Hügel hinauf, spürt, wie sich die Muskeln in ihren Waden anspannen und wie ihre Brust sich hebt und senkt. Zuerst spürt sie den Schmerz im Arm, dann im Hals und dann den Herzschlag, stärker und immer stärker, bis sie nicht mehr atmen kann.

41

So endet es also. Auf einem weißen Baumwolllaken, auf einer schmalen Trage hinter einem Krankenhausvorhang, vier Meilen vom Meer entfernt, am äußersten Rand Englands.

Die kleine abgehängte Nische ist grell erleuchtet, blitzsauber, und es ist heiß darin wie in einer Sauna. Überall hängen Poster, die die Patienten vor allen möglichen Gefahren warnen. Man muss die Mobiltelefone ausschalten und desinfizierende Waschlotion benutzen, soll Geduld haben, wenn viel los ist, und, rot eingekreist, die Warnung davor, das Personal tätlich anzugreifen. Mona fragt sich, ob jemand eine Verbindung gezogen hat zwischen Ungeduld, schmutzigen Fingernägeln und der Neigung, den diensthabenden Doktor zu verprügeln.

Mona trägt den Kittel, den man ihr gegeben hat, ein braunes Schachbrettmuster aus Polyester, vorn offen. Sie hält den Kittel vorn zu, während die Schwester ihren Blutdruck misst und dafür eine enge Manschette um Monas Oberarm bindet, die sie so lange aufpumpt, bis Monas Fingerspitzen zu kribbeln beginnen.

Die Schwester ist wie aus dem Ei gepellt, mit einer Haut, so dunkel und glatt wie poliertes Teakholz. Das schwarze Haar hat sie geölt und mit einem Samtband zurückgebunden. Ihre wunderschönen schlanken Finger würden zu einer Pianistin oder Harfenistin passen. Sie hebt den Blick und sieht, dass Mona sie anschaut.

«Haben Sie jemanden, der draußen wartet?», fragt sie, und Mona, zu ihrer ungeheuren Beschämung, bricht in Tränen aus. Sie weint, direkt vor einer Fremden.

Die Schwester nimmt Monas Hand und drückt sie. «Nein?», fragt sie. «Möchten Sie vielleicht jemanden anrufen? Ein Telefongespräch führen?» Aber die Tränen fließen jetzt, und Mona kann nicht antworten. Sie presst die Lippen zusammen und spürt wieder, wie ihr das Herz bis zum Hals schlägt.

«Nein», sagt sie.

Die Schwester steht schnell auf und verlässt die Nische. Wahrscheinlich sucht sie jemanden mit mehr medizinischem Wissen. Vielleicht denkt sie, dass Mona einen Anfall hat.

Und bringen Sie einen Priester mit!, denkt Mona. Aber das ist nicht lustig. Vielleicht kommt sie mit ein paar Krankenpflegeschülern im Schlepptau wieder, die ihr die beiden großen Paddles auf die Brust legen, um ihr Herz wieder in den richtigen Takt zu schocken. Sie werden alle ihre schlaffe Brust sehen, die bleichen, intimen Stellen ihrer Haut, und was werden sie dabei denken? Sie haben zweifellos schon Schlimmeres gesehen. Aber auch Besseres.

Die beiden leeren Stühle neben dem Bett sind ein schrecklicher Anblick. Manche kommen mit einem besorgten Mann und erwachsenen Kindern oder einer ganzen Traube von Cousinen und Tanten herein. Bei einigen gibt es nur noch Stehplätze, die Leute müssen um jeden Quadratzentimeter kämpfen, und zwei Stühle reichen nicht im mindesten.

Aber die Schwester ist ewig fort, also hat Mona Zeit, sich zu sammeln. Sie setzt sich aufrecht hin, glättet das Haar am Hinterkopf, fährt sich mit dem Finger über die Augenbrauen, alles Dinge, die keinen Unterschied machen. Sie hat überhaupt keine Schmerzen, und das ist die Wahrheit. Eigentlich hatte sie keine Schmerzen mehr, seit sie in die Notaufnahme gegangen ist, obwohl sie der Schwester am Empfangstresen eine kleine Lüge aufgetischt hat. «Ich glaube, ich habe einen Herzinfarkt», hat sie gesagt und aus dem Augenwinkel bemerkt, wie sich einige Leute im Wartebereich umgedreht haben, um sie von Kopf bis Fuß zu mustern.

Kein Wunder, dass alles ewig dauert. Wahrscheinlich gibt es heute Abend echte Notfälle in diesem Krankenhaus. Krankenwagen voller Katastrophen aus Auffahrunfällen und Kneipenschlägereien, Stürze von Leitern und Arbeitsunfälle. Leute mit lebensbedrohlichen Wunden und Verletzungen. Bomben. Mona ist eine Schwindlerin. Die nette Schwester ist sicher irgendwo da draußen in einem OP-Saal, zupft am Ärmel des Arztes und sagt: «Verzeihung, Sir, ich sehe, dass Sie gerade diese aufgeschlitzte Kehle zusammenflicken, aber da ist so eine bekloppte alte Irin in Bett fünf, die unter Verstopfung leidet. Soll ich ihr ein paar Paracetamol geben und sie nach Hause schicken?»

Da ist jemand in der benachbarten Nische. Es ist furchtbar, das Weinen mit anzuhören, es sind riesige, lange Schluchzer und Schluckgeräusche, als bräche es der Frau das Herz. Vermutlich sitzt ihre Mutter oder eine Freundin auf einem der beiden Stühle und hilft ihr durch was auch immer. Aber es ist trotzdem schwer zu ertragen.

Der Arzt ist ein großer Mann mit freundlichem Lächeln, der sich in einen hellblauen Kaschmirpulli gequetscht hat. An den Ärmeln haben sich Knötchen gebildet. Er tippt sich mit einem Kugelschreiber gegen die Schläfe, während er sich Monas Aufnahmebericht ansieht. Dann öffnet er vorsichtig ihren Kittel. Er drückt ein Stethoskop auf ihre Brust und sagt: «Tief durchatmen.» Und dann noch einmal: «Tief durchatmen», und das geht eine ganze Weile so weiter, auf der Brust und auf dem Rücken. Er lässt sich gar nichts anmerken, entschuldigt sich aber für das kalte Metall auf ihrer warmen Haut, sieht sich noch einmal ihren Aufnahmebericht an und tippt sich mit dem Stift gegen die Zähne. Endlich zeigt er ihr wieder sein Lächeln. Eine seine leichteren Aufgaben, sagt er, ist es, einen Patienten zu beruhigen. Nach einer stressigen Nacht ist es immer schön, jemandem sagen zu können, dass ihm absolut gar nichts fehlt. Mona nickt. Er fragt sie nach Stress und ihrem Job und wo sie arbeitet und ob sie Ärger oder Sorgen hat, die sie nachts wach halten, er fragt sie, was sie isst und trinkt und ob sie Medikamente nimmt – nur zur Sicherheit, sagt er –, und dann fragt er erneut, ob sie jemanden zu Hause hat. Nein, antwortet sie, nein. Nein zu allem.

Sie nimmt ein Taxi nach Hause. Sie geht die Treppen zu Fuß, statt den Aufzug zu nehmen. Sie öffnet die Tür ihrer leeren Wohnung und zieht sich die Schuhe aus. Sie putzt sich die Zähne, wäscht sich die Hände. Sie tupft sich Creme ins Gesicht und massiert sie ein, bemerkt erneut, dass das Blau ihrer Augen mit der Zeit blasser wird, dass die Haut an ihren Wangen nachgibt und schlaffer wird. Damals, als William ihr zum ersten Mal sagte, dass sie schön sei und sie ihm glaubte. Sie war dumm.

Sie legt sich hin und legt die Hand auf die Brust, fährt mit ihr die Stellen entlang, die der Arzt untersucht hat. Sie spürt den langsamen und regelmäßigen Herzschlag darunter.

So endet es nicht.

42

Knöpfe, Reißverschlüsse, Nähgarn, Nadeln, antike Fingerhüte, Fetzen und Überbleibsel von Wildleder und Seide und Leder und Pelz und gutem altem Leinen und Baumwolle. Alte Ohrringe, Halsketten, die sich nicht mehr schließen lassen, Perlen und Bänder und Verschlüsse aller Art, alte Spitze und Borten, Kissenbezüge aus Samt, aus denen Mona im Laufe der Jahre Stücke herausgeschnitten hat, Teppichstücke, gemusterte Stoffquadrate, ein Stück verblichenen Gobelins, das für einen Handkoffer verwendet wurde, Shetland-Pullover und Norweger-Strickjacken, Wollmützen und Schals. Die Sammlung eines fleißigen und umsichtigen Lebens, die jetzt eingepackt werden muss. Eine Schule kann vielleicht etwas damit anfangen oder ein Volkshochschulkurs.

Mona steht im Morgenmantel an ihrem Fenster im Arbeitszimmer. Es ist merkwürdig, dass sie so selten in Richtung Osten schaut. Die Aussicht aufs Meer ist von dem neuen Meereszentrum verstellt, blaues Glas und beigefarbener Beton. Sie trinkt einen Becher Tee und isst eine halbe Scheibe Vollkorntoast. An einem Tag schafft sie das Einpacken sicher nicht, vielleicht noch nicht einmal in einer Woche, aber sie hat keine Eile.

Es wird sicher schön, das Cottage ihres Vaters wiederzusehen. Es ist an die dreißig Jahre her, seit sie es verkauft hat, es hat sich bestimmt verändert, ist renoviert worden. Und sie muss den Mietern in Bridie O'Connors altem Haus Bescheid sagen und ihre Wohnung verkaufen. Sicher wird sie einige Möbelstücke behalten und andere verkaufen, sie wird den Versand organisieren und Rechnungen bezahlen müssen, aber das ist alles nichts, was sie nicht schaffen kann, und sie hat keine Angst davor. Seit sie gegangen ist, war sie erst dreimal dort, und zweimal davon anlässlich einer Beerdigung. Wenn sie Kontakt mit ihren Schulfreunden und Nachbarn gehalten hätte, dann vielleicht … aber egal, es ist nicht wichtig. Sie besteht aus dem Land und der Erde und dem Sand am Strand, und ihr Vater ist in St. Mary's Field begraben. Wohin sollte sie sonst gehen?

Am Ende des Nachmittags hat sie sieben Plastiksäcke säuberlich mit Etiketten versehen und zusammengebunden. Sie hat vier Plastikkästen voller Accessoires, die Nähmaschine ist zusammengepackt und abgedeckt, und es gibt eine Kiste mit Müll. Den Laden wird sie vermieten, und das, was sie noch im Lager hat, kann zum halben Preis verkauft werden. Sie muss nur noch darüber nachdenken, was sie mit der Holzkiste macht. Sie zieht sie unter der Bank hervor und stellt sie auf den leeren Tisch.

Natürlich ist kein Name auf den Deckel gemalt, und das Schaukelpferd an der Seite ist staubbedeckt. Die Kiste ist beinahe vierzig Jahre lang nicht geöffnet worden. Sie besieht sie schnell von allen Seiten, für den Fall, dass sich Mäuse hineingenagt haben, aber die Wände sind ganz heil, weiß bemalt und glatt, in all der Zeit so gut wie nie berührt.

Sie muss sehr, sehr tief durchatmen und die Hand ruhig halten, um den Deckel zu öffnen. Oh. Sie erinnert sich gar nicht mehr daran, dass sie alles mit Seidenpapier bedeckt und Lavendelzweige hineingesteckt hat. Sie legt den Deckel zur Seite und sieht, wie umsichtig sie war, wie ordentlich. All die Hemdchen, Jäckchen und Lätzchen auf der einen Seite und die ganzen Höschen, Kleidchen und Strumpfhosen auf der anderen. Ein gutes Häufchen, etwas, worauf sie stolz sein kann. Das Tuch, das sie bestickt hat, ist doppelt in weißes Seidenpapier eingewickelt, die Enden sind eingeschlagen. Sie berührt die erhabene Stickerei durch das Papier und erinnert sich an das Muster, Butterblumenkringel und Efeu, für das sie einfach ewig brauchte. Jetzt kann sie bei der Erinnerung lächeln.

Sie schließt den Deckel wieder und tritt ans Fenster. Am rußschwarzen Himmel steht kein Mond, keine Sterne, und am Anfang wird es sicher einsam werden in Kilmore Quay. Bridie O'Connors Haus muss gelüftet und gestrichen werden, es war immer schon etwas muffig, aber dagegen kann man ja etwas unternehmen. Sicher hat sich zu Hause einiges geändert. Leute sind fortgezogen, aber es ist keine Touristenstadt, und es gibt sicher viele Leute, die klug genug waren zu bleiben. Man wird sich an Mona erinnern. Sie hat einen Kloß in der Kehle, aber sie weint nicht.

Fünf Uhr, und schon mehr als die Arbeit eines Tages erledigt. Genug, um einschlafen zu können. Ein langes heißes Bad und eine gute Nacht, und dann morgen weitermachen. Sie wäscht sich gerade die Hände im Waschbecken, als sie die Türklingel hört. Sie muss nicht öffnen, wenn sie nicht will. Wenn es Karl ist, sagt sie ihm schlicht, dass es kein böses Blut zwischen ihnen gibt, zumindest nicht von ihrer Seite, aber auch keine romantischen Gefühle. Sie nimmt ein Küchentuch, trocknet sich damit die Hände ab und geht durch den Flur. Kurz überlegt sie, sich das Tuch um den Kopf zu wickeln und ihn wieder den Grafen von Monte Christo zu nennen. Ihn zu bitten, sich seiner Truppe anschließen zu dürfen. Sie lächelt, als sie die Tür öffnet.

«William.»

Statt einer Antwort nickt er und nickt dann erneut. «Hallo, Mona.»

«Woher weißt du, wo ich wohne?»

«Du hast es mir einmal gesagt», sagt er. «Du dachtest, dass ich nicht zuhöre.»

«Oh.»

Mehr kann sie nicht sagen. Sie spürt ihre Fußsohlen auf dem Teppich und ihre Hand auf der Türklinke. Sie spürt die kalte Luft, die aus dem Flur hereindringt, und sie spürt Williams Herzschlag von dort, wo er steht. Er macht einen halben Schritt auf sie zu, und sie tritt zur Seite. Er kommt herein, mit weichem Schritt und etwas schiefem Gang.

Er hat ein Bündel bei sich, wie eingeschlagene Wäsche. Er trägt keinen Mantel, und sie ertappt sich dabei, sich um seine Gesundheit Sorgen zu machen. Sie schüttelt den Gedanken ab. Wie ein Gutachter steht er dann in ihrem Wohnzimmer, schaut zur Decke und wieder auf den Teppich.

«Genau wie ich es mir vorgestellt habe», sagt er, und Mona weiß nicht, was sie darauf sagen soll. Er schaut sich noch ein wenig um, ein paar Augenblicke, weniger als eine Minute, und wendet sich dann an sie. «Genau wie ich es mir vorgestellt habe.»

Dann legt er ihr das Bündel in die Arme.

«Ich hätte dich beinahe verloren, Mona.»

In ihrem Arbeitszimmer schlägt sie das Tuch auseinander und sieht, was er gemacht hat, was er geschnitzt und gedrechselt und poliert und noch einmal poliert hat, alles aus wenigen Minuten der Erinnerung. Sie hält es im Arm und erinnert sich an Beatrice. Sie spürt das Gewicht, dass sie damals spürte, und zum Glück muss sie sich nicht bücken und die Holzkiste hervorziehen. Sie öffnet den Deckel und nimmt das Papier von dem bestickten Tuch. Ein Hauch süßen Lavendeldufts. Sie wickelt Beatrice ein, sodass er noch ihr Gesicht sehen kann, und als sie zurück ins Wohnzimmer kommt, sieht sie, dass er sich in ihren Sessel gesetzt hat, von dem aus man durch die hohen Fenster aufs Meer hinausblicken kann. Sie bringt ihm ihr Baby, und er streckt die Arme aus.

«Schließ die Augen, William. Spüre das Gewicht.»

Sie führt ihn nach Hause aus dem Kreißsaal in ihre kleine Wohnung in der Alcester Road und zur Krippe, die er gebaut hat.

«Erinnerst du dich?», fragt sie.

«Ja.»

Dann führt sie ihn zu ihrem Bett und dem Gefühl, dass Beatrice zwischen ihnen liegt, zu dem Duft ihrer Babyhaut und dem seidigen Flaum ihrer Haare. Sie können kaum schlafen, weil sie sie immer ansehen müssen. Erinnerst du dich an Pestilenz und an ihren überraschenden Tränenausbruch und an Hungersnot und daran, wie viele Kuchen sie gebacken hat?

«Wie viele?»

Zwei jeden Tag für die Besucher und Freunde. Und die Geschenke, die sie alle gebracht haben, Schühchen und Rasseln, Teddys und Kleinigkeiten aus Silber und Porzellan. Bridie O'Connor hat ihnen einen silbernen Rahmen geschenkt, Gott segne sie. Der gute alte Tom von oben hat seinen ganzen Lohn genommen und im Pub eine Runde ausgegeben, um das Baby zu taufen. Und dann zu Weihnachten nach Hause, als Beatrice erst vier Wochen alt ist. Sie fahren mit der Fähre, um den Rest der Verwandtschaft in Clarinbridge zu besuchen, Williams Vater und sein erstes Enkelkind. Oh, was ist er glücklich und gar nicht betrunken, und dann fließen noch mehr unerwartete Tränen. Und als er sie zum ersten Mal hält, stolz wie ein Pfau und unglaublich vorsichtig.

Und jedes Weihnachten, fünf Jahre lang, fahren sie über das Wasser, aber was machen sie dann? Zurück nach Irland, natürlich, wegen der guten Schulen und der Lebensart und der Biegung der Bucht und des Sandes und wegen Beatrice' kurzer Beinchen. Sie quietscht in den Wellen, William rennt ihr hinterher, aber sie ist schnell. «Komm zurück, du kleiner Teufel», ruft er, und Mona schaut zu und beschirmt ihre Augen mit der Hand vor der grellen Sonne.

Beatrice hat Williams künstlerisches Geschick geerbt. Wenn sie nicht ausmalt, zeichnet sie ein Pferd auf der Wiese oder eine Blume, genau wie Mona, als sie bei ihrer

Mutter am Küchentisch saß. Sie wohnen jetzt draußen in Clifden, wo der Fluss ins Meer mündet, das am Horizont mit dem Himmel verschmilzt. Kleine weiße Boote wippen auf dem blaugrünen Wasser, und die drei machen ein Picknick oben auf dem Hügel und schauen in Richtung Amerika.

«Nächste Station New York», sagt Beatrice jedes Mal.

William hat jetzt seine eigene Werkstatt im Dorf. Er macht Tische und Stühle, und die Leute kommen von weit her, um ihm bei der Arbeit mit seiner Lehrlingstochter zuzuschauen. Warum nicht? Beatrice möchte es, und es gibt keinen Grund, ihr das abzuschlagen, sie sind eine moderne Familie, und sie ist ein modernes Mädchen, so stur und halsstarrig wie Pestilenz, aber mit der Freundlichkeit von Hungersnot, der Eleganz und dem Aussehen ihrer Mutter und den geschickten und schlauen Händen ihres Vaters. Sie trägt ihr Haar kurz, keine Frage.

«Ich wollte nicht, dass sie an die Universität geht, Mona. Ich war froh, als sie bei uns geblieben ist.»

«Ich auch, William.»

«Dublin ist kein Ort für ein alleinstehendes Mädchen, und sie ist so wunderschön.»

«Ich weiß, ich weiß. Was noch?»

Auf Williams Wangen sind silbrige, feuchte Spuren, aber seine Stimme klingt nicht nach Weinen. Er ist so einfach und offen wie ein Junge vom Land. Er erzählt und erzählt, und Mona fällt mit ein, weil sie ihre eigenen Erinnerungen an die Dinge hat, die sie erlebt, und an die Orte, die sie zu dritt besucht haben. Erinnert er sich an den Tag vor Beatrice' Hochzeit, als sie mit ihr zum Strand gingen und sich an den Händen hielten und William auf seine schlichte Art sagte, dass ihr Platz immer zwischen ihnen sein würde, und wenn sie jemals wieder nach Hause kommen müsste …

«Das wünscht man ihr aber nicht», wendet Mona ein, aber William sagt, sie soll es unbedingt wissen.

«Wenn irgendetwas schiefgegangen wäre mit Beatrice und ihrem jungen Kerl», sagt er, «dann hätten wir sie nicht verurteilt. Sie wäre einfach wiedergekommen, ob mit oder ohne Gepäck, mit Geld oder ohne, und wir hätten ihr keine Fragen gestellt.» Dann hätten sie drei einfach so weitergelebt wie bisher.

«Sie wusste, dass wir es gut meinten», sagt Mona. «Soweit ich mich erinnere.»

Dann setzt sie sich zu William, und sie halten Beatrice beide im Arm. Mona zupft das Tuch zurecht, und William legt Mona einen Arm um die Schulter.

«Können wir jetzt nach Hause gehen?», fragt er.

«Können wir.»

43

Im Wohnheim wimmelt es vor Männern von der Baustelle, vier in einem Zimmer, und noch ein müder Körper auf dem Boden. Mona kann hier nirgends bleiben. Sie wandern ewig durch die Stadt, aber es sind viele andere unterwegs, die sich mitten in der Nacht unter die gefährlichen Klippen stellen, nur mit ihren Mänteln als Schutz gegen die Kälte.

«Das ist nicht so schlimm», sagt William und rückt ganz nah an sie heran. «Eine Nacht lang wird es gehen, nicht wahr, Mona?»

«Ja, finde ich auch», sagt sie und küsst ihn.

«Ich kann kaum glauben, dass du den ganzen Weg hierhergekommen bist. Dafür liebe ich dich, wirklich.»

Ein paar Meter weiter döst ein Paar in einem riesigen Schlafsack. Die beiden haben sich vorbereitet.

«Ist dir warm genug?», fragt er.

«Ja. Mit dir ist mir warm genug.»

Er zieht sie in seine Arme, reibt ihr den Rücken, um sie zu wärmen, und stellt ihren Mantelkragen hoch. «Sieh dir die Sterne an», flüstert er.

Mona schaut hinauf, der tiefblaue Himmel ist mit kleinen Diamanten übersät und erstreckt sich bis weit hinter die Wellen zum Horizont.

«Oh, sie sind wunderschön.»

«So war es schon immer und ewig. Kannst du dir das vorstellen? Und so wird es auch nach dir und mir sein.»

«Eines Tages werden wir alt sein, William.»

«Genau.»

«Und ich werde grau sein.»

«Ich werde eine Glatze haben, Gott steh mir bei. Eine Glatze und gebückt wie mein Vater.»

Mona kichert. «Du wirst dir einen Gehstock drechseln müssen. Und mach dann doch gleich einen für mich mit, wenn du schon dabei bist.»

Er schweigt.

«Ich werde vielleicht fett», sagt sie. «Und trage Polyesterkittel.»

Er antwortet nicht.

«Dann hättest du aber etwas, worüber du dich beschweren könntest, oder? Eine fette Ehefrau mit Lockenwicklern im Haar und Falten im Gesicht.»

«Wann wird das sein?», fragt er.

«Oh, ich nehme an, wenn ich um die sechzig bin. Du bist dann natürlich noch älter.»

«Wirst du mich dann noch lieben?»

«Ob ich dich lieben werde?», fragt sie.

«Ja», sagt er. «Dann bin ich alt, und du bist alt, und wir sind dann nicht mehr so wie jetzt.»

Mona setzt sich auf. Sie sieht gerade noch das Licht in seinen Augen und die Sorge darin. Sie kann sich nicht vorstellen, dass er Angst davor hat, kann seinen Zweifel nicht verstehen.

«Das ist alles wahr», sagt sie, «aber das ist noch sehr

weit entfernt, William MacNaughton. Wir haben noch ein ganzes Leben vor uns. Und außerdem sind wir bis dahin wieder zu Hause, vielleicht in Kilmore oder Kerry, wo Palmen wachsen. Irgendwo in einem kleinen Cottage mit einem echten Kamin. Ich träume von einem echten Kamin.» Sie legt die Hand auf seine Wange. «Und eines Tages können wir hierher zurückkommen und uns an den Tag erinnern, als Mona durchs ganze Land gefahren ist, um dich zu finden, und wie wir dann am Strand kein Auge zugetan haben, damals, als wir noch jung waren und Mona ein scharfer Stein in die Unterhose geraten ist, damals, als William den größeren Teil des Mantels und auf jeden Fall das meiste vom Bier hatte.» Sie streckt die Hand aus. «Abgemacht?»

«Abgemacht», sagt er und küsst sie.

Sie legen sich hin.

«Fairerweise, Mona», flüstert er nach einer Weile, «muss man aber sagen, du hast die meisten Pommes gegessen.»

Sie lacht. «Ich kann die Zukunft kaum erwarten.»

DANKSAGUNG

Ich danke all den vielen Leuten, die mir geholfen, mich unterstützt, mich zum Lachen gebracht, die mir die Hand gehalten, meinen Rasen gemäht, meinen Rücken und mein Herz geheilt, auf meine Kinder aufgepasst haben, die aufgetaucht sind, abgewaschen und mit mir geredet haben – ob es nun sinnvolles oder unsinniges Zeug war –, die mich angespornt und mich so lange angefeuert haben, bis ich es über die Ziellinie geschafft hatte.

Ganz besonders möchte ich dem sachkundigen, hilfsbereiten und mitfühlenden Duo Anna Nella und Beverly Archer danken, die mir bei den Details von Monas Krankenhausaufenthalt und der Recherche zur Hebammentätigkeit geholfen haben. Mein Dank geht auch an Dan Burden, den Tischler, für sein Fachwissen, seinen Rat und seine Vorschläge, und an Marcus Gärtner für seine Hilfe, was deutsche Namen und Gebräuche angeht.

Mein tiefempfundener Respekt gilt den Müttern, die mir ihre Geschichten erzählt haben.

Ich danke außerdem Marie-Therese Cox-Keegan und Karen Whitlock für ihren aufmerksamen Blick, Benedicta Norell für ihren unschätzbar wertvollen Input und dafür, dass sie mein Leben organisiert hat, Julia de Waal, Sophie Morgan, Justin David, Annie Murray, Nina Black, Sue Underwood, Lezanne Clannachan, WRB, Anna Lawrence, Beth Charis, Steph Vidal-Hall, The Dark Elf, Tom Downham, Fool, den Leather Lane Writers und der Oxford Narrative Group für ihre allgemeine Nettigkeit.

Mein Dank geht auch an meine Agentin Jo Unwin. Ich schulde ihr ungeheuer viel für ihre Weisheit, ihre Freundschaft und ihre unermüdliche Unterstützung. An meine Lektorin Venetia Butterfield sende ich Dank für jeden einzelnen redaktionellen Rat und dafür, dass sie mir dabei geholfen hat, gegen den Wind zu kreuzen und dieses Buch in den Heimathafen zu steuern. An alle anderen bei Viking: Danke schön!

Alles Liebe an Conkers, Dog, Kimbob, Trenz und Karn, immer.

Auch dieses Buch widme ich meinen wunderbaren Kindern Bethany und Luke, die zu kennen und zu lieben ich das Glück habe.

Weitere Titel von Kit de Waal

Die Zeit und was sie heilt

Mein Name ist Leon

MIX
Papier aus verantwortungsvollen Quellen
FSC® C083411
FSC
www.fsc.org

Das für dieses Buch verwendete Papier ist FSC®-zertifiziert.